시가 빛났던 자리들

시작비평선 0019 곽명숙 평론집 시가 빛났던 자리들

1판 1쇄 펴낸날 2019년 1월 25일
지은이 곽명숙
펴낸이 이재무
책임편집 박은정
편집디자인 민성돈, 장덕진
펴낸곳 (주)천년의시작
등록번호 제301-2012-033호
등록일자 2006년 1월 10일
주소 03132 서울시 종로구 삼일대로32길 36 운현신화타워 502호
전화 02-723-8668
팩스 02-723-8630
홈페이지 www.poempoem.com
이메일 poemsijak@hanmail.net

ⓒ곽명숙, 2019, printed in Seoul, Korea

ISBN 978-89-6021-416-3 04810
      978-89-6021-122-3 04810(세트)

값 24,000원

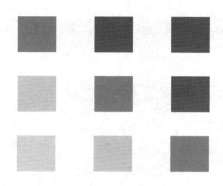

시가 빛났던 자리들

곽명숙 평론집

천년의
시 작

책머리에

간간이 써온 평문과 서평을 모아 보며, 부끄러움도 컸지만 뒤늦게 감사의 마음이 크게 들었다. 이 글들을 모아야겠다는 생각이 든 이유도 전적으로 시인들의 시 덕분이다. 중심 없이 흔들리던 그 시절 시를 읽으며 나를 지탱할 수 있었다. 우연처럼 만난 시들이 이 커다란 세계를 조금은 덜 낯설고 조금은 더 견딜 만하게 만들어 주었음을 깨닫는다.

이 책에 엮인 글들에는 한 계절에 출판된 문예지들 가운데 필자의 눈길이 가는 대로 골라 쓴 계간평, 시인론, 시집이 출간된 때에 맞춰 쓴 서평, 지면을 얻어 시사적인 관점에서 쓴 평문들이 있다. 1부의 계간평은 2000년 대로 넘어오면서 젊은 호흡을 갖게 된 한국 시단의 분위기를 의식하는 한편 필자가 관심을 두고 있는 시적 주제와 시의 본질을 곱씹게 하는 시들을 중심으로 썼다. 그 주제들은 이 책의 앞머리 「단상들」에 나오듯이 보이지 않는 세계를 드러내는 시적인 감각과 주체의 상상력, 그리고 언어의 힘이었다.

2부에서 시인론은 시인들의 시집이 나온 때와 필자가 글을 쓴 시기의 순서에 따라 묶어보았다. 시인론을 쓸 때 시인들의 신작시들을 중심으로 논하다 보니 작가론보다는 작품론에 가까웠다. 좀 더 부지런히 읽어서 폭넓게 시인들의 시 세계를 이야기할 수 있었으면 하는 아쉬움이 남지만, 그 시기에 나에게 다가왔던 시인의 면모를 더듬었다는 것에 나름 의의를 찾아본다.

　문예지의 서평란을 통해 새로 나온 시인들의 시집들을 읽었던 것은 돌아보면 협소했던 나의 시야를 다양하게 넓히는 계기가 되었다. 평론이라는 것을 세대적인 감각으로 읽고 그런 취향을 길렀던 때도 있었다. 그러나 매 계절 세대라는 안경을 끼고 보는 것을 부끄럽게 할 만큼 시인들은 온 힘을 다해 시를 쓰고 시집을 만들어내고 있었다. 한 편, 한 권 읽으면서 겸손해지고 이러한 시들을 읽을 수 있었다는 것에 감사하는 마음을 갖게 되었다. 같은 계절에 출간된 시집들을 같은 지면에서 논하다 보니 때로는 의미 있는 조합이 되기도 했지만, 불필요한 서두와 맺음말들이 들어가기도 했다. 이 책을 엮으면서 군말들을 덜어내고, 3부에 각각의 시집들을 세워놓고 나니 마음이 홀가분해졌다.

　마지막 4부에서는 기회가 있을 때, 조야하지만 큰 틀에서 한국 근대 시사를 망라하거나 흥미를 갖고 있는 주제를 다룬 평문을 수록하였다. 소중하지만 이미지를 소비해 버린 스타 같은 존재가 된 한용운이나 김소월, 백석 같은 근대 시인들을 홀가분한 마음으로 언급해 보았다. 누구나 알고 있지만 다루기 어려운 사랑과 여성성이라는 주제도 그런 마음에서 다뤄본 것이다. 끝으로 2016년부터 1년간 미국에 체류할 기회를 통해 미국 이민자들이 남긴 엔젤 아일랜드의 벽시에 대해 알게 된 것은 뜻깊은 경험이었다.

등단의 기회를 주신 오세영 선생님과 고 김용직 선생님, 김재홍 선생님, 비평의 의무와 기쁨을 알 기회를 주신 조남현 선생님과 인천의 김윤식 시인님, 송기한 선생님, 버클리에서 이끌어주신 권영민 선생님과 무력해진 필자에게 심폐소생술을 해주신 김완하 선생님과 옥희 언니, 이분들께 지면을 빌려 감사의 인사를 올린다. 존함들을 이 자리에 올리기도 죄송스러울 만큼 그분들께 많은 것을 받았다. 멀리서 바라보는 것만으로도 큰 영감과 자극을 주고 길잡이가 되어주신 선배님들과 동료와 후배 문인들이 있었다. 무엇보다도 나의 척박한 영혼을 길러준 시인들이 있기에 여기까지 올 수 있었다. 그리고 가족들.

어려운 환경 속에서 선뜻 출판을 허락해 주신 '천년의시작' 대표이신 이재무 시인, 꼼꼼하게 글을 읽고 완성도를 높여 주신 박은정 편집장님과 민성돈 님께 감사를 올린다. 출판사의 이름만큼이나 담대한 대표님의 문학 사랑과 편집부의 배려 덕분에 부족한 글들이 엮어져 세상에 나올 수 있었다.

내가 읽고 감사함을 느끼게 해준 시들과 시인들이 있었다는 것, 이들을 세상에 기억되게 하고, 그 시인들에게 뒤늦게나마 감사의 인사를 돌릴 수 있게 된다는 것에서 이 책의 존재 이유를 찾고 싶다. 오만한 문학의 권위를 위한 성전을 짓는 것이 아니라 지상을 떠도는 영혼이 깃들 보금자리 하나 마

련하고 싶었다. 하이데거는 언어를 존재의 집이라고 하지 않았는가. 그런
의미에서 나의 첫 평론집이 시인들의 영혼에서 뽑아 지은 시편들이 은거하
여 존재를 찾을 수 있는 작은 집이 될 수 있다면 행복할 것이다. 희미하게라
도 우리 시들에 빛을 비추는 소임을 다할 수 있기를 바라본다.

2019. 1. 9.
원천 동산에서

차 례

시가 빚어낸 자리들

제2부 별빛들의 자리를 더듬어

차
례

제3부 스쳤던 눈길들을 엮어

시가 빚어진 자리들

제4부 오르페우스의 시선으로 돌아보라

차례

단상들

겹침의 시선 속에 숨겨진 화해
시가 주는 매혹 가운데 하나는
일상이나 논리의 관점을 벗어나 색다른 관계를
예감하는 시인의 눈을 발견하는 데 있다.
시인은 사물들 사이의 숨겨진 화해 가능성과
친밀성을 통찰하는 능력을 지니고 있다.
그러한 시인의 정신은 세상의 상처를
숨겨진 친밀성이 드러나는 곳으로 반전시키며
새로운 풍경을 창출해 낸다.

빈 곳에 정주하는 시인들
그들의 이미지와 말법은 우리의 일상을
내팽개치거나 외부로부터 무단침입하지 않고
일상의 소소한 사물들, 인물들과 함께
우리 곁에 정주하고 있다. 그렇다고 그들이
체제 내부에 안일하게 거주하거나
자신의 뿌리를 고집한다는 말은 아니다.
이 시인들의 정주는 이곳이 언젠가 떠나야 할 곳임을
알고 있는 임대아파트 입주민들의 그것과 같다.
그들의 거주지는 허공에 매우 가까우며
그들은 이 지상의 사물들이
자신들의 소유가 아니라는 것을 안다.

우울의 위로
시인들은 일상의 빈 곳을 감지하며 만지작거리거나,
빈 곳에서 돋아오는 발자국을 바라보거나
오래된 예약 시간을 깨닫는다.
작은 돌멩이가 부드러운 흙 위에
자기 무게만큼의 흔적을 남기듯이,
이 시인들의 시에서 이미지들은
흙 위의 빈 곳에 있던 돌멩이의 존재에 들어맞는
부드러운 존재감을 느끼게 한다.
초월의 위엄도 일탈의 강박도 없는
이 시인들의 상상력과 감성은 현세적 삶의 우울을
부드러운 존재감으로 포착한다.
일상의 빈 곳을 바라보고 기다리고 발견할 줄 알며,
그 빈 곳을 그곳에 어울리는 부드러운 존재감으로
채워주는 그런 시를 읽는 것,
그것이 시를 읽는 즐거움 중 하나가 아닐까.

세계를 매 순간 태어나게 하는 시
매튜 아놀드는 시의 위대한 힘은
해석력에 있다고 한 바 있다.
시인의 해석력은 우주의 신비를
흑백으로 분명하게 그려내는 힘이 아니라,
사물과 그에 대한 우리의 관계를

놀랍도록 새롭고 친근한 느낌으로
우리 마음속에 일어나도록
사물을 다루는 힘이라고 그는 말했다.
지난 19세기 비평가의 신비주의적인 말이지만
시의 힘과 감응력이 어디에서 오는가를 말해 준다.

시인이 사물을 다루는 언어는
세계에 대한 보다 깊은 해석을 통해 탄생한다.
보편적인 감동을 주는 시는 결코 낡지 않는다.
그 새로움이 오래된 것일 뿐,
감춰진 세계를 드러나게 한 시의 해석은
독자가 시를 읽는 순간마다
세계를 다시 태어나게 한다.

제1부

보이지 않는 세계를 껴안고

감각과 주체 사이 서정의 존재 방식

1. 감각과 주체의 간극에서 오는 현기증

2000년 중반 시단에는 모종의 활기로 들끓었는데, 그것은 "70년생 2000년발"이라는 세대론적 명칭으로 묶이는 젊은 시인들의 등장을 둘러싼 것이었다. "미래파" "환상적 실험시파" 등으로 불리기도 하는 이 시인들의 시 세계는 집요한 시적 자의식과 파격적인 형식 실험을 보여 주며 한국 시단에 새로운 절개선을 만들고 있다. 이 절개선에서 젊은 시인들은 자신들의 공유된 성장 체험과 하위문화적 코드와의 혼종성을 통해 과감히 감각의 난장亂場을 벌여놓고 그 다산성을 자랑하고 있다.

이들의 동시 출현은 앞서 등장했었던 유사한 연배의 시인들까지 새로운 게토로 소환하고 있으며, 평론가들 가운데에서는 전통적인 서정성의 영역을 해체하려는 그들의 시적 전략을 적극적으로 대변하고 옹호하는 입장과 비판적으로 바라보는 입장이 나뉘고 있다. 옹호하는 입장의 평론에서는 젊은 시인들의 판타지를 유쾌한 몽상과 글쓰기의 열락으로, 복수적인 주체성과 근대에 대한 바깥의 사유 등으로 설명하며, 이들의 집단적 정체성을 찾기보다는 개개의 시인들이 지닌 개성과 가능성에 주목해야 한다고 말한다. 그러나 비판적인 입장에서는 이들 시에 나타나는 요설과 장광설, 무엇보다 독자와의 소통이 불가능하다는 점을 신랄히 비난하며, 이러한 시들을 둘러싼 담론에 깔린 세대론적인 욕망과 그 권력화에 대해 의구심을 보내고 있다.

오늘 우리 사회의 다른 문화 영역에 비해 볼 때 시단에 젊은 세대의 출현은 늦은 감이 없지 않다. 그들의 심상치 않은 등장은 현대 사회의 빠른 변화 속에서 서정의 새로운 몸 찾기가 쉽지 않음을 보여 준다. 시에서 '서정'이란 정신과 영혼과 육체라는 인간의 삼위일체가 함께 반응할 때 이루어질 수 있는 것이라고 한다면, 전통적인 서정적 주체를 해체하고 나온 이들의 새로운 육체는 아직 조립 중이거나 반죽 중이다. 혹은 반대로 이들은 육체를 조립하거나 반죽함으로써 서정적 주체를 해체하고 있다.

2. 마음의 거리, 내어 맡김의 미학

주체를 해체한다고 하는 것은 오히려 주체에 대한 집요한 고집을 반증하는 것일 수 있다. 오히려 주체를 잊어버림으로써 감각과 주체의 심연은 극복될 수 있음을 서정시인들은 일찍이 통찰하지 않았던가. 서정시가 지닌 고요함과 기다림의 미학은 주체 망실에서 오는 세계 인식에 대한 역설적인 통찰을 보여 준다. 먼저 조정권의 「소리가 생각나지 않는 꽃」(『문예중앙』, 2006년, 봄호)을 보자.

> 호수에 앉아
> 무無속력의 수면에
> 취한다.
> 잔잔히 퍼져오는
> 소 얼굴에 취한다.

저물 무렵에 올라오는
하얀 꽃에 취한다.
소리가 생각나지 않는
하얀 꽃에 취한다.

집으로 돌아오며
물속 뿌리를 쥐고
잠든 물빛에 취한다.

찾아야 할 마음도 있지도 않거니와
따라야 될 마음도 없다.
가만히 뿌리를 쥔 손 놓고
잠든 물빛에 취한다

—조정권, 「소리가 생각나지 않는 꽃」 전문

위의 시에서 "찾아야 할 마음도" "따라야 될 마음도" 없이 무념과 무욕의
주체는 자연에 취한다. 굳이 자연 속의 사물을 두고 '연꽃'이라고 이름을 떠
올리거나 소리 내어 말할 필요조차 느끼지 않는 성정은 사물이 눈에 보이지
않아도 "물속 뿌리를 쥐고" 돌아가 "잠든 물빛에 취"하고, "뿌리를 쥔 손 놓
고" 잠든다. 젊은 시인들의 환상성에 대비되는 혼몽성이라고 할까. 자아와
세계의 경계가 무화되고 마음이 두고 있던 거리도 사라진다. 그 신비는 속
력을 느끼거나 시간에 연연하지 않고, 세계에 마음을 풀어 자신을 내어 맡
김에서 비롯된다.

최하림의 「가을편지」(『작가세계』, 2006년, 봄호)에서도 무위의 흐름과 시간에
내맡기는 마음을 엿볼 수 있다.

날마다 세상에는 이런저런 일들이 일어나고

바람과 햇빛이 반복해서 지나가고

보이지 않게 시간들이 무량으로 흘러갑니다

그대는 시간 위로 흘러가고 있습니다

그대에게 나는 지금 결정의 편지를 써야 합니다

결정의 내용이 무엇인지 알 수 없습니다

시간 위에 떠 있는 우리는 도무지 시간의 내용을

알 수 없으니 결정의 내용 또한 알 수 없는 일입니다

—최하림, 「가을 편지」 부분

　편지에 쓰는 결정의 내용에 연연하지 않는 마음, 그 마음은 우리들 인간이 "무량으로" 흘러가는 "시간 위에 떠 있는" 존재라는 것을 받아들이는 데에서 온다. 이 시에서는 보이지 않는 시간에 무엇을 매듭짓고자 하는 초조한 마음이 아니라 무수한 시간의 반복과 흐름마저 포용하려는 마음을 읽게 된다. 그러므로 여기에 나오는 결정決定의 태도는 확정적인 무엇을 결단 내리는 것이 아니라 삶에 대한 수락에 가깝다. 시간의 흐름 속에서 이러저러한 삶이란 조개가 진주를 품듯이 배태하는 작은 결정結晶을 만드는 것이 아니겠는가.

　다음에 살펴보려는 문태준의 「살얼음 아래 같은 데」(『문예중앙』, 2006년 봄호)와 이정록의 「갈대」(『현대시』 2006, 3월호)는 겨울이라는 계절이 던져주는 상념을 얼음을 통해 맑게 걸러내 형상화하고 있다.

가는, 조촘조촘 가다 가만히 한자리서 멈추는 물고기처럼

가라앉은 물돌 곁에서, 썩은 나뭇잎 밑에서 조으는 물고기처럼

추운 저녁만 있으나 야위고 맑은 얼굴로

마음아, 너 갈 데라도 있니?

살얼음 아래 같은 데

흰 매화 핀 살얼음 아래 같은 데

—문태준, 「살얼음 아래 같은 데」 전문

겨울 강, 그 두꺼운

얼음종이를 바라보기만 할 뿐

저 마른 붓은 일획이 없다

발목까지 강줄기를 끌어올린 다음에라야

붓을 꺾지마는, 초록 위에 어찌 초록을 덧대랴

다시 겨울이 올 때까지 일획도 없이

강물을 찍고 있을 것이지마는,

오죽하면 붓대 사이로 새가 날고

바람이 둥지를 틀겠는가마는, 무릇

문장은 마른 붓 같아야 한다고

그 누가 一筆도 없이 揮之하는가

서걱서걱, 얼음종이 밑에 손을 넣고

물고기비늘에 먹을 갈고 있는가

—이정록, 「갈대」 전문

위의 두 시에는 시인이 서정의 순간을 어떠한 마음으로 기다리는지 그려져 있다. 문태준의 시에서는 "조촘조촘 가다 가만히 한자리서 멈추는 물고기처럼" 시인의 마음이 순간에 머문다. 세계는 "추운 저녁만 있"고 "살얼음 아래" 같지만 세계를 대하는 가난한 시인의 마음은 "야위고 맑은 얼굴"이다. "흰 매화 핀 살얼음"을 보고 있는 시적 주체는 마음에게 갈 곳을 묻고 있으나, 이 물음은 회의나 불안이 아닌 나지막한 자기 성찰과 위안의 어조를 띤다.

이정록의 시에서 '얼음'은 한 장의 두꺼운 종이처럼 결빙되어 있다. 이 시간의 결정結晶된 광경을 바라보는 시인은 자연의 신비와 순정함에 동화된다. "초록 위에 어찌 초록을 덧대랴"는 경구는 시적 주체 자신을 향한 반성이다. "얼음종이 밑에 손을 넣고" 일 획도 없이 마른 붓으로 선 갈대를 바라보는 시선은 자연과 세계 앞에 시적 주체를 겸허하게 세운다.

이 두 시인이 보여 준 시적 사유는 '얼음'이라는 시각적 감각과 무관하지 않을 것이다. 얼음은 고체라는 현재 상태에 액체로서의 과거에 대한 기억을, 혹은 액체로의 미래에 대한 예감을 동시에 갖고 있기 때문이다. 이들 시에는 서정 시인의 궁극적인 존재 방식이 얼음 이미지를 통해 신비스럽게 드러난다. 이들에게서 감각과 주체의 간극은 자아의 내어 맡김을 통해 '서정적'으로 극복되고 있는 것이다.

3. 귀 기울임과 새로운 시학에 대한 예감

여기에서 살펴보려는 김충규의 「이상한 우물」(『현대시학』, 2006년 3월호)과 이세경의 「바위의 귀」(『시작』, 2006년 봄호)에서 '소리'라는 감각은 시적 주체의 개인적인 것에 머물지 않고 우주적인 차원으로 확대되어 나타난다. 이 '소리'를 둘러싼 감각과 이미지는 최근 '장시長詩' 경향에 두드러진 이야기풍이나 환상성을 닮았으면서도 반성적 사유와 시적 형식미를 동시에 갖추고 있다는 점이 다르다.

> 온몸 전체가 성대가 제거된 목통이어서
> 스스로 한 번도 울어본 적이 없는 우물,
> 속을 들여다보면 물 없는데도 들여다보는 자의 얼굴이 비친다
> 우물이 펼쳐 보이는 물의 환상,
> 그 물 한 모금 헛것으로 들이키고 난 뒤
> 거기 비친 제 얼굴이 흠칫, 死後의 얼굴로 보여
> 평생 침묵을 종교처럼 받들며 사는 자도 있다

한 번 그 물을 들이킨 자의 몸속엔
나날이 깊어지는 우물이 생겨서 고요히 눈 감을 때마다
물이 차오르는 소리 들린다

                              —김충규, 「이상한 우물」 부분

바위의 몸에는 귀가 많다
높은 절벽,
찬바람을 안고 살아도
천둥번개 몸 속에 칠 때마다 자라는
石耳를 곳곳에 달고
세상 밖의 소식을 듣는다
이끼보다도
모진 이 생명을 귀로 달고
별똥별 지는 길에나
간혹 불어오는,
우주의 바람소리를 애써 듣는다
암갈색의 돌기가 심장까지 닿아
한때 푸른 소리
가득하기를 바랐으나
듣지 말아야 할 소리조차
구별 못함을 속죄하듯
石耳꾼들에게 하나, 둘씩
귀를 내어 주고
한 번 소리를 잃은 자리에는
다시 天刑의 귀가 나지 않았지만
고여 있으나 깊어지기도 했던 푸른 안개가

깃털을 터는 억겁의 새벽

그 안개 사이를 나는 눈 먼 새의

날갯짓을 들을 수 있는,

바위의 몸에는

아직도 자라나는 귀가 많다

　　　　　　　　　　　　　—이세경, 「바위의 귀」 전문

　김충규의 시에서는 뱀들이 꽈리처럼 바닥에 틀고 있는 물 없는 우물이
등장한다. 그 우물의 '환상'인 물을 "헛것으로 들이키고 난" 자는 "거기 비
친 제 얼굴이 흠칫, 사후死後의 얼굴로 보여" 내면에 "물이 차오르는 소리"
가 들린다. 물의 이미지와 거기에서 비롯되는 환상과 결부된 감각이 등장
하는데, 이것은 내면과 자의식의 심연을 비유하는 동시에 반성적으로 비
추어 주고 있다.

　이세경의 시에서 석이石耳버섯은 '바위의 귀'로 은유된 것이면서 다른 한
편으로 시인의 시적 욕망의 알레고리이기도 하다. "눈 먼 새의 날갯짓"과
같은 소리를 듣고자 하는 바람과 새로운 상상력에 대한 기다림이 지상에 욕
심 없는 시인이 유일하게 버릴 수 없는 욕망이 아니겠는가. 깊이 있는 사색
과 예민한 감각으로 환상을 서정적으로 다루고자 하는 이들의 모색이 시단
의 풍경을 어떻게 물들여 나갈지 지켜볼 일이다.

　그 외 계간지들의 신작 소시집들에서 다룬 중견 시인들의 시 세계는 진
지하고 새로운 시적 탐색이 한창임을 예고하고 있다. 최동호 시인의 삼국
유사적인 고대인들의 상상 세계를 재구성한 "도깨비적 상상력"(『鼻刑郎과 마
술피리』 외, 『현대시학』, 2006년, 4월호), 둥글고 부드럽고 말랑말랑한 물질들과 구
멍에 대한 사유를 통해 비인간적인 세계에 대한 반성을 다듬고 있는 최서림
의 새로운 모색(「오각형에 대한 사유」 외, 『현대시학』, 2006년 4월호) 등과 지면상 언
급하지 못한 소시집들의 성과는 계간지들을 풍요롭게 한 열매들이다. 모두
저마다의 빛깔과 향기를 뿜내는 묵직한 결실들이었기에 계간평을 하는 입

장에서는 다루지 못해 부담스럽지만, 독자로서 그 과육과 과즙을 한껏 즐겼기에 기쁘기 그지없다.

죽음에 대한 성찰과 새로운 풍경들

1. 새로움의 강박을 벗어나기

한 문화부 기자이자 시인의 시에서 곁에 쌓인 시집들을 두고 푹 익혔다가 읽고 싶다는 구절을 보고 깊이 공감했다. 문학의 위기라는 단골 표어와 무관하게 유례없는 문학잡지의 홍수를 맞고 있는 터에 그 가운데 대여섯 편의 시를 골라내는 것은 계간시평의 임무이겠지만 또한 횡포는 아닐까. 중견 시인이나 신진 시인들 모두 나름의 개성과 미학을 구축하며 완성도 높은 시들을 발표하고 있는 시단의 풍성함도 필자를 행복한 고민에 빠뜨린다. 계간평은 명편을 선별하고 해설하기보다는 레이더나 지진계처럼 감시와 진단의 역할을 맡기에 어떠한 새로움이나 변이 형태에 촉각을 곤두서게 된다. 이러한 계간평의 생리를 반성하고 있을 때, "져버린 꽃을 노래하는 방법"(이만식, 「꽃과 낙엽에 관한 명상」, 『현대문학』, 7월호)을 문학잡지들 속의 '이 계절의 시' 란을 읽으며 생각하였다는 시인의 말이 새삼 다가왔다. 아직 그 방법을 궁리해 내지 못한 필자이지만 새것에 대한 강박과 문학적 새로움은 구분해야 하리라고 생각한다.

흥미롭게도 지난 2006년 여름 서울에서 처음으로 열린 젊은 작가 페스티

벌의 주제는 '새로운 문학'이었지만 세계 각국에서 온 젊은 작가들이 공통적으로 확인한 생각은 '새로운 것이란 없다'라는 것에 가까웠다. 새로움을 위해서는 오히려 고전들에 대한 철저한 이해가 따라야 하고 문학은 이미 반복되어 온 근원적이고 보편적인 문제에 대해 자기 나름의 인식을 통해 다른 표현을 찾는 것일 뿐이라는 것이다. 문학의 새로움은 외계인처럼 강림(?)하는 것이 아니라 대지의 운동처럼 퇴적과 변동을 통해 새로운 지층을 만들어 나가는 것이 아닐까? 이질적이라고 생각하는 카프카도 선행 작가가 있고, 유별났던 이상도 삼사문학 동인이나 일본 문단과 직간접적 관련 속에서 자신만의 개성을 찾아갔다. 지난 계절의 시들에서 근원적이고 반복적인 주제 가운데 하나인 죽음에 대해 다룬 작품들과 문학적 새로움에 대한 성찰을 던져준 작품들을 살펴보았다

2. 죽음에 대한 파노라마와 변주들

인간의 근원적이고 보편적인 문제 가운데 삶과 죽음은 풀려고 할수록 꼬이는 매듭이다. 철학이 아무리 많은 사변을 늘어놓아도 삶과 죽음에 대해 문학이 형상화할 수 있는 직접성과 진정성에는 육박할 수 없다. 삶이란 늘 곁에 죽음을 두고 있으며 죽음을 향해 가는 존재론적 역설을 지니고 있다. 이 역설을 형상화해 내는 시인들의 시선은 저마다 다른 파노라마와 변주를 만들어낸다. 허만하의 시 「순록이 한 방향으로 줄지어 걷는 것은」(『작가세계』, 2006, 여름호)은 삶과 죽음이 잇닿아 있는 지평 위에서 생을 감내하는 자세를 장대한 스펙터클로 보여 준다.

순록이 일제히 한 방향으로 줄지어 걷는 것은 얼음덩이 끝에 번들거
리는 그들 여정 끝이 있기 때문이다. 갈매기가 일제히 한 방향을 바라

보며 앉아 있는 것은 바람의 기원을 그쪽에서 보았기 때문이다.

　　　　　　　—허만하, 「순록이 한 방향으로 줄지어 걷는 것은」 부분

　고갯마루에서 뒤를 돌아보면, 걸어왔던 오르막길이 굽이치는 내리막이
된다. 길이 거꾸로 방향을 잡는 지점은 고갯마루 중심에 있다. 시시각각 정
면으로 다가서는 죽음을 바라보며 그는 말했다. "사랑한다. 내가 불행했던
순간마저 나는 사랑한다". 평생을 로고스의 반전에 바쳤던 한 철학자가 고
갯마루 중심에서 돌아본 최후의 풍경.

　　새들은 다시 고개를 돌려 한 마리씩 자기의 미래를 향해 날아오른
　　다. 순록들은 고개를 저으며 묵묵히 툰드라 끝 감청색 해협을 향하여
　　걷고 있다. 과거와 미래를 동시에 사는 인간은 좀처럼 방향에 대해서
　　말하지 않는다. 행인이 없는 비어 있는 길에 대해서 말하기는 은백색
　　날치가 뛰어오르지 않는 바다에 대해서 말하기보다 어렵다.

　　　　　　　—허만하, 「순록이 한 방향으로 줄지어 걷는 것은」 부분

　아이맥스 영화관의 거대한 스크린이 압도하며 지나가듯이 허만하의 시는
갈매기와 순록들의 모습을 통해 삶을 묵연히 받아들이며 힘차게 정진하는
자세를 보여준다. 인생의 오르막을 지난 고갯마루 중심에서 돌아본 풍경이
다. 이 풍경 앞에서 시인은 '바람의 기원'을 직시하며 과거와 미래가 운명처
럼 흐르는 바람의 방향을 암시한다. 보이지 않는 바람만큼이나 생의 방향
에 대해 말하는 것은 어렵다. 말하기 어려운 것에 말을 건네는 시인의 자세
는 위대한 새의 비상을 닮아있다.
　삶과 죽음의 문제를 오연한 시선으로 포착하고 있는 또 다른 풍경은 오세
영의 시 「풍경」(『애지』, 2006, 여름호)에도 나타난다. 이 시에서는 삶과 죽음이
포식자와 피식자 간의 먹이연쇄로 얽혀 있다.

맨드라미 붉은 꽃잎 위에서
암메뚜기 등에 올라 탄
숫메뚜기의 축제,
울 밖 뽕나무 잎새 사이로
몸을 숨긴 사마귀 한 마리가
호시탐탐 지켜보고 있다.
황조롱이는 하늘에서
날카롭게 이를 또 감시하고…
이미 해는 졌다.
인간의 마을에선 하얀
연기가 피어오른다

— 오세영, 「풍경」 전문

이 풍경 속의 먹이사슬에는 제물이 될 포식자의 시선이 있고, 그 바깥에 시인의 눈이 있다. 시선을 던지는 주체는 먹이사슬의 상위를 차지한다. 메뚜기, 사마귀, 황조롱이의 연쇄 끝에 등장하는 져버린 해와 연기가 피어오르는 인간의 마을은 대조적이며, 이 연쇄의 정점에 인간이 있다. 고요한 풍경 속에는 삶과 죽음의 긴장이 팽팽히 흐른다. 이 긴장은 하얀 연기의 이미지를 통해 수직적인 초월의 이미지로 바뀌며 해소된다. 시의 끝부분에 등장하는 '연기를 피운다'라는 행위에는 또 다른 먹음(食)이 암시되면서 한편으로 프로메테우스의 불을 가짐으로써 약육강식의 정글을 빠져나와 '마을'을 건설한 인간 능력의 신비를 연상시킨다. 이 모든 긴장과 초월을 바라보는 풍경 바깥의 높은 곳에서 굽어보는 시인의 시선은 앞을 보는 자라는 뜻의 이름을 지닌 프로메테우스와 같은 지혜를 보여 준다. 불을 가진 생존 능력이란 신으로부터 온 것, 연기가 하늘로 오르듯, 이 하얀 연기는 지상의 불과 천상의 존재를 연결한다. 인간들 또한 지상을 떠날 수 있음을 암시하면서, 삶과 죽음의 순환과 운명마저 이해하는 우리 자신을 돌아보게 된다.

삶과 죽음은 한 몸이지만 인간의 역사에서 죽음은 점차 배제되고 관리되어 왔다고 필립 아리에스는 말한 바 있다. 공동체적인 삶의 일부로 받아들이던 죽음이 현대에 이르러 병원이나 묘지로 밀려나면서 일상과 격리된 기괴한 것, 공포스러운 것으로 치부되었다는 것이다. 그러나 시인들의 따스하고 깊이 있는 시선 끝에 죽음은 우리 일상 속에서 재발견된다. 정호승의 시 「옥산휴게소」(『문예중앙』, 2006, 여름호)는 경부고속도로 주차장에 잠깐 멈춘 장의차의 시신屍身과 교감하고 있다.

아침 일찍 경부고속도로를 달리던 장의차 한 대 주차장에 멈춰 선다
흰 치마저고리를 입고 머리에 실잠자리 같은 상장 핀을 꽂은 젊은
여자들
우르르 차에서 내려 급히 화장실로 향한다
하늘은 푸르고 날은 따스하다
장의차 꽁무니에 타고 있던 관 속의 시신과 나는 차에서 내려 자판
기 커피를 뽑아 들고 먼 산을 바라본다
산에는 진달래가 한창이다
문득 지금이라도 알 수 없는 꽃의 마음을 알고 싶다
재빨리 우동 한 그릇을 먹고 나와 장의차 운전사가 시신에게 담배
를 건넨다
이것은 여행이 아니다
누구를 믿어야 사람은 죽어도 살까
꽃도 피면 다 부처님인가
인생에는 설명할 수 없는 일이 너무 많다고
남들이 가진 것을 다 가지려고 하면 아무것도 가질 수 없다고
시신의 어머니가 담배를 피우는 시신의 손을 가만히 잡아끈다
시신은 장지까지 가는 길이 너무 멀고 지루하다
화장실을 다녀온 시신의 아들은 휴대폰을 꺼내 어디론가 급히 문자

메시지를 보낸다

　시신은 담배를 끄고 어머니를 따라 다시 장의차를 향해 흐느적 흐
느적 걸어간다

　노란 유치원복을 입은 아이들이 버스에서 내려 병아리 떼처럼 화장
실로 뛰어간다

　선운사 동백꽃을 보러 가는 관광버스들이 줄지어 들어오고

　더 이상 울지 않는 장의차가 급히 주차장을 떠난다

—정호승, 「옥산휴게소」 전문

　시신을 싣고 장지로 가던 장의차의 일행은 시신을 잠시 잊고 휴게소에 들
러 일상적인 볼일을 본다. 시인은 시신에게 아무런 거리낌이나 어색함 없
이 담배를 건네고 커피를 마시며 인생의 무상함과 불가해함에 대한 이야기
를 나눈다. 아직 매장되지 않은 시신에게 이 봄날의 푸르고 따스한 날은 잔
인할 정도로 무상하다. 죽는 방법을 외면하며 살고 있는 일상인들이 그렇
듯이 시신은 아쉬움도 많고 납득할 수 없는 것도 많다. 죽은 자의 어머니
는 이미 죽었을 수도 있는데 유령처럼 나타나 시신의 손을 가만히 잡아 이
끌어주고 있다. 장의차 옆으로 생명의 활기가 넘치는 유치원 버스와 관광
버스가 교차되면서, 생과 죽음이 얼마나 가깝고도 먼 거리로 존재하는지를
보여 준다. 이 시에서 죽음과 장례는 비통하고 절망적인 것이 아니라 담담
히 받아들여야 할 삶의 일부로 그려진다. 감정을 절제한 시각적 장면 묘사
와 더불어 시인의 독백과 상상이 혼합된 위의 시는 기괴하고 환각적일 수도
있을 초자연적 상황을 진솔하게 느끼게 한다. 질박한 성정을 지녔을 사자死
者가 지상을 떠날 준비를 하는, 장례식 너머 보이지 않는 세계의 겹쳐진 또
다른 장례 풍경이라 할 것이다.

　그밖에 노 동현장에서 죽음을 성찰한 최종천의 「죽음의 다리를 건너는
법」(「실천문학」, 여름호)도 죽음에 대한 진솔함과 절박함을 느끼게 한 시였다.
죽음에 대한 성찰은 지난 계절의 시에서도 찾아볼 수 있었는데, 박형준의

「천장天葬」(『문학수첩』, 봄호)과 김선태의 「조장鳥葬」(『현대시학』, 4월호)이 그 예이다. 「천장」에서는 서울역 지하도의 '천장'(이때의 한자는 天障일 것이다)을 향해 시신처럼 뻗어있는 노숙자의 모습에 고향집 아버지의 모습을 겹쳐 놓았다. 시인은 쇠잔해 가는 목숨을 새로운 매장 방식인 천장天葬으로 추모한다. 이 시와 달리 「조장」은 티베트 평원에서 시인이 목격한 광경을 노래한 것이었다. 조장을 통해 삽시간에 수십 마리 독수리에 의해 육탈된 시신은 허공에 묻히고 그 영혼이 하늘로 돌아간다. 그 경건한 장례와 평온한 유족들의 일상을 대비시키며 삶과 죽음의 가까운 거리를 보여 준 시였다.

이처럼 이국 여행에서 마주치는 새로운 장례의 방식은 이방인의 관찰자적인 호기심을 끌어당긴다. 더불어 사람의 운명은 결국 나그네와 같다는 운명의 신비감과 여수를 자극한다. 마종기의 시 「바오밥의 추억」(『문학과 사회』, 2006, 여름호)도 그런 여행에서 겪은 체험이 소재가 된 시이다. '바오밥 나무'는 어린 시절 한 번쯤 감동적으로 읽게 되는 생텍쥐페리의 『어린 왕자』에 등장하는 거대한 나무이다. 그것을 아프리카에서 현실로 마주치게 된 시인은 자신의 독서 체험과 인생 체험, 목격한 체험을 뒤섞으며 새로운 인식에 도달한다. 『어린 왕자』를 읽으며 혐오했던, 현실 속 타락한 어른의 모습이 되지 않기 위해 '헐벗은 날'을 살았던 시인은 이 거대한 나무 앞에서 새로운 귀환을 체험한다.

> 왜 그렇게도 매일 외울 것이 많았던지
> 밤샘의 현기증에 시달리던 나이,
> 큰 바오밥 나무를 세 개나 그려
> 소혹성 몇 번인가를 가득 채워버린
> 그 그림 무서워하며 헐벗은 날을 살았지.
> …(중략)…
> 하느님이 제일 처음 심었다는 못생긴 나무,
> 뿌리가 하늘을 향해 물구나무선 채로

늙은 의사가 되어서야 지쳐서 만난
아프리카 초원의 크고 못난 다리,
안을 수도 없어 어루만지기만 했는데
밀가루 같은 추억이 주위에 흩어졌어.

밥이 되는 열매와 야채가 되는 잎,
나이테도 아예 없애고 둥치만 커지는
주위로는 대여섯 개 문이 닫혀 있는데
안내원은 더위에 덮인 목소리를 뽑으며
이것이 아프리카의 수장樹葬이라고 했지.

—마종기, 「바오밥의 추억」 부분

어린 시절 동화책에 등장할 때마다 두려움을 안겼던 큰 바오밥을 어른이 되어 만난 화자는 목이 멘다. 바오밥 나무는 어린 왕자의 별을 위협하는 존재가 아니라 열대의 초원 한가운데 밥이 되어주고 무덤 노릇을 하고 있기 때문이다. 둥치를 뚫고 나무에 구멍을 만들어 시체를 그 속에 밀어 넣고 판막이로 입구를 못질해 막으면 바오밥 나무는 시체를 잠재워준다. 수목장인 셈이다. 나무는 시신을 껴안고 녹여서 몇 해 안에 제 몸으로 받아들여 준다. 못질한 막이도 어느새 구별되지 않는다. 천 년 이상 이렇게 사람을 안아주었으니 얼마나 많은 시체가 한 나무에서 살다가 나무가 되었을까. 그리고 그 나무 안에서 열매가 되고 수액이 되리라. 뿌리가 거꾸로 선 형상을 한 나무에서 물구나무선 척추를 보고 시인은 인간의 귀환을 아프고 행복한 축복이라고 본다.

나무가 되어버린 인간들은
남은 살과 피로 열매를 만들며
추억을 수액에 섞어 마신다.

인간이 나무 속에 들어가는 동네,

잡초까지 이상하게 물구나무선다.

둥치의 긴 척추가 우리들의 날같이

귀환의 낮과 밤을 비추어준다.

축복처럼 아프고 행복하다.

—마종기, 「바오밥의 추억」 부분

거대한 바오밥 나무 둥치를 뚫고 시신을 안장하는 '수장樹葬'을 대하며 시인은 소행성을 집어삼키는 괴물 같은 나무 이미지의 두려움이 아닌 우주적 동화를 느끼게 된다. 인간이 나무에 들어감으로써 자연으로 동화되어 사라지는 육신을 보는 것이다. 오히려 물구나무선 나무처럼, 인간의 몸이 사라짐으로써 새로운 육체를 얻는 역설을 본다. 기독교적인 상상 체계에서 말하는 흙으로 돌아가는 귀환이 아니라 나무로 영원히 살아있을 귀환이 되는 것이다. 이 귀환을 그려보는 시인은 아픔과 행복을 동시에 느끼며 죽음과 삶이 한 몸으로 붙어있음을 깨닫는다.

위의 시에서 귀환하는 것은 나무가 되어버린 인간의 몸뿐만이 아니다. 바오밥 나무는 어린 시절 책에서 읽었던 이미지를 벗어나 시인 자신의 체험과 인식에 의해 빚어진 새로운 우주목宇宙木의 이미지로 우리에게 귀환한다.

3. 문학적 새로움을 위한 시선

앞의 시에서 마종기 시인은 생텍쥐페리의 『어린 왕자』라는 선행 텍스트를 곁에 두고 바오밥 나무를 바라보는 새로운 시선을 창조했다고도 할 수 있다. 후배 시인은 선배인 대시인으로부터 '영향의 불안'을 느끼며 대결을 통해 그를 극복하고 새로운 창조를 한다고 해롤드 블룸은 말한 바 있다. 우리 시문학사에서 그런 영향의 불안을 느끼게 할 대시인이라면 서정주도 빠지지 않을 것이다. 그의 시 「선운사」는 고창의 선운사라는 절에 자신의 낙인을 찍은 절창이라고 할 것이다. 많은 시인들이 선운사를 노래한 바 있지만, 김윤식의 시 「선운사」(『현대문학』, 2006, 7월호)는 선행 텍스트와 작가를 노골적으로 드러내고 대결한다.

> 서정주가 다 버려놓고 간 절. 지난 봄 노곤하게 동백꽃에 낮술을 먹이고, 한껏 육자배기 가락이나 뽑던 절. 고창에는 다시 오지 말자. 법당 그림자가 땅바닥에 몸뚱이처럼 드러눕는데도 여름에는 오지 말자. 저 부도 속의 컴컴한 유암幽暗도 잊자. 야차夜叉같이 낄낄낄 누런 웃음이나 깔기고 서 있는 사내려니. 아아, 이파리 아래 푸르고 불그스름한 능구렁이려니. 법문마저 닫아건 무더위 속, 이제 지는 꽃 하나 없이 돌아서자. 해탈은 낮술처럼 숨이 막히는데 서정주인들 선운사에 다시 오랴.
>
> ──김윤식, 「선운사」 전문

위의 시는 선운사를 두고 "서정주가 다 버려놓고 간 절"이라고 말한다. 서정주의 시 「선운사」 이래로 선운사는 법가의 해탈과는 다른 이미지로 기억되기 때문일 것이다. 서정주의 개인적인 경험담에서 쓰인 시이기도 한 시 「선운사」는 속세를 떠난 공간인 절을 시제로 내세우고도 동백꽃과 육자배기 뽑던 여인과 같은 애상적이고 관능적 이미지를 그려내어 묘한 아이러니를 보여 주었다. 져버린 동백꽃과 세상을 떠난 여인과 같이 덧없는 존재의 허무감이 귓가에 맴도는 육자배기 한 가락처럼 아련하게 선운사라는 존재를 휘감는다. 김윤식의 위 시는 서정주 시에서 휘발된 해탈과 세속의 긴장을 다시 상기시킨다. 화자는 법당과 부도가 있는 절로서 해탈과 성불을 위한 공간임을 상기하며 '오지 말자' '잊자'라는 역설적인 언사를 통해 서정주의 동백꽃 이미지에 빠져있던 선운사를 끌어올린다. 이 시의 묘미는 선운사라는 실제 사물에 대한 새로운 텍스트가 아닌 서정주의 선행 텍스트에 대한 2

차 텍스트인 데에서 오는 역설과 긴장에 있다고 할 수 있다.

이처럼 문학의 새로움이란 어법에만 달린 것이 아니라 세계를 바라보는 눈으로부터 온다. 이면우의 시 「노을」(『현대문학』, 7월호)도 소박하지만 새롭게 세계를 바라보며 신비스러운 이미지 하나 건져 올린다.

> 세상은 아주 오래된 부엌입니다 길가로 난 어둑한 문 안에서 누군가, 느지막이 길 가는 이를 위해 가마솥 가득 붉은 수수죽을 쑤는 중입니다 타박타박 발자국에 물 작게 한 바가지 부어 휘젓고 뚜벅뚜벅 발자국에 크게 한 바가지 더 붓고 휘휘 저어 슬긍긍 뚜껑 닫고 아궁이를 들여다봅니다 찬찬히 들여다봅니다

> 당신이 지금 허리 굽혀 아궁이를 들여다보는
> 바로 그 눈 아닙니까.
>
> ―이면우, 「노을」 전문

"세상은 아주 오래된 부엌"이라는 구절은 오랜 시간 시인이 세상을 "허리 굽혀" 들여다보아 길어 올릴 수 있는, 소박하지만 웅숭깊은 이미지라 할 것이다. 노을이 번지는 저녁의 풍경을 "가마솥 가득 붉은 수수죽을 쑤는" 아궁이라고 비유하는 힘은 단순한 기지와 위트에서 오는 것이 아니다. "느지막이 길 가는 이"를 염려하는 마음에서 시인의 질박한 성정을 느낄 수 있으며, 소탈히 들려오는 낮은 소리의 의성어들과 더불어 독자들의 허리를 찬찬히 수그리게 만든다. 시인은 마지막 연에서 물음을 넌지시 던짐으로써 이러한 감동의 여운을 고조시킨다. 그의 어법은 파격적이지 않으면서 세상을 바라보는 눈의 진정성이란 무엇인가를 새삼 깨닫게 한다.

문학사에서 수없이 많이 쓰인 무제無題라는 제목을 새로운 텍스트로 고쳐 쓴 김영승의 시 「무제」(『문학사상』, 5월호)도 짧지만 의미 있게 읽힌 시였다. 이 시에서 일상적이고 육욕적인 삼겹살이라는 음식은 영겁과 인연의 고리

를 깨우치게 하는 선불교적 의미로 재탄생한다. 지난 계절 왕성하게 발표한 김영승 시인의 시편들에서 디지털 유목민과 선禪을 결합시키는 시 세계도 흥미로운 실험이었다.

문학의 새로움은 무엇보다 새로운 발견의 눈이 선행되어야 할 것이다. 생과 죽음과 같이 근본적이고 영구히 반복될 주제 앞에서 때론 진지한 성찰로, 때론 일상의 틈새로, 때론 과감한 모험과 여행으로 자신만의 인식과 이미지를 길어 올릴 때 문학적 새로움을 발견하는 것이 아닐까.

보이지 않음의 드러냄, 세상의 표상과 무늬

1. 시의 눈으로 더듬어 세상을 읽다

여행이나 답사를 다녀와서 찍은 사진을 보면 어설픈 각도와 감도로 찍힌 사진일지라도 여행 정보지나 백과사전에 실리는 완벽한 사진보다 더 많은 것을 말해 줄 수 있다. 비록 그 사진 속에 우리 자신의 모습이 없더라도 말이다. 사진 속에는 그곳의 풍경과 함께 그 장소와 시간, 그리고 나의 추억이 붙들려 있기 때문이다. 그러나 그것은 보일 수 없는 것(非可視性)이며 불완전한 인간의 기억 탓으로 조금씩 휘발되어 가고 만다. 이러한 보일 수 없는 것들을 언어의 감각으로 일깨우는 것이 시이다. 그리고 시는 그 휘발되어 가는 찰나적인 것에 대한 그리움을 간직한 언어예술이라고 할 수 있을 것이다.

지난 계절의 시들을 읽다 보니 세상에 뿌려져 있는 비가시적인 것들을 더듬어 형상화한 시들이 눈길을 끌었다. 정일근의 「맨발의 詩」(『현대시학』, 2006년 10월호)는 형식이나 문법에 연연하지 않고 벌거벗은 시의 눈으로 세상을 바라보는 청신한 감각을 느낄 수 있었다.

맨발처럼 좋은 눈은 있는가

꽉 쪼인 구두의 형식을 벗어던지고

구겨진 양말의 문법을 벗겨버리고

은현리 가을 들판을 맨발로 걸어가느니

등 굽은 농부가 빚어낸 황금 문장을

맨발의 두 눈으로 경건히 읽어가노라면

몸 속 가득 찬란한 느낌표는 찍힌다

문자는 쓰고 읽을 줄 아는 사람의

고독한 기호일 뿐이려니

하늘은 하늘의 말씀을

땅은 땅의 말씀을

사람 사는 세상에 불립문자로 뿌려놓았으니

그 말씀 뿌리가 읽어 꽃은 피고

꽃은 읽어 열매 맺는 것이리라

스스로 뛰는 심장을 가진 생명의 문장은

대자연의 호흡으로 땅 위에 남았느니

나는 지구라는 위대한 시인이 쓴

사람의 오늘과 내일을 알려 주는 예언서를

지금, 맨발로 읽고 가는 중이다

—정일근, 「맨발의 詩」 전문

한 해의 땀 흘린 수고로 황금빛이 된 가을 들판을 맨발로 걷는 시인은 대자연의 위대함 앞에 경건한 마음이 된다. 그 황금빛 풍경은 형식과 문법의 구속을 벗어난 시인의 몸속에 찬란한 "느낌표"만을 찍는다. 시인은 인간의 언어와 문자를 떠난 순수한 감각과 직관으로 대자연을 영접한다. 인쇄 문화에 이르러 인간은 개인화되고 내면화되었다고 말한 것은 월터 J. 옹이었다. 문학자의 고독은 창조의 고통에서 오는 고독뿐만 아니라 문자라는 고독한 기호를 사용한다는 점에서 오기도 한다. 그러나 대자연의 말씀은 불립문자로 편재해 있고 세상 만물은 그 이치를 읽고 순리대로 따른다. 대자연의 말씀과 생명의 문장은 보일 수 없는 것이기에 시인만이 맨발의 눈으로 읽어갈 수 있는 것이다.

나뭇잎 하나가 까딱이 없는
말간 대낮에 단추를 달다가
농담처럼 부음을 듣습니다
기가 막혀
앞섶에 바늘을 꼬고 고개를 천천히
길어 올리니 삼베옷을 걸친
누런 허공이 징소리를 징징 내며
목을 놓기 시작을 합니다

한번 떨어진 목숨은
절대로
달아 올릴 수가 없는 단추라네요
부음 하나에 내 앉은키가
폭삭 무너져버린, 이런 날은
귀신 눈빛이 분꽃 씨처럼 또렷하고
모가지 조금만 길게 뽑아도
저승길이 훤히 보인다고
십수 년을
그림액자 속에서 나랑 같이 늙어가던
목련꽃이 하얗게 쇤 소리로 두런거립니다

죽음이란

방금 전에 내가 그랬듯이
앞섶에 꽂아두고 까맣게
잊어버렸던 바늘과도 같은 거라네요
언제 심장을 찔릴지 모르는

                      —한혜영, 「단추를 달다가」 부분

위에 인용한 한혜영의 「단추를 달다가」(『현대시학』, 2006년 10월호)에 등장하는 죽음은 "농담처럼" 갑작스럽고 믿어지지 않는 것이기에 시인을 허탈함 속에 몰아넣는다. 죽음을 거스를 수 없음을 시인은 "한번 떨어진 목숨은/ 절대로/ 달아 올릴 수가 없는 단추라네요"라고 형상화한다. 어쩔 수 없이 받아들여야 하는 운명을 직감하는 것이다. 또한, 죽음을 허여하면서 그 앞에서 느낄 수밖에 없는 두려움과 허탈함을 너무나 직절하게 그려내고 있다. "부음 하나에 내 앉은키가/ 폭삭 무너져버린, 이런 날은/ 귀신 눈빛이 분꽃 씨처럼 또렷하고" 우리 주위에 항시 맴돌고 있지만 보이지 않던 죽음이 새까만 분꽃 씨처럼 또렷하게 드러난다. 도처에 죽음이 있었고, 우리는 불시에 죽음의 습격을 받을 수 있었음을 깨닫는 것이다. 그래서 죽음이란 "앞섶에 꽂아두고 까맣게/ 잊어버렸던 바늘과 같은 거" "언제 심장을 찔릴지 모르는" 그런 새삼스럽지만 치명적인 것임을 상기한다.

생명과 죽음 자체도 대조적인 것이긴 하나, 위 두 시에서 그것을 형상화하는 시인의 감각들도 흥미롭게 대조되고 있다. 정일근의 시가 생명을 남성적인 큰 호흡으로 그렸다면 한혜영의 시는 죽음을 여성적인 우수로 섬세하게 그려내었다. 일반적으로 생명을 모성적인 낳음과 기름으로 표현하는 것과 달리 정일근의 시에서 생명은 비록 불립문자이긴 하나 기호라는 상징계의 이미지로 나타난다. 이 시에서 자연은 잉태와 보살핌의 대지나 자궁이 아니라, 거대한 책이며 말씀이다. 로고스적인 상징계 안에서 시인은 맨발의 신도信徒와 같은 모습을 보여 준다. 대자연의 비가시성은 달리 말하면 인간의 능력을 뛰어넘는 불가능성 또는 불가역성과 맞닿는지도 모른다. 그 앞에서 어찌 인간이 더구나 시인이 겸손해지지 않을 수 있을까. 그리고 불가역성의 극점은 죽음이다. 그런 점에서 한혜영의 시는 죽음에 대한 어쩔 수 없는 허여許與성을 여성적인 허무로 포착해 내었다. 바느질은 죽음의 광폭함 앞에 놓인 생명의 비애감을 가시화시키는 적절한 여성적 표상이었던 것이다.

2. 얼룩과 무늬

사라져간 것들과 스쳐 지나간 것들, 그래서 지금은 남아있지 않은 것들은 죽음의 운명처럼 시간을 거스르지 못한다. 그러나 사라질 때 무엇인가가 가까스로 남겨 놓은 자국, 그것이 얼룩이다. 권혁웅의 시 「고인 물 사라진 자리에 남은 얼룩처럼」(『시와 정신』, 2006년 가을호)에서 얼룩은 이미 존재하지 않게 되어 볼 수 없는 것을 환기한다.

> 그 뒤뚱거리는 슬픔은 전족과 같고 그 동그란 울음은 상투와 같으나
> 그것은 아무것도 후회하지 않았을 것이다 출렁이는 물지게가 엎지른
> 물을 돌아보지 않음과 같으니 길은 멀고 물은 빨리 말라서 동쳐 맨 슬
> 픔이나 틀어막은 울음에 관해 그 누가 돌아보랴 다만 주위에 여러 겹
> 두른 자국이 있어 그것이 한때 과녁이었음을 증거 하는 것이나 지금 그
> 대가 다른 곳을 쳐다보듯 그것 또한 그대에게서 시선을 거두어간 것이
> 다 고인 물 사라진 자리에 남은 얼룩처럼, 다만 얼룩처럼
> —권혁웅, 「고인 물 사라진 자리에 남은 얼룩처럼」 전문

위 시에서 얼룩을 바라보는 시인의 시선은 담담하다. 이미 거기에서 물기는 사라졌고 우리의 과거를 얽매이게 하던 슬픔이나 울음은 증발된 지 오래이기 때문이다. 이 얼룩의 주인들은 이미 떠나버려서 더 이상 과거를 반

성하거나 추억하지 않는다. 하지만 얼룩에 남은 여러 겹의 자국은 "그것이 한때 과녁이었음을 증거 하는"데, 우리는 과거에 그것을 위해 땀을 흘렸고 그것을 향해 울음을 흘렸던 것이기 때문이다. 인간이 과거를 떠나 다른 곳의 다른 목표를 향해 살고 있다면 한때 우리의 열망이었던 그것도 우리에게서 시선을 거두어간다. 시선의 역전이 일어나는 이 장면에서 소외되는 것은 얼룩이 아니라 우리 자신이 된다. 우리라는 존재가 시간의 흐름 속에 잠시 고여있다가 덧없는 시간들이 사라진 자리에 남은 얼룩은 아닐까. 혹은 과거에 존재했던 나라는 정체성은 그런 얼룩 같은 것은 아닐까. 담담하게 읽어나가던 이 시는 문득 투명한 존재의 허무감을 느끼게 한다.

　　　안내견 앞서가네, 눈을 끔벅거리며
　　　약국 앞 지나네, 먼 길을 걸어온 듯 혀를 길게 빼물고
　　　사람들이 비켜주는 길을 따라 土曜日 속으로 걸어오네
　　　벚꽃 피는 봄날이었네 마음이 도굴되는 봄날이있네
　　　바람은 사랑에게서 불어오는 것이라고 아름다운 눈에서
　　　불어오는 것이라고 꽃가지는 흔들고 모오든 노래들이 펄럭일 때
　　　바람들 고요에 들어 고요의 상속을 기다리네
　　　이렇게 흰꽃잎 들여다보는데 마음은 피고 물은 흐르는데
　　　고소한 기름 냄새 풍기는 봄날
　　　바야흐로 빛을 배워 눈 열리는 봄날
　　　놓친 것들이 돌아오는 길목
　　　안내견 한 마리 눈을 끔벅거리며 성자처럼
　　　흰옷을 펄럭거리며 꽃잎 속을 걸어오시네
　　　사람들 다친 마음을 어루만지며
　　　횡단보도 걸어오시네

　　　　　　　　　　　　　　　　　　—박주택, 「문양」 전문

42

위의 시 박주택의 「문양」(『문학과 경계』, 2006년 가을호)이 그리고 있는 봄날의 따사로운 풍경 속에서 시인이 발견한 볼 수 없는 것은 무엇이었을까? 그것은 고요 속의 열림이다. 여유로운 토요일 벚꽃 핀 봄날 안내견이 횡단보도를 건너가는 풍경을 순간적으로 시인은 포착하였다. 시인의 눈에는 풍경이 아니라 어떠한 '문양'으로 보였다. "마음이 도굴되는 봄날"에 사랑과 아름다움은 새삼 세상에 흩뿌려져서 무늬를 남긴다. 이기심과 각박함은 사라지고 바람들은 사랑을 머금고 "고요에 들어 고요의 상속을 기다리"고 있다. 이 가운데에서 꽃도 노래도 피어나고 마음도 눈도 열린다. 안내견이 인도하고 있을 어느 맹인의 어둠은 사라지고 '성자'와 같은 안내견의 인도 속에서 "빛을 배워 눈 열리는" 것이다. 이 열림은 맹인에게만 일어나는 것이 아니다. 그들이 지나갈 때 "놓친 것들이 돌아오"며 "사람들 다친 마음"들이 어루만져진다. 보일 수 없는 것을 가시화시키는 시인의 눈에는 풍경이 단순한 풍경으로 그치는 것이 아니라 읽을 수 있고 번역될 수 있는 고요와 사랑의 무늬가 되는 것이다.

3. 보이지 않는 것 위에 세우는 시의 집

시인은 대지와 폐허 위에 집을 세우는 자이다. 구획을 짓고 터를 다진 곳에 집을 짓는 것이 아니라 온갖 생명과 자연과 어울린 순수한 대지이거나 인간의 헛된 노력과 수고로움이 무너진 폐허 위에 새로이 집을 짓는 것이다. 존재의 집 짓는 이야기를 다루고 있는 시가 이기철의 「집 짓는 사람」(『시안』, 2006년 가을호)이다.

> 그는 대지 위에 생각을 심는 사람이다
> 생각의 안쪽에는 늘 푸른 풍차가 돌아간다
> 송판에 못질하는 소리

기둥에 망치질하는 소리

창문에 해를 달고

부엌에 밥솥을 꽂는 소리가

땅의 잠을 깨운다

벽과 서까래와 지붕이 한 채의 집으로 완성되기까지

얼마나 오래 대지는 침묵했는가

거기 지상의 아름다운 신부가 꿈의 분갑을 들고

속치마 같은 지붕 아래 등불을 켤 때

지상의 모성들이 꽃잎이 되어 펄럭인다

신부는 아침이 오는 곳에 거울을 달고

햇살 같은 아랫배를 매만지며

세상의 둥근 해인 아이를 갖는다

서랍장은 그의 꿈을 개켜 넣는 보석상자

상자 속에서 꺼낸 보석이 아이의 아랫니로 돋을 때

그 아이가 최초로 '엄-마'라고 부르는 모음이

지구를 밀어 올리는 힘이 된다

그것이 신부의 종교다

너와 나, 인간의 종교다

집 짓는 사람은

대지에 꿈을 심는 사람이다

—이기철, 「집 짓는 사람」 전문

위 시에서 '집을 짓는 사람'은 땅의 잠을 깨우고 대지의 침묵을 일깨우는 자이다. 대지에 생각을 심어 집 한 채를 짓고 "지상의 아름다운 신부"를 맞아들인다. 집을 짓는 튼튼한 건축의 과정에 이어 신부를 맞이하는 단장은 조심스럽고 우아하다. 시인의 자유자재한 말솜씨가 음양의 조화까지 녹여내고 있다. "꿈의 분갑을 들고/ 속치마 같은 지붕 아래"에서 꽃잎처럼 펄럭인 신부맞이가 지나면 신부는 "아침이 오는 곳에 거울을 달고" 해와 같은 아이를 갖는다. 이 아이의 최초의 모음이 "지구를 밀어 올리는 힘"이 된다는 믿음, 이것이 집을 짓는 자들, 가족을 이루는 자들, 인간 모두의 믿음이라고 시인은 말한다. 대지는 가시적이고 물리적인 공간이 아니라 비가시적이고 철학적인 지평이며 인간 존재의 기반이다. 집 짓는 사람은 꿈을 갖는 자들 모두이기도 하겠지만 특히 시인을 비유하고 있다. 시인이 현세의 물질을 구하지 않고 대지에 꿈을 심고 언어의 집을 짓는 것은 시에서 발견하는 새로운 언어가 "지구를 밀어 올리는 힘"이라고 믿기 때문이다.

위선환의 「빌미」(『시를 사랑하는 사람들』, 2006년 9~10월호)에서 엿볼 수 있는 역설적인 존재의 성찰도 울림이 크다.

실뱀이었을, 배 깔고 기어간 자국이 가늘다. 노란 뱃비늘 몇 점 흘렸다. 은띠 같은 허물을, 맨 끝에는 뱀가시를 흘려놓았다.

먼지 덮인 흙바닥에 가지런히 서까래 자국들 눌렸다. 서까래에 얹혔던 기왓골이, 서까래 아래로 스며들던 어스름도 함께 눌렸다.

그해에 내렸던 서리가 녹지 않았다. 서리바닥에 나비날개의 깜장 무늬가 찍혔다.

햇살들이 꽂혔고, 몇 개는 구부러졌고, 몇 개는 부러져서 바늘토막 흩은 듯 흩어졌고

막새에, 부리 긴 새를 새긴 것이, 반쪽만 남았다. 그나마 틈 벌어졌다. 틈새에서, 갓 부화한 아기 새가 눈 또릿또릿 뜨고 밖을 내다보고 있다.

볼수록 먼 데가 보이는, 비로소 내 눈이 비기 시작하는…

—위선환, 「빌미」 부분

위의 시에서 존재들은 폐허의 흔적과 기억들로 등장한다. 실뱀은 기어간 자국과 비늘 몇 점과 "뱀가시(蛇骨)"만 남긴 채 먼지로 사라졌다. 기와집의 서까래도 지붕의 기와와 막새도 모두 무너져 내렸다. 이 폐허에서는 서리도 햇살도 폐허의 기억을 부추긴다. 그런데 이 폐허의 풍경을 그리고 있는 각 연들의 마지막 부분은 절묘하게 연상되며 이어지고 있다. 첫 연에 등장하는 가는 자국에서 연상된 죽은 뱀은 가시만 흘려놓고 풍화되어 사라졌을 것인데, 이 이미지는 2연 앞부분의 "먼지"로 이어진다. 그리고 2연의 뒷부분의 '무너지고 누름'의 이미지는 3연 앞부분의 서리 '내림'으로, 3연 뒷부분의 무늬 '찍힘'은 4연 앞부분의 햇살 '꽂힘'으로, 4연 뒷부분의 '부러져 흩어짐'은 5연 앞부분의 '반쪽 남아 부서지고 틈 벌어진' 막새로 이어진다. 마지막으로 5연 뒷부분의 아기 새의 '내다봄'은 6연의 내가 '봄'으로 연결되고 있다. 시인의 의도인지 아닌지 알 수 없으나 폐허의 흔적과 기억들은 볼 수 없는 연관 속에 모여들고 하나의 틈새를 벌려놓는다. 그 틈새에서 새끼 새가 부화하여 밖을 내다본다. 그 아기 새의 시선에 시인의 시선이 겹치고 있다. 시인은 "볼수록 먼 데가 보이는, 비로소 내 눈이 비기 시작하는" 체험을 한다. 풍경 너머로 가시성 너머로 시인의 시선이 향할 때 비가시성이 보인다. 이것이 화가나 카메라가 그려내는 세상을 넘어 시인만이 창조해 내는 존재의 집이 아닌가.

이 글의 시작은 땅과 죽음에서 시작하였는데 그 마무리가 대지와 폐허로 끝맺게 되었다. 이 폐허로부터 부디 지상의 방랑자인 시인들의 언어가 은거하며 소생하길 바라본다.

일상의 발견과 전이된 이미지

2000년대에는 신진 시인들뿐만 아니라 원로 시인이나 중견 시인들도 작품 세계를 꾸준히 이어가거나 오랜 침묵을 깨고 활동을 재개하는 경우도 늘었다. 이들의 작품들은 대체로 주체의 안정성과 견고한 이미지에 기반한 사유를 보여 준다. 게재되는 시 작품에 한해서 볼 때 문학잡지 간의 특이성은 사라진 편이고, 오히려 한 잡지 내에서도 등단 연도에 따라 수록된 차례를 통해 읽히는 이질성이 더 크게 느껴진다. 이 글은 중견 시인들의 일상에 대한 포착을 담은 시에 대한 작은 관찰이 될 것이다.

사물의 본질을 해석하고 추상화시켜 응축시킨 이미지는 시인의 오랜 사유의 결실이거나 예민한 감수성의 획득물이다. 김기택의 「고양이 죽이기」(『현대문학』, 2006년 12월호)에서 시인의 예리한 시선은 일상의 구체적이고 다양한 부면에서 새로운 이미지를 포착해 낸다.

> 그림자처럼 검고 발자국 소리 없는 물체 하나가
> 갑자기 도로로 뛰어들었다.
> 급히 차를 잡아당겼지만
> 속도는 강제로 브레이크를 밀고 나아갔다.

차는 작은 돌멩이 하나 밟는 것만큼도 덜컹거리지 않았으나
무언가 부드러운 것이 타이어에 스며든 것 같았다
얼른 백미러를 보니 도로 한가운데에
털목도리 같은 것이 떨어져 있었다.
야생동물들을 잡아먹는 것은, 이미 오래전부터,
호랑이나 사자의 이빨과 발톱이 아니라
잇몸처럼 부드러운 타이어라는 걸 알 리 없는 어린 고양이였다.
승차감 좋은 승용차 타이어의 완충장치는
물컹거리는 뭉개짐을 표 나지 않게 삼켜버렸던 것이다
씹지 않아도 혀에 살살 녹는다는
어느 소문난 고깃집의 생갈비처럼 부드러운 육질의 느낌이
잠깐 타이어를 통해 내 몸으로 올라왔다.
부드럽게 터진 죽음을 뚫고
그 느낌은 내 몸 구석구석을 핥으며
쫄깃쫄깃한 맛을 오랫동안 음미하고 있었다.
음각무늬 속에 낀 핏자국으로 입맛을 다시며
타이어는 식욕을 마저 채우려는 듯 더 속도를 내었다.
　　　　　　　　　　　　—김기택, 「고양이 죽이기」 전문

　위 시는 어느 날 도로에서 고양이를 친 '로드킬road kill'에서 일어난 "물컹
거리는 뭉개짐"의 느낌을 미세하게 온몸으로 전하고 있다. 일상에서 아무
런 적의나 의도 없이 마주치게 되는 살육은 불가항력적이기에 더욱 당혹스
럽다. "어느 소문난 고깃집의 생갈비처럼 부드러운 육질의 느낌"은 "터진
죽음"을 뚫고 주체를 급습하는 감각이 된다. 타이어가 삼켜버린 "육질의 느
낌"은 주체의 육체로 전이된다. 그 감각은 주체가 느끼는 것이지만 이 시에
생생하게 드러나는 감각적 이미지는 '나'의 바깥에 있는 무엇인가를 일깨운
다. 그 바깥에 있는 것은 "내 몸 구석구석을 핥"고 "쫄깃쫄깃한 맛"을 내 몸

안에서 음미하고 있다. 내 몸의 감각과 육체성은 고양이의 그것과 상통하게 되며 고양이의 죽음은 순간적으로 나에게로 전이된다. 문명의 탐욕스러운 식욕이 타이어라는 일상의 이미지로 전이되는 동시에 무차별적으로 다뤄지는 생명의 무기력성이 환기되는 것이다.

> 그는 입을 닫고 식사를 한다.
> 나는 그의 입 속에 들어 있다.
> 나는 부서지지 않는다.
> 미동도 않는다. 내가 빵에 쨈을 바를 때
> 나는 결코 나를 본 적이 없다.
> 내가 빵에 쨈을 바를 때
> 나는 이미 부서져 있다.
> 그는 이미 부서져 있다.
>
> 그는 살찐 빵을 뚫고 나간다.
> 그는 눈 먼 식사를 한다.
> 우리는 다시 죽는다.
>
> 그가 와서 테이블에 앉을 때
>
> ─이수명, 「죽음의 식사」 부분

위의 시 이수명의 「죽음의 식사」(『현대시학』, 2007년 1월호)에서 포착된 이미지는 어느 부부의 권태로운 식사 시간이다. 일상의 반복되고 자동화된 행위는 감각이나 인식이 중지되어 있는 일종의 죽어버린 시간에 가깝다. 무감각하게 대화도 없이 반복하는 '눈먼 식사'인 것이다. 권태로운 일상과 타자와 단절된 주체의 고립감이 '죽음의 식사'라는 이미지로 표상되어 있다. 주체는 이러한 이미지를 통해 세계와 화해를 꿈꾸거나 내면적 성찰에 이르려

하지 않는다. 이미지에 전이된 인식은 생에 대한 예지에 도달하기보다 일상의 장면을 포착하고 그 단조로움을 권태롭게 그려내고자 할 뿐이다. 그럼으로써 일상의 죽어버린 시간은 시적인 것으로 전이되어 소생하는 것이다.

이장욱의 시 「동사무소에 가자」(『문학사상』, 2006년 12월호)에서도 동사무소라는 지극히 일상적인 장소이자 서민에 친숙한 관공서는 새로운 물음을 품게되는 이미지로 바뀐다.

> 동사무소에서 우리는 前生이 궁금해지고
> 동사무소에서 우리는 공중부양에 관심이 생기고
> 그러다 죽은 생선처럼 침울해져서
> 짧은 질문을 던지지
>
> ─이장욱, 「동사무소에 가자」 부분

그 질문은 '동사무소란 무엇인가'이다. 시에서 말하길 "동사무소는 그 질문이 없는 곳/ 그 밖의 모든 것이 있는 곳/ 우리의 일생이 있는 곳/ 그러므로 언제나 정시에 문을 닫는" 곳이다. 동사무소라는 관공서에서 죽음은 실존적일 수 없고 모든 태어남과 죽음은 한 장의 서류로 기록될 뿐이다. 그러나 그 기록에는 모든 일생이 기재되어 있다. 위의 시는 그런 일상적인 공간에서 시적인 이미지를 소생시킨다. 동사무소에 유일하게 없는 질문인 '동사무소란 무엇인가'라는 실존적 질문을 던짐으로써 무의미한 세계에 의미를 일으키고 이미지로 전이시킨다. 일상의 장면과 시간들을 변환시킨 이미지들은 자동화된 우리의 감각을 새롭게 일깨우며 물음을 발생시키는 것이다.

시단의 진정한 활기는 난해하고 해독 불가능할 만큼 눈에 띄는 새로운 시들 때문만은 아니다. 애정과 여유를 가지고 읽어보면 주체의 안정성과 견고한 이미지를 구축하고 있는 완성도 높은 시들을 중앙이든 지방이든 여러 문예지에서 심심치 않게 찾아볼 수 있다. 다만 이것이 어떠한 시 정신으로

우리 시대 시의 심장에 보다 힘 있는 맥박과 혈류를 줄 수 있는 것인지에 대
해 함께 물어야 할 것이다.

오래된 새로움, 시의 해석력

　주체를 해체한다고 하는 것은 오히려 주체에 대한 집착을 반증하며 주체의 미로에 갇혀버리는 것일 수 있다. 오히려 고집스러운 주체를 잊어버림으로써 일찍이 서정 시인들은 그 심연을 극복할 수 있었던 것은 아닌가. 서정시가 지닌 자연과 세계에 대한 고요한 통찰은 자아를 세계로 확장하며 인간적 존재의 심화를 열어준다. 문학은 때로는 이미 반복되어 온 근원적이고 보편적인 문제에 대해 자기 나름의 인식을 통해 다른 표현을 찾는 것일 수 있다.

> 하느님
> 가령 이런 시는
> 다시 한번 공들여 옮겨 적는 것만으로
> 새로 시 한 벌 지은 셈 쳐주실 수 없을까요
>
> 다리를 건너는 사람이 보이네
> 가다가 서서 잠시 먼 산을 보고
> 가다가 쉬며 또 그러네

얼마 후 또 한 사람이 다리를 건너네

빠른 걸음으로 지나서 어느새 자취도 없고

그가 지나고 난 다리만 혼자서 허전하게 남아 있네

다리를 빨리 지나가는 사람은 다리를 외롭게 하는 사람이네

라는 시인데

(좋은 시는 얼마든지 있다구요?)

안 되겠다면 도리 없지요

그렇지만 하느님

너무 빨리 읽고 지나쳐

시를 외롭게는 말아주세요, 모쪼록

내 너무 별을 쳐다보아

별들은 더럽혀지지 않았을까

내 너무 하늘을 쳐다보아

하늘은 더럽혀지지 않았을까

덜덜 떨며 이 세상 버린 영혼입니다

 * 이성선李聖善 시인(1941~2001.5.)의 「다리」 전문과 「별을 보며」 첫 부

분을 빌리다.

       —김사인, 「다리를 외롭게 하는 사람」 전문

공들인 시 한 '벌'의 탄생은 위의 시에서처럼 참으로 겸허하고 깊은 헤아

림 속에서 이루어지는 것은 아닌가. 다리를 너무 빨리 건너가 다리를 허전하게 남겨 두지 않도록, 시를 "너무 빨리 읽고 지나치"지 않는 마음. 그것이 사물을 대하는 시인의 마음이고 또 시를 읽는 마음이라는 전언 앞에서 너무 일찍 세상에 절망하는 자세를 취하는 우리의 짧은 인식을 반성하게 된다. 다른 이의 시를 공들여 읽고 옮겨 적음으로써 시인은 세상을 공손한 마음으로 읽고 간 시인의 시를 다시 살아나게 한다. 자연과 세계를 시로 옮기고 싶은 욕심이 행여 저절로 있는 그대로의 순수함을 더럽히지 않을까 두려워할 줄 아는 시인의 마음은 주체와 세계 사이의 심연이 아닌 초월적인 이해의 깊이로 다가온다. 더불어 이 시가 취한 인용이라는 독특한 구성은 서정시가 단일한 주체의 틀을 벗어나 타인의 사유와 자연스럽게 몸을 섞는 폭넓음을 지닐 수 있음을 보여 준다. 진정한 서정시의 위의는 이처럼 세계에 대한 새로운 눈뜸에 있지 않겠는가.

세계에 대한 수용과 순환의 이미지

원숙한 시인들의 시를 읽다 보면 인간의 존재와 인생의 역정을 되돌아보는 예지와 통찰을 만나기도 한다. 그것은 시만이 줄 수 있는 찰나이지만 영원에 맞닿는 희열이다.

> 나무 한 그루가 몸을 둥글게 하나로
> 부풀리고 있다
> 그 옆에 작은 나무 한 그루도
> 몸을 동그랗게 하나로 부풀리고 있다
> 아이 하나가 나무 곁에 와서 두 팔로
> 동그랗게 원을 만들어보다가 간다
> 동그랗게 자기가 만든 원을

두 번 세 번 보다가 간다

새 두 마리는 지나가다가

쏙쏙 빨려 들어가 둥근 나무가 된다

　　　　　　—오규원, 「둥근 나무」 전문(『현대문학』, 2007년 1월호)

　오규원 시인은 병마와 싸우다 애석하게도 2007년 2월에 우리 곁을 떠나
나무로 되살러 떠났다. 위의 시는 김환기 화백의 구상화에 등장하는 간략
한 형태의 사물들처럼 간결한 이미지로 이루어져 있다. 굵은 선으로만 드
로잉한 듯 나무의 형태와 동작만 단순하게 묘사된다. 그리고 곁에 있던 작
은 나무와 아이도 나무를 따라 둥근 몸이 되거나 둥근 원을 만든다. 아이의
동작은 단순하고 천진스럽게 느껴지고 마지막 "새 두 마리"는 시상 전체에
절묘한 변화와 역동성을 주며 전체적인 조화와 합일성을 완성한다. 일자一
者로 시작하여 이자二者로 전개된 심상은 주체 '나'를 등장시키지 않아도 주
관과 객관의 안정적인 조화와 동화를 느끼게 한다. 이 시에서 사물의 이미
지는 과장되지 않으며 사물과 사물의 관계도 동화와 교감에 바탕을 두고 있
다. 사물의 본질을 간직한 언어에 대한 시인의 꿈꾸기는 "둥근 나무"라는
순수하고 추상화된 언어에 집약되어 있다고 할 수 있다. 오규원 시인은 여
러 시집을 통해 물신화된 사회에 대한 아이러니와 패러디 등으로 시적 언술
의 영역을 넓힌 바 있지만, 궁극에는 순수한 언어를 통한 사유라는 지점으
로 귀환함으로써 생의 순환 궤도를 완성시킨 것은 아닐까.

　둥글다는 것은 모나거나 뾰족하지 않아 세계와 불화하지 않는다는 소극
적 의미도 갖지만, 세계를 껴안고 포용한다는 적극적인 의미도 띤다. "남모
르게 말랑말랑한 등/ 남모르게 다스운 등/ 업혀 가만히 자부럽고 싶은 등/
쓸쓸한 마음은 안으로 구부려 참고/ 세상 쪽으로는 순한 언덕을 내어놓는
다"(김명인, 「둥근 등」, 『현대문학』, 2007년 1월호)고 하는 마음과 같이 '둥근 것'은 포
용의 이미지인 것이다. 이러한 둥근 이미지는 세계에 대한 성숙한 해석력
의 징표이자 삶의 태도라고 할 수 있다.

순응의 시간과 숭고한 우주적 교감

원숙한 시인들에게 시간은 생과 맞먹은 무게와 흐름으로 포착된다. 비록 찰나의 순간이라도 우주적인 순행과 인생의 순리를 깨닫고 그것에 순응하는 겸허의 시간으로 형상화된다. 그러나 여기에서 순응은 인간의 무기력을 보여 주는 체념이거나 포기에서 비롯되는 것이 아니라 예지와 통찰을 통해 이루어지는 것이기에 가볍게 읽히지 않는다.

> 저녁 어스름이 장엄하다고
> 말했던 노시인의 죽음을 넘어서
> 저녁 어스름이 찾아온다
> 의자 없는 별들에게 자리를 내어주듯이
> 산등성이에서 천천히 내려오는
> 말들
> 고삐가 없어서
> 일월日月을 고삐로 삼고
> 마구간이 없어서
> 천하를 다 마구간으로 여기는 말들
> 말들은 죽을 때
> 바라는 것 없이 그냥 죽는다
> 저녁 어스름이 장엄하다고
> 말했던 노시인의 죽음을 넘어서
> 저녁 어스름이 찾아온다
> 말들이 목을 늘어뜨리고
> 저녁 어스름에 잠긴다
> 나도 저녁 어스름에 잠긴다
> ─최승호, 「저녁 어스름」 전문(『현대문학』, 2007년 1월호)

매튜 아놀드는 시의 위대한 힘은 해석력에 있다고 한 바 있다. 시의 언어는 세계를 보다 깊고 강렬하게 보는 훈련을 통해 탄생하기 때문이다. 시인의 해석력은 우주의 신비를 흑백으로 분명하게 그려내는 힘이 아니라, 사물과 그에 대한 우리의 관계를 놀랍도록 새롭고 친근한 느낌으로 우리 마음속에 일어나도록 사물을 다루는 힘이다. 위의 시에서 "저녁 어스름"은 그지없이 장엄하게 우리 마음속에 일어난다. 그것은 그 표현을 썼던 노시인의 죽음에 겹쳐지며 인생의 황혼에 대한 상징적 관계에 자리 잡는다.

어느 노시인의 말과 우주적인 배경에서 전개되는 하루의 한때가 위의 시에서는 상징적이며 다층적인 의미로 어울리고 있다. 하루가 저무는 "저녁 어스름"은 천지를 달리는 말(馬)에 비유되어 해와 달이 고삐가 되고 천하가 마구간이 된다. 하루 가운데 평온하고 정적인 황혼이라는 순간은 "말"의 비유를 통해 대단히 역동적인 힘의 응축을 내포하게 된다. "의자 없는 별들에게 자리를 내어"주듯이 내려오는 그 시간은 쇠락이거나 패배의 때가 아니다. 그것은 천지간으로 "바라는 것 없이" 잠겨 드는 그냥 죽음의 시간이다. "노시인"의 이미지는 "말(馬)"이라는 어휘에서 또 다른 "말(言)"을 환기하며 천지간에 내달렸던 시의 언어가 지닌 운명도 저러할 것임을 숙연히 받아들이게 한다. 하루해의 죽음과 노시인의 죽음, 태양의 말과 시의 말, 그리고 '나'의 황혼이 중첩되며 이 시의 해석 층위를 근원적인 곳으로 이끌어간다. 이 새로우면서도 친근한 이미지는 대상의 본질과 만난 듯한 느낌이 들게 하며, 그것들의 비밀과 조화를 이룬 듯한 숭고미를 갖게 한다.

인간의 도덕적 본성 가운데 진정한 덕을 숭고한 것으로 본 칸트는 자연미와 예술미를 논하면서, 숭고를 어떤 장대한 대상의 도달 불가능성에서 오는 주관의 심리적 경험이라고 말하였다. 숭고는 대상 자체에 있다기보다 그 장대하고 장엄한 표상을 대할 때 우리가 갖게 되는 형언할 수 없는 감동과 관련되며, 우리가 대면하는 대상이 우리 자신보다 무한히 크고 우리 능력을 훨씬 넘어선 존재라는 인식이 수반되어 있다는 것이다. 그러나 그것은 대상에 압도당하는 불안이나 공포와 다르게 도달 불가능성 자체를 알고 있는 인식 가능성을 내포한다.

위의 시에서 '나'는 자연의 시간과 인생의 시간이 주는 장엄함 앞에 겸허한 감동을 느끼고 있다. 그리고 인생의 본질에 대한 통찰에 이르러 순응함으로써 대상과 조화를 이루는 데 도달한다. 이 순간 세계에 대한 깊은 통찰과 사유가 숭고한 이미지의 신비로운 베일에 감싸여 드러나는 것이다.

새로운 주체들, 놀이하는 언어

별의 죽음이라는 초신성이 폭발하기까지 별은 거대하게 팽창하는 단계를 거친다. 문화계 전반의 침체나 문학의 비중 축소와 독자 감소 등의 외적 상황과 별개로 시단 내부에서는 일종의 팽창을 맞고 있는 듯하다. 문학잡지의 활성화와 젊은 시인들의 비약이 시단에 활력을 주고 있기 때문이다. 물론 문화계 전반의 침체, 문학의 비중 축소, 독자 감소 등과 같은 외적 상황은 어느 시대이든 문학자의 걱정과 탄식 거리였다. 그러나 그와 별개로 소설 전문 잡지의 부재에 비하면 실로 놀라운 수의 시 전문 잡지들이 활성화되어 계절마다 대단한 양의 작품들을 쏟아내었고, 무엇보다 시단 내부에서는 젊은 시인들의 약진이 새로운 활력을 불어넣었다. 동인지나 무크지로 자신을 알렸던 전 시대의 젊은 시인들에 비하면 이들의 활동은 기성 문학잡지의 전폭적인 관심과 호의 아래 이뤄지고 있다고 할 수 있다.

2000년대에 들어와서 시에서 가장 주가를 올린 것은 전복적 언어 의식과 일탈적 상상력일 것이다. 기성 제도와 권위에 도전하고 성도덕과 지배 질서를 뒤흔드는 일탈적이고 파괴적인 언어와 상상력을 보여 주는 젊은 시인들이 주목을 받았고, 이러한 전복적 미학은 경색되고 피로해 있던 한국 문단의 돌파구이자 포스트모더니즘의 일상화와 내면화의 증상이었다. 이러한 미학은 대개 기표의 미끄러짐과 연쇄에 기댄 환유적인 미학에 가담해 있다.

발랄한 몽상가들의 분열하는 육체

'70년대생 2000년발'이라는 세대론적 범주로 묶이는 젊은 시인들은 아직 적절한 명칭을 얻지는 못하였으나 '새로운 서정의 출현'이라는 관심을 받으며 일정 부분 시의 영토를 획득해 나아가고 있다고 할 수 있다. 전통적인 서정성을 해체하며 감각과 주체의 근본적인 쇄신을 모색하려는 이 도전적이고 발랄한 젊은 몽상가들은 주체의 혼란과 분열상을 날것 그대로 드러낸다. 그들의 시에 담긴 서정성은 낯선 정체성을 보여 주어 정체불명의 이방인이거나 심지어 외계인 같은 느낌으로 다가온다.

젊은 시인들은 영화 『매트릭스』의 네오처럼 대중문화와 시라는 두 가지 매트릭스를 넘나들며 동시에 공략하고 있다. 대중문화가 미적 수사修辭와 언어적 가공력을 찬탈하여 광고와 연애와 유희를 위해 언어와 이미지들을 대량생산한 지는 오래되었다. 이러한 대중문화에 친숙하면서 전복적인 상상력으로 무장한 젊은 시인들이 출현한 것이다.

그들은 사물의 재현 대신 내면의 유동적 에너지와 충동적 이미지를, 세계와의 화해 대신에 그로테스크한 불화를, 그리고 집요한 시적 자의식과 파격적 형식을 추구한다. 그들의 시적 경향은 시사에 새로운 절개선을 만들고 있는데, 이 절개선을 형성시킨 외적 조건은 일차적으로 1970년대 이후 고속성장한 한국 경제의 문화적 파생물들이다. 젊은 시인들의 공유된 성장 체험, 특히 영상문화인 영화, 만화, 컴퓨터 등과 관련된 기억들은 이들에게는 기본기이고, 하위문화적 코드와의 혼종성은 그들의 필살기이다. 그 이전 세대가 완숙된 서정 미학과 치열한 현실 미학의 두 갈래 길에서 수련과 고뇌의 아픔으로 성숙하였다면, 이들은 내면과 감각을, 상상과 현실을, 문자와 영상을 뒤섞는 난장亂場을 벌이며 그 다산성을 자랑한다.

시의 독자를 소설과 영화에 모두 빼앗기고 말았으며, 영화야말로 누구에게나 손쉽게 전달되는 대중문화의 지배자라고 판정을 내린 것은 1930년대의 평론가 김기림이었다. 신문기자로서의 그의 감각이 유난히 재빨랐던 것은 아니다. 미국 디즈니사에서 화려한 색채와 소리로 오늘날 봐도 흠잡을 데 없는 첫 극장용 장편 애니메이션『백설 공주』를 만든 것이 1937년이었고, 지금도 패션 아이콘이 되고 있는 오드리 헵번이『로마의 휴일』로 대중을 사로잡은 것은 전쟁의 잿더미 아래에서 한국문학은 겨우 숨만 이어가고 있던 1953년이었다. 대중문화가 영상과 소리를 통해 언어의 위력과 미적 수사력을 시로부터 찬탈해 간 것은 어제오늘의 일이 아니며, 이제 고전이 된 영화들은 셰익스피어나 논어 못지않은 불멸을 얻고 있다. 컬러 TV가 보급되기 시작한 1980년대를 유년기로 보낸 젊은 시인들에게 자신들의 상상력을 키운 이러한 현실과 다른 시적 세계를 따로 상상한다는 것이 오히려 허구적일 수 있을 것이다.

젊은 시인들의 게토는 새로운 유목민적 상상력으로 가득하다. 그들의 이미지와 의식과 정체성은 TV의 채널을 돌리듯 인터넷의 마우스를 클릭하듯, 한곳에 정착되지 않고 경계를 넘나들며 무작위로 링크link된다. 시의 유기적이고 완결된 형식과 단일한 시적 자아는 거부되고 전략적인 글쓰기로 언어와 의식을 전복시키고자 한다. 젊은 시인들의 극과 극을 달리는 다양한 개성은 서로 간의 차이와 알리바이를 증명하기 위해, 앞서 등단했던 시인들까지 새로운 게토로 소환하고 있다. 그들의 글쓰기가 분열적이고 복수적인 정체성을 추구한다는 것을 보여 주기 위해서이다. 그들의 판타지는 몽상과 글쓰기의 열락 자체를 목적으로 한다. 소통은 중요하지 않다.

이러한 시를 두고 요설이나 장광설이라고 우려하는 목소리도 없지 않지만, 이러한 변화는 다른 문화 영역에 비해 뒤늦은 감이 있다고 할 수 있다. 그들의 유목민적 상상력이 기존의 시에 대한 관념에 균열을 내며 시적 활기를 추동하고 있다는 것은 인정할 만한 사실이기 때문이다. 한때 비평계에서는 문학권력에 대한 논의가 있었지만 그것은 1980년대의 소모적인 이론

논쟁처럼 창작을 자극할 만한 정신적 자양분이 그다지 많지 않았다. 시의 창작에서 문학권력은 부차적일 수 있다. 무엇인가 새로운 것을 창작해 낸다고 할 때 창작자가 고심하는 것은 새로운 시적 서정이나 그에 걸맞은 새로운 시적 육체가 아닐까. 한 평론가가 이제 "시인은 숲으로 가지 못한다"라고 선언했듯이 현대 사회의 빠른 변화 속에서 이것은 더욱 중요하며 어려운 문제가 되었다. 어린 시절 수수깡 인형이 아닌 프라모델을 가지고 놀던 젊은 시인들의 시에 등장하는 주체와 육체의 감각은 곧 그들 자신의 정체성에 관한 것이다. 아직 젊은 시인들은 육체를 조립 중이거나 반죽 중이며 그들에게 정체성과 육체는 견고함과는 거리가 멀다.

최근 주목받는 젊은 시인 가운데 한 사람인 김근은 근대적인 이성이라는 주체를 해체하는 상상력을 '근대 이전의 것'에서 빌려오고 있다고 해도 좋을 것 같다. 1970년대생으로 2000년을 전후하여 등단한 동료 젊은 시인들이 도시 체험과 영화적 상상력, 서구 문명과의 이종교배가 낳은 감각을 다루고 있는 데 반해 그는 '토종'의 냄새를 풍긴다. 작년에 출간한 그의 첫 시집 『뱀소년의 외출』에는 『삼국유사』가 일종의 하부 텍스트처럼 깔려 있다든지, 서정주나 박상륭의 능청스럽고도 유장하고 질펀한 듯 흐르는 이야기체의 말투를 쓴다든지 하는 점이 그렇다. 그는 예민한 자의식과 내면을 그리면서도 속되고 물질적인 육체성과 뒤섞고, 고독한 주체성을 말하면서도 이야기꾼의 입을 빈 듯 설화說話적으로 변형시킨다. 그의 시는 자아를 중심으로 주변 세계를 구축하거나 자아로 몰입시키거나 고정시키지 않으며, 주체를 분산하고 유동시키는 흐름에 내맡겨 둔다.

김근의 시 「복도들 1」(『문학동네』, 2006년, 봄호)은 전체가 한 연과 한 호흡으로 꿈틀대는 에너지이자, 복도의 연결이고, 흐름의 덩어리이다.

　　저 사나운 아가리에서부터 신성한 똥구녕으로 이어지고 마는 배아
　지 속으로, 멀쩡히 그가 나를 끌고 들어온다 이 길고 둥근 통로에는 거
　칠고 반짝이는 비늘은 없으나 보드라운 살이랑 물컹하게 출렁이는 바

닥과 벽, 에 달린 어둡고 축축한 문들 미끌미끌한 손잡이가 몇 개씩 달
린 그 많은 문들의 주소 알 수 없고 그 문들 열리기가 안으론지 바깥으
론지 또한 가늠할 길 없는데 해설라무네 여기는 그의 배아지 속일거나
내 배아지 속일거나 내 먹이일거나 그가 그의 먹이일거나 내가 아니면
그와 나는 또 누구의 여태도 소화되지 못하고 썩은내 풀풀 풍기는 살
점이나마 듬성듬성만 붙어 있는 뼈다귀일러라.

―김근, 「복도들 1」 부분

위 시에는 문법마저 무시하며 명사와 조사 사이("바닥과 벽, 에 달린" "축
축 늘어지는 말, 이 흐르는"), 한 단어 사이("바람 한 줄기 지나, 간다")에까
지 쉼표가 찍혀 있다. 시의 끝부분마저 쉼표로 끝나며 "행방마저 그만 묘연
해져버린 나는,"이라고 주체의 망실감과 정체성의 실종을 말한다. 자아와
타자의 경계가 모호한 채로 욕망의 심연이 물질적이고 육체적인 점액질의
감각을 동반하며 드러난다. 감각이 선명하게 꿈틀거릴수록 '나'라는 주체의
묘연한 행방이 아득한 카오스처럼 입을 벌리고 나타난다. 젊은 시인들 특
유의 '환상성'이 매혹적으로 개입되는 부분이 이곳, 감각과 주체 사이에 입
벌리는 이러한 심연인 것이다.

이것은 전통적인 서정성이 봉합시켰던 세계와 자아의 뜯어진 옷솔기이
고, 낭만주의가 여행을 떠났던 해변이고, 모더니즘이 자살하고자 했던 벼
랑이다. 이곳이 현기증을 불러일으키는 것은 당연하다. 자아의 탐구란 나
락에 뛰어드는 모험인 것인데, 더욱이 디지털과 멀티미디어와 같은 매체들
이 빠르게 감각을 재편시키는 현대사회에서 감각과 주체 사이의 심연은 더
크게 벌어지고 있다. 이 현기증 나는 곡예를 어떻게 감당할 것인가는 젊은
시인들만의 문제는 아닐 것이다.

근대적 이성이 주체의 단일성을 위해 인간과 자연, 주체와 객체, 서양
과 동양, 남성과 여성 등과 같은 이분법을 전횡하고 전자에 특권적인 지위
를 주었다는 것은 여러 철학자들이 비판하는 바이다. 포스트모더니즘 이후

의 시적 주체가 보이는 분열과 혼란은 이런 근대적 이성에 대한 도전이자 치유의 전략이다.

위의 시는 그러한 전략을 근대적 이성에 의해 배제된 것에서 빌려오고 있다고 할 수 있다. 미끌미끌하고 물컹한 감각, 비표준어, 안팎의 구분 없는 혼돈, 문법적 휴지와 문장 구분의 무시 등을 통해 시인은 우리가 일상적으로 알고 있는 복도라는 사물에 대한 인식과 감각을 뒤바꾼다. 환각처럼 그것은 몸속의 내장을 연상시킨다. 많은 젊은 시인들이 도시 체험과 영화적 상상력, 서구 문명과의 이종교배가 낳은 감각을 다루고 있는 데 반해 김근은 보다 원형적이다. 다른 시인들의 시에 등장하는 주체가 사이버스페이스의 아바타라든가 플라스틱 모델인 조립식 장난감을 닮았다면, 김근의 시에 등장하는 주체는 수많은 문자적 하부 텍스트를 배 속 가득 삼키고 있으면서도 원시적 동물성에 충만해 있다. 마치 성서를 비롯한 수많은 신화와 설화가 연상되면서 즉자적인 감각을 불러일으키는 '뱀'과도 같이. 그의 이야기체는 기성 시인 못지않은 능청스러움과 유장함을 가지고 있지만 예민한 자의식과 고독한 주체성을 날카롭게 그러나 유동적이고 분산적으로 드러낸다는 점에서 젊은 시인들에 공통된 새로운 주체와 감각의 출현을 보여 준다.

생에 대한 냉소와 유희하는 이미지

도전적이고 발랄한 이 젊은 몽상가들은 혼란되고 분열적인 주체와 낯선 서정을 날것 그대로 드러낸다. 그들은 사물을 재현하는 대신에 내면의 유동적인 에너지와 충동적인 이미지를 추구하며, 세계와의 화해 대신에 그로테스크한 불안과 공포를 그린다. 김이듬은 그로테스크한 공포를 요령 있게 처리하는 개성적인 어법을 시 「시체놀이」(『문학수첩』, 2006년 겨울호)에서도 능숙하게 보여 준다.

죽어보지 않아서

죽기 살기로 살아보지 않아서 내가

실감하지 못하는 거라면

조사助詞가 생겨나고 있는 문장처럼

물음이 제기되고 있는 정답처럼

어두움이 풀리고 있는 저녁처럼

후각이 회복되고 있는 개처럼

얼어붙기 시작한 저 빙판처럼

너의 악몽은 실현되고 있는 중이었니?

들어봐, 생겨나는 달무리를 향해 짖는 복고적인 개소리

오열을 시작한 두 눈아, 오래 보려면 깜박거렸어야 했어

캠코더 기사는 그을음투성이 천장과 살인자와 그의 아기를 쉼없이

찍어대고

노트북에 시상詩想을 받아쓰고 있는 죽어가는 노파의 자식

실연은 도구가 되었지만 이미 본 것

저수지 근처 방에는 시멘트가 마르지 않아 우리는 서로의 코를 납

작하게

누르고 입술도 열지 않고 천장을 보았지, 다음 날 저녁이 기다릴 줄

알았거든

오, 인내심으로 해가 떠오르는 거라면, 지겨워라

물담배를 빨며 보류하느라 생이 타오르지 않아

둥근 천장 아래서 똑같은 실수를 저질러요, 더 빨리

구름 속에서 놀다 나온 달은 더욱 흰하고
나는 너를 업고 훨씬 가볍다

내일도 눈이 빨개지도록 죽어볼래?
까끌까끌한 바닥으로 쿵, 내려가서 광장과 수많은 골목을 지나
저수지 위를 달리는 개 떼들과 함께, 발이 시리겠지

어리지도 늙지도 않은 해로운 시간을
말라도 굳어지지도 않는 악랄한 엉덩이를
자, 시작한다
얼마나 심심했으면

—김이듬, 「시체놀이」 전문

통사적인 의미 구문을 해체하는 것은 젊은 시인들에겐 오히려 익숙한 어법이다. 그것이 이들의 시가 난해해 보이는 이유이다. 또 다른 난해함의 이유는 주체의 뒤섞음이다. '내가'로 시작한 시는 '너' '우리'를 뒤섞어 놓고, 사물에 대한 표상과 세계에 대한 주관적 해석을 구분하지 않는 것이다. 세계에 대한 해석이 응축되거나 사물로 전이된 중심적 이미지가 존재하는 것이 아니라 파편적인 이미지들만으로 떠다닌다. 그러나 특별한 수사도 없이 툭 뱉는 일상적 말법, "인내심으로 해가 떠오르는 거라면, 지겨워라" "둥근 천장 아래서 똑같은 실수를 저질러요, 더 빨리"와 같은 부분은 자동화된 우리의 감각에 충격을 준다. 단일한 주체나 이미지로 수렴되지 않는 구문과 이미지들은 어느 곳에도 구속되지 않고 유희하듯 의미를 발산한다. 죽음에 대한 실감이 없는 시적 자아는 "타오르지 않"는 생을 "심심"하기 짝이 없는 "시체놀이"로 비유하며 냉소적으로 대한다. 이 조숙한 몽상가의 "시체놀이"는 "어리지도 늙지도 않은 해로운 시간"을 권태롭지 않도록 균열 내는 시 쓰기이자 생에 대한 포즈인 것이다. 이 놀이는 사유를 파열시키고 이미지를 의

미로부터 끊임없이 달아나게 한다.

일상 속에서 우리의 감각과 주체가 늘 조화롭고 의미로 가득 차있는 것은 아니다. 하나의 주제로 통일된 글쓰기를 하는 주체는 늘 그러한 불화를 애써 숨긴다. 그렇기에 젊은 시인들이 세계와 주체에 보내는 회의와 냉소의 시 쓰기는 그러한 감각과 주체의 심연으로 뛰어드는 모험이거나 놀이에 가깝다.

현재 시단에서 주목받고 있는 젊은 시인들의 시적 개성은 서로 이질적일 만큼 다르다. 그들 각자가 독특한 미적 형식과 상상력의 세계를 갖췄고 저마다 찾아낸 시적인 개성도 다르다. 거대한 '시'라는 형이상학적인 별은 이미 폭발했는지도 모르겠다. 별이 폭발하며 생긴 잔해는 새로운 별들을 만들어낸다. 우리 시단에서 펼쳐지고 있는 별들의 스펙트럼은 장엄한 별의 죽음에서부터 신성의 푸른빛까지 다채롭기 그지없다. 그 별빛들이 지상의 많은 가슴에 도달하기 위해서는 별을 바라보는 눈길이 있어야 할 것이다.

삶의 간절함과 내통하는 시인들

시인은 예리한 눈으로 자연의 숨은 의미를 간파하고 교체 불가능한 언어로 사물의 진리를 붙들어 드러낸다. 그러한 순간에 시인은 지상의 어떤 권력도 넘볼 수 없는 위엄을 발휘한다. 그러나 시인은 천사도 제사장도 아니며 그도 역시 지상에 발붙인 비루한 육신을 가진 인간이다. 빅토르 위고의 말처럼 인간은 누구나 집행이 유예되어 있는 사형수일 뿐인 것이다. 때때로 망각하며 살고 있지만 우리의 하루하루는 그러한 절박하고 간절한 긴장을 지니고 있다. 인간적 고통과 생활의 비애는 우리의 유예된 시간이 끝날 때까지 지속될 것이다. 지난 계절의 시 가운데에서 시간의 끝자락과 생활의 밑자락을 더듬어보는 시들을 만나보았다.

일상 속, 그 시간의 끝자락

그래, 그것은 어느 순간 죽는 자의 몫이겠다.
그 누구도, 하느님도 따로 한 봉지 챙겨 온전히 갖지 못한 하루가 갔다.
꽃이 피거나 말았거나, 시들거나 말았거나 또 하루가 갔다.

한 삽 한 삽 퍼 던져 이제 막 무덤을 다 지은 흙처럼

새 길게 날아가 찍는 소실점, 서쪽을 찌르며 까무룩 묻혀버린 허공처럼

하루가 갔다. 그러고 보니 참 송곳 끝 같은 이 느낌.

하루의 뒤끝이 눈에 안 보일 정도로 첨예하다.

　　　　　　　　　—문인수, 「최첨단」 전문(『현대문학』, 2007년 2월호)

　일반적으로 '최첨단'이라는 말은 테크놀로지 상의 진보를 두고 쓰는 말이다. '최첨단'은 새로움에 대한 희망이나 찬탄을 동반하곤 한다. 그러나 위의 시에서 '최첨단'은 인간의 능력으로 범접할 수조차 없는, 심지어 "하느님도 따로 한 봉지 챙겨 온전히 갖지 못한" 시간인 하루의 끝에 대한 것이다. 그리고 그것은 허무에 가까우리만큼 절대적인 것에 대한 느낌이다. 하루는 우주를 창조한 하느님도 어쩔 수 없는, 누구도 소유할 수 없는, 사물과 인간을 포함한 모든 존재들에게 무심하게 사라져버리는 시간이다. 저녁 무렵이 되면 한 삽씩 흙을 던져 완성된 무덤처럼 하루 동안의 모든 시간들이 이제 종결된다. 시인은 새가 날아가는 아득한 끝, 그 "소실점" "허공"에서 하루의 끝을 본다. 그 "눈에 안 보일 정도로 첨예"한 끝자락의 느낌을 "송곳 끝"과 같이 느꼈기에 그는 여기에서 "최첨단最尖端"을 느낀다. 제목이 주는 기계적이고 물질적인 느낌을 배반하고 이 시는 실존적인 무한을 투과하는 시안詩眼을 보여 준다.

　대부분의 일상에서 아무런 느낌 없이 스쳐 지나가는 하루. 그러나 생을 마감하는 이에게는 더없이 아쉽고 지독히도 소중했을 하루. 시인은 하루라는 시간에 깃들어 있는 간절함을 보고 있다. 시듦, 죽음, 사라짐, 소실점 등은 그러한 하루가 지니고 있는 냉혹한 원리를 말하여 준다. 어느 자리 비거나 넘침 없는 비유로 꽉 짜인 이 시는 "까무룩 묻혀버린 허공"에서 범상치 않은 "송곳 끝 같은" 느낌을 알아차리는 시인의 안목을 느끼게 한다. 서정시가 새로워지는 '최첨단'은 이처럼 삶의 비의秘義에 대한 통찰이 예리하게 번뜩일 때가 아닐까.

광장의 햇빛 속에서는 옛날이야기도 들려오지. 왕년에 남자는 오로지 사람만을 때려눕혀서 교도소를 들락거렸노라고. "일고여덟 번은 딱 한 번처럼 겹쳐지지. 언제나 분노는 마치 거울 속으로 주먹이 들어가는 것과 같았구나. 감방도 거울 속과 마찬가지. 그러나 그것은 잠깐 동안에 벌어진 일."

오랫동안 남자는 비둘기들의 아버지처럼 서 있어. 오, 빵가루를 뿌리는 자의 거대함이여. 광장의 사람들을 치우고 저 멀리서 다가가며 볼 수만 있다면! 그것은 거룩한 풍경처럼 햇빛 속에 서 있어. 나는 어느 날 그렇게 볼 수 있어. 그렇지 않았다면 그것은 도취한 거렁뱅이였을 수밖에! 놀라서 한 번 눈을 비볐더니.

모든 게 확실하게 바뀔 때가 있어. 여기 비둘기들의 부리는 놀라운 집중력과 날카로움을 보여 주지. "화려하구나! 가루를 향해 나아가는 것들에겐 그런 게 있지. 가루가 되어 날아가는 것들에게도 칼끝같이 번쩍이는 기쁨이 있지. 기쁨 반 슬픔 반, 그런 식의 감정에 속으면 안 돼." "왜요?" 나는 바보 천치처럼.

광장의 남자는 선생처럼, 나는 제자처럼, 그런 하루가 있어. 이상하게 믿음이 생기고 뼈가 서고 살이 부풀어 오르는 것 같은. 광장의 비둘기들이 우우우 한꺼번에 날아갈 때.
　　　　　　—김행숙, 「순간의 의미」 전문(『세계의 문학』, 2007년 봄호)

위의 시는 광장의 비둘기에게 모이를 주는 어느 남자와의 대화를 담고 있다. 그 대화는 실제가 아닐 수도 있다. 시인의 내면이 들은 소리이기 때문이다. 시인은 비둘기들에게 빵가루를 날리는 한 남자에게서 교도소를 들락거린 거리의 비렁뱅이가 아니라 "비둘기들의 아버지"와 같은 모습을 본다.

제1부 보이지 않는 세계를 깨안고

시인은 그의 삶과 내통內通하여 그의 과거에 귀 기울인다. 사람을 때려눕혀 감방에 드나든 그는 "분노는 마치 거울 속으로 주먹이 들어가는 것"이라고 말한다. 이 말은 분노도 감옥도 결국 자신을 대면하는 문제라는 것은 아닐까? 그렇게 극한까지 자기를 대면하고 나온 사람이 빵가루를 뿌리는 모습을 "거룩한 풍경"으로 볼 수 있는 것은 시인만이 할 수 있는 일이다. 그 풍경 안으로 모여들고 날아가는 비둘기들에게서 시인은 주먹을 날리는 것과 유사한 "놀라운 집중력과 날카로움"을 본다. 그리고 가루를 향해 날아가는 것들에게 "칼끝같이 번쩍이는 기쁨"을 발견하는 것이다. 먹이에 대한 단순하고 명백한 욕망으로 기쁨을 드러내는 존재들은 모호한 감정에 비해 화려하고 날카롭게 자신을 드러낸다. 어느 하루 동안 바라본 광장의 풍경에서 시인은 그러한 삶에 대한 믿음과 힘을 느낀 것이다.

연민으로 감싸는 가난의 밑 그림자

생의 비의를 말한다고 해서 늘 화려한 수사나 상징이 필요한 것은 아니다. 우리의 삶 자체가 비루하거늘, 생의 드러나지 않는 의미가 거창할 바는 없기 때문이다. 김광규 시인은 쉽고 명징한 언어와 간단하면서도 분명한 사실만으로도 시적 정황과 공감을 빚어내는 시인이다. 그가 전하는 삶의 양태는 명징한데 그 때문에 오히려 더 큰 비애가 느껴지기도 한다.

> 신규보험 가입도 받지 않는 나이
> 예순 다섯 살
> 정년퇴직할 나이까지 끊임없이
> 나를 찾아온 친구
> 정식이는 결코 맨손으로 오지 않는다
> 맥아더 회고록으로부터

안방극장 연속극 비디오까지

수상한 각종 강장제를 비롯하여

중국산 인삼절편에 이르기까지

참으로 다양한 품목을 들고

나를 찾아온다

할부금이 끝날 때면 어김없이 나타나

다음 물건을 월부로 앵긴다

서른 권이 넘는 책을 저술한 친구에게

계속해서 읽을 수 없는 책을 팔아

마침내 책이라면 진절머리 나게 만든 정식이

친구라는 끈질긴 직업을 그는

평생 바꾸지 않았다

많이 걸어다니는 덕택에

건강은 걱정 없다고 억지로 웃던

그 친구의 부음을 휴대폰이 전한다

누구의 친구도 되지 못한 슬픔을

나는 간단히 삭제해 버린다

그러나 지워지지 않는다

—김광규, 「정식이 생각」 전문(『시와 세계』, 2005년 봄호)

위의 시는 산문적 진술로 바꾸어 본다면 지극히 간단한 사실을 말하고 있다. 저술을 업으로 삼고 있는 시인에게 읽을 수도 없는 책들과 각종 월부 물건을 정년퇴직 때까지 갖다 "앵기던" 친구의 부음이 휴대폰으로 전해진다. 시인은 부음을 전하는 문자메시지일 수도 친구의 전화번호일 수도 있는 "슬픔"과 관련한 항목을 삭제하지만, 슬픔은 "그러나 지워지지 않는다"라고 말한다. 팔러 오는 물건들의 종목은 바뀌어도 월부 장수라는 직업 때문에 친구를 끈질기게 찾아왔던 '정식이 생각'은 지워질 수 없다. "친구라는 끈질긴 직업을" 평생 바꾸지 않고 할부를 팔기 위해 오갔던 모습이나 떠맡겼던 품목들이 나열된다. 건조하게 사실만 열거하듯 하지만 시인은 친구의 팍팍한 삶과 고단한 인생에 드리운 밑 그림자를 본다. "많이 걸어다니는 덕택에/ 건강은 걱정 없다고 억지로 웃던" 친구의 얼굴에서 "억지"를 읽었을 시인은 연민을 쉽사리 드러내지 않는다. 시인의 연민은 동정이 아니라 끌어안는 것이다. 표면 밑에 깔린 그림자와 "누구의 친구도 되지 못한 슬픔"을 시인은 홀로 기억해 준다. 이 시의 무덤덤한 진술은 잔잔하지만 골 깊게 생의 비애를 느끼게 한다.

> 숙제장 노트를 엎어놓은 듯한 슬레이트 지붕 위에
> 폐타이어 몇 개 놓여 있다
> 그렇지 삶은 숙제이지
> 저 작은 지붕 아래도 풀어야 할 문제는 잔뜩 쌓여서
> 때로는 새벽까지 불이 밝았다
> 그래서 지아비는 다시 아침 일찍 자전거를 타고 나가고
> 지어미는 그보다 먼저 까만 비닐봉지에
> 두부를 사들고 들어가 찌개를 끓였을 것이다
> 그래 잘 풀었다고 선생님이
> 착한 아이 숙제장에 그려준 동그라미처럼
> 하느님이 동그라미 대신 폐타이어를 올려놓았을지도 모르지
> ─복효근, 「숙제와 폐타이어」 부분(『문학수첩』, 2007년 봄호)

위의 시는 소재와 전언이 명백하고 쉽게 파악된다. 복효근 시인의 장점이자 미덕인 진솔한 수사와 비유는 가난한 이들의 일상을 담을 때 더욱 생기를 얻는다. 슬레이트 지붕이 바람에 날려 가는 것을 막기 위해 올려놓은 둥근 폐타이어가 마치 숙제장의 동그라미 같아, 삶의 숙제를 열심히 풀려고 하는 모습을 하느님이 칭찬하신 것만 같다는 시인의 해석이 신선하다.

아이의 동심을 빌어온 듯한 발상 아래에는 "삶은 숙제"라는 비애 섞인 인식이 깔려 있다. "풀어야 할 문제는 잔뜩 쌓여" 있는 보이지 않는 지붕 아래의 힘겹고 지친 삶에게 시인은 하느님 대신 중간 점수를 알려 주어 위안을 던져주는 것이다.

다음의 두 시는 가난한 마음을 더욱 가난하게 하는 추위의 감각을 시적 상상력으로 어루만지고 있다는 점에서 공통점을 보여 준다. 길상호의 시 「얼음계단」(『문학수첩』, 2007년 봄호)은 첫눈이 내린 뒤 가파른 산동네의 계단이 꽁꽁 얼어붙은 이야기이고, 김신용의 시 「굴비」(『현대문학』, 2007년 3월호)는 겨우내 단단한 몸으로 굳어가는 굴비에 대한 이야기이다. 두 시 모두에서 추위에 단단해짐은 '화석'이라는 시어를 통해 형상화된다.

> 계단이 얼음을 품기 시작한 것은
> 첫눈 내린 그날부터였답니다
> 기억의 무게를 감지한 눈송이들이
> 사람들 발자국을 얼려 모아둔 것이지요
> 한낮에도 햇볕의 손길 닿지 않는 곳,
> 발자국의 심장은 좀처럼 데울 길 없고
> 바람만 어루만지다 가는 그 화석을
> 계단은 스스로 몸에 박아 넣었던 것입니다
> 그 후 계단을 무사히 내려서려면
> 발자국을 읽는 꼼꼼한 눈길이 필요했지요
> 출근을 서두르던 발길이
> 무심히 화석을 지나치려 할 때마다
> 사고는 일어났습니다, 어떤 이는
> 엉덩이에 푸르고 시린 기억을 새겨야 했고
> 또 어떤 이는 금이 간 정강이뼈로
> 절뚝거리는 기억만 낳는 신세가 됐지요

74

오늘도 화석을 풀지 않는 얼음계단

　　　　　　　　　　　　　　　　　　　　─길상호, 「얼음계단」 전문

　　위의 「얼음계단」에서 화석은 사람들의 발자국을 새겨두려는 계단의 심술
궂은 의지이다. "발자국을 읽는 꼼꼼한 눈길"을 주지 않을 때 엉덩이나 정
강이에 타박상이나 골절상을 입기 십상이다. 여기에서 화석은 사람들의 고
단한 삶의 발자국에 대한 증거이자 걸림돌이다. 감정을 함부로 드러내지 않
는 이 시인은 그러한 얼음계단의 화석화를 통해 해동의 기미도 엿보이지 않
는 산동네의 가난한 삶을 노래하고 있다.

　　　화석이 되어도 살아 있는 물고기를 보네
　　　소금 무덤에 묻혀서도 지느러미 활짝 편 물고기를 보네
　　　염장 속에서도 아직 푸른 바다의 물비늘을 반짝이는 것 같아
　　　살들은 팽팽히 물방울을 튕기며 튀어오르는 듯하여
　　　어골문으로 세한도를 그리는가
　　　삭풍에도 굴신하지 않는 야윈 뼈들을 세워놓는가
　　　그런 모습 누런 물감 칠한 부세처럼 바라보는 눈길 있겠으나
　　　그 몸에 금가루마저 입히는 浮世의 손길도 있겠으나
　　　개의치 않네. 다만 그 뼈의 세한도를 가난에게
　　　먼저 부치지 못할 마음의 가난을 더 부끄러워할 뿐, 굴신할 뿐
　　　이렇게 살의 물기를 말릴수록 뼈 더 단단해진다는 것을
　　　말하는 것인지, 흘림체로 쓴 겨울의 가지들을 석쇠 삼아
　　　제 몸 올려놓는 것도 보네
　　　시린 바람 몇 자락까지 더 얹어놓네
　　　그 바람의 공복에 살의 남은 물기까지 다 채워주지만
　　　배어 있는 비릿한 바다 내음은 메말라가면서도 지워지지 않아
　　　그런 굴비 한 마리 숯불에 구워놓고 식탁에 앉은 마음의

허기들이 부세처럼 더 눈물겨울 때, 그리하여 살 한 점
남김없이 목구멍으로 넘기는 가난이, 더 뼈아프게 식도를 찢을 때
고드름이겠네
어깨 처진 처마 끝에 가만히 흘러내려
차가운 눈빛으로 이 겨울을 지켜보는
고드름이겠네

—김신용, 「굴비」 전문

위의 시에서 시인은 염장 속에 물기를 버리고 단단해져 가는 물고기에게서 가난의 마음을 본다. 굴비는 화석처럼 굳어버리지만 시인은 그 물기 없는 "세한도"에서 동양화에 담긴 선비의 정신을 읽어내듯 곧고 정갈한 마음을 읽어낸다. 지느러미와 물비늘의 기억을 간직하고 삭풍에도 몸을 굽히지 않는 '어골문의 세한도'는 헛된 부귀를 좇는 "부세浮世"를 비웃는 듯하다. "다만 그 뼈의 세한도를 가난에게/ 먼저 부치지 못할 마음의 가난을 더 부끄러워할 뿐"이다. 굴비를 통해 전해지는 "식도를 찢"는 가난을 눈물겹게 위로하는 시인의 마음은 세한도처럼 강건하고 고드름처럼 청량하기만 하다.

시인들에게 겨울이라는 계절은 시간의 끝마디를 더욱 첨예하게 느끼게 하고 마음의 추운 구석 자리를 아리게 들추는 때인가 보다. 그러나 시인들의 시선과 기억은 따뜻하고 그들의 언어를 통해 환기되는 비애는 단단하다. 그런 따뜻함과 단단함으로 문학은, 벼랑에 선 자와 헐벗은 자 곁에 서서 생을 견딜 수 있게 하는 것은 아닐까.

비애와 악몽 그리고 생기의 노래

흐르는 강물 소리에 음악이 깃들여 있듯이 어떤 시편들은 태생적으로 음악들을 닮았다. 현대시에 올수록 리듬과 같은 원초적인 음악성은 무시되거나 간과되었지만 좋은 시에는 그것만의 호흡과 음률이 살아있기 마련이다. 노래를 닮은 듯 노래와 다른 리듬을 느낄 수 있다는 것은 시를 음미하게 만드는 또 다른 즐거움이기도 하다. 향가, 오페레타, 찬가라는 형식에 빗대어 시적 상상력을 펼친 세 편의 시를 만나보기로 하자.

향가에 얹어 나른 비애의 초월

초록을 향해 걸어간다
내 어머니 초록,
초록 어머니
가다가 심심하면
돼지 오줌보를 공중으로 차올린다
(하늘의 가장 간지러운 곳을 향해

축포 쏘기) 그리고 또

가시나무에 주저앉아 생각한다,

사랑이 눈이었으면

애초에 감아버렸거나

뽑아버렸을 것을!

삶이여, 삶이여

네가 기어코 원수라면

인사라도 해라

나는 결코 너에게

해코지하지 않으리라

　　　　　　　　　　　　　—이성복, 「來如哀反多羅 1」 전문

　이성복의 「내여애반다라 1」(『창작과비평』, 2007년 여름호)은 시행에서 리듬이 바로 느껴지는 것보다 향가에 대한 적극적인 차용이라는 점에서 음악적이다. 향가 자체가 어떻게 불렸는지 알 수 없으나 제목의 "내여애반다라來如哀反多羅"는 신라 향가 중 '풍요'의 후렴구로 '오다 서럽더라'란 뜻이다. '양지사석가' 또는 '바람결 노래'라고도 부른 이 풍요風謠는 신라 선덕여왕 시절 양지라는 중이 불상을 만들 때 귀부인들이 진흙을 운반하면서 부른 불교적인 노래이자 노동요의 성격을 지닌 노래이다. 지금도 시골에서 방아를 찧거나 무엇인가를 다지는 일을 할 때 이것을 부른다고도 한다.

　위의 시는 본래 '풍요'의 내력과 깊은 관계는 없으나, '오다 서럽더라'라는 탄식의 제목을 이해할 때 시의 울림이 깊어지고 여운이 남는다. 초록과 어머니, 돼지 오줌보를 차올리는 짓, 원시와 자연과 유년을 떠올리는 풍요와 축제의 그곳 그때. 시인의 지향은 그곳을 향해 가지만, "가시나무에 주저앉"게 되는 순조롭지 않은 여정이 인생이다. 시인의 비애감은 "사랑이 눈이었으면/ 애초에 감아버렸거나/ 뽑아버렸을 것을!"이라는 자괴와 한탄에 이른다.

그러나 '삶이 그대를 속일지라도 슬퍼하거나 노여워하지 말라'는 푸시킨의 시구처럼 삶이 원수일지라도 삶에 "해코지하지 않으리라"는 마지막 시구는 색다른 음조를 띠고 울린다. 삶은 나를 해코지한 원수이지만 나는 삶에게 복수하지 않고 절망을 폭발시키지도 않겠다는 것이다. 푸시킨의 시가 경구와 금언처럼 훈계한다면, 이 시의 마지막 시구는 악귀의 간통에도 초연하게 춤을 춘 처용의 노래를 연상시킨다. 불교적인 무량하고 초월적인 세계가 향가의 아우라aura라면 이 시에서 향가의 곡조는 비애를 초월하는 상상의 사다리가 된다. 이제 비애는 "하늘의 가장 간지러운 곳을 향해/ 축포"를 쏘아 올리는 듯한 축제 같은 희열 속에 용해된다. "돼지 오줌보"처럼 가장 비루한 것이 희열과 내통하고, 향가의 울림 속에 비애와 초월이 내통한다.

현실의 악몽과 구원의 오페레타

산등성이 천사의 집 아이들을 보살피는 일을 맡았는데 하느님도 아닌 내 주제에 밤마다 어둠 속에서 아이 우는 소리가 들리면 선잠을 깨고 들어가 나쁜 꿈을 쫓아주려 하지만 아이는 엄마가 보고 싶다고 울고 너는 엄마를 본 적도 없는데 어떻게 보고 싶다는 거냐고 물으면 나도 몰라 모르는데 슬퍼, 하고 울고 다른 침대의 아이들이 눈 비비며 일어나 동시에 앙앙 울어대면 여기가 지옥이라도 하느님은 할 말 없을 거야 내가 아닌 주제에 하느님이 나보다 더 사랑을 받는 건 억울해 애들이 아귀처럼 퍼먹는 저 밥을 안치느라 새벽마다 눈 쌓인 마루를 살금살금 걸어가 쌀독을 열고 귀때기를 바람에 얻어맞으며 아침을 지었는데 감사는 하느님이 받고 아무래도 천사의 집이라면 천사가 한 명이라도 있어야 할 텐데 악마들만 드글드글해서 나는 산등성이 천사의 집을 맨발로 도망치는데 아이들이 손도끼를 들고 랄랄랄라 노래를 부르며 천사처럼 이쁜 얼굴로 산허리를 빙 둘러 쫓아오고 나는 하느님을 불러대고 하느님은 선잠을 깨고 잠옷을 질질 끌고 나타난 너는 하느님을 본 적도 없는데 어떻게 불러댈 수가 있냐고 물으면 나도 몰라 모르는데 불러, 하고 울고 하느님은 귓바퀴 속의 보청기를 뗐다 붙이며 여기가 지옥이라도 할 말이 없다면서 내 어깨에 날개를 달아주었는데 퍼덕퍼덕 으쓱으쓱 어깨를 추켜올려봐도 발밑이 떠오르지 않아서 아이들은 도끼날로 나를 쩍쩍 찍어대는데 이건 나쁜 꿈이라고 애들을 달래도 엄마가 보고 싶다고 울고불고 산등성이는 내 피로 사방이 계곡을 이루어 범람하고 나와 아이들은 번쩍 들어올려져 천사의 집에서 깨어났더니 너덜너덜해진 나를 아이들이 둘러싸고 도망도 못가게 삐뚤삐뚤 꿰매고 있었고 착한 일을 하려던 것이 나쁜 일을 유발하여서 죄만 한 줄 더 늘어난 채로 다시 새벽마다 밥을 안치고 빨래를 하고 다 낡아 누레지고 늘어진 브라자 같은 날개를 단 채로 내가 천사라서 고맙다고 아이들은 입을 모아 나날이 못되게 자라나고 하느님은 코빼기도 안 보이는데도 감사의 인사를 받고 산등성이는 자꾸자꾸 하늘에 가까워지는데 밤마다 아이들의 눈물은 계곡을 이루어 사방으로 흘러가고 나무는 무성해지고 햇빛과 그늘은 줄어들고 착한 천사는 걸레로 마룻바닥을 닦다가 그만 하느님을 목 놓아 부르며 산등성이 절벽을 뛰어내리는데 다 떨어진 브라자 같은 날개가 펄럭펄럭 세상의 마지막 조망을 보여주며 하늘나라로 나는 올라가고 있었다.

―이윤설, 「천사 걸작선」 전문

이윤설의 시 「천사 걸작선」(『현대문학』, 2007년 6월호)은 다소 긴 산문시이지만 내재되어 있는 아이러니와 유머의 리듬감이 살아나며 한달음에 읽어 내려가게 된다. 짧은 이야기의 전개가 있어 오페레타라고 붙여 보았지만, 구사되는 리듬은 판소리 사설 같기도 하고 박상륭의 소설을 닮아 의뭉스럽게 한 문장으로 이어져 있는 시이다. 시는 반복과 변주가 이뤄지면서 현실의 "천사의 집"과 악몽 속의 하나님, 하늘나라로 승천하는 천사가 등장하는 결말의 세 부분으로 나뉜다.

첫 번째 부분에서는 "본 적도 없는" 엄마가 보고 싶다고 한밤중에 깨어
나 우는 "천사의 집" 고아들이 나오고, 두 번째 부분에서는 악마만 득실득
실한 지옥처럼 느껴질 만큼 천사의 집 아이들에 시달려 도망치며 "본 적도
없는" 하느님을 찾는 내가 나온다. "본 적도 없는" 소망의 대상, 실체 없는
구원자, 충족될 수 없는 불가능한 욕망이라는 점에서 고아들의 엄마와 나
의 하나님은 등가이다. 현실과 악몽은 교차하며 천사와 악마는 뒤섞이고
선한 일은 죄만 증가시킨다. 지상의 "눈물은 계곡을 이루어"도 "보청기"를
달고 "코빼기"도 안 보이는 하느님은 감사의 인사만 받고 있다고 풍자된다.

세 번째 부분에서 천사의 집에서 아이들을 돌보며 수고 많던 "착한 천사"
는 "다 떨어진 브라자 같은 날개"를 펄럭대며 하늘로 올라간다. 이 결말은
세 부분의 교차하는 변주로 이루어져 있는 이 긴 호흡의 시를 한 편의 가벼
운 희극처럼 느끼게 한다. 그러나 우스꽝스러운 웃음이 되기에는 현실과 악
몽의 변주가 너무나 음울하다. 리얼리티와 환상의 경계가 무화된 지점에서
악몽 못지않은 고단하고 우울한 현실이 펼쳐져 있기 때문이다.

대부분의 환상시들이 내면에 침잠하거나 비상한 몽상을 좇는 것과 달리
이윤설의 이 환상은 이른바 '그로테스크 리얼리즘'의 계보에 닿아있다. 그
리고 그 풍자적인 발상이 현실적인 사회의 차원과 실존적 구원의 차원을 아
우르고 있어 참신하면서도 폭넓은 의미의 자장을 확보하고 있다.

생기生氣와 약동의 찬가

> 청개구리 한 마리가 굴참나무 살을 뚫고 나오고 있다
> 대가리로 힘껏 밀어올리고 있다
> 살이 뚫리고, 살갗이
> 봉분처럼 밀려 올라오고 있다

아랫배에 잔뜩 힘을 주느라고
상판대기 볼따구니까지 등허리 빛이다
얼씨구!
한 마리가 아니다
굴참나무 갈참나무 졸참나무 상수리나무
참나무란 참나무 가지마다
빠꼼한 데가 없다
찌구락 짜구락 뽀그락 대가리를 내밀고 있다
뚫린 데마다 청개구리 대가리다
굵고 단단한 참나무 속살마다
좀 실례,
동면하던 개구리가
겨우내 움츠렸던 뒷다리를 잔뜩 버티고서
으랏차차차 아랫배에 기를 모아서는
졸참나무 갈참나무 물오른 살갗을 밀어젖히고 있다
우격다짐으로 참나무 밖으로 몸뚱이를 밀어내고 있다
팽팽하다
그예는 한 마리가 몸통을 쑥 내밀고 툭툭 털며
크억, 끓는 가래를 모아서는
퉤!
조상 대대로의 목청을 한번 뽑았다 하면
한순간에 그 신호가 해일이 되어서
이놈의 산이 그예 푸른 해일에 떠내려가고 말겠다
　　　　　　　—장철문, 「굴참나무밭에 가서」(『실천문학』, 2007년 여름호)

　　굴참나무를 비롯해 참나무 가지에 동면하던 청개구리가 아랫배에 힘을
잔뜩 주어 밀고 올라오고 있다. 한 마리에서 시작되었는데 산을 떠내려가

게 할 해일을 일으킬 만큼 거대한 기세가 되었다. 이 청개구리는 무엇인가. 굴참나무에 돋는 새싹이 개구리로 변용된 것이 이 시의 핵심이다. 이 시의 비밀을 일찍부터 알고 읽으면 재미가 없다. "찌구락 짜구락 뽀그락" 내미는 대가리, 잔뜩 힘을 주는 아랫배와 뒷다리, 상판대기, 볼따구니 등 개구리의 파랗고 매끄러운 몸뚱어리와 작디작은 팽팽한 근육들을 연상하며 읽어야 제맛이다. 그것은 굴참나무의 단단한 몸뚱어리와 물오른 살갗과 교차되어 동적이고 생기 있는 활력을 불러일으킨다.

시각적 변용이었던 새싹과 개구리의 상관관계는 "찌구락 짜구락 뽀그락" "얼씨구" "으랏차차차"와 같은 의성어들의 연쇄를 징검다리 삼아 "크억" "퉤!" 목청 뽑는 신호에 이르러 절정에 오른다. 개구리의 소리와 색깔과 물의 복합적인 연상이 해일을 일으켜 버린다. 겨우내 동면하고 있던 잎눈에 응축되어 있던 생명이 일순간에 새싹을 틔워 올리고, 초봄을 맞은 산 전체에 푸른빛이 도는 광경이 더할 나위 없이 역동적으로 포착되어 있다. 웅장한 찬가보다 오히려 짐짓 능청을 부리는 화자의 말투는 봄의 약동하는 생기를 한층 놀람과 경탄의 시선으로 그려내는 데 성공하고 있다.

이 계절에 읽은 시들 가운데 강인한의 「바람 센 날의 풍경」, 이시영의 「산길」, 황동규의 「무굴일기 1」와 같이 성찰하는 계기를 주는 시편들도 감동적이었다. 『실천문학』에 실린 김근, 김민정, 김중일의 시편들도 인상적이었다.

앞서 살펴본 시들에서 의미의 불완전성과 기호의 유희를 낳는 전복적인 언어들과 거리를 두면서, 비애의 초월, 악몽의 구원, 생기의 경탄이 변용되는 양상은 시 읽기의 즐거움을 새삼 일깨워 준다. 시가 뿌리를 두고 있는 은유와 이미지의 변용에서 의미는 기적과 같이 솟아난다. 기표의 재탄생과 자유로운 변용, 그것을 통한 상상력의 자유와 정신의 구원이야말로 시가 꿈꾸는 천국이 아닐까.

제2부

별빛들의 자리를 더듬어

생명의 상징과 지상의 알레고리를 위한 순례

—이건청론 (1)

1. 반구대 암각화에 이르는 여정

시력 40년을 훌쩍 넘긴 이건청 시인은 새로운 갱신의 저력과 거인으로서의 풍모를 유감없이 발하고 있다. 1967년 등단 후 박목월 시인으로부터 이어지는 순수한 서정의 맥을 이으면서도 현대의 삶과 내면에 대한 진지한 탐구 정신을 벼려왔던 시인의 시 세계가 어느 산맥의 장대한 봉우리로 접어드는 듯한 느낌이다. 2007년까지 8권의 개인 시집을 상재하고 난 이후 선집과 활판 시집『움직이는 산』이후 9번째 시집인『반구대 암각화 앞에서』에 이르는 도정은 고독한 순례자의 길처럼 느껴진다.

1970년에 출간된『이건청 시집』부터『목마른 자는 잠들고』『망초꽃 하나』까지의 초기 시집들이 회한과 열망의 내면에 천착했다면, 1980년대로부터 1990년대를 지나며 나온『하이에나』『코뿔소를 찾아서』『석탄형성에 관한 관찰기록』의 시집들에는 시대의 아픔과 현실에 대한 도저한 의식이 관통하고 있다. 그 후 시인은『푸른 말들에 관한 기억』의 깊어진 육성과『소금창고에서 날아가는 노고지리』의 맑아진 시선으로 서정의 정신을 자유롭게 구가하고 있었다.

시집『반구대 암각화 앞에서』에 이르러 시인은 자신의 마음과 시선을 더 근원적인 세계로 열어놓고, 자신의 문학적 출발이 되었던 동경과 생명에 대한 그리움을 정련하여 신성하고 뜨거운 상징을 건져 올렸다. 시인은 바로 '반구대 암각화'와 '천전리 각석', 그리고 울산 바다의 고래에서 생명력의 오브제와 현대문명에 대한 생태적 대안의 상징을 발견한 것이다. 이 시집은 시인의 시적 방법론이 어떻게 완성되며 그의 시적 여정이 어떤 정점에 이르게 되는가를 보여 준다. 이 길을 더듬어 봄으로써 우리는 우리 시사의 한 소중한 전범을 얻게 될 것이다.

2. 불행한 의식과의 화해와 동경의 회복

『푸른 말들에 관한 기억』(2005)을 거쳐『소금창고에 날아가는 노고지리』(2007)에 이르는 흥미로운 궤적은 시인의 내적 드라마를 엿보여 준다.『푸른 말들에 관한 기억』은 시인의 시작 과정을 관류하는 창작의 비밀을 들려주고 있기 때문이다. 유년 시절 기억 속에 각인된 전쟁의 참화는 시인의 내면에 근원적인 결핍과 상실 의식을 형성하였고, 시인의 의식에 파멸에 대한 불안과 두려움을 드리웠었다. 시인의 초기 시에 자주 등장하는 달리나 에른스트와 같은 초현실주의 화가들의 그림을 연상시키는 오브제들은 그런 무의식과 의식의 복합적인 산물이었다.

유년 시절을 비롯한 여러 기억들을 복원시켜 언어적 형상화를 하고자 한 것이『푸른 말들에 관한 기억』이다. 억압된 기억을 되살려 잊고 싶었던 불행한 의식을 강박으로부터 풀어내려는 의도인 듯 시인은 불행했던 유년의 자아와 만난다.

> 이슬 속에서 포성이 울고 있었다. 터지고 있었다. 부서져 내리고 있
> 었다. 이슬 한 켠으로 피가 스치고 있었다. 선홍이었다. 비포장도로

한 켠으로 코피에 전 옷을 입은 아이 하나 오고 있었다. 흐린 배경을
헤치고 있었다. 이슬 속에서 포성이 울고 있었다. 이슬이 하나 깨지고
있었다. 터지고 있었다. 부서져 내리고 있었다.
                              —「사라진 시간 속에서 만난 아이」 전문

포성과 포탄 속에서 살육의 전쟁은 유년 시절의 권리이자 원초적인 동력
인 행복을 앗아 가며 상처만 남긴다. 행복한 기억을 상실한 채 잃어버린 시
간이 된 그 기억 속에 과거의 어린 자아는 성장을 멈춘 채 묶여 있다. 시적
화자는 그날의 그 장소로 돌아가 어른의 시선으로 과거의 어린 자아를 바라
보고 있다. 아이가 겪었을 공포와 불안을 뒤늦게 공감해 주고 위로해 주는
것이다. 이 과거의 어린 자아는 어른으로 성장하기 위해서 외면하고 억압
된 기억으로 밀어 넣었어야 했던 자신의 일부이다. 그리고 그 자아가 결핍
과 상실로 인한 끝없는 목마름을 일으키며 시인을 문학에 대한 열망으로 몰
아넣은 것이다. 시인의 표현을 빌리면 "사라진 시간 속의 아이"는 "풋풋한
감성과 직관과 상상력의 원형"으로 시인과 함께 있었다. 자화상과 같은 이
시는 시인의 문학적 원체험의 근원에 대한 고백이면서, 목마름에 시달리는
자신과의 화해이자, 전쟁 유년 체험 세대를 위한 위무의 시라고 할 수 있다.
이 시집 이후 시인은 마치 프로이트의 안락의자에 누웠다가 일어난 사람처
럼 명징한 정신으로 견고한 이미지들을 찾아 나서게 된다.
　『소금창고에서 날아간 노고지리』는 시인이 명징한 사유와 성찰을 통해 시
인의 순정을 확인하고 그것을 객관적인 이미지로 형상화하고 있다.

　　폭양 아래서 마르고 말라, 딱딱한 소금이 되고 싶던 때가 있었다.
　세상에서 제일, 쓰고 짠 것이 되어 마대 자루에 담기고 싶던 때 있었
　다. 한 손 고등어 뱃속에 염장질려 저물녘 노을 비긴 산굽이를 따라가
　고 싶던 때도 있었다. 형형한 두 개 눈동자로 남아 상한 날들 위에 뿌
　려지고 싶던 때도 있었다.

그러나 지금, 나는 이 딱딱한 결정을 버리고 싶다. 해안가 함초 숲
을 지나, 유인도 무인도를 모두 버리고, 수평선이 되어 걸리고 싶다.
이 마대 자루를 버리고, 다시 물이 되어 출렁이고 싶다.

—「소금」 전문

이 시의 시적 화자의 목소리는 시인의 것이라고 보아도 무방할 것이다.
시인은『석탄형성에 관한 고찰』에서 폐광촌의 "막장"까지 오르내리며 비참
한 현실을 객관적으로 다루고자 한 바 있다. 그런 점에서 "세상에서 제일,
쓰고 짠 것이 되어" "형형한 두 개 눈동자로 남아 상한 날들 위에 뿌려지고
싶던 때"는 시인의 지난 삶을 함축하고 있기도 하다. "딱딱한 결정"의 형태
로 세상에서 소금이 있듯 어떤 쓰임을 받길 원했던 것이 과거의 소망이라
면, 이제 시인의 순정한 소망은 그런 결정의 형태를 버리고 인간 세상의 "마
대 자루" 같은 형식과 쓰임으로부터 자유로워져 "수평선이 되어" "다시 물이
되어 출렁이고 싶"은 것이다. 이러한 소망은 소금 창고의 흰 소금 속에 묻혀
있다가 마지막 날엔 푸른 보리밭으로 날아가는 "한 마리 노고지리"가 되고
싶은 꿈이라고 말해지기도 했다(「소금창고에서 날아가는 노고지리」).
이 시집에서 "소금"은 시인의 상상력이『석탄형성에 관한 관찰』(2000)로부
터 얼마나 큰 회전축을 그리며 변모했는지 알려 주는 이미지이다. 소금은
석탄과 유사하면서 정반대의 내용을 갖는 이미지이다. 오랜 응고의 시간을
거쳐 완성된 결정이라는 점, 광물질이며 세상에 쓸모 있다는 점이 유사하
다면 그 흰색과 검은색의 대비만큼 반대 방향으로 발상을 이끈다. 석탄이
선사시대 동식물의 죽음을 상기시킨다면, 소금은 역동적인 생명에 대한 연
상으로 이어진다.『석탄형성에 관한 관찰』에서 탄광촌과 염전의 비애를 노
래하였듯이 석탄이 인간 사회의 삶의 모습과 연관된다면, 소금은 이질적인
연상이지만 자연의 생명력과 연관된다. 이런 시 세계의 전환은 이 시기 시
인이 낙향하여 전원생활에 젖게 된 것과 무관하지는 않을 것이다. 최동호
교수는『푸른 말을 찾아서』에서 이미 소설『백경』의 모티브가 나타난「낸터

킷 연작」에 주목하며 『소금창고에서 날아간 노고지리』는 일종의 "휴식" 정도로 간주한 바 있다. 그러나 「낸터킷 연작」이 "절망의 언저리를 배회하고 있을 뿐"[1]이었다면, 바다에 대한 동경과 생명에 대한 희원을 일깨운 것이 『소금창고에서 날아간 노고지리』 시집이었다고 할 것이다.

3. 고래라는 숭고한 상징

자연에 대한 친화력을 회복하고 시인으로서의 순정한 내적 욕망을 확인한 시인은 "고래"라는 상징을 통해 새로운 시의 바다로 나아간다. "다시 물이 되어 출렁이고 싶다"라는 시인의 시적 욕망이 구체적인 이미지와 결합되어 등장한 상징이 고래인 것이다.

> 나는 그게 말향고래인 줄은 꿈에도 몰랐다. 중학교 3학년 때였다. 달이 휘영청 밝았었다. 그날 밤 돌연 귀가 이상하였다. 들리질 않았다. 환청처럼 울렸다. 잠자리에 누워 있을 수가 없었다. 맥박이 쿵쿵 울렸다. 안절부절이었다. 도리 없이 흰 종이쪽에 연필로 끄적여 속에 숨은 아이를 불러 본 것이었는데, 그 밤에 나는 무려 다섯 개의 낙서를 던져놓고도 가슴을 재울 수 없었다. 죄스러워 견딜 수가 없었다. 고해성사를 하고 싶었다. 새벽녘엔 창가에서 파도소리가 들리는 것 같았다. 미역 숲에서 새벽별들이 솟구쳐 오르는 것 같았다. 그 밤에 내게 왔던 말향고래는 그냥 맹탕인 사내아이를 넘겨보다가 가버린 것인데, 그날 내게 오셔서 어깨를 다독여 주고 간 그 분이 말향고래인 줄 까맣게 몰랐다.
> ─「말향고래를 찾아서─내가 처음 만난 말향고래」 전문

---

1 최동호, 「말향고래는 전설이며 혁명이고 시이다─이건청 시인론」, 『유심』 38호, 2009년 5, 6월호.

어린 시절 첫사랑처럼 열병처럼 다가왔던 '시'의 기억은 "말향고래"라는 상징적 이미지로 복원된다. 먼바다로부터 오는 듯한 알 수 없는 동경과 설렘, 그 두근거림이 "재울 수 없었"던 가슴으로 시를 낳게 하였다. 시를 쓰는 것은 "고해성사" 같았고, 시를 쓴 환희는 "새벽녘엔 창가에서 파도소리가 들리는 것 같았"고 "미역 숲에서 새벽별들이 솟구쳐 오르는 것 같"은 황홀경의 체험이었다. "그냥 맹탕인 사내아이"에게로 처음 시가 온 순간을, 그리고 시가 준 위로와 시인으로서의 운명에 대한 예감을 말향고래의 형상으로 그리고 있는 이 시는 고래가 가지고 있는 보편적 상징을 넘어, 멜빌의 『백경』으로부터 벗어나, 이건청 시인의 개인적 상징으로 전화시키는 데 성공하고 있다.

시인에게 고래, 특히 말향고래는 복합적인 내포를 가진 상징성을 띤다. 때론 용연향과 경납의 신비를 간직한 전설 속의 존재이기도 하고, 창작의 열병이기도 하고, 4 · 19 때 경무대로 향해 달린 광화문의 시위 대열이기도 하고, 1950년 외갓집 마당에 쓰러져 있던 불운의 징조이기도 하다. 시인의 고래는 이 지상에서 가장 크고 아름다운 생명체라는 존재뿐만 아니라 "맑고 곧은 이념"과 "순정"으로 가슴 뛰는 생명력 자체를 의미한다.

고래는 그 크기와 규모를 상상하는 것만으로도 인간이라는 개체의 이성이 지닌 한계를 압도하고 뛰어넘는다. 여기에 칸트가 말한 숭고미를 느낄 수 있다. 숭고(Sublime)란 그 범위나 정도에 의해서 경외감을 불러일으키는 거대한 크기이다. 숭고는 처음에는 위협적이지만 그 현상의 크기를 파악하기 위해 우리의 정신 능력을 일상적이고 평범한 수준 이상으로 끌어올리면서 우리 내부에 자연이 보여 주는 절대적인 힘에 견줄 수 있는 용기가 있음을 알려준다. 무한한 우주의 크기에 대한 표상이나 영원, 신의 섭리, 영혼의 불멸 등은 어떤 숭고함과 위엄을 내포한다. 그 점에서 시인의 "고래"는 그 대상의 위대함과 동시에 자아의 용기와 신념을 동시에 말해 주는 숭고한 상징인 것이다.

4. 순례와 알리바이

시인의 내적 변모와 관련하여 길어 올린 고래의 상징에 대해 외적인 세계와 관련해 두 가지 성격을 이야기할 수 있을 듯하다. 그 첫 번째는 '순례'라는 방법이다. 6천 년 전쯤 바다였던 반구대에 새겨져 있는 암각화에서 옛사람들의 자취를 만나고 샤면과 고래잡이 모습의 그림들을 접한다는 것은 시인에게는 일종의 신성한 세례의 체험이었을 것이다. 『반구대 암각화 앞에서』시집을 준비하며 시인은 현장을 직접 가서 보고 문헌을 읽고 자료를 얻고 사진과 함께 수록하기까지 하는 답사를 밟았겠지만, 그 내적 과정과 암각화를 대하는 시인의 내면은 순례를 하는 듯했을 것이다. 순례는 어떤 기원과 뿌리를 찾아가서 자신의 믿음을 확인하고 세속적인 몸과 마음을 정화받는 행위이다. 그것은 정신적 가치의 내면적인 확장을 일으키는 종교적이고 문화적인 체험이다. 반구대 암각화 앞에서 시인이 체험하는 것은 성지 순례자의 그것을 닮았다. 그 정신적 체험은 너무나 강렬하여 육체의 감각들마저 깨어난다.

> 여기 와서 시력을 찾는다
> 여기 와서 청력을 회복한다
> 잘 보인다 아주 잘 들린다.
> 고추잠자리까지, 풀메뚜기까지
> 다 보인다. 아주 잘 보인다.
> 풍문이 아니라, 설화가 아니라
> 만져진다, 손 끝에 닿는다.
> 6천여 년 전, 포경선을 타고
> 바다로 나아간 사람들,
> 작살을 던져 거경巨鯨을 사냥한,
> 방책을 만들어 가축을 기른,

종교의례를 이끈,

이 땅의 사람들이 살아 있는 숨결로

온다, 와서 손을 잡는다.

피가 도는 손으로 손을 덥석 잡는다.

우렁우렁한 목소리로 말한다.

어서 오라고, 반갑다고

가슴으로 끌어안는다.

한반도 역사의 처음이

선연한 햇살 속에 열린다.

여기가 처음부터 복판이었다고,

가슴 펴고 세계로 가는 출발지였다고,

반구대 암각화가 일러 주고 있다.

신령스런 벼랑이 일러주고 있다.

눈이 밝아진다.

귀가 맑아진다.

잘 보인다. 아주 잘 들린다.

─「암각화를 위하여」 전문

암각화의 그림들을 생생하게 접하면서 세속에서 쇠약해졌던 시력과 청력이 되살아난다. 암각화는 풍문이나 설화가 아닌 실재와 숨결로 시인에게 접신하듯이 다가오는 것이다. 반구대 암각화와 더불어 천전리의 각석들도 그냥 돌과 조각이 아니라 옛사람과 자연의 신령스러움을 체험하게 하고 그것과 소통하게 하는 사물들이다. "진심으로 지운 것들이/ 사라져 버린 자리에" 곡진한 선들의 흔적 속에서 "천지신명"을 본다.(『천전리 각석』) 천전리 벼랑에 돌을 갈아 새긴 "여자의 문"에서는 "모든 사람이 거기서/ 탯줄을 달고" 나오며, 목마른 사람들에게 가슴을 열어 초유를 주고 씨를 뿌리는 "자엄한" 모성을 느끼는 것이다.

두 번째로 시인의 상징은 현실에 대한 비판적 관심을 내재하고 있다는 점
이다. 시인의 시 세계의 변모 과정에서도 구체적인 현실과 긴장을 이루는
서정성이라는 특징은 일관되게 흐르는 것을 볼 수 있다. 시인은 품격 있는
서정성을 시적 형식 안에 정련시켜 놓으면서도 사회적 문제와 현실에 대한
지성의 시선을 놓치지 않는다. 첫 시집인 『이건청 시집』의 「60년대의 귀뚜
라미」에서 "『용비어천가』의 첫 장이 넘겨진다"라는 우회적인 진술을 썼듯이
그는 사회적 문제를 시가 외면하지 않아야 한다는 신념을 가지고 있는 듯하
다. 1980년대 환경문제를 언급한 「눈먼 자를 위하여」 연작은 1984년 인도 보
팔시에서 살충제 원료의 유출로 인해 수만 명의 눈을 멀게 된 사건을 고발
하였고, 『코뿔소를 찾아서』는 다산과 전봉준 등을 기억하였고, 『석탄 형성
에 관한 관찰 기록』에서는 폐광지가 된 사북 지역의 주민들과 관련한 진단
서와 합의서까지 시적 진술로 등장시켰다. 『석탄 형성에 관한 관찰 기록』은
문단의 주목을 크게 받지는 못하였으나, 산업화의 동력이 되었던 탄광촌의
마지막을 시인들이 어떻게 기억하고자 했는지에 대한 소중한 증언이라고
할 수 있다. 그때 우리 사회에서 시인은 어디 있었느냐고 질타할 때 우리 시
를 위한 하나의 알리바이가 되어주는 것이다.

현대문명의 위협은 시인이 간직하고 있는 고래의 상징을 관념적인 상징
에 그치게 하지 않는다.

고래들이 해안으로 밀려와서 죽는다. 떼 지어 모래밭 위로 몰려와
널부러진다. 밀고 밀어도 해안가 모래 위로 한사코 되돌아온다. 고래
는 먼 바다를 헤치고 떼 지어 해안으로 와서는 뭍으로 기어오른다. 태
고의 정적, 햇빛도 안 닿는 심해, 거기 고래들이 잠자고 마실 다니는
마을, 골목들이 있었는데, 유조선이 가고, 어군탐지기가 전파를 발산
하고, 핵 잠수함들이 고래들의 골목을 헤집고 달리면서 고막이 터진
고래들이, 뇌파가 엉켜 버린 고래들이, 길을 잃고 뭍으로 밀려온 것이
었는데, 고래들은 뭍으로 올라와서 강한 햇살에 껍질이 타고 심장 혈

관이 터져서 죽었다.

    그래, 봐라, 고래들이 몰려온다. 바다를 버린 것들이 사람 세상으
로 몰려온다. 고래들이 사람 세상에 와서 죽으려고 새까맣게 밀려오
고 있다.

—「말향고래를 찾아서—고래들은 죽으러 온다」 전문

    시인은 인간 문명이 자연과 생명을 황폐화하고 있다는 점을 간과하지 않
는다. 고래의 삶은 유조선과 핵잠수함들에 의해 유린당하고 "뇌파가 엉켜
버린" 고래들은 인간 세상에 와서 죽고 있다. 3천만 년 전 뭍에서 바다로 나
아가 진화한 이 아름답고 조용하게 살아오던 커다란 생명체는 인간에 의해
슬픈 죽음을 맞고 있는 것이다. 이 시에서 고래는 다의적인 상징성을 갖기
보다는 현실의 구체성을 지시하는 인간적 사물들로 인해 사실적인 대상이
된다. 이제 시인은 지구 위의 한 존재인 인간이 일으키고 있는 환경 파괴에
대해 자신은 무엇을 하고 있는가에 대한 한 증거를 제시하고 있다. 알리바
이가 어떤 혐의에 대한 부재 증명이라면, 시는 시인의 존재 증명이라고 할
것이다. 환경과 생태 문제에 대한 시인의 시는 현실적 문제를 외면하지 않
았다는 알리바이나 면죄부가 되는 것이 아니라 현실의 문제를 추문으로 만
드는 적극적인 존재 증명의 형태가 될 것이다.

5. 뜨거운 상징을 지나

    가끔 뉴스를 통해 울산 앞바다에 몰려온 돌고래와 고래들이 수면 위로
떼를 지어 헤엄치는 장관을 볼 수 있다. 고래는 작품의 소재로 추억되고 채
색되는 대상이 아니라 현실 속에서 한 지역의 문화 상품으로, 바다의 로또
를 노리는 불법 포획의 희생물로 살아있다는 실감을 새삼 갖게 된다. 이 고

생명의 상징과 지상의 언어—고래를 위한 순례

래들은 시인의 부름에 대한 화답일까 시인이 인간들에게 들려준 경고에 대한 징후일까. 어떤 의미로든 노시인의 발걸음에 힘이 주어질 것은 틀림없을 듯하다.

시인은 고래라는 뜨거운 상징을 통해 유년 시절의 자아와 화해하는 힘, 시대를 이끄는 힘, 원초적인 자연으로부터 솟아오르는 생명의 힘을 발견하였다. 그 상징은 때로는 우리 역사와 시대와 현실에 대한 알레고리로 읽히며 가슴 뛰는 삶에 대한 동경을 상기시킨다. 고대적인 신성한 상징까지 이르렀던 시인의 순례는 인간의 세상을 잊지 않고 돌아온다. 인간 사회와 문명의 불행한 현재와 불길한 미래에 대해 시인의 지성은 비판의 전언을 잊지 않는다. 이건청 시인의 시는 가끔 이 지상을 위한 비판적이고 교훈적인 알레고리가 되기도 하고, 근원적인 상징으로 확장하며 다채로운 의미의 진폭을 그리기도 한다. 앞으로 그 진동과 진폭의 미학적 균형을 어떻게 이루면서 시인의 시 세계가 펼쳐질지 자못 궁금하다.

자연에 기대 깊어지는 서정의 순례

—이건청론 (2)

1. 생명을 향한 그리움

이건청 시인의 최근 시 작품들은 맑고 간소한 서정성을 바탕으로 자연 친화적인 생명력을 추구해 가는 경건한 순례의 모습을 보여 주고 있다. 이건청 시인은 칠순의 나이에 도달하기까지 시적 갱신을 거듭하며 서정적 시선을 잃지 않고, 현대적 삶과 인간 내면에 대한 탐구 정신을 벼려왔다. 작위를 품지 않은 언어의 화음을 보여 주는 근작 시들을 읽다 보면, 골짜기를 거친 물이 하구에 이르러 장강을 이루듯이 한층 유장해진 느낌을 얻곤 한다.

그가 자유롭게 서정의 정신을 구가하며 비상하기 시작하였던 것은 시집 『소금창고에서 날아가는 노고지리』로부터였던 것으로 보인다. 곧 이은 『반구대 암각화 앞에서』 시집에서는 더 근원적인 세계를 향한 동경과 생명에 대한 그리움을 펼쳐놓은 바 있었다. 이 시집에서 이건청 시인은 선사시대의 흔적과 고래에서 생명력과 대안적 상징을 발견하였다. 최근작들에서 시적 대상을 찾고 노래하는 태도는 고대의 먼 흔적을 뒤좇는 방식과는 다소 달라진 듯이 느껴졌다. 생명력에 대한 동경이라는 근원적인 자세는 여전히 같지만, 어떤 장소에서 느끼는 교감을 몸과 언어의 긴밀한 감촉과 뒤섞어 빚

97

어내고 있기 때문이다. 그 정서적 교감이 특정한 어떤 장소를 배경으로 하여 오롯이 솟아나고 있다는 것, 이 점이 그의 시가 매력적으로 보이는 대목이라 할 수 있다. 그 장소는 삶의 무늬와 유비적인 관계에 놓인 상형문자와 같이 우리 삶에 대한 비밀스러운 지혜를 간직하고 있는데, 그것을 이건청 시인은 순연한 시적 언어를 통해 들려주고 있다.

2. 장소는 이미지이며 상형문자이다

장소라는 말은 공간과는 다른 뉘앙스를 선사한다. 공간空間은 한자에서도 볼 수 있듯이 본래 아무것도 없는 빈 곳을 의미하는 것으로, 어떤 물질이나 물체가 존재할 수 있도록 하는 자리라는 뜻을 가리키기 위해 고안해 낸 추상적이고 심리적인 개념이다. 즉 철학에서 존재의 양태를 설명하는 시간에 대비되는 일종의 선험적 범주인 것이다. 이에 비해 장소場所는 어떤 일이 이루어지거나 일어나는 곳이라는 물질적인 요소를 품고 있다. 장소를 번역할 수 있는 영어 단어는 여럿인데, 이건청 시인의 시를 읽노라면 그 장소는 spot이라는 단어가 적절할 듯하다. 즉 어떤 용도를 위해 쓰이는 장소를 뜻하는 place보다는 그 자체의 특별한 특성이 있는 곳이라는 의미에서 spot이 어울린다는 생각이다. 시인은 어떤 곳을 찾아가 그 장소의 풍경을 한참 응시하고 음미하고 교감한다. 그리고는 마침내 장소가 가진 특별한 성격이 어떤 해답의 실마리를 던져주듯이 교감의 실타래를 조금씩 잡아당겨서 우리네의 복잡한 인생살이에 대해 곱씹어 보게 한다. 그 앎은 논리적인 것이라기보다는, 서정적인 것이어서 순간적이다. 또한 감각적인 앎이어서 'spot' 또는 한글의 '곳'이라는 단어가 주는 찌르는 듯한 어감과도 어울린다.

오른쪽 다리를
왼 다리 위에 포개니

제각기 다른 쪽을 딛고 살던 두 다리가
하나의 몸이었음을,
세상 단풍 속을 흘러내리는 천 개 강들도
같은 물임을 알겠다.
이제야, 이제야
그걸 알겠다.
내 나이 70,
두물머리 강가에 와서 보니,
산들이 계곡을 만들고
산굽이를 만들어
다른 쪽의 강들을 불러 앉히며
다독이고 타일러
그냥 물새 우는 새벽 강을 만드는 것도
연꽃 밭으로 물닭들을 불러
젖은 풀들을 쌓게 하며
그 위에 몇 개 알을 낳게 하는 것도
물이며, 산이며, 단풍들이 하는 일인 걸
알겠다, 알겠다,
서서히 상반신을 기울여
흐르는 강을 바라보고 있느니
물이며, 산이며, 단풍들이 보인다,
그것들이 한 몸인 게
환하게 보인다.

—「금동미륵반가사유상 앞에서」 전문

위 시에서 시적 화자가 서있는 곳은 두물머리이다. 두물머리 강가에서 시
적 화자는 강과 산을 바라보고, 물닭들이며 단풍들이며 흐르는 물을 굽어본

다. "두물머리"라는 장소성이 이 시가 선사하는 교감의 열쇠이다. 두 개의 물굽이가 하나로 합쳐지는 강가에서, 시적 화자는 나뉘어있던 것들이 서로 공존하고 공생하는 것이 인생살이임을 새삼 깨닫고 있다. 이런 깨달음을 진실되고 웅숭깊게 만드는 것은 시적 화자의 나지막한 언술 속에 불려 모여드는 사물들이다. 시에서 반짝이는 통찰은 철학자의 사색처럼 벼려있는 것이 아니라, 잠든 사물들을 꿈꾸듯이 불러일으켜 세우는 주술과 같은 언어의 힘에서 나온다. "다른 쪽의 강들을 불러 앉히며/ 다독이고 타일러/ 그냥 물새 우는 새벽 강을 만드는 것" "연꽃 밭으로 물닭들을 불러 젖은 풀들을 쌓게 하며/ 그 위에 몇 개 알을 낳게 하는 것". 여기에 인용된 문장들 가운데 작위적이지 않으면서도 독자들로 하여금 경계심을 풀고 "두물머리"가 일러주는 공존의 세계에 순응하게 만드는 것은 무심히 얹어놓은 단어 "그냥"과 "몇 개"이다. 서로 어울리는 무위자연의 세계를 이 두 단어는 적절하면서도 내밀하게 느끼도록 한다. 왼쪽과 오른쪽의 두 다리가 한 몸이듯이 물과 산들이 서로 어울리고 호응하며(호명이 아닌!) "그냥" 존재하는 세계인 것이다.

이 무위자연의 풍경 앞에 반가부좌를 하고 앉았다가 상반신을 기울여 강을 바라보던 시인의 자세는 금동미륵반가사유상과 닮은꼴이었을 게다. 시인과 반가사유상의 모습은 외적 자세뿐만 아니라 내적인 앎에서도 동일하다. 내 몸에 대한 앎과 "세상 단풍 속을 흘러내리는 천 개 강들도/ 같은 물"이라는 앎과 "물이며, 산이며, 단풍들"이 "한 몸"이라는 앎이 모두 통일되는 순간이다. 대립되던 것들, 개별적인 것들이라 보았던 객체들이 모두 한 몸이라는 사실이 "환하게 보인다"라고 말하는 순간 시인의 마음속에서는 세상의 만물들에 대한 미움도, 증오도, 구분도 스러지고 반가사유상의 부처처럼 만물에 대한 자비의 마음이 일렁거렸을 것이다.

이러한 세상에 대한 환한 인식과 마음의 변경變更은 두물머리라는 장소와 더불어 일어난 것이다. 그런 까닭에 두물머리라는 지형을 딴 지명은 이미 지이면서 상징으로 작용하는 시어가 되어 이 장소성과 서정적인 회감을 일러주는 상형문자라고 비유해 볼 수 있다. 그 상형문자를 두고 시인은 세상을 분변하지 않고 혼융과 자비의 마음으로 읽어낸 것이다.

3. '곰소'라는 기호의 스투디움과 푼크툼

스투디움Studium과 푼크툼Punctum이라는 말은 프랑스의 비평가 롤랑 바르트가 『카메라 루시다』에서 사용한 용어이다. 스투디움은 사진에 담긴 전체적인 내용을 뜻하는 범주로서 작가의 원래 의도인 문화, 관습, 총체적인 정보 등을 가리키는 말이다. 그것은 대개 사진을 통해 드러나는 작가의 촬영 의도를 말한다. 반면 푼크툼은 사진 안에서 아주 부분적인 대상이나 사소한 특징들로서 순간적이지만 확대된 잠재력을 지닌 어떤 부분을 말한다. 푼크툼이라는 말이 뾰족한 것에 찔려서 생긴 구멍인 펑크(puncture)와 어원을 같이 하는 것처럼, 그것은 사진에서 아주 세부적이고 사소한 것이지만 사진을 바라보는 자의 마음을 찌르고 진실을 알려 주는 존재적 기호로 작용한다. 그것은 구경꾼의 감정에 의한 개인적인 울림이라고 할 수 있다. 이 두 가지 용어는 필자가 이건청 시인의 시 작품들에 등장하는 장소로 인해 느낀 특별한 감상을 설명하는 데 적절할 듯하다.

이건청 시인의 「곰소항에서」라는 시는, 배경이 된 장소와 그곳을 여행한 체험이 어우러져 농익은 소리의 울림과 의미의 잔향을 남긴다. 여기에는 미각과 풍미, 소리와 시각의 모든 감각들이 한곳으로 모여들어 "곰소"라는 의미의 결정체를 형성하고 있다. 곰소항은 전북 부안군 변산반도에 있는 항구로, 예전에는 섬이었지만 지금은 육지와 연결되었으며 염전과 젓갈로 유명한 곳이다. 그곳을 배경으로 시에는 곰소항에서 시인이 보고 노래하고 의미를 전달하고자 의도한 것들이 나온다. 이것들은 마치 사진에서 우리가 발견할 수 있는 작가의 촬영 의도로서 담긴 총체적인 정보인 스투디움에 해당할 것이다. 그런데 이 시에는 시를 읽는 동안 언어의 기표에서 스르르 밀려가고 밀려들어 오는 의미의 교묘한 확장이 있다.

곰소 염전 곁 객사에 누워
하루를 잔다.

짠 바닷물은
마르고, 다시 마르며
결장지까지 와서
소금으로 같아 앉는데,

이 마을 드럼통들 속에서는
새우와 바닷게들도
소금을 끌어안은 채
쓰린 꿈속에서
제 살을 삭혀
젓갈로 곰삭고 있을 것인데,

변산 바다 밀물의 때,
바다는 밀고 밀며
다시 곰소항으로 돌아오면서
흰 포말로 낯선 새들을 부르고,
산비탈 호랑가시나무 숲을 부르며,
젓갈 가게에 쌓인
드럼통들을 찾아 와
드럼통 속 새우와 참게들에게
풍랑의 바다 소식을 전하면서
곰삭은 황혼도 조금씩,
밀어 넣어 주고 있구나,
아주 잊지는 않았다고

젓갈로 익더라도 서로 잊지는 말자고
밤새 속삭여주고 있구나

곰소 염전 곁 객사의 사람도
내소사 전나무 숲 위에 뜬
초롱초롱한 별도 몇 개
꿈속에 따 넣으며
쓰린 잠을 자는데,
소금을 끌어안고 잠자며
낯선 방에서 뒤척이는데,
젓갈로 삭아가고 있는데……

—「곰소항에서」 전문

　이 시는 곰소항의 염전 옆 객사에서 묵은 하룻밤의 심회를 그리고 있는
시이다. 염전에는 저수지와 증발지를 거쳐 결장지에 다다른 바닷물이 소금
으로 가라앉고 있고, 젓갈을 담아둔 드럼통들 속에는 새우와 바닷게들이 곰
삭고 있다. 그리고 마지막으로 나는 낯선 객사에서 잠을 쉬 이루지 못하여
뒤척이고 있다. 2연의 마지막 행에서 "소금으로 갈아 앉는데"에 병렬된, 3
연의 마지막 행 "곰삭고 있을 것인데"에 공통적으로 반복되는 '-ㄴ데'의 연
결어미는 이 시에서 일종의 '푼크툼'을 일으킨다. 이것은 개인의 취향일 수
도 있는 지극히 사소하고 주관적인 끌림이고 마음의 찔림이다. '소금으로
갈아 앉고……' '곰삭고 있고……'의 순차적이거나 대등적인 관계를 열거하
는 것에 그치지 않고, "~ㄴ데"라는 연결어미는 뒷절에 무엇인가를 말하기
위해 그것과 관련된 상황을 던져놓고 기다리고 있는 것이다. 3연의 마지막
행에 "것"이라는 의존명사가 집어넣어진 것은 그런 호흡의 가다듬음이고 심
리적인 휴지일 것이다. 「남신의주유동박시봉방」의 백석의 어투가 떠오르는
것은 이런 호흡과 심리 때문일 것이다.

시인이 던져놓고자 하는 핵심적인 전언은 3연에 놓여 있다. 드럼통의 새우와 바닷게들이 "쓰린 꿈속에서/ 제 살을 삭혀" 곰삭고 있을 때, 그들을 찾아오는 바다가 있다는 것이다. 밀물의 때에 다시 돌아오는 바다는 낯선 새들과 숲을 부르며 드럼통들을 찾아온다. 소식을 전하는 바다가 넣어주고 있다는 "곰삭은 황혼"은 곰소항과 곰삭고 있는 젓갈과 어울리는 소리에서 파생된 비유이다. 어떤 사물이 오래되어 변질되지만, 썩어 부패하는 것이 아니라 깊은 맛과 향이 푹 드는 것을 곰삭는다고 한다. 황혼은 늘 반복되는 것이라 오래되었을 것이라는 인식, 그런데 그것을 곰소항과 젓갈들과 함께 푹 익어가는 것으로 시인은 그려낸다. 그런 까닭에 "곰삭은 황혼"이나 젓갈들은 인간사의 쇠락이나 망각, 늙어감이나 잊혀짐 등등을 환기한다. 황혼이라는 끄트머리의 시간에 이르러 인간이 할 수 있는 몫은 그리 많지 않을 것이다. 시인은 바다를 빌려 젓갈과 인간 모두를 향해 다정히 속삭여 준다, "서로 잊지는 말자고". 인간이 유한한 존재인 인간을 위해 할 수 있는 최대의 애정 중의 하나가 기억해 주기, 잊지 않기라고도 말할 수 있지 않을까.

그렇게 쓸쓸히 삭혀져 간 존재들을 위해 시적 화자는 자신의 마음에 새로운 젓갈을 담근다. 객사 낯선 방은 일종의 드럼통이 되는데, 곰소항의 여행객이자 인생의 객인 시적 화자가 그곳에서 자신의 꿈과 쓰린 잠과 몇 개의 별을 소금과 함께 끌어안고 잠자며 젓갈로 삭아가고 있기 때문이다. 이 점에서 '소금'은 우리 인생의 짜지만 빛나는 상징적 결정체로 읽힌다. 그리고 곰소항이라는 장소의 스투디움으로 염전이 등장하기도 했지만, 곰소와 소금은 필자에게 푼크툼을 일으킨다. 곰소를 거꾸로 쓴 '소곰'은 소금의 옛말이자 사투리를 연상시키기 때문이다. 푼크툼은 아주 사소하고 주관적이지만 진실을 알려 주는 존재적 기호라고 말했다. 곰소항에서 필자는 자꾸 소금의 짭조름한 맛을 느끼고 서걱서걱한 염전의 소금밭을 연상한다. 소금은 이건청 시인이 시집 『소금창고에서 날아가는 노고지리』 등에서 지속적으로 쓰는 상징적인 시어이기도 하다. 소금의 상징적인 의미에는, 부패를 막으며 음식에 필수적인 맛을 내는 유용한 존재라는 관습적인 의미와 더불어 이건청 시인이 강조하는 자연의 생명력이 함축되어 있다. 그러한 소금이라는 상징적인 시어가 음상音相 면에서나 의미 면에서 어울리는 장소로 찾아낸 것이 바로 곰소가 아닐까 싶다.

곰소와 곰삭은, 곰소와 소금의 서로 끌어안는 꿈이 이 시에 풀어놓은 사물들의 상상력이자 언어적인 주술이라고 할 것이다. 시인은 마지막 두 행을 다시 은밀한 '－ㄴ데'와 생략으로 마무리하고 있다. "쓰린 잠을 자는데, / 소금을 끌어안고 잠자며/ 낯선 방에서 뒤척이는데,/ 젓갈로 삭아가고 있는데……". 필자가 느낀 푼크툼은 단지 우연이 아니었던 것이다. 곰소항의 낯선 방에서 시인은 자신의 황혼과 조응하는 세계의 사물들과 더불어 천상의 꿈에 침잠하고 있었던 것이다.

4. 자연의 치유력과 지상의 꿈

이건청 시인의 신작시들 역시 자연과 세계가 선사하는 풍요로운 생명력의 세계를 한껏 품으려 하는 상상력을 보여 준다. 앞서 살펴본 '소금'이라는 결정체가 고체의 상상력이라면, 신작시들에서 눈길을 끄는 것은 풀과 살의 상상력이라 부를 수 있을까? 겨울철 얼음이 굳은 고체라면, 돌미나리와 재첩이라는 풀과 살의 노래가 나오기 때문이다.

사람의 길 막아섰던
벼랑들이 녹고,
녹은 벼랑들이
물이 되어 흐르는
봄 개천가엔,
여린 돌미나리가
수줍게 고개를 치켜들고

사람 세상으로
푸른 향기를 실어내고 있다.

─「얼음 벼랑에 기대어」 부분

섬진강엘 갈까
구례쪽 얼음짱들이
다 녹은 봄날,
등껍질을 지고
강바닥에 누울까,
재첩 한 마리 되어
살의 꿈을 꿀까,
연한 살, 저 켠에서 우는
노고지리 소릴 들을까,
강바닥
모랠 베고 누워
잠이 들까,
깊은 밤 구례구 역전에선
아직도 개가 짖는지,
대나무숲은
그냥 대나무숲인지,
호롱불 켜진 밤 동네들을
흐르고 흘러
섬진강엘 갈까.

─「노고지리를 기다리며」 전문

　시적 화자는 자연의 순리와 순환 속에서 생명이 소생하는 힘을 느끼는 주
체가 되어, 봄의 생기와 약동을 작은 풀들의 섬세한 감촉에 실어 들려주고,

봄날 풀리는 섬진강의 강가에서 연한 살의 꿈을 꾼다. 두 시편에 공통으로 얼음이 녹기를 기다리는 시적 화자의 마음은 자연의 순환에 복종하고 인내하는 마음이라 할 수 있다. 그런 마음으로 시적 화자는 "여린 돌미나리가/ 수줍게 고개를 치켜들고/ 사람 세상으로 푸른 향기를 실어내고 있"는 모습을 바라보고, 자신이 "등껍질을 지고/ 강바닥에 누"운 재첩이 되는 상상을 하며 "살의 꿈"을 꾸어본다. 얼어붙은 마음이 아니라 "연한 살"이 되어 이제 곧 봄을 알릴 '노고지리 소리'도 기다린다. 두 번째 시에서 섬진강과 구례라는 고유명사는 이 낭만성과 향토성을 단단히 결부시키는 환기 작용을 한다.

그런데 시적 화자가 재첩이 되어 강바닥 모래를 베고 누워 잠들기를 상상하며 듣는 소리들은 지금 들리는 소리가 아니다. 개가 짖었던 소리를 상상하며 아직도 개가 짖는지 궁금해한다. 대나무 숲이나 호롱불 켜졌던 밤 동네들은 이제는 사라진 풍경들이다. "연한 살, 저 켠에서 우는/ 노고지리 소릴 들을까" 했던 재첩의 꿈은 아직 오지 않은 봄 때문이 아니었던 것이다. 시적 화자가 듣고 싶은 노고지리 소리는 먼 옛날 섬진강에서 들었던 소리이고, 시인의 기억 속의 울음소리인 것이다. 서정시다운 회감 속에서 시인의 기억은 과거의 시간을 산다. 그러므로 "저 켠"은 우리 기억 저편 아스러져 간 먼 시간들일 것이다. 그 시간 속에서 우리는 여리디여린 살이었고 삶을 모르던 존재였을 것이다. 시 「노고지리를 기다리며」에서 장소성은 그런 점에서 시의 의미를 부풀어 오르게 하는 빵의 이스트와 같다. 얼음장들이 녹는 봄날의 섬진강은 자연의 순환에 맞춰 계절이 돌아온 물리적인 장소이기도 하지만, 고단한 인생의 역경 속에서 단단해지고 응어리졌던 시인 마음이 순리를 따라 풀려 다시 돌아가는 과거의 순정했던 그 어느 기억의 장소가 되는 것이다. 이것이 서정적인 회감의 전형적인 순간이 아니겠는가.

5. 마치며

봄을 기다리며 노래한 이건청 시인의 신작시는 한층 순화된 서정의 숨결 속에서 장소의 사물들과 교감하고 있다. 그가 노래한 지상의 장소들은 시어들을 통해 생을 얻고 인간사를 겸허히 돌아보는 보리수나무 아래와 같은 곳으로 화하고 있음을 근작 시들에서 살펴보았다. 문명의 피로에 젖은 우리에게 자연의 소중한 생명력에 감응할 수 있는 장소를 알려 주며 빛나게 해주는 그의 순례가 계속되기를 고대해 본다.

서정성의 근원과 사랑의 존재론

—오세영론

1. 들어가며

　현대 예술에 관한 한 이제는 아무것도 자명한 것이 없다는 사실만이 자명해졌다고 말한 아도르노는 이러한 현대 예술의 상황 속에서 예술가들은 오히려 거의 무의미하게 된 명목적인 질서를 다시 추구하게 되었다고 한 바 있다. 형식의 새로움에 대한 강박관념을 갖게 된 현대 예술가들의 숙명을 두고 한 말이다.

　그러한 점에서 오세영 시인은 현대 미학의 공허성과 비인간성을 일찍이 간파하고 그 한계를 초극하고자 맞선 시인이라고 부를 수 있다. 1970년에 나온 그의 첫 시집 『반란하는 빛』 이래로 그는 모더니즘적인 언어미학적 실험성과 결별하고 전통적인 서정시 세계를 일관되게 추구해 왔다. 동시에 그의 시 세계는 실존적인 형이상학의 높이를 견지하고 있기에 존재론적 사유와 묘사를 결합한 "사변적 서정시"(김영철, 「존재의 시학과 인식의 시학」)라고 일컬어지고 있다. 특히 동양적 사유에 기반한 정신세계와, 「그릇」 연작을 통해 인간의 실존적 한계를 벗어나고자 하는 그만의 독특한 자유의 역설을 펼쳤던 것은 많은 평자의 주목을 받아온 바이다. 그러한 사변적 관념성이 생

서정성의 근원과 사랑의 존재론

경한 관념에 그치지 않고 시로 승화할 수 있었던 것은 "시의 전통적 형식미를 유지하며 서정적 원본성을 놓치지 않으려는 절도와 규제의 방법론"(이숭원, 「적멸과 개결, 혹은 은유의 구도」)을 지니고 있었던 것이라는 평가를 받아왔다.

다른 한편으로 그의 시에 등장하는 강건한 관념에 시적 균형을 줄 수 있었던 서정성의 근본 자리에는 '사랑'이 자리 잡고 있다고 해도 좋다. 자유와 초월을 꿈꾸는 그의 의식과 시의 배면에서 사랑은 헤겔의 관념론보다 높은 형이상학적 준거가 되며, 시인의 예술적 지향점과 일치하고 있다.

이 글에서는 오세영의 시 세계에 나타나는 사랑에 대한 인식과 사랑의 정신이 초기 시에서부터 어떠한 변모 과정을 거치는가를 탐색하고, 그 사랑의 정신이 시인 특유의 존재론적인 인식을 담고 있는 물질적인 이미지화의 양상, 그리고 예술적 영원성이라는 미학과 상통하고 있음을 살펴보고자 한다.

2. 초기 시에 나타난 현대적 사랑의 금속성

"문법의 가지를 차고 오른…(중략)…/ 빛을 털고 일어서는 한 마리의 새"(「날개」, 『반란하는 빛』, 현대시학사, 1970)와 같이 시인은 문법의 구속을 벗어나 날갯짓하며 생동하는 언어, 빛을 내뿜는 말을 찾고자 했다. 초기 시에서 모더니스트의 길을 택했던 시인은 현대적인 상상력과 언어적 실험을 통해 언어의 문법을 벗어나고자 했고, 언어를 사물처럼 다루는 시인의 눈에 도시적인 사물들과 외피적인 인간관계가 스쳐 지나갈 뿐이었다. 인간이 자아와 타자 사이에서 내면 깊숙이 받아들이는 가장 최고의 관계인 사랑도 외부적인 것, 정열과 따스함과는 거리가 먼 차가움으로 포착되었다.

> 날개 위에서 거울에 비친 한 여인의

드러낸 살결 위로 흘러내리던 하늘

―「꽃」 부분

등나무를 타고 오르던 시간 위의
밤에 지던 꽃잎들.
거기 부서지던 별빛의 무게
반짝이는 저 사랑의 금속성.
…(중략)…
창백한 날들이 얼굴을 묻으며
머리칼을 쓰다듬던 거울 앞에서
검은 드레스를 끌고 가는
여인의 뒷모습, 창가에 속삭이는
저 고요의 뒷모습.

―「밤하늘」 부분

위의 두 시에는 여인이 "거울" 앞에 서 있다. 거울을 통해 일단 대상은 얼굴을 드러낸다. "자기의식(conscience de soi)의 밑바닥에는 성찰이 아닌 타인과의 관계가 있다"(A. 핑켈크로트, 권유현 역, 『사랑의 지혜』, 동문선, 1998). 그러한 타인의 관계에 있어서 타자가 직접 나의 시선 아래에 모습을 드러내는 것이 얼굴이다. 즉 '내 안에 있는 타자의 관념'을 뛰어넘어 타자가 나타나는 방식인 것이다. 그러한 얼굴이 하나의 이미지를 형성하며 내 나름대로 품는 관념을 해체하거나 그것을 뛰어넘어 새로운 관계를 줄 수 있다.

그러나 위의 두 시에 나오는 것처럼 "거울"이 자아와 타자의 사이에 가로놓이고, 타자의 얼굴이 거울에 비친 간접 상이라면 그 관계는 직접적인 친밀성을 잃거나 시선의 왜곡을 가져올 것이다. 더 나아가 거울은 열도를 차단하는 성질을 가지고 있다. 수은이 지닌 금속성은 "창백한 날"과 "검은 드레스"의, 열기 없음과 비활성을 만나면서 더욱 고조된다. 그리하여 시인은

"저 사랑의 금속성"을 느낀다. 그의 내부에서는 "밀물처럼 뜨거운 목숨을 밀어"(「밤하늘」) 올리지만, 외부의 타자는 차가운 타자성 그 자체로 머물러 있는 것이다. 더구나 여성은 "뒷모습"만을 보여 준다. 여성적인 것은 스스로를 감추는 수줍음을 보이며, 이러한 감춤은 대립이 아닌 존재이며 오직 타자성 자체를 보여 주는 것이라고 할 수 있다.

> 비켜라, 비켜 매달리는 처자를
> 떼어놓고, 나는
> 새벽 한 시를 건넜다.
> 목적이 죽고, 싸늘한 외침이 죽고, 참다운
> 사랑은 방법에서 이해된다.
>
> ─「자동차」 부분

소통되지 않고 이해되지 않는 타자성만이 드러나는 상황에서 시인은 현대사회의 절망을 본다. 참다운 사랑이 방법에서 이해된다는 것은 부정적인 현재에 대한 시인의 비판이다. "매달리는 처자"를 비키라며 냉정히 떼놓고 새벽 한 시를 건너는 시적 화자의 모습은 모더니스트적인 거울 속에서 일그러져 드러난다. 목적과 외침이 죽고, 참다운 사랑은 그 본질을 파악하지 못한 채 방법을 통해 이해된다고 자조적으로 말하고 있는 것이다.

그러나 내밀한 시인의 욕망은 천부적인 서정시인의 자질을 감추지 못하여 사물들의 내부에서 영원한 자연과 사랑의 의미를 찾고 물음 하기 시작한다.

> 정신을 나는 구름이 보이고,
> 깊은 살 속을 강이 흐른다.
> 어두운 강, 흔들리는 의미의 외연에서
> 은비늘 번득임은 사랑인가,
>
> ─「중계방송」 부분

시인은 자연 그대로의 사물인 구름과 강을 인간의 정신과 육체에서 보았다. 그리고 사물의 의미를 포착하기에는 불완전한 언어의 외연에서 작게 반짝거리는 사랑을 발견한다. 그 반짝거림은 금속성의 번뜩임이 아닌 살아있는 생명이 지닌 "은비늘 번뜩임"이다. 사랑에 대한 인식이 현대사회의 차가운 외재적인 타자성으로 경직되어 있고 조금은 비껴있었다면, 정신과 합일된 자연 속에서 사랑을 발견하는 장면이라 할 것이다.

3. 사랑의 모순성과 생명의 불

오세영 시인의 시에는 종종 역설적인 잠언들이 번뜩인다. "영원히 죽는 것은 이미/ 죽음이 아니다"(「보석」)라거나 "깨어져서 完成되는/ 저 絶對의 破滅"(「모순의 흙」)이라는 말투는 오랜 관조와 사색의 결정체를 순간적인 깨달음으로 응축하는 방식이다. 그리고 이러한 역설은 인간의 존재 자체가 배태하고 있는 모순을 드러낸다. 그의 사랑에 대한 인식도 이러한 모순성을 함축하고 있음을 볼 수 있다. 이러한 모순성의 함축은 물과 불과 같은 이미지를 통해 비유적으로 형상화되어 간다.

우선 시집 『가장 어두운 날 저녁에』(문학사상사, 1982)에서 사랑은 서서히 그리움과 아픔을 껴안으며 외로움을 감내하는 사랑으로 성숙한다.

> 눈물은
> 뜨거운 가슴속에서만
> 사랑이 된다.
>
> —「밤비」부분

> 젊은 날을 쓸쓸히 돌이키는 눈이여
> 안스러 마라

生涯의 가장 어두운 날 저녁
사랑은 성숙하는 것.

　　　　　　　　　　　　　　　　　―「12月」부분

사랑은 언제나 있고
사랑은 언제나 없다.
내가 믿는 것은 하나의 아픔,
하나의 虛無, 하나의 그리움,
그리고 빛 속의 어두운 그림자,
사랑한다고 말할 때
사랑은 외로워진다.

　　　　　　　　　　　　　　　　―「사랑한다고 말할 때」부분

　눈물과 회한이 "뜨거운 가슴"속에서 "생애의 가장 어두운 날 저녁"에 사랑으로 성숙하는 것이다. 그리고 언어로 사랑의 존재를 지속시킬 수 없으며 확신시킬 수도 없기에 사랑은 언제나 있으면서 없고, 하나의 허무로 "빛 속의 어두운 그림자"로 존재하는 것으로 시인은 인식하고 있다. 타자와의 관계는 무조건 하나의 융합만을 추구하는 것은 아니다. 타인과의 관계는 오히려 타자의 부재이다. 그러나 순수한 없음의 부재가 아니라 시간으로서의 부재이다. 사랑은 현재 자신의 존재를 타인과 관계시키지만, 미래의 사실에 대해 기다림만을 주고 무엇도 확실히 주지 않기 때문이다. 그런 의미에서 미래 사실에 대한 기다림만이 남는 외로움은 타인을, 다시 말해 사랑을 미래의 시간 속에서 부재로 느낀다. 현재 안에서는 미래의 등가물을 발견할 수 없으며 미래를 확신할 수 있는 가능성이 결여되어 있다는 사실에서 '하나의 허무'라고 볼 수 있는 것이다.
　오세영 시인의 사랑의 인식은 시집 『불타는 물』(문학사상사, 1988), 『사랑의 저쪽』(미학사, 1990) 등에서 이미지화의 변모를 보이며 등장한다. 초기 시에 나타나는 사랑의 금속성 이미지는 성숙이라는 내적 생명 과정을 거치면서 물활론적인 이미지로 그려지는 것이다. 그의 시에 자주 등장하는 흙, 물, 불이라는 근원적 물질 요소는 사랑의 역동성을 그려내는 이미지로도 쓰이는데, 이 근원 물질의 상호 변환과 융합이라는 역동적 상상력을 가능케 하는 것 또한 사랑이다.

> 목숨이란
> 불 담긴 그릇.
> 욕망의 심지를 낮춰야
> 삭지 않고
> 靈魂은
> 불꽃 위에서만 꿈꾼다.
> 불질러 다오.
> 내 가슴은 식었구나.
>
> ─「그릇 3-암노루의 눈빛같이」 부분

그릇이라는 이미지는 오세영 시인의 개성적인 관념적 상징이다. 김영철은 그 의미를 한계 내 존재로서의 인간 조건이라고 보고, 그 변형태인 깨진 그릇은 나약하고 불완전한 인간 속성을, 흙으로 돌아간 그릇은 존재 초월을 이룬 완전한 자유인을 각각 표상한다고 보았다. 가령 "저 絶對의 空間에 / 불을 밝히고/ 깨진 그릇으로 돌아가는/ 肉身"(「그릇 8-빈공간」)에서 볼 수 있는 것처럼 육체적으로 필멸의 존재를 보여 주는 것이 깨진 그릇이라면 위의 시에서처럼 "그릇"은 목숨을 담고 있는 인간의 존재 조건을 뜻하는 것이라 할 수 있다.

위 시에서 "목숨"을 두고 시인은 "불 담긴 그릇"이라고 은유적으로 말한다. 불은 그런 의미에서 생명이고 존재를 살아있게 하는 힘이라 할 수 있다. 촛불에 심지가 있어 불이 붙듯이 이 목숨이라는 불 담긴 그릇에 불을 붙이는 것은 욕망이다. 인간은 무한한 욕망을 발산할 수 없기에 욕망의 심지를 낮추기도 하지만 "불꽃 위에서만 꿈"꾸는 영혼을 위해서는 열기가 필요하다. 그릇이라는 비유 속에 시인은 존재론적인 인간의 모습을 보는 한편, 내면의 영혼을 위한 불꽃을 욕망하는 것이다. 이 욕망의 불꽃은 이성의 절제를 받아 차갑게 타오르는 불이다. 만일 차가운 이 불이 결정화된다면 그 천상의 불은 지상의 아름다운 것이 될 것이다. "얼릴 수만 있다면/ 불은 아마도 꽃이 될 것이다"(그릇 38)라고 시인은 상상한다. 이러한 불의 상상력이 물(水)로 정화되고 순치되면서 물의 상상력이 우세해진다는 것은 불과 물이 함축하고 있는 뜨거움과 차가움 외에 강함과 부드러움, 남성성과 여성성의 모순을 융합하는 것으로 나아가는 것을 보여 준다. 모순의 융합을 통해, 갈등과 대립이 아닌 상대방을 보호하고 감싸는 사랑의 방식을 배우는 것이다. 사랑을 배울 때 누구나 아프듯이 시인은 열병을 앓는다.

> 불은 가슴으로 사랑하지만
> 얼음은 눈빛으로 사랑한다.
> 어찌할꺼나
> 슬프도록 화려한 이 봄날에
> 나는 熱病에 걸렸어라.
> 추위에 떨면서 닳아오르는
> 내 투명한 理性,
> 꽃은 결코 꺾어서는 안 되는 까닭에
> 눈빛으로 사랑해야 한다.
> 밤새 熱病으로 맑아진
> 내 시선 앞에
> 싸늘하게 타오르는 한 떨기 튜립.
>
> ─「그릇 38-사랑의 방식」 부분

사랑의 열병에 걸리더라도 시인의 투명한 이성은 사랑의 방식을 절제의 시선으로 이행하게 한다. 즉 정화되고 절제된 눈빛으로 사랑할 때, 정념의 불은 얼어붙은 물처럼 변하여 싸늘하지만 변함없이 타오를 수 있게 변모하는 것이다. '바라봄'의 시선은 소유가 아니기에 대상을 훼손하지도 않으며 대상의 존재를 더 높일 수 있다. 「그릇」 연작을 통해 '깨진 것'의 유한성을 말한 시인은 사랑을 두고도 "불탄 것은 이 지상을 초월한다./ 그러므로 사랑이여,/ 네 뜨거운 열정에/ 스스로 몸을 불사를지언정/ 우리 결코/ 깨지지는 말자"(「그릇 52」)라고 노래한다. 바라봄은 불을 꺼뜨리는 것이 아니라 불을 영원히 지속게 할 수 있는 것이다. 그러므로 위의 시에서 불의 물로의 변형은 결코 물로 불을 끄거나 압도하는 것이 아니라, 불의 영속성을 지속시킬 수 있는 견제 장치 같은 것이다. 그러므로 불완전하고 유한한 '깨짐'보다는 불타올라 지상을 초월하는 것이 사랑의 참모습이되, 그것은 꺾어서 소유하거나 깨어져 사라지는 것이 아니라 천상의 불로 타오를 수 있도록 "눈빛으로 사랑해야" 하는 것이다. 이 바라보기의 사랑 방식은 오세영 시인의 다른 연가에서 '멀리 두기'라는 더 적극적인 미적 거리 두기를 통해 아름다움과 초월성을 획득하는 데로 나아간다.

4. 미적 거리 두기와 초월적 자유

『꽃들은 별을 우러르며 산다』(시와시학사, 1992)에서는 이숭원 평론가의 말처럼 "담백한 일상적 어법으로 사랑과 그리움의 감정을 펼쳐내고" 있는 연가戀歌를 통해 더 진솔하게 그리움이 모든 존재의 근거임을 노래하는 데로 나아간다. 그리움과 사랑에서 오는 고독과 고통은 자기 자신이 누구인지를 존재론적으로 인식하게 하는 사건이기 때문이다. 그리고 이 그리워하게 되는 주체의 존재 조건은 그리움을 받게 되는 대상에 의해서 부여된다. 이 역설적인 존재론을 시인은 대상에 대한 미적 거리 두기를 통해 긍정하며, 그것은 아름다움이라는 미적 인식으로 승화된다.

> 세상의 모든 것은
> 그리움에 산다.
> 닿을 수 없는 거리에
> 별 하나 두고,
> 이룰 수 없는 거리에
> 흰 구름 하나 두고
>
> ―「먼 그대」 부분

> 멀리 있는 것은
> 아름답다.
> 무지개나 별이나 벼랑에 피는 꽃이나
> 멀리 있는 것은
> 손에 닿을 수 없는 까닭에
> 아름답다.
>
> ―「원시遠視」 부분

　인용된 시에서 시인은 "세상의 모든 것은/ 그리움에 산다"라고 단언한다. 그리고 그리움이 멀리 있는 존재에서 비롯되는 것이고, 그 때문에 "손에 닿을 수 없"어서 멀리 있는 것은 아름답다고 말한다. 그것은 그리워하며 홀로 있는 것에는 순결함과 "자신을 감내하는 자의 의지"(「바닷가에서」)가 있기 때문이다. 이 아름다움을 유지하고 감싸 주는 적당한 거리가 없으면 눈이 멀거나 눈이 어두워져 관능이거나 슬픔에 빠질 수 있다. 시인은 아름다움이나 사랑에 집착하거나 몰두하여 이성의 힘을 무너뜨리는 것을 경계하는 것이다. 그러므로 오세영 시인의 미적 거리는 이성과 감성의 균형 잡힌 공간에 존재하며 그것이 영원성에 이를 수 있는 방도이기 때문에 그에게는 하나의 미학이 되는 것이다.

> 불이 물속에서도 타오를 수
> 있다는 것은
> 연꽃을 보면 안다.
> 물로 타오르는 불은 차가운 불,
> 불은 순간으로 살지만
> 물은 영원을 산다.
> 사랑의 길이 어두워
> 누군가 육신을 태워 불 밝히려는 자 있거든
> 한 송이 연꽃을 보여 주어라.
> 닳아 오르는 육신과 육신이 저지르는
> 불이 아니라,
> 싸늘한 눈빛과 눈빛이 밝히는
> 불,
>
> —「연꽃」 부분

사랑은 불과 같지만 그것은 순간에 그치는 것이며, 이 순간성에서 영원성을 구원해 내기 위해서는 절제된 "싸늘한 눈빛과 눈빛이 밝히는/ 불"로 승화해야 하는 것이다. 그러나 이성의 절제만으로 영원에 이르는 것은 아니다. 위의 시가 사랑의 정념에 대한 이성적 절제를 말하고 있다면, 오세영 시인의 서정성의 근원이 되는 자리에 한편으로 감성적인 사랑이 놓여 있다는 점을 잊지 말아야 한다.

> 하늘은 신神의 슬픈 눈동자,
> 왜 그는 이따금씩 울어서
> 그의 망막을

푸르게 닦아야 하는지를,

오늘도

눈이 흐린 나는

확실한 사랑을 얻기 위하여

이제

하나의 슬픔을 가져야겠다.

―「슬픔」 부분

비가 내려 하늘이 맑게 개는 모습을 보고 그는 신이 눈동자의 망막을 닦는 것이라고 은유적으로 바라본 시인은 자신도 확실한 사랑을 얻기 위해서는 슬픔이 필요하다고 말한다. 신의 하늘에 눈물이 있듯이, 명징하고 투명한 인식을 추구하는 시인에게도 슬픔의 물기를 간직하고 있는 사랑의 서정성이 존재해야 한다는 것이다.

이러한 사랑의 서정성에 대한 내적 욕구는 이후 2년 만에 나온 시집 『눈물에 어리는 하늘 그림자』(현대문학, 1994)에서 '임'을 향한 연가로 보다 고조되어 나타난다. 이 시집의 연가에서는 여성적 화자의 직접화법적인 어조와 호흡을 통해 사랑하는 대상이 무한히 큰 타자로 구현된다. 여기에서 타자에 대해 갈구하는 욕망은 '형이상학적 욕망'이라고 할 수 있다. 이 욕망은 결핍된 것을 채우려는 동기에서 우러나는 욕구와는 구별되어야 한다. 오세영 시에서 "임", 즉 타자를 그리워하는 것은 결여나 부재의 대상을 그리워하거나 원하는 것과는 성질이 다르다. 그와 달리 타자에 대한 욕망은 잃어버린 것에 대한 그리움이 아니라 레비나스가 말했듯이 아직 오지 않은 것, '우리가 태어나지 않은 땅에 대한 욕망이며, 눈에 보이지 않는 자'에 대한 욕망이다. 그리고 이 '임'은 자연 친화적 대상으로 변화하여, 인격적 대상으로서의 '임'이 자연물로 서정화되어 나타나고 있다.

님이여,

당신의 음성은 우뢰인가요.

그렇다면 나의 감옥을 허물어주세요.

내 말의 문법을 풀어주세요.

나의 감옥은 말이랍니다.

―「당신의 말씀」 부분

푸르른 봄날 당신이

강언덕에 안장 피리를 불면

나는 아지랑이 되어

이 세상의 꽃봉오리들을 터뜨리고,

쓸쓸한 가을날 당신이

산언덕에 앉아서 피리를 불면

나는 갈바람이 되어

이 지상의 나뭇잎들을 떨어뜨리고,

나는 꿈꾸는 허공,

텅 빈 구멍,

당신의 피리인지 모릅니다.

아니 당신의

피리랍니다.

―「당신의 피리」 부분

불교의 연기론을 떠올리게 하며 자연물로 현현하는 절대타자인 '님'은 한용운의 '님'이 지닌 의미의 다양성처럼, 오세영의 시에서도 다양한 의미망을 가질 수 있다. 그러나 무엇보다도 위 시에서 '님'은 사랑하는 사람으로서, 그 사랑의 힘을 원천으로 하여 시인을 시인으로, 예술가로 만드는 존재이다. 마치 뮤즈와 같이 예술의 영감을 불어넣어 주는 초인격적인 존재가 되는 것이다.

그러므로 초기 모더니즘적인 시에서 실험적인 폭력성으로 언어의 문법을 가지 치고 싶어 한 시인은 이제 뮤즈와 같은 '님'의 음성을 통해 말의 감옥에서 나오기를 간구한다. 문법의 속박을 벗고 언어의 자유를 누리고자 하는 시인은, 언어 자체를 잊어버리고 '바람'이 되고 "텅 빈 구멍"이 되어 당신의 음성을 울리는 "피리"가 된다. "음악으로서의 피리 소리는 시를 넘어선 시, 시의 영원한 형식"(황현산, 「이름붙일 수 없는 것에 대하여」)이며, 당신의 피리가 된다는 것은 자아를 무화하고자 하는 것이다. 자아를 당신이라는 타자가 존재할 공간으로 삼는 것, 즉 '빈 그릇'으로 만드는 절대 자유의 경지인 것이다.

> 나는 지금
> 바보,
> 속이 텅 빈 그릇,
> 스스로 자신을 태워 적막하게
> 공간을 밝히는
> 불,
>
> 당신 나라에선 기실
> 텅 빈 마음이 보석이라는 것을,
> 당신을 맞이하기 위해선
> 미움도 사랑도
> 버려야 한다는 것을,
>
> ―「참다운 거짓」 부분

자신을 텅 빈 그릇으로 비운다는 것은 미움과 사랑의 이분법적인 대립을 초극한다는 것이며, 그럴 때 자신을 태워 빛을 주는 불이 될 수 있다는 것이다. 그렇다고 사랑을 버리는 것은 아니다. "사랑으로 흐르고 흐르면/ 그는 드디어 저 절대의/ 자유에 도달하지 않는가"(「흐르고 흘러서」, 「어리석은 헤겔」,

제2부 별빛들의 자리를 더듬어

고려원, 1994)라고 하는 데에서 볼 수 있듯이 그는 증오와 대립성까지 초월한 사랑을 말하는 것이다.

이러한 대립을 초극한 사랑의 정신은 『무명연시』(현대문학, 1995)에서 불교적인 연기설을 토대로 운명과 자유의 문제로 나타난다. 전통적인 한의 가락이나 샤머니즘이 기저에 깔려 있기도 한 이 시집은 오세영 시인이 한국적인 전통적 서정성을 사랑의 형이상학과 결부시키려는 구성적 시도를 가지고 있다. 이별과 사랑의 경로가 사계절에 상응하는 순환적인 구조로 되어 있음에서 그러한 점을 볼 수 있다. 이 운명과 자유의 주제와 얽힌 통찰은 불교적인 초월성의 몸짓과 언어 구사에서 절정에 이른다.

> 부처를 찾아서, 아버지를 찾아서
> 꽃을 찾아서,
> 이승의 소금밭을 헤매고 있다.
> 부처를 만나면 부처를 죽이고,
> 아버지를 만나면 아버지를 죽이고,
> 꽃을 죽이고, 꽃인 아내를 죽이고.
>
> ―「소금밭」 부분

> 네 춤추는 곳은 허무의 공간,
> 네 사랑하는 곳은 박명의 공간,
> 九泉에 내리는 밧줄에 매여
> 거미 한 마리 인연을 풀고 있다.
> 땅도 아닌 곳에, 하늘도 아닌 곳에,
> 네가 가는 곳은 박명의 공간,
> 낮도 밤도 아닌 무명의 공간.
>
> ―「새도 아닌 것이 벌레도 아닌 것이」 부분

123

거미가 거미줄을 내리듯이 얽힌 이승의 인연이 이름에 매인 구속적인 존재라면 그 틀을 벗어나야 절대적인 자유를 얻는다. 부처를 찾아 진리를, 아버지를 찾아 권위를, 꽃을 찾아 아름다움을 좇아가는 것은 미명에 빠지는 것이다. 그 구분들을 없애고 대립적인 선들을 초극하는 것이 부처를 죽이고 아버지를 죽이고, 꽃을 망집의 마음속에서 죽여 집착을 끊어내는 해탈의 길에 이르는 것이다. 사랑의 대립성을 거리 두기를 통해 아름다움으로 승화시켰던 시인은 구속과 구분을 끊어내고 무명의 공간을 펼침으로써 초월성에 가까워지는 모습을 보여 준다.

5. 사랑의 영원성과 보석의 연금술

『무명연시』 이후 『벼랑의 꿈』(시와시학, 1999)과 『적멸의 불꽃』(문학사상, 2001)에 이르러 오세영의 시에서는 '공空' 사상에 상응하는 비욕망적 사유(송기한, 「공 혹은 무의 세계」)가 주류를 이룬다. 절대 자유에 이르는 초월성은 세속사에 연연하지 않는 모습으로 등장한다. 그러나 사랑의 정신이 세속의 일로 치부되어 사라질 수는 없다. 오히려 사랑은 어느 곳에나 편재하는 모습으로 등장한다. 『무명연시』에서 여성적 화자의 상상 속에서 절대화되었던 '님'이 서정적으로 순화된 가락에 실려 나타나는데, 이 임은 인격적인 존재이기도 하고 자연물적인 존재이기도 하고 환각처럼 비물질적이기도 하다.

어디에나 너는 있다.
산 여울 맑은 물에 어리는
서늘한 너의 눈매.
눈은 젖어 있구나.
솔 숲 바람에 어리는
청아한 너의 음성,

너는 속삭이고 있구나.
더 이상 연연해 하지 않기로 했다.
이별이란 흐르는 강물인 것을,
이별이란 흐르는 바람인 것을,

—「이별이란」 전문

악수암 바위 밑에 약수가 있어
그리운 이 모습이 어려 있다네.
한 바가지 가득 떠 달빛 비추면

꿈길에서 헤어진 님 거기 계시네.

—「샘물의 노래」 부분

너를 보았다.
샌프란시스코에서, 산 호세에서
무심히 인파 속으로 사라지는
너를 보았다.
서울의 공항에서,

—「태평양엔 비 내리고」 부분

　이별 후 헤어진 님의 모습은 산 여울의 맑은 물에, 솔숲 바람에, 약수 물을 뜬 바가지에 비친 달빛에, 각지의 인파 속에서 등장한다. 흐르는 자연의 이치처럼 이별을 받아들이고 연연하거나 집착하지 않지만, 님의 모습은 어느 곳에나 존재한다. 스쳐 지나가는 우연적이고 일시적인 사물 속에서 타자인 '님'의 모습을 발견하는 것은 지상의 물질들로부터 자유로운 시인의 눈이기에 가능한 일이다. 그러나 예술이 꿈꾸는 영원함이나 초월은 선가禪家의 초월과는 다를 수밖에 없다. 그렇기 때문에 시인은 산문에 올라 선승이 되는 것이 아니라 산문에 기대어 서성이는 시인으로 남아있는 것이다.

> 미움도 사랑도 버려야만 산문山門에
> 든다 하건만
> 노여움도 슬픔도 버려야만 하늘문
> 든다 하건만
> 먼 산 계곡에선 오늘도 눈 녹는 소리,
> 사랑보다 더 깊은 사랑은 이미
> 사랑이 아니더란 말인가,
>
> ―「세상은」 부분

　　희로애락의 감정과 집착을 버려야 "산문에 든다"라고 하지만 시인은 사랑의 감정마저 버리지는 못한다. 그에게는 "사랑보다 더 깊은 사랑"이 있으며, 전자의 사랑은 세속의 정념과 열정만을 가진 사랑이라면 후자의 더 깊은 사랑은 자아와 타자의 경계를 이미 허물고 자아를 비워 본 자의 것이다. 오세영 시인의 '사랑'의 정신은 '님'의 피리가 되고, '텅 빈 그릇'이 되어, '타인을 받아들임(l'hospitalité)' 또는 '타인을 대신한 삶(la substitution)'을 포괄하는 성격을 지니고 있다. 이러한 타인을 받아들임의 자세로 시인이 우주적인 포용성을 확장시키는 것은 산이라는 공간에서이다.

> 산에서
> 산과 벗하여 산다는 것은
> 나를 지우는 일이다.
> 나를 지운다는 것은 곧
> 너를 지운다는 것,
>
> ―「나를 지우고」 부분

산이라는 보통명사는 자연이라는 공간성을 상징하면서도 나무나 동물들이 깃들 수 있는 곳이라는 점에서 자신의 주체성을 내세우지 않고 비워져 있는 공간이다. 그러한 산과 벗하면서 '나를 지움'을 배우고, 더 나아가 사랑은 범자연적인 화해와 포용이라는 것을 배우고 있는 것이다. 이러한 시인의 사랑에 대한 인식은 자연주의적인 서정적 합일의 정신이라고 할 수 있다. "도토리 잎새 하나 떨어져/ 상수리 마른 갈잎 다소곳이/ 감싸 안는다./ 사랑은 인간만이 하는 것은 아닌 법"(「뜨락」)을 깨닫는 공간도 산이라는 포용적인 자연 공간에서이다. 인간의 사랑법과 자연 사물의 사랑법이 다르지 않다는 인식 속에서 인간과 자연의 대립의 구분선도 사라지고, 서구적 사유의 특징인 주관과 객관의 이분법과 인간과 자연의 대립적 사고를 초극하는 것이다. 이것은 자아를 지우고 비우는 일이자 타인을 받아들이는 새로운 주체성이라고 할 것이다.

그러나 오세영 시인의 시작 활동이 아직 끝나지 않은 것처럼 사랑의 초월성은 아직도 유동적인 열도를 간직하고 있다. 『적멸의 불꽃』(문학사상, 2001)에서 소멸과 비움의 미학을 노래하면서 시인은 미적인 초월성이 관념적이고 비현세적인 것이 아니라, 사랑의 고통까지 끌어안는 것임을 보여 주고 있다.

> 보석이란 가장 소중한 마음을 이르는 것이려니
> 우리 어린 날
> 네게 바친 이 순수한 영혼의 징표보다
> 더 아름답고 고귀한 것이 이 세상 또
> 어디에 있으랴.
> …(중략)…
> 깨지는 것은
> 완전한 자유에 이른 까닭에
> 보석이 된다.

그 봄날의 풀꽃 반지도
그 강변의 모래성도
지금은 모두 강물에 씻겨갔지만
우리들의 강 언덕엔
눈부신 보석 하나
푸른 하늘을 지키고 있다.
영원처럼……

─「보석」 전문

고통 속에 신음하고 나딩굴던
육신이 이제 지상을 벗어나
완전한 자유를 찾았구나.
날개도 부질없는 것,
스스로 가벼워져 氣化되지 않고선
그 누구도 천상에
도달할 수 없다.
네 이마에 맺히는 이슬
심장의 뜨거운 열
인간도 피를 데워서 끓이는
가마솥이 아닐까.
불로서 물을 끓이듯
심장을 달구는 불꽃은 사랑의 기쁨이 아니라
그 고통일지도 모른다.

─「사랑의 고통」 부분

첫 번째 인용한 시 「보석」에 등장하는 '보석' 이미지는 오세영 시의 초기부
터 지속적으로 등장하는 광물질 이미지 중의 하나이다. 그러나 차가운 금

속성과 달리 '보석'은 빛과 불과 돌의 혼합적 성격을 갖고 있고 순일한 결정체로서 영혼의 상징에 가깝다. 가장 뜨거운 불로 가장 강한 돌을 달구어 만드는 보석은 그렇기 때문에 영혼의 열도와 견고함을 동시에 함축한다. 앞에서도 살펴보았듯이 '깨진다'라는 것은 인간의 유한한 존재 조건에 의한 불완전함이다. 그러나 미숙하고 어린 시절, 사랑하는 사람에게 바쳤던 순수한 영혼과 소중한 마음은 비록 깨어질지라도 눈부신 보석으로 빛나는 것이다. 그리고 그 보석의 빛은 영원과 통한다.

보석으로의 정제 과정은 이러한 영혼과 사랑의 연금술을 뜻하며, 그것은 두 번째 인용된 시에서 연금술을 위한 "가마솥"으로 인간을 비유하는 데에서 볼 수 있다. '그릇'으로 비유되던 인간은 이제 연금술적인 가마솥이 되고, 완전한 자유를 위해서는 연금술 과정이 필요하다. 영혼이 육신의 고통을 벗어나 자유롭게 기화氣化되기 위한 열도, 그 불꽃이 사랑의 고통이다. 오세영 시인의 오랜 시적 편력 과정에서 사랑이 쉽게 초월할 듯하면서도 그 순수한 본원성을 잃지 않는 것은, 그가 영혼의 열도를 고양할 수 있는 사랑의 고통을 망각하지 않기 때문이라고 할 것이다. 이성과 감정의 균형 속에 줄타기를 하는 이 서정적인 명상가는 서정적인 본향에 사랑의 보석을 간직하고 있는 것이다.

6. 글을 마치며

오세영 시인은 1960년대 중반 창작 활동을 시작했지만, 그를 1960년대 시인이라고만 말하는 것은 무의미해 보이기까지 한다. 그의 주요 시집들은 1980년대서부터 그칠 줄 모르는 샘처럼 분출하고 있으며, 아직도 그 샘이 고갈될 듯이 보이지 않기 때문이다. 이성과 감성의 견고한 결합으로 구축된 성채와도 같은 오세영 시인의 시 세계는 아직도 신의 하늘을 향해 쌓아 올라가고 있기에 그 견고한 성채를 들여다보기에도 벅찬 것이 사실이다.

세상의 조류와 유행에 흔들리지 않고 자신만의 시 세계를 견결히 지킨 그의 시 세계 가운데에서도 사랑 시편들은 서정시의 본향을 가장 잘 드러내는 자리라고 할 것이다. 오세영 시인은 그의 시에서 보여 주는 형이상학적인 높이 만큼이나 높은 사랑의 순도를 보여 주었으며, 사색적 명상 속에 사랑의 고통을 감싸 안음으로써 서정성을 지켜온 것이다.

바깥에 대한 사유, 시의 황홀과 나락
─황지우론

　황지우가 『새들도 세상을 뜨는구나』라는 탄식과 함께 1980년대의 저 스크린 밖으로 나가지 못해 주저앉은 것으로부터 16년 후, 그 절반의 햇수인 8년을 침묵한 후에 출간했던 시집이 『어느날 나는 흐린 주점에 앉아 있을 거다』(문학과지성사, 1998)이다. 20세기가 저무는 시기에 자조와 냉소로 가득 찬 쓴웃음을 지으며 시인은 어느 주점에 앉아있는 자신의 자화상을 그리고 있다. 마치 미치광이 반 고흐처럼.

　이 시집의 시는 1980년대와 1990년대가 낳은 시대의 사생아와 같고, 정치政治와 선禪이라는 건널 수 없는 깊은 계곡 사이에서 펼쳐지는 위태롭고도 현란한 광대의 외줄 타기와도 같다. 그의 시집들에서 뿜어 나오는 쓸쓸하고도 찬란한 후광을 살펴보자.

1. '화엄'의 섬광, 오 바깥이여!

　황지우는 한국 시단을 놀라게 했던 첫 시집 『새들도 세상을 뜨는구나』에서 세상의 모든 사물들과 사건들이 시가 될 수 있다는 것을 보여 주었다. 그는 동시대인의 삶과 경험을 철저히 들여다보고 그것을 동시대인들에게 시적으로 인식하고 반성하게 하였다. 시의 서정성이란 주체와 대상의 동일시에 바탕을 두는 것, 그렇기에 그 대상이 아무리 천박한 현실 조각이어도 '나'라는 주체의 마음을 동요하게 만들고 회감을 느끼게 되었던 것이다. 그래서 그가 스크랩했던 일간 신문 기사들에서, 예비군 소집 공고문에서, 이산가족 광고에서, 화장실에 쪼그려 앉아있던 '나'를, 벽보와 TV를 바라보는 수많은 '나'를 보지 않았던가. 그 조각난 '나'들을 모아 그는, "꼬박 밤을 지낸 자만이 새벽을 볼 수 있다./ 보라, 저 황홀한 지평선을!/ 우리의 새 날이다./ 만세,/ 나는 너다./ 만세, 만세/ 너는 나다./ 우리는 전체다."(「나는 너다 1」)라고 외쳤던 때도 있었다.

첫 시집 곳곳에 은밀히 가려놓았던 광주에 대한 부채 의식은 1980년대 말 「화엄 광주光州」(『게눈 속의 연꽃』)라는 장엄한 진혼곡을 뿜어낸다. 「화엄 광주」는 진혼곡이자 서사시이며 르포이자 살풀이였다. 황지우의 '시적인 것'의 탐구는 '시적이지 않은 것' 가운데에서 '시적인 것'을 캐냄에 있었고, 그의 시선은 개인적인 '나'의 바깥으로 화살을 쏘고 있었기에 독자의 가슴에 박힐 수 있었다.

그러나 사십 대라는 나이 때문일까? 그는 벌써 "아이들이 마구 자라/ 수위가 바로 코밑에까지 올라와 있는 생활"을 겪는 나이인 것이다. 이번 시집에서 그는 시간이 자신을 스치는 것을 느끼며, 살찐 소파처럼 늘어진 가죽부대 같은 자기의 몸을 느끼고 있다. '나'는 내 생이 비닐 막 같은 것에 담겨서 들려 간다는 걸 느낀다(「비닐 봉지 속의 금붕어」). '막'과 '바깥'. 철학자 같은 정신이야 '바깥'은 없다고 외칠 수 있다. 권력과 제도의 무지 튼튼한 철창, 게다가 그 엄청난 유연성과 탄력성. 하지만 일상생활에서 범속한 이는 자기와 부딪치는 세상이 너무 헐겁거나 빡빡하다. 그럴 때 어찌 바깥을 꿈꾸지 않을 수 있으랴.

바깥을 곁눈질하는 이는 초월에 대한 동경을 버리지 못한 자다. 어쩌면 한때 그 금단의 열매를 먹어본 일이 있어 미련스러운 건지도 모른다. 황지우에게는 그 찬란한 빛으로 터져 나왔던 '화엄'이 그 열매였다. "땅에서는 환호성, 하늘에는/ 비밀한 불꽃 빛 천둥 음악/ 마침내 망월로 가는 길목 山水에는/ 기쁜 눈으로 세상 보는 보리수 꽃들/ 푸르른 억만 송이"가 누리에 가득하고, 도둑, 깡패, 국가보안법 관련자, 장기수들이 모두 교도소 문을 나와 "그날 밤, 연꽃 달 歡喜 띄우고/ 여어러 세상 흘러온 굽이굽이 千江이/ 산기슭에 닿아 있는 月山"으로 동화되는 경지.

허나 이곳의 생이 끝나지 않았는데 그런 경지에 올라 유구만년 산다는 것은 불가능한 일. 아직도 '나'를 가두는 '막'이 있는 한 '바깥'에 대한 곁눈질은 그치지 않는다. '화엄'으로도 나갈 수 없는 이 한 몸이, 이 한 생애가 그에게는 부담스러운 걸까. 그가 본 '화엄'의 빛을 이제는 망막의 흔적만으로 남은 '섬광'이라 한다.

> 한때 나는 저 드높은 화엄 蒼天에 오른
> 적 있었지
> 숫개미 날개만한 재치 문답으로!
> 어림 턱도 없어라
>
> 망막을 속이는 빛이 있음을 모르고
> 흰 빛 따라가다
> 철퍼덕 나가떨어진 이 궁창;
> 진흙─거울이어라
>
> ―「우울한 거울 3」 부분

낙원이란 섬광에 잠깐 윤곽만 나타났다 없어지는 광휘일 뿐이다. 섬광을 본 대가로 눈은 멀고, 검은 태양을 남긴다. 한참 해를 보다 다른 곳을 보면 어른거리는 검은 잔상처럼. 구도의 흰 소는 어디 가고 이제 검은 소가 내 꿈을 들여다본다. 선의 초월 대신 검은 선을 꿈꾼다. 아직 초월되지 못한 곳에 서서 거기서 선을 수행한다.

검은 선의 수행은 자신의 초월적 환상들을 깨는 데에서 시작한다. "다섯 그루의 노송과 스물여덟 그루의 자미나무"가 '화엄 연못'을 지상에 붙들고 있었다. 그러나 그 따갑게 환한 그곳에 벼락이 떨어지고 노송과 자미나무가 숯덩이가 되어 떠나버렸을 때, 물 빠진 연못에는 '내 비참한 바닥'이 드러난다. 그의 화엄은, 유토피아는, 한갓 환상 정원에 불과했던 것이다.

2. 우울한 사랑들과 자기 분열된 살찐 소파

그의 검은 깨달음은 환상 정원 밖으로 나오지만, '막'을 찢는 적극적인 돌파 대신에 체념의 우수에 젖는다. 이 시집에서 아름답거나 공감이 쉬운 대목들은 이 과도기에 놓여 있다. 안치환이 곡을 붙이기도 한「저물면서 빛나는 바다」와「뼈아픈 후회」같은 시들이 그것이다.

> 슬프다
> 내가 사랑했던 자리마다
> 모두 폐허다
> 아무도 사랑해본 적이 없다는 거
> 언제 다시 올지 모를 이 세상을 지나가면서
> 내 뼈아픈 후회는 바로 그거다
>
> —「뼈아픈 후회」부분

생은 후회스럽고 "고향에 돌아왔지만/ 아직도 고향으로 가고 있는 중이다". 여기의 고향이 아닌 저기 진짜 가고 싶은 고향은 "초월을 기쁨으로 이끄는 계단 올라가면/ 영원한 바깥을 열어주는 문/ 이 있는 그곳"이다.

그리고 가슴 아리는 '어머니의 병과 죽음'. 어머니라는 존재는 언제나 삶과 죽음, 세상의 기원과 종말이 한곳에 교차하는 곳이 된다. 자기가 세상으로 빠져나온 밑, 생은 그 밑 없는 밑을 닮아있다. '영혼의 정전'인 치매에 걸려 영혼의 불이 깜박 나가듯이 순간순간 이 생과 저 생을 오가는 어머니, 생을 무참히 회수해 가는 육체의 허물어짐을 보여 주는 지인知人, 이제 이곳에 주소가 없어진 동창들, 환영만으로 음성이 떠오르는 채광석, 김현 선생같은 고인들. 고향 솔섬부터 시작되는 그의 과거들은 그의 뇌수 한가운데 자리 잡고 있다. 자기 자신도 헛것만 같다.

> 나, 이번 生은 베렸어
> 다음 세상에선 이렇게 살지 않겠어
> …(중략)…
> 괘종시계가 두 번을 쳤을 때
> 울리는 실내 : 그는 이 삶이 담긴 연약한 膜을 또 느꼈다
> 2미터만 걸어가면 가스 밸브가 있고
> 3미터만 걸어가도 15층 베란다가 있다
>
> ──「거울에 비친 괘종시계」 부분

"서가엔 마르크시즘과 관련된 책들이 절반도 넘게/ 아직도 그대로 있"는 한 중년의 입에서 "이번 생은 베렸어"라는 비참한 말이 튀어나온다. 하루에도 수십 번씩 미련 없이 생을 버릴 수 있는 기회도 있을 것이다. 황지우다운 자기비판, 자조의 목소리는 여전하다. 이번 시집에는 거기에 더하여 해발 4천 미터의 공중 호수로 들어간 그녀가 편지를 보낸다. "넌 아직도 삶을 사랑하고 있어, 넌 겁쟁이야"라는 말을 마지막으로 남기고 간 그녀는 황지우가 나가지 못한 바깥을 대신 떠돌아다닌다. 바라나시, 이집트, 쿠스코에서 티티카카 호수로 가는 도중에서. 그녀(어머니/애인)도 떠나고 1990년대는 시인에게 견디기 힘든 세기가 된다.

소비에트가 무너지던 날 난, 난

光州空港에서 일간스포츠를 고르고 있었지

내가 이 삶을 통째로 배신할 수 있는 기회가

없어져버렸다고 할까? 처음엔 내가 마흔 살이

되었다는 것을 도저히 받아들일 수가 없드라고,

"개좆 같은 세기"가 되어버린 거 있지.

물론 나더러 평양 가서 살라 하면 못 살지이.

그런데 왜 내가 그들보다 더 아프지?

나는 개마고원을 넘어가고 싶었어. 바로 오키나와로 갈 순 없겠지.

19세기에 태어날걸 그랬어, 이런 미래를 몰랐을 거 아냐.

—「우울한 거울 2」

80년대의 천년왕국은 무너지고, 삶을 배신할 수 있는 기회도 날아갔다. 삶을 건설하려던 자들보다 배신하려던 자기가 더 아프다. 소위 민주화 운동 진영의 피를 토하는(?) 자기 성찰의 결과 이룩된 화려한 변신(정치권으로의 대거 이동)을 지켜보면 아침마다 화장실 거울 앞에서 "개좆 같은 세기야" 하고 중얼거리는 것도 당연하다. 그러나 속으로 "빵!" 손가락을 당기는 게 고작이다.

이제 비극은 없다. 「살찐 소파의 일기」는 그것을 적나라하게 보여 준다. 시적 화자는 젊었을 적 사진으로는 못 알아보게 뚱뚱해지고, 움직이기도 싫어하고, 입에서 나쁜 냄새까지 나기 시작한다. 수족관의 열대어처럼 자신이 가둬져 있는 공기족관空氣族館을 느끼고, 동물원의 짐승처럼 멍하게 "오우 소파! 나의 어머니!"라고 외치며, 그는 "아내가 그를 일으켜주고 목욕시켜 주고, 밥도 떠먹여 주고, 똥도 받아주고" 했으면 하는 철저히 수동적인 삶으로 전락한다.

부족함 없는 거실에서 이제는 삶에 개입하지 않으며, 조용히 격조 있게 이 삶을 수락하겠다고. 사십 넘어 "내가 헛, 살았다"라는 깨달음이 아무리 비참할지라도 인정하겠다고. 하지만 이 일기 배면에서 조그만 균열이 눈에 띈다. "나는 그의 남은 생을, 그녀에게 몽땅 떠맡기고 싶"다는, "식물인간"이고 싶다는 나는 '그'와는 일단 다르다. 아내가 "그에게 와서 나를 어루만져줄 때가 나는 좋다"라고 말하듯이, '그'는 '나'를 담고 있는 가죽 부대일 뿐이다. '나'는 소파처럼 가짜 가죽을 뒤집어쓰고 있는 것이다. 시인 황지우가 이 시집을 내기 전 한동안 언어보다 진흙으로 빚는 조형물 작업에 매달렸던 사정에는 이런 형상과 실체의 간극을 의식했기 때문으로도 보인다.

황지우의 자기부정은 서서히 방법적인 자기 분열로 나아간다. 두개골의 분열이다. 받아들일 수 없는 "개좆 같은 세기"에, 가죽을 뒤집어쓰고 있는 그는 병을 앓는다. 두개골은 '불타버린 회' 같고, '휴즈 나간 세상'에 그는 "쇠창살을 붙잡고 "내가 예수다"고 부르짖는 그 자의/ 머릿속에 내리치는 뇌성번개를 난 이해"한다고 말한다. 그의 발광이 시작된다.

3. 착란으로의 도피, 그 한계선

> 누군가 나타나서 여기서 나를 구해줄 거야……
> 아니면, 누군가 망치로 내 머리를 내리쳐주었으면 좋겠어.
> 아침에 일어나면 머리가 띠잉하고 멍멍해.
> 어떤 자가 주사로 공기를 주입해놓은 거 같아, 속은 텅 비고,
> 세상에 남의 뇌를 훔쳐가는 놈이 있단 말인가?
> 나는 國家安全企劃部를 의심하지만, 그들도 잘 알 듯이,
> 내 性向은 스캐닝할 만한 별내용도 무게도 빛깔도 없잖아?
>
> 이게 내 문제야, (석고 두개골을 들여다보면서, 혹은 어루만지면서)
> 그것이 없다는 거;
> 스프레이로 뿌린 붉은 구름이 떠 있을 뿐

그 누구에게도 말할 수 없는 비밀; 나의 사상이 없어졌어!

「석고 두개골」 부분

　사상의 상실. 아니 분실, 혹은 도난? 누가 훔쳐간 거지? 안기부는 더 이상 용의자가 아니다. 그가 도난당한 사상은 이데올로기가 아니다. 그건 "나의 일생일대의 결심, 나의 기밀 기획;/ 이제 새로운 종교가 나타나야 한다는 나의 메시지./ 사람들 생각을 근본적으로 바뀌게 해주고, 많은 사람들에게 영향을 주고,/ 이 세상에 너무 많은 마음 아픈 사람들을 위로해주고, 낫게 해줄,/ 전혀 새로운, 이른바 '기쁜 소식'에 대한 나의 파일이 날아가 버린" 것이다. 화엄 정원으로부터 추락하던 날 벼락에 그의 파일이 소멸된 것이다.

　이 글들은 시로 읽히지 않는다. 가죽 부대의 비루하고 지루한 일상에서 이렇게 외마디 고통이라도 질러보려면 시가 아닌 연극이 필요하기 때문이다. 그는 자청해서, 박해받는 연극을 꾸미고, "인공정신병"을 자기 두개골에 집어넣는다. 비극이 없는 일상에서 지옥으로 내려가기 위해. 오르페우스 흉내 내기, 광야의 선지자처럼 박해받기.

　　당신들은 나무를 믿습니까?
　　우린, 모두 어리석은 백성이오, 내가 말했다.
　　다시 탄압이나 받았으면! 알 수 없는 풍만으로 터져나온 내장,
　　규격 봉투에서 터져나온 음식 쓰레기; 우리 모두,
　　어리석은 백성이오, 난 견딜 수가 없어요.
　　아니, 나는 견딜 수 없는 것을 견디고 있는데요, …(중략)…
　　아아, 옛날에 내 노래를 들어주던 아이들은 어디로 갔는가?
　　다시 탄압이나 받았으면!
　　저 멀리 노예선처럼 정박해 있는 여의도;
　　서쪽 지평선 열두번째 집으로 태양이 들어간다.

63빌딩 황금 유리집에 안치된 태양; 빌어라! 빌어라!

무릎 꿇고 빌어라!

나는 ×××당으로 간 전향자들을 욕할 힘마저도 없다. 더는

노래의 힘을 믿지도 못하게 된 내가

얼어붙은 지옥에 내려왔으니

어쩌랴, 내가 간신히 받쳐들고 있는 이 돌기둥;

―「서해까지 밀려 있는 강」 부분

또는 침묵하는 점성술사나 무언극 배우(mimist)로 등장해 유리 상자에 관객들은 보지 못하는 유리 사다리를 기대어놓고 승천昇天하는 동작을 한다. 바깥으로 나갈 수 없는 상황에서 광인의 노래이거나 침묵의 몸짓으로 바깥을 꿈꾸어 보는 것이다.

그러나 황지우는 여전히 삶을 지겨워하면서도 스크랩을 그치지 않는다. 그의 스크랩북은 세계지도처럼 더 커져, 동시대적으로 일어나는 세계의 사건들을 이어붙이고 전지구적인 기상도를 그린다. 홈리스homeless, 굶어 죽어가는 북한 어린이 사진, 렉싱턴 80번가 로빈슨 부인, 도쿄의 주가 폭락, 북극으로 간 허 씨許氏의 개들, 히말라야 트랑고 암벽의 토드 스키너 씨, 태양계를 벗어난 보이저 2호, 탄핵 위기에 몰린 클린턴, 정주영 씨의 금강산행, 아프리카의 기아 어린이, 아들 찾으러 간 한총련 집회에서 헬기가 들어 올린 연세대 백양나무, 쿠르드족 소년 등등. 밧줄에 달리고, 각자의 손바닥에 올려진 생, 헐떡이는 생들이다. 새로운 세대가 나타나고 새 천 년이 오고, 세계화되어 느끼는 세계는 좀 더 커졌는지도 모르겠다.

그렇지만 시인은 새 천 년이란 "단기 4333년일 뿐"이라고 말한다. 새로운 세대는 똑같은 역사를 상속받고, 세상의 비탄과 통곡의 비구름은 걷힐 줄 모르기 때문이다. 어디엔가 이 세계에는 지금도 비가 내리고 있을 것이다. 세계가 멸망하지 않는 한 세계지도를 펼치면 "등우량선等雨量線"은 얼마든지 그어질 것이다. 그렇기에 이 시집의 제목이 '어느 흐린 날'이 아니

라 '어느 날' '흐린 주점'이라는 것은 충분히 시적이며 암시적이다. 이 지독하게 흐린 세기의 어느 구석에서 그는 조용히 술을 마시며 아름다운 폐인이 되는 길에 골몰할 것이다.

등우량선을 긋던 그는 이렇게 말한다. "스치기만 한다면 생은 얼마나 아름다운가", 또 혼자 앉은 아침 식탁에서 눈물을 닦는 로빈슨 부인에게 "그래도 울 수 있는 별에, 우리 있잖아요?"라고 위안을 보내려 한다. 두개골로 세계를 인식하는 것이 아니라 "피부"로 세상을 만날 때 황지우는 "측은지심惻隱之心"을 갖는다. 여기에서 그는 광기를 씻어낸다. 실내에, 가죽 소파에, 공기족관에 갇힌 상태에서의 자기 집착은 광기의 첫 번째 증상이었고, 선지자나 오르페우스처럼 노래하기, 혹 무언극 배우의 몸짓이 두 번째 증상이었다면 '측은지심'은 다른 차원에서 나를 벗어나 나 이외의 것을 향한 포용이다.

등우량선을 긋는다는 것은 가시적인 세상의 지식들을 확인하는 작업이기에 광기와 같은 비밀스러운 지식과는 결별할 수밖에 없다. 그러나 이 '측은지심'의 위안을 이 시집의 결론으로 삼기에는 아직 이르다. 그건 「차 속에서의 사색」이기 때문이다. 인생이 한바탕 드라이브라면 할 말 없지만 말이다.

4. 가짜 미치기에로의 도피, 진짜 미치기로부터의 도피

마지막으로 황지우의 착란에 대한 혐의를 밝힐 차례다. 선지자의 외침이나 무언극 배우의 몸짓은 '병의 시뮬레이션'이다. 그가 잘 쓰는 어법으로 모든 병적인 것이 시적인 것은 아니지만, 어떤 병적인 것은 시적일 수도 있다. 하지만 방법적인 자기 분열로부터 일어난 이 병적인 것은 자꾸 검열에 걸려든다. 광기를, 병을 연극처럼 만들어, 가짜처럼 보이게 한다. 시뮬레이션은 가짜를 진짜처럼 보이기 위한 것이고, 가짜의 가짜를 재생산하는 것이지만, 황지우의 시뮬레이션 전략은 진짜일지도 모를 병을 가짜처럼 만든다.

진짜 광기란 두려운 것이기 때문이다. 광기는 이성의 질서를 교란하며 인간 본성의 비밀을 누설하거나 망상을 퍼뜨리기도 하고, 보이지 않는 앎으로 가득 찬 광인의 지혜는 금지된 것을 예견하기도 한다. '바깥의 사유'를 꿈꾸는 자유를 광인은 누릴 수 있다. 그러나 이 지독한 정신착란으로 얻을 수 있는 진리에 접근하기 위해 스스로 광인이 되려는 것만큼 무모한 일도 없을 것이다.

황지우의 광기 시뮬레이션은 자신이 갖는 환상의 아이러니 속에서만 존재하고 해석된다. 그는 똥을 삼키지도, 빛을 항문에 품지도, 귀를 자르지도 않고, 오직 달빛 속에서 자기 무대를 올린다. 바깥으로 나가는 대신, 무대 위에서, 세상 위의 등우량선 밑에서 그는 자신만의 자유로운 길을 판다. 하지만 그는 그 길 가운데에서 자기 스스로 그은 무한한 시대의 사건들 위에 감금되어 있다. 그는 바깥의 사유를 꿈꾸는 드라이버이지만, 동시에 그 드라이브의 포로이다.

시적인 것, 정치적인 것, 선적인 것에다가 병적인 것까지. 황지우는 그 사이에서 넘나들며 시 세계를 넓혀 왔다. 광대는 미천하지만 귀족과 상인을 조롱하는 힘을 가졌으며, 질서 바깥으로 나가도 되는 광인과 동족이고 진실을 말할 수 있는 시인의 동료이기도 하다. 황지우는 상업성과의 전쟁을 선포하며 문학이 살길로 귀족주의를 택하며 은둔할 것을 주장하였다. 그의 마지막 선언은 마치 사막에서 외친 선지자의 목소리처럼 공허하게 사라졌다. 21세기라는 전자 사막에서 귀족주의에 은둔하는 시인이 아니라 새로운 시적인 것을 찾아줄 광대의 출현을 기다리고 싶다.

인간적 서정과 아버지 됨을 통한 타자의 윤리학

—나태주론

1. 인간적 서정의 길

나태주 시인이 시력 40년을 맞아 펴낸 활자 시선집 『지상에서의 며칠』은 그의 데뷔작부터 최근까지 자선한 100편의 시를 모은 시집이다. 「요즈음」 「조금 전」 「오래전」으로 구성된 시집의 배치는 시인의 삶의 이력과 함께한 인간의 일생을 며칠의 시간 동안인 듯이 압축하여 부르고 있다.

『지상에서의 며칠』이라는 시집의 제목은 랭보의 『지옥에서의 한철』을 떠올리게 하지만, 나태주 시인의 서정성 가득한 시편들은 동시 같은 천진함과 편안함을 가지고 있으면서 음미할수록 깊어지는 성찰을 담고 있다. 그 성찰은 인간사에 대한 마음가짐과 인간에 대한 애정에서 비롯된 것이라고 할 수 있다. 최동호 교수가 지적했듯이 "그의 시는 자연 서정에서 인간 서정의 길을 걸어왔다"라는 말이 적절할 것이다.

이 시집은 시인이 걸어온 서정의 길에서 조금씩 어떤 관계 맺음과 더불어 시인의 성찰을 보여 준다. 그것은 시간과 함께하는 인간의 존재론적인 여정이기도 하다.

2. 죽음의 대면과 관계에 대한 성찰

우리에게 시간이라는 것을 강력하게 환기하는 것은 누군가와의 관계가 중단될 때, 즉 함께하는 시간이 더는 지속할 수 없음을 절실히 깨닫게 되는 죽음과 같은 사건을 대면할 때일 것이다. 시인 자신이 생사의 갈림길에 섰던 절박한 경험이 있었기에 며칠의 여정을 지낸 '지상'에서의 삶을 돌아보는 의미를 담고 있는 이 시집의 제목은 삶의 진정성에서 우러난 표현이라 할 수 있다. 한편으로 인간의 유한성에 대한 성찰 끝에 얻은 담대한 초월의 표현일 것이다.

> 누군가 한 사람 창가에 앉아
> 울먹이고 있다
> 햇빛이 스러지기 전에 떠나야 한다고
> 한 번 가선 돌아올 수 없는 길을
> 가야만 한다고
> 그곳은 아주 먼 곳이라고
> 조그만 소리로 속삭이고 있다
> 잠시만 더 나와 함께 여기
> 머물다 갈 수는 없나요?
> 손이라도 잡아주고 싶어 손을 내밀었을 때
> 이미 그의 손은 보이지 않았다.
>
> ―「시간」 부분

시인 자신이 겪었던 병마를 이야기하거나, 시에 대한 시기심을 스스럼없이 토로할 만큼 절친했던 동료 시인이 세상을 떠나고 만다. "햇빛이 스러지기 전에 떠나야 한다고" "돌아올 수 없는 길을/ 가야만 한다"라고 울먹이며 속삭이던 그에게 잠시만 여기 머물다 가길 간청하며 손을 내밀지만 이미 그의 손은 보이지 않았다. "여기"를 떠나 더는 지상에 머물 수 없게 되는 죽음은 스러지는 햇빛처럼 덧없이 존재를 사라지게 한다.

이러한 죽음은 이 지상의 삶과 우리에게 주어진 시간을 돌아보게 만든다. "그런데 그만 올봄엔 무사히 넘기지 못하고/ 일을 당하고 만 것이다/ 둥그런 그루터기로만 남아 있을 뿐인 저것은/ 나무의 일이 아니다/ 나의 일이고 당신의 일이다"(「고욤감나무를 슬퍼함」). 죽음은 단순한 무가 아니라 소유할 수 없는 신비이다. 그것은 고통을 통해, 능동적이던 주체에게 어찌할 수 없는 수동성을 경험하게 하는 존재론적인 사건인 것이다. 시인은 그러한 사건을 담담하게 말하고 있지만, 거기에는 막막한 슬픔의 목소리가 묻어난다.

그런데 시인은 죽음의 슬픔을 비탄과 절망으로 고조시키는 것이 아니라 인간의 얼굴을 바라보고 '이 지상에 함께 있음'의 차원으로 이끌어간다. 죽음을 다른 사람과의 관계 안으로 들여놓아 시간에 대한 성찰의 우회로가 되게 하며 그 성찰을 통해 자신을 둘러싼 관계를 어루만진다. 그런 관계 중 가장 가까이 있는 사람은 아내일 것이다.

> 너무 그러지 마시어요. 너무 섭섭하게 그러지 마시어요. 하나님, 저에게가 아니에요. 저의 아내 되는 여자에게 그렇게 하지 말아달라는 말씀이에요. 이 여자는 젊어서부터 병과 더불어 약과 더불어 산 여자예요. 세상에 대한 꿈도 없고 그 어떤 사람보다도 죄를 안 만든 여자예요. 신장에 구두도 많지 않은 여자구요, 장롱에 비싸고 좋은 옷도 여러 벌 가지지 못한 여자예요. 한 남자의 아내로서 그림자로서 살았고 두 아이의 엄마로서 울면서 기도하는 능력밖엔 없는 여자이지요.
> ─「너무 그러지 마시어요」 부분

시인은 하나님에게 죽음을 앞둔 자신의 목숨을 간구하는 것이 아니라 병약했던 아내가 소탈하고 죄 없는 일생을 살아왔기에 그녀에게 가혹하게 굴지 마시라고 탄원한다. 부족한 남편을 만나 인내하며 살아온 아내에게 남편마저 앗아가는 것은 너무한 처사가 아니냐는 항변이다. 아내는 자신과 함께 서로 "반편이 인간으로 완성된"(「완성」) 존재이다. 시인은 목숨이 위태로운 병상에서 욕심 없이 죄없이 가난하게 산 아내에 대한 측은한 마음으로 그녀의 인생을 위로해 주고 있다. 병상으로부터의 이러한 시선과 목소리란 보기 드문 것인데, 자기 육신의 고통을 초월한 채 병상 곁의 사람들을 응시하고 있기 때문이다.

시인은 병상에 누운 아들을 찾아온 아버지(「좋은 약」), 가장의 죽음 앞에 무너진 채 "비를 맞아 날 수 없는/ 세 마리의 산비둘기였을" 세 식구들(「울던 자리」)의 슬픔을 담담하면서 애잔하게 그리고 있다. 이러한 시들은 병상에서 회복된 후 살아있음의 기쁨을 노래하는 시들(「물고기와 만나다」 「꽃 피는 전화」)과 더불어 서정적이었던 시인의 시 세계에 보다 심화한 인간적 서정성을 불어넣었다고 할 수 있다. 서정이 사물과 대상으로부터 느끼는 시인의 감정과 정서라면, 인간과 인간의 관계로부터 우러나는 감정의 울림을 인간적 서정이라고 부를 수 있을 것이다.

3. 자연과 동심으로 걸러진 열정

시선집의 중후반부에 엮인 젊은 날의 시편들에는 노년의 주인공이 먼저 등장하고 난 후 젊은 시절의 이야기가 전개되는 영화처럼, 시인의 시적 성장을 보여 주는 드라마가 숨어있다. 시골 초등학교의 소탈한 교사이면서 동시에 스물일곱 권이 넘는 시집을 낸 열정적인 시인으로 살도록 한 시인의 내면세계의 풍경이 어떠했는지 살펴볼 수 있다.

"나의 낙타나무는 과연 무엇이었던가?/ 끝없는 유혹과 목마름과 절망을/ 다스려주던……"(「나의 낙타나무」). 그의 문학적 자전을 읽어보면, 유년 시절 외가와 친가 사이를 오간 길 위의 외로움, 그 속에서도 삶에 대한 긍정을 품게 해준 외할머니의 "비린내 나는 치마폭" 등등이 나태주 시인을 시인의 운명으로 이끈 듯하다. 동료 여선생에게 차인 이력과 또래 시인이 좋은 시집을 내거나 상을 타면 배가 아프다던 고질병을 시인 자신이 밝힌 바 있듯이, 젊은 날 시인의 내면은 갈망으로 들끓었고 상실감에 시달렸을 텐데, 그런 그를 구원해 준 것이 자연이었고 동심이었다.

> 모두가 내 것만은 아닌 가을,
> 해 지는 서녘구름만이 내 차지다.
> 동구 밖에 떠드는 애들의
> 소리만이 내 차지다.
> 또한 동구 밖에서부터 피어오르는
> 밤안개만이 내 차지다.
>
> 하기는 모두가 내 것만은 아닌 것도 아닌
> 이 가을,
> 저녁밥 일찍이 먹고
> 우물가에 산보 나온
> 달님만이 내 차지다.
> 물에 빠져 머리칼 헹구는
> 달님만이 내 차지다.
>
> —「대숲 아래서」 부분

나태주 시인의 등단작인 「대숲 아래서」에는 던져짐(被投性, Geworfenheit)으로서의 존재에 대한 감정과 "모두가 내 것만은 아닌 가을"이라는 인식이 나타난다. 가진 것 없는 시인에게 위안이 되는 것은 "우물가에 산보 나온/ 달님"이다. 밤안개와 달님과 같은 무구한 자연과 함께 시인을 위로해 주는 것은 "동구 밖에 떠드는 애들의/ 소리"와 같은 순수하고 티 없는 동심의 세계이다. 시인을 두고 이기철 시인이 말한 "어른 된 동심"이 일찌감치 여기 있었다고 할 것이다. "아이들 몽당연필이나/ 깎아 주면서/ 아이들 철없는 인사나 받아 가면서/ 한 세상 억울한 생각도 없이/ 살다 갈 수만 있다면"(「초등학교 선생님」)이라고 말한 소망대로 그는 43년 3개월을 초등학교 교사로 근무하며 순박한 자연과 아이들에 둘러싸여 행복한 시작詩作을 할 수 있었다. 젊은 날의 갈망과 시기는 어느 결에 맑은 동심으로 걸러지고 시인의 소망은 성취되었다.

> 그러나 그것도 나쁘지 아니했다
> 걷지 않아도 좋은 길을 걸었으므로
> 만나지 못했을 뻔했던 싱그러운
> 바람도 만나고 수풀 사이
> 빨갛게 익은 명석딸기도 만나고
> 해 저문 개울가 고기비늘 찍으러 온 물총새
> 물총새, 쪽빛 날갯짓도 보았으므로
>
> —「사는 길」 부분

"걷지 않아도 좋은 길"을 수고롭고 고생스럽게 걸었지만 만나지 못했을 뻔한 자연의 사물들을 만났기에 시인은 자신의 생에 만족한다. 시인의 눈에 들어온 자연은 숭고함이나 장대함을 불러일으킬 만큼 우러러보아야 하는 것들이 아니라 "명석딸기"나 "물총새, 쪽빛 날갯짓"처럼 소소하고 낮은 높이에 있는 것들이다. 시인 자신이 어느 인터뷰에서 밝혔듯이 "산 중턱에서 산 아래쪽"의 영역에 사는 것들이라고 해도 좋을 것들이다. 이 소소하고 낮은 것들을 어떻게 대해야 하는지, 어떻게 사랑해야 하는지 시인은 일러준다. "자세히 보아야/ 예쁘다// 오래 보아야/ 사랑스럽다// 너도 그렇다."(「풀꽃」) "산 아래쪽"에 사는 인간들을 대하는 마음도 이와 다르지 않을 것이다. 시인은 자연과 인간을 적절히 그리워할 수 있는 거리를 두고 이 둘을 껴안고 기를 수 있는 사랑에 대해 말해 준다.

4. 아버지 됨과 타자의 윤리학

시인이 「오늘의 약속」이라는 시에서 말하고 있듯이 그의 시는 "덩치 큰 이야기, 무거운 이야기" 대신 "조그만 이야기, 가벼운 이야기"인 듯이 쉽게 읽힌다. 그러나 그 "조그만 이야기"는 "아침에 일어나 낯선 새 한 마리가 날아가는 것을 보았다든지/ 길을 가다 담장 너머 아이들 떠들며 노는 소리가 들려 잠시 발을 멈췄다든지/ 매미 소리가 하늘 속으로 강물을 만들며 흘러가는 것을 문득 느꼈다든지/ 그런 이야기들"(「오늘의 약속」)이다. 무의미하게 흘러갈 수 있는 일상에서 각성을 일으키는 순간들, 생의 아름다움을 느끼고 자연의 존재와 교감하는 찰나들인 것이다. 인간의 출생은 던져짐으로 시작하지만, 타자의 철학자 레비나스가 말하였듯이 인간은 "덤으로 주어진 사회성"을 살아가며 시간 속에서 다원론적인 존재가 된다. 시간은 타인과 관계하는 사건 자체이며, 시간의 조건은 인간들 사이의 관계 속에 그리고 역사 속에 있다. 여기에서 역사는 거창한 왕조나 체제의 교체와 같은 것이 아니고 세대의 연속이라 할 것이다.

> 얘야, 집안이 가난해서 그런 걸 어쩐다냐. 너도 나팔꽃을 좀 생각해
> 보거라. 주둥이가 넓고 시원스런 나팔꽃도 좁고 답답한 꽃 모가지가
> 그 밑에서 받쳐주고 있지 않더냐? 나는 나팔꽃 모가지밖에 될 수 없으
> 니, 너는 꽃의 몸통쯤 되고 너의 자식들이나 꽃의 주둥이로 키워보려
> 무나. 안돼요, 아버지. 안 된단 말이에요. 왜 내가 나팔꽃 주둥이가
> 되어야지, 나팔꽃 몸통이 되느냔 말이에요!
>
> ─「나팔꽃」 부분

대학에 보내 달라고 투정하는 어린 아들에게 가난한 젊은 아버지는 "나는 나팔꽃 모가지밖에 될 수 없으니, 너는 꽃의 몸통쯤 되고 너의 자식들이나 꽃의 주둥이로 키워"보라고 말한다. "좁고 답답한 꽃 모가지"로 만족하

고 가난을 헤쳐나간 그 아버지의 목소리가 여름 나팔꽃 속에 남아있다. 그런 아버지의 말에 "왜 내가 나팔꽃 주둥이가 되어야지, 나팔꽃 몸통이 되느냔 말이에요!"라며 철없던 아들은 대거리하였었다.

세월이 흐른 뒤 '나'는 꽃 모가지로 살았던 아버지의 나이가 되었다. '나'란 '있음(being)'의 존재라면 '아버지'는 '됨(becoming)'의 존재라고 할 수 있을까. 아내와 자식들과의 관계 속에서 그들과 이루어낸 시간 속에서 나는 아버지가 된다. 자아가 자기 동일성의 굴레를 벗어나 자신에게 타자가 되는 방법은 아버지가 되는 길 외에는 없다고 레비나스는 말한다. 아버지의 존재(paternité)는 타인이면서 동시에 나인, '낯선 이'와 관계하기 때문이다. 자식은 내가 쓴 시나 내가 만든 물건처럼 나의 작품이거나 소유물이 아니고, 나의 슬픔이나 시련처럼 나와 함께 일어나는 사건이 아니다. 아이와의 관계에서 특정한 방식으로 나는 나의 아이이기도 하다. 이러한 '이다'에는 일종의 다수성과 초월성이 내포되어 있다. 아이는 "타자가 된 나"이다. 아이를 통해서 나는 아버지가 됨으로써 나의 이기주의, 나에게로의 영원한 회귀로부터 해방되고, 타자와 타자의 미래 속에서 자신의 한계를 초월한다. 아이를 통해 예상할 수 없는 새로운 가능성이 열리기 때문에 인간은 자기 자신으로부터 구원받을 수 있다. 그리고 여기에서 절대적 미래의 차원이 열린다. 시인의 목소리는 타자에 대한 돌봄과 염려를 담아 미래를 향해 발화한다.

> 너무 멀리까지는 가지 말아라
> 사랑아
>
> 모습 보이는 곳까지만
> 목소리 들리는 곳까지만 가거라
>
> 돌아오는 길 잊을까 걱정이다

사랑아.

—「부탁」 전문

　이 시는 2행씩 3연의 지극히 단순하고 알기 쉬운 언술임에도 불구하고 어
떤 극진한 음성을 담고 있다. 목소리는 기의記意로 전적으로 환원되지 않고
남는 잉여의 부분이다. 사랑하는 대상은 멀리 가되 돌아오는 존재, 타자이
면서 자아인 아이라고 느껴진다. 아니 연인이어도 상관없다. 타자이자 자
아인 사랑은 지구적인 차원으로도 확대될 수 있기 때문이다. "하기는 아침
에 일어나/ 햇빛이 부신 걸로 보아/ 밤사이 별일 없긴 없었는가 보다// 오
늘도 그대는 멀리 있다// 이제 지구 전체가 그대 몸이고 맘이다."(「오늘도 그
대는 멀리 있다」)

　나태주 시인의 시를 채우고 있는, 인간을 따뜻하게 감싼 서정의 핵심부
에 이러한 타자의 윤리학이 빛나고 있는 것이다. 그 응축된 빛을 고즈넉이
발하고 있는 것이 시선집 첫 장에 나온 「은빛」이라는 시이다.

　　눈이 내리다 말고 달이 휘영청 밝았다

　　밤이 깊을수록 저수지 물은
　　더욱 두껍게 얼어붙어
　　쩡, 쩡, 저수지 중심으로 모여드는 얼음의
　　등 터지는 소리가 밤새도록 무서웠다

　　그런 밤이면 머언 골짝에서
　　여우 우는 소리가 들리고
　　하행선 밤기차를 타고 가끔
　　서울 친구가 찾아오곤 했다

친구는 저수지 길을 돌아서 왔다고 했다

그런 밤엔 저수지도 은빛
여우 울음소리도 은빛
사람의 마음도 분명 은빛
한가지였을 것이다.

　　　　　　　　　　　　　　—「은빛」 전문

　이 시에 펼쳐지는 세계를 나의 존재와 우주 만물의 존재가 서로 의지하
여 존재하는 범아일여의 세계라고 부를 수 있을까. 저수지의 마음과 여우
의 마음과 쓸쓸했을 친구의 마음이 은빛 한가지로 빛난다. 그것은 "얼음의/
등 터지는 소리"가 무서운 밤을 차갑고 시리게 견뎌야 하는 마음들인 것이
다. 그런 마음을 헤아리고 보듬어 안는 서정성이 나태주 시의 미덕이고 타
자의 윤리학이 미학이 되어 빛나는 지점이라 할 것이다.

의미의 왕국에 서성이는 마지막 포로

—박현수론

아직 의미의 왕국을 떠나지 못하고 서성이는 포로들이 있다. 왕국의 바벨탑은 무너진 지 오래인데…… 아니다. 그것은 풍문으로 전해졌던 것일 뿐. 누가 그것을 보았으며 누가 그것을 확신하는가. 혹 늙은 왕은 오래된 수면 캡슐에 들어가 있는 것일 뿐 재림의 때를 기다리는 것은 아닐까? 의미의 왕국에서 언어의 마술을 부리며 때론 궁중 악사처럼 숭고하게 때론 어릿광대처럼 쾌활하게 재주를 뽐내어 사랑받던 시인들은 보들레르가 근대 시인에게 씌워주었던 진흙탕의 왕관조차 잃어버린 채 우울하다.

박현수의 시들은 가난한 후광을 지녔던 시인의 옛 위엄을 새삼 떠올리게 한다. 그는 짐짓 딴전을 부리지만 견결한 목소리로 오늘날 시의 자리를 되묻고 있다. 박현수 시인의 시집 『위험한 독서』(천년의 시작, 2006)는 제목에서부터 아이러니에 기대어 이러한 시에 대한 자의식을 보여 주고 있다. 그는 집중된 사유와 본원적 언어를 통해 시에 관한 자기 탐구를 보여 준다. 그것은 그가 흐름의 밑바닥에 변하지 않는 중심 혹은 관계에 대한 그리움을 가져본 적이 있기 때문이다. 그러나 시인은 이것이 텅 빈 중심이라는 것을 이미 알고 있으며, 거기에 몸을 기울이되 전적으로 기대지 않고 그 '독서'에 대해 '위험하다'라고 거리를 둔다.

이 시인의 언어에 대한 탐구와 시 쓰기에 대한 자의식은 치열하다 못해 서늘하다. 그는 내면의 열기를 정제하고 정제하여 차디찬 금강석으로 만들어버린다. 『우울한 시대의 사랑에게』 이후 두 번째 시집인 이번 시집에는 그간 국문학자이자 시론가로서 그가 대결하고자 한 시와 언어에 대한 사유와 사상의 행보가 깊게 각인되어 있다. 여느 시인 못지않게 울림이 큰 유년 시절의 시를 쓸 수 있음에도 불구하고 그는 과거와 유년 시절을 시에 우려 먹기를 거부한다. 학문적으로 그를 아는 사람은, 그의 시에서 이육사와 이상, 전통주의와 포스트모더니즘이라는 양극단을 오가는 정신적 모험에 온 몸을 내던지는 열렬한 국문학 연구자의 모습이나 텍스트의 보물 하나 놓치지 않으려는 서지학자의 핏발선 눈을 지우며 읽기란 쉬운 일이 아니다. 그가 지닌 학자적 치밀함과 선비의 풍류와 정신적 염결성은 시 작품으로 옮겨 가면 무게 있는 사색과 밀도 있는 정신으로 나타나는 듯하다. 마치 그는 이 시대의 시들이 걸린 골다공증을 치유하기라도 하려는 듯 뼈처럼 단단한 언어를 구사한다. 그리고 정신의 밀도가 높고 치열할수록 구도와 수사는 단순해진다.

4

동트는 언덕에
기단부로만 세운 원형의 탑
정결한 식탁에
올린 한 덩이의 솜사탕
거대한 주제일수록
수사학은 가난해지고
오래 다듬을수록 구도는 단순해진다
하늘로 쏘아올린 화살촉은
기도처럼 돌아왔으나
하늘로 오르는 향연의 길은 열렸다

묵직한 단어
몇 개로 건축한
최초의 시가 봉헌되었다

숭고의 문이 세워졌다
초월로 가는 경전이 완성되었다
…(중략)…

7
허구는 거대할수록
실재한다
무너져도 결코 무너지지 않는다

—「고인돌」 부분

　위의 시는 석기시대인들의 제단인 '고인돌'에 대한 찬사이자 '시'의 형이
상학적 존재론에 대한 예찬이라고 할 수 있다. 시인은 고인돌의 단순한 구
도에서 우주로 향한 초월과 숭고라는 형이상학적 주제를 읽어낸다. 그것
은 기도와 향연을 위한 건축물이고, 우주로 봉헌된 하나의 "묵직한 단어"
이고 "최초의 시"인 것이다. 박현수 시인의 사상적 주제 가운데 하나인 '숭
고'와 '초월'은 이렇게 고인돌이라는 거대한 문자 안에서 읽히고 의미로 드
러난다. 그 의미는 오늘날 회의와 의심의 대상이 되고 있지만 시인은 "허
구는 거대할수록/ 실재한다"고 말한다. 한때 포스트모더니즘의 풍문 속에
서 의미는 추방되고 살해되기도 하였지만, 라캉이나 지젝과 같은 이론가들
의 논의에서 실재는 허구와 이율배반적으로 구성되지 않는다. 의미의 검은
구멍이 오히려 실재를 가능케 하기도 한다. 시인의 형이상학적 동경과 신
념은 그러한 철학적인 층위들을 배면에 그림자로 거느리고 시에 대한 인식
론에 도달한다.

「시론」「시작법을 위한 기도」「시야, 너 어디 있느냐—시의 위의, 2005」
「미래의 시인」 등 시를 제목에 배치한 시들 뿐만 아니라 이 시집에 포함된
대부분의 시들이 시에 대한 자기 인식을 보여 준다는 점에서 시로 쓴 시론
의 성격을 가진 메타 시(metapoetry)들이다. 즉 시 쓰기와 관련된 사유를 시로
풀어 쓰고 있는 것이다. 박현수 시인이 가진 시에 관한 사유는 그가 메타적
으로 두고 있던 원原대상의 시론들만큼이나 폭넓고 심오한 것이라 이 한정
된 지면에서 언급하기는 어려울 듯하다. 한 가지 언급해 둘 것은 오랜 시간
동안 시인은 "하오의 미학강의"라는 제목으로 한국 시인들의 시론을 탐구
하는 데 심혈을 기울여 왔다는 점이다. 그러나 이번 시집에서 그는 과감하
게 "시에 대한 명상과 세계에 대한 명상이 다르지 않다"라는 인식에 이르러,
시에 붙어있었던 시론이나 시인에 관한 언급과 '하오의 미학강의'라는 표제
를 떼어버리고 그것들을 그림자로 물러나게 하였다. 스스로의 집착과 미망
에서 벗어나 더 넓은 인식에 도달한 때문일 것이다. 이 시집은 시로 쓴 시론
이라는 보기 드문 시도와 시인의 사상적 편력에서 중요한 이정표가 될 것이
다. 이제 그는 이 시집에 머물러 있지 않을 것이다. 그의 시「숙박계의 현대
시사」처럼 이 시집은 그가 머물렀던 사상의 숙박계인 셈이다.

다른 한편, 일상과 내면의 서정이 주로 담긴 시집 후반부에도 그의 시에
대한 태도는 일관되게 나타난다.

책장을 넘길 때마다 생채기 난다

왜 하나같이

유년은

쐐기문자로 적혀 있나

어느 쪽으로 읽어도

바늘 끝뿐인 통사들로 새겨진

점토판의 홈마다

탄가루가 묻어나는 어휘들

발음되지 않는 상처들

가시철망으로 제본을 하고

탱자나무 가시로 장정을 했을지라도

내생에까지 가져가야 할

책이 있는 법이지만

페이지마다 가득한 미늘들

너무 깊숙이 삼켜

아프지 않고는 꺼낼 수 없다

—「석탄박물관」 전문

　　시인은 "밤벌레처럼 유년을/ 파먹으며 생을 허비하지 않게 하소서"(「시작법을 위한 기도」)라며 유년 시절을 시에 추억하여 팔기를 거부하곤 하였지만, 이 시는 삶의 텍스트화, 세계의 문자화라는 비유를 거름망으로 써서 가슴 아픈 유년 시절을 선명하게 조판하였다. '나'라는 주체에 결부된 체험과 기억을, 시각적으로 거리를 두고 볼 수 있는 '문자'와 '책'으로 치환시키고 있다. 그러나 그 거리에도 불구하고 유년의 경험과 기억을 떠올리는 것은 가혹할 만큼 아프다. "바늘 끝"과 "점토판의 홈" "탄가루" "가시철망" "미늘"들과 같은 뾰족하고 깔깔한 촉감들은 독자마저도 따끔거리게 한다. "쐐기문자"로 적힌 유년은 거부하고자 해도 너무나 오래 나를 사로잡고 있고 늘 상처로 환기된다. "페이지마다 가득한 미늘들"로 "아프지 않고는 꺼낼 수 없"는 유년의 추억 불가능에 대한 이 절절한 보고서는 "내생에까지 가져가야 할/ 책"이라는 운명에 대한 판독에 이르고 있다.

　　시집 후반부에 실려 있는 가정家庭을 굽어보는 시편들은 숨 고르기와 같은 부분이지만, 서른이 넘은 사내가 낯선 일상의 문턱 앞에 망설임을 느끼고(「11월」), 가정이라는 창을 통해 세상을 새삼 낯설면서 투명하게 바라보며 아이들의 평온도 "남의 일처럼 성스럽다"라고 말하는(「아직 순례가 끝나지 않았다.) 시들에서 시인의 맑은 시안詩眼을 느낄 수 있다. 가정은 그가 지속적으로 벌이는 대결과 승부의 세계와는 동떨어진 다른 차원이기 때문일 것이다.

권투를 할 걸 그랬어
옆구리에 꽂히는 주먹에 헉, 하고
숨이 멈춰지는,
턱을 돌리는 주먹에
피 묻은 마우스피스가 터져 나오는,
매번 승패가 뚜렷한
그런 삶을 살 걸 그랬어
숨결이 느껴질 정도로
가까이 있는데,
물먹은 한지처럼
얼굴에 붙어 있는 적이 보이지 않아
어느 순간 숨을 헉헉거리며
껴안고 있는 그가
손을 뻗어도 안개처럼 잡히지 않아
무릎을 꿇어도 좋아
한 번만이라도
단, 한 번만이라도
또렷이 보이는 그의 턱을 겨누어
전생의 무게를 날릴 수 있는
그런 삶이었으면 해
링 바닥에
여한 없이 고꾸라질 수 있는,

—「적」 전문

"물먹은 한지처럼/ 얼굴에 붙어 있는 적"은 시인이 벌이는 시와 언어, 그리고 세계와의 대결이 얼마나 지난하고 힘겨운 것인가를 감각적으로 형상화한다. 안개처럼 잡히지 않는 그 상대는 부재하는 중심, 의미의 왕국의 사라진 왕이라고 불러도 될 것인가. 시인은 만일 그 대상을 잡고 또렷이 겨눌 수만 있다면 "전생의 무게"를 실어 싸우다 링 바닥에 쓰러져도 여한이 없을 것이라고 말한다. 시인의 존재와 생의 무게를 거는 세계에 대한 도전장은 준열하기까지 하다. "흔들리는 불꽃 가운데/ 곧은 심지가 자라"(「지」)듯이 시인 자신이 불붙는 존재인 심지가 되려는 의지를 보여 준다. 심지는 불꽃은 아니지만 불꽃의 중심에 있고 불꽃을 존재케 하는 것이다. 심지가 되겠다는 신념이 다시 의미를 생성하는 것은 아닐까. 그의 이 대결과 싸움이 결국 텅 빈 중심과의 소득 없는 싸움일지라도 찬란한 불꽃으로 "여한 없이" 타오르길 바란다는 불행한 축복을 빌어준다.

위에서 살펴보았듯이 이 시집에서 눈에 뜨이는 것은 언어와 시에 대한 사색의 고투이다. 마치 아담과 같이 시인은 아직 오지 않은 이브에 대한 애정과 외로움으로 시 쓰기를 멈추지 못한다. 이 시인의 언어는 아담의 갈비뼈와 같이 단단한데, 삶과 시 쓰기의 본원적인 중핵을 건드리고 있는 응축된 언어를 쓰고 있기 때문이다. 다른 한편으로 그의 시어는 대학교수로서 연구자로서의 이성적 언어와 긴장 관계를 유지하지 않을 수 없을 것이다. 그들의 생활은 1960년대 김수영의 '양계장'이나 2000년대 이승훈의 '이승훈'처럼 직접적으로 드러나지 않는다. 그러나 박현수의 시집은 시 쓰기와 언어에 대한 자의식을 드러내되 시를 배반하려 하지 않는다. 그의 사유와 언어가 보여 주는 견결한 미학에의 지향은 그의 생활 속에서 우러나오는 희망의 구조를 반영하고 있는 것은 아닐까? 혹은 인간의 근원적 존재 자체가 의미의 왕국을 떠날 수 없는 포로 상태는 아닌지 모르겠다.

국경에 대한 상상, 정치적 시니피앙의 귀환

―서안나론

1. 은유로 만든 사상의 집

철학자들은 자신들의 새로운 사상이나 관념을 직관적으로 표현해 내고자 할 때 '은유'를 발명하기도 한다. 플라톤의 동굴이 대표적인 은유이며 하이데거의 심연도 일종의 은유라 할 것이다. 서안나 시인의 신작 소시집에 엮여 있는 5편의 시들을 읽고 나니 영화 제목이기도 한 "카드로 만든 집"이라는 말이 떠올랐다. 시인의 시들은 한 편 한 편 매끈하게 다듬어졌으면서도 각각 시편의 전개 사이에 벌어진 미묘한 각도 속에 어떤 의미를 숨겨 두고 전체를 이루고 있는 듯했기 때문이다. 시 한 편들이 카드라면 다섯 편의 시편으로 이루어진 이 소시집은 새로운 사상의 집이 될 것이다. 이 작은 사상의 집에는 과연 어떤 의미와 존재가 깃들어 있는 것인가.

기존의 시편들도 다채로운 양상이긴 하였으나, 이번 신작시 속에서 시인은 국경, 역사, 정치, 혁명, 전쟁 등등의 정치적인 시니피앙(기표, 단순화시킨다면 기호의 소리 부분)이라고 부를 만한 것들을 불러 모았다. 이들은 과연 어떤 메시지에 복무하려 한 것일까? 영화 속에서 "카드로 만든 집"은 자폐증에 걸린 딸아이가 죽은 아버지를 향해 쌓아 올린 자신만의 메시지였다. 그 영화가 떠오른 이유는 이 해설이 일종의 해독이 될 것 같다는 예감 때문이다.

2. 유목민적 상상과 거세된 정치적 시니피앙

「따뜻한 국경 1」과 「진보적인 요리법-따뜻한 국경 2」를 읽는 동안 호흡은 경쾌하고 상상은 유쾌해졌다. 오래간만에 시에 소환된 정치적 시니피앙들인 국경, 진압, 게릴라, 총알, 시위, 총칼, 폭격과 탱크, 테러와 핵무기가 쏟아졌지만 그것들은 위협적이지 않았다.

> 나는 걸어 다니며 버스를 타며 랩을 들으며
> 수천 개의 국경과 만나죠
> 의자와 의자 사이 너와 나를 나누는 국경
> 집 앞 주차장 한 칸의 국경
> 횟집 양념장 그릇의 고추장과 된장의 국경
> 살려는 자와 진압하는 자의 불타는 국경
> …(중략)…
>
>
> 게릴라의 마을에 솜사탕 공장을 지을게요
> 이라크 거리 공포의 문을 따고 꽃 화환을 걸어놓을게요
> 팔레스타인 총알 박힌 흙담에 기댄 아이들에게
> 굴종의 미학 따위는 가르치지 않을 거예요
> 영어가 서툴러도 좋아요 맥도널드나 스타벅스 따위는 읽지 못해도
> 좋아요
> 티베트 미얀마나 폴란드의 불타는 도시에서
> 시가를 피우고 커피를 마시며 낡은 침대에서 게으른 시위를 할게요
> 첼랴빈스크에서 블라디보스토크까지 시베리아 대륙횡단 야간열차

를 타고

　수 세기 동안 총칼을 들고 영문도 모르고 죽인 자와

　죽임당한 자들의 서러운 대치의 서사를 암송할게요

　랩으로 유목의 선언문을 신나게 노래할게요

　국경마다 따뜻한 들판을 소인처럼 남겨둘게요

—「따뜻한 국경 1」 부분

　위의 시에서 시적 화자는 랩의 경쾌한 리듬에 맞추듯이 우리 일상에서의 구획과 구분, 대립과 갈등에 대해 열거한다. 거대 단위인 국가 간의 국경뿐만 아니라 의자 사이의, 주차장 칸의, 죽음과 죽임의 나뉨도 일종의 정치적 경계로서의 의미를 내포한 국경이 될 수 있다. 일상 속에서 충돌로 드러나기도 하고 숨어있기도 한 국경들을 가볍게 읊조리던 시적 화자는 지구적 차원의 국경들 위로 "따뜻한" 상상을 펼친다. 이라크, 팔레스타인, 미얀마, 폴란드, 시베리아의 폭력과 공포를 대신해서 "솜사탕"과 "화환"과 "게으른 시위"를 꿈꾼다. 68년도의 히피 문화적 환각이 21세기 랩의 리듬 속에서 귀환하는 듯하다. 전쟁과 폭력을 거부하고 평화와 사랑을 노래하는 자유로운 영혼은 1967년 미국의 베트남전 반대 시위대 속에서 경찰의 총에 꽃을 꽂았던 어느 청년의 모습을 연상시킨다. 그가 꿈꾸는 정치적인 평화는 "시가를 피우고 커피를 마시며 낡은 침대에서 게으른 시위를" 함으로써 실현되는 것이다. 게으를 수 있는 자유는 전 지구적으로 벌어지고 있는 민족주의적, 제국주의적 침략과 약탈 전쟁에 반대하여 개인의 기호와 취향을 존중하며 자본주의적 속도를 거스르는 저항이 됨을 내포한다.

　시인의 '정치적 유목민'으로서의 상상, 혹은 무정부주의적인 상상은 정치적인 시니피앙들에서 폭력과 증오를 거세시키고 새로운 시니피에(기의, 소리로 표시되는 의미)로 접목하고자 한다.

　오늘은 여러 개의 국경으로 커다란 피자를 만드는 요리법입니다

먼저 준비된 재료를 손질할까요

푸성귀 밭 같은 푸른 세계지도를 펼쳐주세요

골목을 쭉쭉 잡아당기세요

싱싱한 도시들을 한곳에 따 모으세요

폭격 맞은 시들고 낡은 마을은 불발탄을 떼어내고

전쟁 중인 국경은 뿌리를 잘라주세요

국경에 묻은 핏방울과 뒷골목의 배고픔과 배신과 눈물을 잘 씻어
주시고요

딸려오는 가면을 쓴 독수리나 광기 어린 게릴라들은 소금물에 재
워두세요

도시를 물어뜯거나 당신에게 총을 겨눌지도 몰라요

　　　　　　　　　　—「진보적인 요리법–따뜻한 국경 2」 부분

시인은 전쟁과 관련된 시니피앙들을 피자 요리법이라는 새로운 의미의
연쇄 작용 원리에 접합시킨다. 유사성과 계열적 관계의 조건으로 작동하
는 은유가 아니라 인접성과 통사적 관계의 조건으로 성립시킨 일종의 환유
인 셈이다. 환유의 장치를 사용한 이 시의 "퓨전 요리법"은 전쟁의 정치학
에서 핵심 동력이자 뇌관인 증오와 갈등을 제거하기를 소망하는 알레고리
로 읽힌다. 이 알레고리적 상상 속에서 정치와 "천민 자본"의 폭력적인 남
근성은 거세된다. 시적 화자는 "배고픔"을 대신해 "영양과 칼로리가 만점"
인 생명력을, "배신과 눈물"을 대신해서 "가슴에 구멍이 뚫린" 자들을 위한
치유력을 소망하는 것이다.

3. 시니피에와 시니피앙의 환락

이러한 히피적인 환상, 알레고리적인 환유가 과연 오늘날 지구 곳곳에

서 벌어지는 정치적 폭력과 비극에 대해 어떤 의미를 가질까? 단지 언어 놀음에 그치거나 잠깐의 지식인적인 현학이 가미된 반성의 제스처는 아니냐는 혐의에 대해 어떤 판단을 내려야 할 것인가? 여기에 답하기 전에 이 소시집의 중간에 있는 「토마토」라는 시를 두고 시인의 변화를 진단해 보자.

동일한 대상을 두고 시인은 2005년 가을에 「무서운 빨간 토마토」라는 시를 발표한 바 있다. 그 시에서 시적 화자는 "꽃잎과 푸른 잎사귀와 뿌리들이 붉은색 하나를 향해 달려왔나 봐요. 화합이란 이름으로 토마토가 붉게 익었어요. 익은 것들의 살결은 너무 부드러워요. 뼈가 없어요. 뼈까지 다 삼켜버렸나 봐요. 푸르고 노랗고 불길하던 갈등과 떨림이 붉은색 하나에다 녹아버렸어요. 익은 것들은 무서워요. 빨간 토마토는 무서워요"라고 공포심을 드러내고 있다. "붉은색 안에 너무 많은 상처가 살고 있어"서, 뼈까지 삼켜버릴 만큼 모든 것을 빨갛게 익혀 버린 토마토의 단일함에 두려움을 느끼는 태도였다. 그런데 이번에는 토마토의 붉음 속에서 다른 무엇을 발견하고 있다.

> 뜬 눈에서 감은 눈까지
> 첫 계절에서 마지막 계절까지
> 잎에서 뿌리까지 쉬지 않고 활활 불타오르는
> 꺼지지 않는 진실
> 칼로 쪼개도 끊어지지 않는 불의 뼈
> 물속에서도 식지 않는 불의 근육
> 썩어서도 뜨거운 자궁냄새 훅훅 피우며
> 대지 위로 얼굴 내미는
> 지력地力의 상형문자
>
> —「토마토」 부분

위 시에서 토마토의 붉게 익음은 모든 시간을 집중하여 이룩한 "활활 불

국경에 대한 상상, 정치적 시니피앙의 귀환

타오르는" "꺼지지 않는 진실"을 표상한다. 토마토는 오랜 시간의 집중으로 맺은 결실이라는 점을 상기하기 때문에 토마토의 농익음에 대해 뼈까지 삼켜버린 부드러움이라고 단정하지 않고, 오히려 그 속에서 칼로도 끊을 수 없고 물에서도 식지 않는 "불"의 "뼈"와 "근육"을 볼 수 있게 되었다. 시적 화자가 토마토의 붉음과 농익음에서 힘과 열기를 느끼는 것은 마찬가지이지만, 즉자적인 감각을 넘어 상징성을 읽어내면서 공포감은 경외심으로 바뀌었다. 토마토는 "뜨거운 자궁냄새 훅훅 피우"는 "지력地力의 상형문자"이자 "뜨거운 진흙 혓바닥"인 것이다.

토마토는 대지의 힘을 상징하는 불이자 문자가 되는데, 그것은 색깔에서 빚어진 상형성 때문이기도 하지만 발음에서도 "지력"이 연상되기도 한다. 그리고 토마토는 앞에서부터 읽어도 뒤에서 거꾸로 읽어도 똑같이 발음되는 시니피앙이다. 시인이 토마토라는 사물에 유독 끌린 이유는 알 수 없지만 시니피앙과 시니피에라는 해독제의 처방이 필요할 듯하다.

4. 전복하는 시적 언어의 고백과 언어 착란

앞에서 살펴본 발랄한 정치적 상상력의 시 두 편을 히피 문화적인 환각과 구별시키는 것은 다른 두 편의 사이에 놓여 있기 때문이다. 처음에 등장하는 「책상과 싸우다」라는 시와 가장 마지막에 나오는 「먼지의 시니피앙」은 이 소시집을 교묘하게 쌓아 올린 사상의 집으로 만드는 장치가 된다.

> 1
> 가짜 고백은 모두 책상 위에서 탄생한다 나는 책상을 모르고 의자
> 를 모른다 나는 모르는 책상과 모르는 의자가 만든 고백이다 나는 책
> 상에서 태어났다

2

나는 지워질 고백이다

―「책상과 싸우다」 부분

위의 시는 '모든 크레타인은 거짓말쟁이이다'라고 말하는 크레타인의 역설을 닮았다. '가짜 고백은 책상 위에서 탄생한다'라는 시적 화자의 고백은 책상에서 태어났다. 그러나 나는 책상을 모르고, 지워질 고백이라는 점에서 이 고백에 균열이 일어난다. 책상에서 태어난 고백이지만 책상을 거부하는 것이다. 여기에서 책상이 무엇인가는 시의 세 번째와 네 번째 부분에서 나온다.

3

첫 번째 서랍을 열었다 사서들이 달콤한 역사를 굽고 있다 불타는 서랍을 닫았다 혁명의 깃발을 높이 쳐든 사람들이 두 번째 서랍에서 펄럭거리고 있다 나부끼는 서랍을 닫았다 배신자를 처단한 자들의 칼끝에서 피가 배어 나온다 피가 묻은 세 번째 서랍을 닫았다

4

책상에 앉아 피가 지워진 문장을 읽는다 역사는 정당하다는 대전제를 흠모한다 모든 고백은 두괄식이다 정치가의 연설은 오히려 문학적이다 우리는 지나가는 사람 1 혹은 국민이란 명사로 분류된다 우리의 목소리는 어디로 사라지는가 질문은 낙서처럼 쉽게 지워지곤 했다

5

어두운 책상에 앉아 미완의 혁명을 나열해본다 로베스피에르 체 게바라 간디 달라이라마 조명탄처럼 반짝이며 망명하는 문장들 우리는 실패하기 위하여 태어난다 어둠의 뺨을 때리며 꽃이 피는 새벽 나는 지워지는 사람 2가 되어 책상과 싸운다

―「책상과 싸우다」 부분

책상이 상징하는 것은 역사와 정치의 담론이다. 거기에는 혁명과 배신이 있고, 권력을 쥔 자에 의해 기록되는 정당화되는 역사와 "정치가의 연설은 오히려 문학적이다"라고 말해지는 미학화된 정치가 있다. 책상이 다수의 목소리를 지우는 배반의 담론이기에 시적 화자는 "지워지는 사람"이 되어 "책상과 싸"우려 한다. 시적 화자는 "미완의 혁명"과 "망명하는 문장"을 꿈꾼다. 그의 시는 "실패하기 위해 태어난" 지워질 운명을 감수하는 고백인 것이다. 그러므로 앞서 살펴본 「따뜻한 국경」을 꿈꾸는 정치적 유목민으로서의 명랑함은 이러한 위반 의식의 소산이자 실천이다. 시적 화자는 "오히려 문학적"인 정치가나 역사가의 담론과 다른 시의 언어를 원했기에 '정치적인 것'에 랩과 요리법이라는 시니피앙들을 접합시켰던 것이다.

시인이 상상하는 '정치적인 것'은 고결하고 비장하기만 한 것은 아니다. 그것은 "먼지"와 같은 "비천한 씨니피에"를 다층적으로 가지고 있는 것이다. 일반적으로 '정치적인 것'이라는 개념이 적대와 갈등을 전제한 것이라면, 시인이 '정치적인 것'이라고 생각하는 것은 인간 사회의 근원적인 상처와 비애에 가깝다.

먼지라는 말
비천한 씨니피에를 여럿 거느린 말

소리 내어 부르면 입술이 쓸쓸하게 벌어지는 말, 파리 들끓는 난민촌 아이들 낮잠을 덮고 있던 말, 쓰레기 뒤지는 인도 아이들 새까만 손바닥 위에 동전처럼 빤짝이는 말, 추방자의 찢겨진 셔츠 같은 말, 인간을 위해 불을 훔친 프로메테우스의 손등에서 떨리던 말, 십자가에 매달린 예수의 피묻은 몸을 쓸어주던 말, 보리수 밑 부처의 열반을 맨 처음 지켜본 말, 포크레인에 맨몸으로 맞서는 말, 아픈 곳에 슬며시 몰려드는 말, 큰 산과 기암괴석과 돌멩이와 모래의 사유를 지나온 말, 툭툭 털어내면 아무것도 아닌 말, 죽음 근처에서 흩어지는 말, 전생에

피 흐르던 내 팔과 다리였던 말, 상하가 나뉘지 않은 말, 그래서 시시
비비를 가릴 수 없는 말,

비천한 내력을 이끌고 우주까지 불쑥 솟구쳐 오르는 말
—「먼지의 시니피앙」 전문

"먼지"라는 시니피앙에서 시적 화자는 청각적으로 느껴지는 쓸쓸함과 허
무함, "툭툭 털어"낼 만큼 보잘것없음을 느끼며, 난민촌과 가난한 인도 아
이들의 비참함, 추방자의 비루함을 연상한다. 더 나아가 시적 화자의 연상
은 태고로부터의 시간과 공간의 축을 넘나든다. 먼지는 우주의 시원으로부
터 인간 역사가 소멸하는 마지막에도 존재할 것이다. 그것은 아무것도 아니
면서 모든 것이며, 상하가 나뉘지 않고 시시비비를 가릴 수 없는 말이라는
우주적인 시니피에인 것이다. '먼지'라는 시니피앙은 문득 '멀리 있는 지혜'
라든가 우주적인 앎을 내포하는 듯한 언어 착란을 일으킨다.

5. 맺으며

이번 신작시들에서 시인은 동시대의 지구 사회에서 일어나는 고통과 정
치적 문제들에 대해 관심을 기울이고자 하였다. 시인은 세계에 대한 진지
한 관찰자이자 조용한 행동가의 모습을 보여 주었고, 그의 발랄한 시 속에
서 정치적인 시니피앙들의 폭력성과 적대성은 거세되었다. 그러나 자칫 이
러한 환유의 장치가 현실적인 무게감과 진정성마저 증발시킨다면 언어적
유희에 흐를 수 있다는 점은 경계해야 할 것이다.
다섯 편의 시 사이의 간극을 해독하고자 하는 욕심 때문에 오독의 위험
도 있었을 테지만, 신작시 속에 담긴 변화의 징후를 해독해 보고자 하였
다. 역사와 정치적 담론 위를 가로지르며 정치적 상상력과 언어 질서의 교

란을 꿈꾸는 시인의 시적 실험이 그 조용한 열정을 이끌고 더 멀리 나아가
길 바라본다.

제2부 별빛들의 자리를 더듬어

타인의 고통과 세상의 아픔을 껴안는 힘
—이영광론

이영광의 신작시들은 최근 발간한 그의 세 번째 시집에서 보여 준 "통증의 세계관"(『아픈 천국』) 이후, 그리고 그 너머에 대한 모색을 보여 준다. 그의 "통증의 세계관"은 2000년대의 시단에서 실종되었던 사회정치적 감성을 지펴내며 시가 미적인 장치를 통해 윤리적 차원을 견인할 수 있는 가능성을 보여 주었다. 여기에서 윤리라고 부르는 것은 규범과 질서를 위한 것이 아니라 타인에 대한 고려이며 사회 속에서 함께하는 존재들과 관련된 의식과 행동이라고 말하고 싶다. 그는 우리의 머리 위에 서서 우리를 반성하도록 불러 세우지 않고, 자신의 몸과 마음으로 느끼는 숨길 수 없는 고통과 괴로움을 고백함으로써 사회의 지배 질서에서 지워지거나 재현될 수 없는 존재들을 용기 있게 노래했다. 죽음과 삶의 고단한 긴장, 고통스러운 현실에 대한 위무를 읊던 그가 신작시편들에서는 '아픈 천국' 너머로 자신의 시를 쏘아 올리려고 활시위를 당기듯 재장전하는 힘을 느끼게 한다. 마치 풀무로 단련 받은 쇠가 모가 잡히고 각이 서듯 그의 의지는 앞선 시집들에서 불가결하게(!) 흘러나와 세련되게 흐르던 유비들을 자제하며 현실과 대련하려는 것 같다.

두부는 희고 무르고
모가 나 있다
두부가 되기 위해서도
칼날을 배로 가르고 나와야 한다

아무것도 깰 줄 모르는
두부로 살기 위해서도
열두 모서리,
여덟 뿔이 필요하다

이기기 위해
깨지지 않기 위해 사납게 모 나는 두부도 있고

이기지 않으려고
눈물을 보이지 않으려고 모질게
모 나는 두부도 있다

두부같이 무른 나도
두부처럼 날카롭게 각 잡고
턱밑까지 넥타이를 졸라매고
어제 그놈을 또 만나러 간다

―「두부」 전문

위 시에서 두부가 유비하는 것은 '무르고 연약한 것', 힘없고 약한 사람들
이라고 쉽게 짐작해 볼 수 있다. 그런데 이 유비는 두부에 대한 숙고, 힘없
고 약한 사람들의 윤리에 대한 통찰을 담고 있다. 판에서 칼에 의해 직육면
체로 잘려서 두부가 되는 것이 아니라 두부가 되기 위해서는 "칼날을 배로
가르고 나와야 한다"는 것이다. 사회 속에서 개체로서의 생존 방식이 그러
하고 약자의 존재 방식이 그런 위험과 고통으로부터 시작된다면 그것은 또

다른 결단과 강인한 삶의 자세를 필요로 한다. "아무것도 깰 줄 모르는/ 두부"로 살기 위해서도 모서리와 뿔이 필요한 것이다. 그런데 "이기기 위해/ 깨지지 않기 위해" 모 나는 두부도 있고 "이기지 않으려고/ 눈물을 보이지 않으려고" 모 나는 두부도 있다. 두부의 모서리는 세상과의 갈등에 대한 나름의 자기방어고 자기 보호의 방편인 셈이다. 그러나 뿔처럼 튀어나오고 각이 져 있더라도, 부딪치면 제가 뭉그러져 버릴 두부의 모서리일 뿐이다. 그 때문에 마지막 연에서 "두부같이"와 "두부처럼"의 비유로 결합한 내재적 유약성과 대외적 전투성은 연민을 불러일으킨다. 현실과 맞대면하려는 시인의 결의는 한편으로는 1960년대 김수영의 시에서 느끼는 비애감을 주면서도 보다 강건한 힘을 느끼게 한다.

그 힘은 주변의 힘없는 자들을 위한 정직한 분노, 진솔한 걱정으로부터 나오는 듯하다.

> 무섭지만, 지기는 어렵다
> 나보다 크고 센 것들에게
>
> 하나도 안 무섭지만
> 이기기는 정말 어렵다
> 나보다 약하고 작은 것들에게
>
> ―「승부」 전문

타인과 마주치게 되는 일상에서 우리의 싸움은 전선이 정해져 있지도 않고 단일하지도 않다. 사회적인 갈등과 모순을 단숨에 사슬 끊듯 해결해 줄 수 있는 고리란 근본적으로 해소할 수 없는 사회적 불가능성의 상상적 투사일지 모른다. 사회에서 주체의 위치는 다양한 타인과의 관계 속에서 상대적인 것이다. 시적 화자는 타인과의 비교에 의한 자신의 상대적인 힘의 크기를 알고 있기에 그의 자기반성은 더 견고하다. 싸움에서 솔직히 "크고 센 것"과 대적하기는 쉽지 않고 두려운 일이다. 물신주의나 권력, 국가적 폭력들은 "나보다 크고 센 것들"이다. 안티고네와 같은 비극의 주인공들은 그런 센 것들에 맞서 파멸을 두려워 않는다. 시적 화자의 용기는 그런 윤리적 파토스를 닮았다. 다른 한편으로 자신보다 약하고 작은 것들에 대해 연민과 의리를 갖고 있다. 이런 태도는 자기중심적인 합리성과 의식의 차원과 다른 사회적 연대 감정이라고 부를 수 있을 듯하다. 시인은 어느 글에서 어떤 계기가 없어 시작을 그만두었으면 술 상무가 되었거나 의리나 따지는 양아치가 되었을 것이라고 말한 바 있다. 시인이 약하고 작은 존재에 대해 갖는 의리는 본성적인 것일까 하는 의문도 들었다.

시인이 말하는 "약하고 작은 것"들은 "두부"처럼 무르고 약한 존재들일 것이다. 시인은 "머리 아래는 벌써 슬프게 다 자란" 열일곱 살짜리(「놀았으면」)와 "거의 분실물이 된" 아기(「대책」)에 대한 걱정을 토로하고 있다.

> 막내동생뻘 꼬마들이
> 바보야 바보야 하면
> 저 놀리는 줄 모르고
> 바보야 바보야
> 병신아 병신아 하면
> 병신아 병신아
> 즐겁게, 제가 저를 놀리면서
> 땀나도록 놀고 있는 열일곱
> 죽, 그냥, 계속 즐겁게
> 놀았으면
>
> 머리 아래는 벌써
> 슬프게 다 자랐는데
> 사탕과 아이스크림을 내미는 손들이
> 벌겋게 부어

뚱그런 눈 속으로

펄럭이는 엉덩이 속으로

오늘은 들어가지 말았으면

―「놀았으면」 전문

시인은 동네의 놀림거리, 비웃음거리가 되는 열일곱 살짜리 지적장애아
가 "죽, 그냥, 계속 즐겁게" 놀 수 있기를 바라며, 그 "두부"처럼 희고 무른
아이를 희롱하는 손들에 분개한다. 자기 자신을 "바보" "병신" 하며 놀리고
있는, "그냥" 즐겁게 놀고 있는 아이를 두고 시인은 비유의 베일 없이 부끄
러운 현실을 드러낸다. 죄책감 없이 타인을 훼손하는 비윤리적인 행동을 부
끄럽게 만들며 그런 추악한 일이 중단되기를 바란다.

엄마가 없다고 아래층 아이가

운다, 울다니, 울기는 숫제

아파트 한 동이 떠나가라

울부짖는다

대책이 없다는 거겠지

나도 그렇구나

거의 분실물이 된

눈물범벅이 된 불덩어리를 관리사무소에

데려다주었다

아무것도 하기 싫다 뉴스나 본다

제가 TELEVISION임을 선명히

보여주는 텔레비전

아무런 대책도 내놓지 않고

그러니까 아무런 대책도 없으면서

웃고 있는
히히덕거리는
너희들은 누구인가

—「대책」 전문

　위 시에서 약한 존재는 엄마가 없어 "눈물범벅이 된 불덩어리"가 된 아래
층 아이이다. 울부짖는 아이를 관리사무소에 데려다주는 행동을 하긴 했지
만, 화자도 "대책" 없이 무력하게 있을 뿐이다. 자신의 무력함과 함께 이 현
실에 대책을 내놓지 못하는 무력한 존재로 반성 되는 것이 텔레비전이다.
바로 곁에서 일어나는 비극도 먼 곳의 일처럼 "선명히" 보여 주며, 제 역할
이라고는 먼 곳에서 바라보는 것뿐임을 보여 주는 것이 텔레비전이다. "대
책도 없으면서" "히히덕거리는/ 너희들은 누구인가"라는 따끔한 질문은 시
인 자신을 포함한 우리를 겨냥하고 있다. 텔레비전의 뉴스는 현실을 선명하
고도 충분히 자극적으로 편집하여 전달하지만, 그 순간 그것은 현실을 화면
으로 전환해 버리고 비극을 관람 거리로 교체해 버린다. 현실을 '대책 없이'
관람하고 있던 독자에게 시인은 질문을 던져 불편하게 한다.

개는 꿈같다
꿈처럼 교미하고
꿈처럼 짖고
꿈처럼 졸고
꿈처럼 흙을 파고
꿈처럼 낳고
수육이 되고
탕이 되고

그 새끼들, 다시 꿈처럼

교미하는 한낮
누가 저 검붉은 성기들을
용접해놓았나

성기에서 흘러내리는
뽀얀 정액처럼
정액 속을 달려가는
정자들처럼
어디선가 어디론가
한 번도 얼굴을 본 적 없는
피 묻은 현실이 지나간다

—「개」 전문

　이 시에서 병치되며 교란되는 개와 꿈과 현실의 의미관계는 무의식 속의 정치적인 관념을 표상하고 있다고 할 수 있다. 앞서 시에 등장했던 "어제 그놈"(「두부」), "히히덕거리는 너희들"(「대책」)은 표정 없는 가면과 같이 정체가 불분명하다. 시인이 붙들고 '승부'를 내려는 대상들은 꿈속에서 수시로 앞뒤가 맞지 않게 변하는 인물과 장소와 이미지들처럼 변한다. 정액 속 정자들처럼 "한 번도 얼굴을 본 적 없는/ 피 묻은 현실이 지나간다"라는 이미지는 파격적이면서 날카롭다. 지금 우리가 느끼는 정치적 문화적 사회적 현실에 대한 무력한 인식 상태를 드러내는 동시에 그 상태를 불편하게 만드는 현실을 말하기 때문이다.
　고통받는 타인과 세상의 아픔을 사회적 연대의 감정으로 껴안길 원하며 시인은 '불편한' 시의 길로 한 걸음 나간 듯하다. 일상적 상황과 사건을 두고 불편한 질문을 던지거나, 곤혹스러운 이미지 속에 메시지를 찾도록 묻어두는 것과 같이. 그의 시에서 새로운 사회 정치적 상상력의 태동을 읽어내는 작업은 아프지만 기쁜 일이 될 것이다.

담대한 순정과 서정시의 성취
—이재무론

1. 슬픔과 순정의 로맨스

『슬픔은 어깨로 운다』(천년의 시작, 2017)는 이재무 시인의 열한 번째 시집이
다. 이재무 시인은 1983년부터 작품 활동을 시작하여 꾸준히 시집을 내고
간간히 산문집을 발간하기도 하며, 적지 않은 문학상들을 수상한 이력을 가
지고 있다. 이 시집은 예순에 접어든 시인의 농익은 작품 세계를 유감없이
보여 주는 한 정점이라는 생각이 든다.

전작인 열 번째 시집에서도 그는 "슬픔은 생활의 아버지"라고 부르며 슬
픔에게서 지혜를 경청한다고 했다(「슬픔에게 무릎을 꿇다」, 『슬픔에게 무릎을 꿇다』,
실천문학사, 2014). 순박한 시심으로 생활 속에서 삶의 서러움과 지혜를 길어
올리는 이 시집의 발문에서 권성우는 이재무의 시는 "순정과 낭만, 엄청난
문학적 열정, 손해를 보더라도 할 말은 하는 담대함"(「상처받은 시인의 아름다
움과 순정」, 『슬픔에게 무릎을 꿇다』)을 떠올리게 한다고 말하였다. 시인의 시 세
계뿐만 아니라 인간됨과 시인됨에 대한 통찰력 있는 해설이다. 그리고 더
불어 "의미의 명료함을 지니고 있으면서도 마음을 움직이게 만드는 시"라
는 점이 이재무 시편의 가장 소중한 미덕이라고 말한다. 시인을 두고 언어

의 연금술사라 한다. 이재무 시인의 시어는 시 속에서 번쩍거리는 금으로 변신하는 것이 아니라, 슬픈 영혼의 궁기를 달래주는 따뜻한 밥 한 그릇으로 다가온다.

이재무 시인은 대학 3학년 때 『민중교육』이라는 무크지에 기고한 일로 교사의 꿈이 좌절되고, 가난과 삶의 비통함 가운데 불현듯 시를 만나게 되어 시인의 길을 걸어왔다. 이번 시집에 수록된 다음 시는 이 시인의 시 세계가 자리 잡은 근원이 어디인지, 어느 곳을 향했는지 재치있는 고백을 들려준다.

> 나는 표절 시인이었네 고향을 표절하고 엄니의 슬픔과 아부지의 한숨과 동생의 좌절을 표절했네 바다와 강과 저수지와 갯벌을 표절하고 구름과 눈과 비와 나무와 새와 바람과 별과 달을 표절했네 한 사내의 탕진과 애인의 눈물을 표절하고 기차와 자전거와 여관과 굴뚝과 뒤꼍과 전봇대와 가로등과 골목길과 철길과 햇빛과 그늘과 텃밭과 장터와 중서부 지방의 사투리를 표절했네 이웃과 친구의 생활을 표절했네 그리고 그해 겨울 저녁의 7번 국도와 한여름의 강진의 해안선을 표절했네 나는 표절 시인이었네
>
> ―「나는 표절 시인이었네」 전문

문학 이론에서 딱딱하게 설명하는 반영론이나 모사론 대신에, 시인은 자신이 이 세계를 '표절했네'라고 말한다. 시인은 자신을 둘러싼 세계에 대한 감정과 사상을 시로 노래하는 사람이다. 그런 시인의 숙명을 비윤리적인 범죄에 해당하는 무단 도용인 표절이라 부르는 것은, 자신의 시가 그 속에 담긴 대상들과 세상에 빚지고 있다는 것, 그 원작과 원본이 근본적이고 절대적이며 소중한 것이라는 사실을 겸손히 드러내는 것이다. 그 근본적인 자리는 고향이고 가족이고 자연이며, 근원적인 정서는 슬픔과 좌절이다.

이재무 시인은 "시는 실패의 기록"이라고 말하며 비록 희망을 노래할지

라도 절망을 통과하지 않으면 깊은 울림으로 오지 않는다고 말한다(「생의 변방에서」). 이러한 시관처럼 사소하지만 기발한 착상을 보여 주는 그의 시는 읽는 재미와 더불어 거기에서 더 나아가 깊은 사색과 폭넓은 성찰을 보여 준다. 소통할 줄 아는 그의 시를 통해 독자는 넓은 세상의 표정을 보고 진실하게 세상을 살고자 하는 자세를 배운다. 시에 대한 그의 정의는 그래서 평범한 듯하지만 어떤 울림을 담고 있다. "시는 서럽도록 아름다운 세상과 생의 살아있는 표정을 압축된 언어로 표현하여 가장 적절한 형식에 담아낸 다". "시는 슬플 때 어깨를 조금씩 들썩이며 제 손으로 입을 틀어막아도 새어 나오는 흐느낌이다. 시는 그 상처를 새로운 불씨로 삼아 나아갈 곳을 찾는다"(「시의 부활을 위하여」, 『집착으로부터의 도피』, 천년의시작, 2016). 그의 시에서 슬픔은 감상성을 넘어 세상의 희망을 믿는 순정의 힘으로 담대히 피어오른다.

2. 귀 기울여 듣기와 공감의 힘

이 시집의 전반부에서 눈길을 끄는 것은 소리에 대한 공감이다. 시의 화자는 빗소리나 주변에서 소리를 내는 것들에 귀 기울인다. 더러는 소리 없는 것들에게도 귀를 기울인다. 땅속에서 기어오르는 아지랑이에게서 "땅속의 속울음"과 "땅의 긴한 말"을 듣기도 하고(「아지랑이」), 소음이 물러간 공간을 차지하는 '힘이 센' 고요를 듣기도 한다(「고요는 힘이 세다」). 소리에 귀 기울인다는 것은 대상의 내밀한 내면을 경청하는 것이다. 시적 화자는 그로부터 슬픔과 울음을 헤아려 듣는다.

비 오는 밤 창문을 열어놓고

손 뻗어 빗소리를 만져봅니다

가만히 소리의 결을 하나둘 헤아려봅니다

소리 속으로 들어가 봅니다

소리 속에 집 한 채를 지을까 궁리합니다

기실 빗소리는 땅이 비를 빌려 우는 소리입니다

저렇게 밤새 울고 나면

내일 아침 땅은 한결 부드럽고

깨끗한 얼굴을 내보일 것입니다

비 오는 밤 창문을 열어놓고

손 뻗어 땅의 울음을 만져봅니다

—「비울음」 전문

위 시에서 시적 화자는 비 오는 밤에 빗소리를 듣고, 만져보고 그 소리의
결을 헤아려본다. 소리 속으로 들어가서 그곳에 집 한 채 지을까 궁리하던
시적 화자는 사실은 땅이 빗소리를 빌려 울고 있다는 것을 알아준다. 서러
운 울음을 통해 가슴에 맺힌 응어리를 풀고 감정을 해소하듯이, 시적 화자
는 비 갠 다음 날 땅이 씻겨 깨끗해지는 것을 생각하는 것이다. 이 시에서
시적 화자가 소리에 귀 기울이는 것은 대상에 대해 탐색하거나 탐문하는 것
과는 거리가 멀다. 그것은 대상을 어루만져 보고 헤아려보고 하나 됨을 위
한 열림이다. 주체에 대한 객체로 대상을 분리해서 세워두고 인식적인 판

단을 내리는 봄(to see)과 달리, 소리를 듣기 위해서는 소리를 내 안으로 받아들이는 수용성과 열림이 우선되어야 하기 때문이다. 시인이 다음 시에서 말하듯이 귀는 "우리 몸의 가장 겸손한 기관"이다.

> 귀는 주장하지 않는다 귀는 우리 몸의 가장 겸손한 기관 귀는 거절
> 을 모른다 차별이 없다 분별이 없다 눈과 코와 입이 저마다 신체의 욕
> 망과 감정을 경쟁하듯 내색하고 드러낼 때 귀는 몸 외곽 외따로 다소
> 곳하게 서서 바깥의 소리만을 경청하며 운반하느라 여념이 없다 입구
> 가 출구이고 출구가 입구인 눈 코 입과는 달리 입구의 운명만이 허용
> 된 귀 오늘도 어제처럼 고저장단의 소리를 소리 없이 실어 나르고 있다
> ─「귀」 전문

저마다의 욕망을 내세우고 주장하는 다른 기관들과 달리 오직 바깥의 소리를 경청하고 운반하는 입구의 운명만을 가진 귀는 주장도 모르고 거절도 모른다. 그러기에 차별도 분별도 없다. 외부와 세계에서 나는 "소리"는 존재들의 존재됨을 알려 주는 표지이며 그들의 감정과 욕망을 대변하는 것이다. 그것을 "소리 없이" 나른다고 하는 것은 나라는 주체를 내세우지 않고 차별과 배제 없이 대상과의 동화됨을 위해 열린다는 것이다. 위로가 필요한 슬픔을 가지고 있는 존재들을 알아차리고 그 대상에 공감하면서 주체와 대상은 하나가 된다. 다음 시는 시인의 이러한 동화 작용을 상징적으로 보여 준다.

> 어느 날 밤 나는 집이 부르는 노래를 들었다
>
> 집을 비우기 위해 집을 나서는 집을 보았다
>
> 집 나간 집이 밖에서 집을 바라보는 것을 보았다

어느 날 밤 나는 집이 나를 꾸짖는 소리를 들었다

어느 날 밤 나는 집이 기도하는 소리를 들었다
―「집이 앓는 소리를 들었다」 부분

　위 시에서 시적 화자는 집이 앓는 소리, 우는 소리, 웃는 소리, 화내는 소리, 노랫소리를 듣는다. 집은 집을 나가기도 하고 나를 꾸짖기도 한다. '집'은 상상의 어떤 상황일 수도 있지만 가족이나 인간처럼 어떤 존재 혹은 존재자라고 볼 수도 있는 상징적인 사물이다. 시적 화자는 소리를 통해 이 존재를 인지하고 보게 된다. 이 과정을 통해 대상이 나를 꾸짖는다고 하는 반성적 사유를 하고 집의 "기도하는 소리", 즉 욕망과 간청을 이해하기에 이른다. 소리를 통해 시적 화자는 대상의 내밀한 슬픔을 이해하고 자기반성을 일으키며 더 나아가 대상을 이해하고 공감하기에 이르는 것이다.

　듣는 주체가 된 시인은 산길에 희미하게 남은 발자국에서도 "귀의 형상"을 본다(「산 발자국」). 그리고 그 발자국 속에 그늘이, 바람이, 새소리가, 달빛이 고이며 "오가는 발소리"에 "쫑긋, 귀 세워 듣겠지"라고 상상한다. 이 동화적인 상상력에서 볼 수 있듯이 시인의 자연에 대한 친화력은 어린아이의 것을 닮았다. 시인은 나뭇가지 이파리들이 바람에 흔들리는 모습과 웃는 모습이 "갓 태어난 아이의 배냇짓"(「배냇짓」) 같다라고 했는데, 시인의 이런 상상력 자체가 배냇짓같이 "무구한 놀이짓"인 것이다. 소리에 귀 기울여 다른 존재에 동화되는 "무구한" 놀이는 주체와 객체의 융합을 노래하는 서정시의 사심 없는 욕망이다. 이 시집의 전반부는 이러한 서정시의 순금 부분을 소박하지만 진실하게 담아내고 있다.

3. 무위의 낙법과 민중적 서정시의 행보

대상의 슬픔에 공감하는 순정이 청각적으로 나타나는 것이 이 시집의 서정적 감각성이라면, 일상적 삶과 자연 사물에 대한 통찰력이 기지 넘치는 형식으로 나타난 것이 비유이다. 자연과 인간적 양태 간의 유사성에서 얻은 기발한 착상은 비유를 통해 확장되며 삶에 대한 이해를 심화시킨다.

> 가을은 오랑캐처럼 쳐들어와 나를 폐허로 만들지만 무장해제당한
> 채 그저, 추억은 부장품마저 마구 파헤쳐대는 무례한 그의 만행을 속
> 수무책으로 지켜보고 있어야 하는 나는 서러운 정서의 부족이다.
> ―「만추」 전문

가을날 상념에 젖은 시적 화자의 모습을 한 문장으로 묘사하고 있는 이 시에는 보조관념과 원관념의 관계를 이루는 어휘가 여섯 쌍이나 동원되고 있다. 가을과 오랑캐, 나와 폐허, 상념에 젖은 나의 상태와 무장해제, 추억과 부장품, 가을의 정서 유발과 만행, 나와 서러운 정서의 부족, 이렇게 여섯 곳에서 비유가 나타난다. 늦은 가을 추억에 잠겨 서러운 감정에서 헤어나오지 못하는 화자는 가을이 마치 "오랑캐"처럼 침략하고 자신을 점령했다고 슬며시 탓해 보고 있는 것이다. 다른 시편에서는 나를 쓰러뜨리는 "타고난 씨름 선수"라고 가을을 부르고 있기도 하다. 가을을 겪으며 해가 가고 나이가 들수록 가을을 느끼는 데 단련되어 가는 자신을 두고 시적 화자는 "나이 들수록 낙법이 느네"라고 말한다. 이 표현을 나는 이 시집의 시인에게 돌려주고 싶다. 자연과 인간의 상동성에 대한 시적 통찰과 표현은 일종의 "낙법"이 아닐까? "십일월은 의붓자식 같은 달이다"(「십일월」), "백색의 계엄령처럼/ 눈이 내린다"(「백색의 계엄령처럼」)와 같이 말이다.

시인의 능숙한 낙법은 시행의 형태에서도 볼 수 있다. 앞서 인용한 「집이 앓는 소리를 들었다」와 같이 미묘한 정서의 결과 공감의 과정을 차분히

보여 주는 시들을 보면 한 행이 한 연으로 보이게 하는 행갈이를 하고 있다. 한 시행을 읽고 난 후 다음 시행을 읽기까지 충분히 긴 호흡과 여백을 주고 있는 것이다. 이번 시집에는 이런 행갈이를 한 시들이 제법 많다. 또는 보통의 행갈이와 연 나누기를 보여 주는 시들도 있고, 연상의 신속한 전개를 보여 주는 단시 형태나 유장한 호흡에 의지해 이어 붙여 쓴 산문시의 형태들도 있다.

행갈이의 호흡에 보이는 이러한 자유자재로운 모습은 형태미에 대한 미학적 고려만은 아닌 듯하다. 그것은 시인이 품은 정서의 폭처럼 다채롭기 때문인 것이다. 시인은 "오르막길 오르내리며 나는/ 천천히 걷는 법과 느리게 살 줄 아는 인간이 되었다"(「오르막길」)고 고백한 바 있다. 그의 호흡에는 삶의 질곡과 슬픔을 헤아리고 견뎌내며 무위의 생을 꿈꾸는 소박한 민중적 정서가 깔려 있다. 강 건너 의주에 보이는 아낙의 "드러난 쇄골"과 키 작고 여윈 초병들을 보며 "오늘은 캄캄한 가난을 마주하고 있구나"(「단동에서」)라고 탄식할 줄 아는 그의 마음은 분단 이데올로기를 넘어 가난한 자들에 대한 연민을 품을 줄 안다. 때로는 "남부여대 같은 살림일랑 작파해버리고/ 물정 모르는 여자 하나 꿰차고/ 정선 싸릿골 골짝에 숨어 들어가/ 숯 구우며 한 세상 살고 싶어라"(「정선 골짝에 들어」)라는 시에서는 신경림 시인의 목소리가 연상되기도 한다. 민중적 정서라는 말에는 많은 설명이 필요하겠지만 우선 그것은 엘리트주의나 초월적인 관념성을 멀리한다. 시인은 힘없이 삶의 애환을 당해야 하는 존재에게서 진솔한 생활의 모습과 강인한 생명력을 보며, 자신이 희구하는 무위의 삶에 대한 지향을 발견하기도 한다.

"구만리장천을 나는 붕새가 부럽기는 하다마는 애당초 뱁새로 태어난 것을 어찌 감히 저 높고 큰 경지를 넘볼 수 있으랴"라고 하며 자신은 "무명의 잡새로 살며 무수한 잡새들과 더불어 이 작은 숲을 세계의 전부로 알고 이리저리 날고 솟구치고 짓고 까불며 살아가리"라고 말한다(「안분지족」). 붕새란 "책 속에서 나오지 못"하는 관념적인 존재이며 진정한 생명력을 누리지 못하는 존재이기 때문이다. 그가 말하는 "무명의 잡새"는 민중적 서정시의 계보에 놓일 수 있는 건강한 생명력의 존재라고 불러도 좋을 듯하다.

또 다른 시 「애국자」에서 시인은 소박한 서민들의 밥상에 오르는 토속적인 음식들을 열거하고 있다. "나는"이라는 일인칭 주체의 고백체로 시작하는 이 산문시는 백석의 시를 떠올리게 하며, 음식에 얽힌 농촌공동체의 민중적 정서를 유장한 산문 가락에 얹어 보여 주기도 한다. 이처럼 백석과 신경림으로 이어진 이야기시의 한 흐름을 이러한 시에서 엿볼 수 있기도 한데, 시인은 「계란과 스승」에서 가난했던 어린 시절에 대한 자전적인 이야기를 들려주기도 한다.

이 시집을 관통하는 정서의 힘은 타인의 슬픔을 이해하고 연민하는 데에서 온다. 그는 "슬픔으로 우는 어깨"를 볼 줄 안다. "어깨는 슬픔의 제방. 슬픔으로 어깨가 무너지던 사람을 본 적이 있다"(「너무 큰 슬픔」)고 말한다. 타인을 향한 탈개인주의적인 상상력은 "면수건처럼 평등을 사는 존재"(「목욕탕 수건」), 지하철 전동차에서 주변의 사람들을 보며 "한 세월 동안 네 날숨 내 들숨 되고 내 날숨 네 들숨 되는"(「눈부처」) 공존의 존재로 보는 것으로 나아간다. 시인의 이런 시선은 우리 사회의 아픈 면모들을 외면하지 않으며, 세월호의 비극을(「국화 앞에서」) 노래하거나, 마치 보이지 않는 유령처럼 외면당하는 노숙인들을(「소음의 유령들」) 드러내려 하기도 한다. "헛소리하는 이마를 향해 날아가는 분노"와 주먹(「노란 참외들」)을 말하기도 하고, 2016년의 촛불 시위를 두고 "명예혁명의 교과서"(「장엄한 촛불이여, 명예혁명의 교과서여!」)라는 찬사를 보내기도 한다.

시인이 사회적인 문제에 대해 올곧은 시선을 던지려 하고 민중적 서정성을 품으려는 지향을 응축해서 보여 주는 시가 이 시집의 마지막에 수록된 시 「길」일 것이다. 이 시에서 시인은 "떠들면서 걷는 길 아니라 골똘히 생각에 잠겨 걷는 길입니다/ 저 혼자만의 안위보다 가난하고 서러운 이웃 걱정하며 걷는/ 세상에서 가장 의롭고 정의로운 길"(「길」)을 노래한다. '길'은 지나온 삶의 역정을 회고할 때 말하거나 앞으로 나아갈 인생의 목표나 지향을 상징하기도 한다. 이 시에서 '길'은 저 혼자만의 안위를 위해 가는 길이 아니라 "가난하고 서러운 이웃"을 걱정하며 걷는 길이다. 이 시가 보여 주는 개인적 삶을 넘어 공동체적인 삶에 대해 각성시키고 반성하는 삶의 태도는 민중적 서정성에 맞닿아 있는 것이다.

4. 시적 정의와 서정시의 무위를 생각하며

이재무 시인의 시 세계의 근원적인 자리에는 자연과 인간사의 친연성, 공동체에 대한 연민과 연대, 그리고 사회적 정의와 윤리에 대한 지향이 깔려 있다. 그것은 서정시의 본연의 모습이라고도 할 수 있으며 민중적 서정성이라고도 할 수 있는 다면적인 모습을 띤다. 민중적 서정성이라는 말은 한편으로 낡은 프레임을 떠올리게 되지만, 이러한 개인적 욕망과 유용성을 거부하는 모습은 서정시가 본래 간직하고 있는 사회적 유용성에 대한 거부와 무위의 정신을 떠올리게 한다. 시인은 이런 삶의 지향을 "빙벽 타기"를 통해 상징적으로 드러낸다.

올겨울엔 빙벽을 탈 거야

깎아지른 벼랑을 타면

마음은 수평으로 그윽하고 고요해지지

명리나 유용을 위해서가 아니라

무위를 성취하기 위하여

목숨을 거는 일처럼 아름다운 일이 어디 있으랴

벽을 타며 벽과 하나가 되면

벽은 문이 되고

마음은 수평으로 가득 차고 순해진다네

—「빙벽 타기」 전문

한 행 건너 다른 한 행이 나오기까지 숨을 차분히 고르면서 서정의 결을 따라 위 시를 읽다 보면, 수직은 수평과 맞닿고 순정이 숭고함과 맞닿는다. 빙벽 타기와 같이 '무위를 성취하기 위해' 목숨을 거는 일은 세속적인 계산과는 관련 없는 아름다운 일이다. 시 쓰기 또한 그러하다. 그 지고지순함과 무위의 아름다움이 벽을 문으로 만들고 또 다른 세상을 여는 힘이 된다. 이 시집을 읽고 책장을 덮는 순간이 그러하다.

몸의 고통을 통한 생태주의적 성찰

―유안진론

1. 들어가며

1965년 『현대문학』을 통해 등단한 이후로 오랫동안 유안진 시인은 슬픔과 기품이 결합된 전통적이고 단아한 서정시의 세계를 보여 주었다. "서정의 향기와 날카로운 직관력, 그리고 언어를 조형하는 말솜씨"를 지닌 시인이며, "지성과 감성의 통어를 통한 절제"를 통해 내성의 진실한 목소리를 들려주었다는 평을 받았다.(최원규, 「다시 쓰고 싶은 유안진 시 해설」, 『문예운동』, 2001. 3.) 여성성을 담은 서정시와 감성적 수필로 오랫동안 대중적인 인기와 사랑을 받았지만, 그에 연연하지 않고 시인은 한결같이 시를 향해 정진하는 길을 걸어왔다고 해도 과언이 아니다.

자기반성이 투영된 서정시가 그의 시 세계의 기본 바탕이었으나, 고답적인 시 세계에 갇히지 않고 그는 자신보다 연배가 적은 시인들과 어울려 배움에 주저하지 않았다. 2000년대에 들어와서 펴낸 시집에서는 언어유희를 통해 변신에 대한 열정과 "시적 젊음"(이성혁, 「외계로 날아가는 까마귀의 꿈」, 『천년의 시작』, 2008)을 보여 주기도 하였다.

이번 신작시편들은 병으로 아픈 몸을 통해 새로운 시적 진실을 발견해 내고 있다. 그의 능숙한 말재간의 힘은 여전하며, 고통받는 육체 안에 갇히지 않고 지구적 차원으로 열어가는 상상력은 잔잔한 감동을 준다.

2. 언어와 실존에 대한 위트와 시적 상상력

유안진 시인의 시는 일상과 사물에 대한 시적 사유를 통해 진실한 삶의 의미를 건져내는 현대시 일반의 가장 전형적인 모습에 가깝다. 이 위에 그의 시적 특징이라고 할 수 있는 것이 시적인 언어에 의해 촉발되는 활달한 상상력과 삶에 대한 통찰이다. 이때의 언어는 일상어가 가지고 있는 이중성을 포착하는데, 그것은 인식과 실존의 미묘한 간극과도 같다고 할 수 있다. 언어라는 것은 존재하고 있는 사물을 지시한다는 점에서, 우리의 인식 밖에 이미 선험적으로 대상이 존재하고 있음을 알려 준다. 그러나 동시에 언어는 그 존재에 대한 우리의 인식을 내포하고 있기도 하다. 그런 점에서 시인은 어떠한 언어를 발화하는 순간 그 언어가 가리키는 대상이 존재한다는 것과 그 언어를 구사하고 있는 인식주체인 나 자신이 존재한다는 이중적 차원을 경험하고 있는 것이다.

시인은 이 이중의 차원, 두 개의 겹을 절묘하게 오가며 때로는 그 간극을 벌리기도 하고 때로는 그것을 겹침으로써 우리의 인식을 교란시키기도 하는 과정에서 실존적인 반성을 촉발한다. 이 지점에서 유 시인의 장기이자 우월한 시적 기법인 '기지(奇智, 위트wit)'가 발휘된다. 위트란 지적인 기지나 재치로 사물을 인식하고 사람들에게 웃음을 주는 것인데, 지성이나 창의력과 같은 정신 능력과 연결되는 것으로, 역설(paradox)이나 아이러니(irony), 은유(metaphor)처럼 미국의 신비평가들에 의해 중요한 시적 표현으로 여겨졌다. 위트는 단어와 개념, 달리 말하면 기표와 기의 사이의 예상치 못한 연관이나 차이에 주목하기 때문에, 익숙한 언어 습관이나 문화적 코드를 해체함으로써 독자에게 지적 즐거움을 주기도 한다. 달리 보면 위트는 무의미한 일상에서 새로운 진실을 발견하는 시적 사유, 자동화된 인식을 깨뜨리는 낯설게 하기를 보여 줄 수 있는 언어적 표현이자 시적 사유이다.

유안진 시인의 시 「다보탑을 줍다」는 그런 시적 기지를 대표적으로 보여준 수작이라고 할 수 있다. 불국사에 있는 석탑 중 하나로 유명한 '다보탑'을 시인은 횡재로 줍는다. 사실은 다보탑이 부조된 동전인 것이다. 시인은 이것을 10원이라는 화폐적 가치로 바라보지 않는다. 법화경에서 부처의 진리를 현현 시킨 '다보탑'을 떠올리자 여기에 극락정토가 임재하는 듯 펼쳐진다.

석존釋尊이 영취산에서 법화경을 설하실 때

땅속에서 솟아나 찬탄했다는 다보탑을

두 발 닿은 여기가 영취산 어디인가

어깨 치고 지나간 행인 중에 석존이 계셨는가

고개를 떨구면 세상은 아무데나 불국정토 되는가

정신차려 다시 보면 빼알간 구리동전

꺾어진 목고개로 주저앉고 싶은 때는

쓸모 있는 듯 별 쓸모없는 10원짜리

그렇게 살아왔다는가 그렇게 살아가라는가.

—「다보탑을 줍다」 부분

정신을 차리자 황홀경은 곧 사라지지만, 그 순간만큼은 우리의 일상생활에 불연속적인 시간과 공간의 차원을 열어주는 것이다. 엘리아데는 종교적 시간이란 그런 연속적인 일상에서 불연속되는 초월적 시간을 사는 것이라고 했다. 그런 점에서 이 시는 소박한 일상의 소재를 통해 종교적 황홀경을 탁월하게 빚어낸다. 10원짜리 동전을 다보탑이며 국보라고 부르는 것은 사물의 속성 중 일부를 가지고 어떤 사물을 대신 비유하는 환유이다. 그런데 흥미롭게도 이 다보탑이라는 기표는 불교의 진리와 해탈이라는 초월적 세계라는 기의로 미끄러져 간다. 그리고 다시 일상으로 미끄러져 내려온다. "쓸모 있는 듯 별 쓸모없는 10원짜리/ 그렇게 살아왔다는가 그렇게 살아가라는가"라고 씁쓸한 한탄을 뱉으며 말이다. 2000년대 초반 후기구조주의에서 폭로했던 기표와 기의의 불일치, 기의의 미끄러짐과 떠돎이라는 허무주의를 이렇게 매끄럽고 행복하게 보여 주는 시는 드물었다고 생각한다.

신작시 다섯 편에서 시인은 여전히 일상 속 화제와 이야기를 소박하게 풀어내고 있다. 그러나 위에서 말한 두 겹의 차원에서 일어나는 언어에 대한 기지와 존재에 대한 사유와 반성은 여전하며, 그것은 노년의 삶을 넘어 지구와 인류의 삶에 이르는 지평선으로 나아가고 있음을 확인할 수 있다. 이 시들은 일관된 소재를 다루고 있고 일련의 시적 주제의 성찰과 관련되어 있다. 노시인 자신이라고 할 수 있는 시적 주체가 일상에서 겪은 일을 진솔한 목소리로 들려주고, 그것에 대한 성찰을 시적 담화로 고양하는 과정이라고 할 수 있다.

3. 지구주의자의 통증과 지구를 위한 진단

온갖 병을 두루 앓고 있는 시인은 병원을 오가며 의사의 진찰을 받고 조언을 듣는다. 생활 자세 탓으로 기울어진 화자의 척추는 견딜 수 없는 통증을 주고(「지구주의자」), 병을 앓는 환자인 화자에게 의사는 물을 많이 마시라는 충고를 하고(「한 몸」), 맥박이 느리게 뛰는 서맥에 거북목이라는 진단이 화자에게 내려지고(「혈통을 의심하다」), 벌을 받듯 화자는 병원을 가가호호 방문하며(「병病스승」), 수술받았던 신체 부위의 통증은 화자를 얼차려시키듯 무언가를 복창하게 한다(「분수껏」). 시인은 여기저기 앓아대는 육체의 노골적인 공세를 받게 되지만 시인의 자세와 위트를 잃지 않고, 그 통증을 아슬아슬하게 타 넘으며 언어와 존재의 이중적인 유희를 보여 준다.

생활자세 탓이라는 통증 전문의는
책상 위 지구의地球儀를 가리키며
저만치 삐뚤어 졌다고 했다

저 정도면 전 인류가 통증에 시달릴 터인데
왜 나만 아프지?
전문의의 전문성이 의심스러워
돌팔이!
이 한마디를 억지로 삼켰다.

—「지구주의자」 전문

　화자의 통증에 대해 전문의는 그 원인이 생활 자세 탓이라며 비유를 들어 지구의地球儀처럼 "저만치" 삐뚤어졌다고 한다. 잠깐 여기에서 "저만치"는 순간적으로 김소월의 시 「산유화」에 등장하는 "저만치" 피어 있는 꽃을 가리키는 시어를 연상시킨다. 그 시에서 '저렇게'라는 양태, '저만큼'이라는 정도, '저기'라는 거리의 중의적인 의미를 지니던 이 시어는 그러므로 '지구'를 김소월의 이상적인 자연인 '청산靑山'에 환유적으로 연결한다.

　의사는 지구의 북극과 남극을 연결한 축인 자전축이 23.5°기울어진 것을 빗대어 말하고자 한 것이지만, 시인은 엉뚱하게 인류가 발 딛고 사는 터전인 실제 지구를 상상한다. 여기에서 시적 비약이 일어나는데 시인은 지구가 저 정도로 기울어져 있다면 "전 인류가 통증에 시달릴 터"라고 생각한다. 언어의 지시 대상과 함축된 의미 사이가 벌어지고, 시인의 연상 속에서 언어가 내포하는 의미 차원으로부터 새로운 실존적 차원의 의미 지평이 펼쳐진다. 아마도 의사는 화자의 생활 태도, 가령 예를 들어 비뚜름하게 앉는다든가 한쪽에만 가방을 메고 걷는 등의 습관을 지적했을 것이다. 그러나 시인은 지구가 비뚤어져 있다는 것을 과학적 현상으로 보는 것이 아니라, 본래 바르게 서있어야 하는 나의 척추가 기울듯이 지구도 기울어져 있는 질병의 상태로 바라본다. 나의 통증이 기울어짐에서 온다면, 지구의 기울어짐은 그 위의 전 인류에게 통증을 가져올 것이다. 지구의 비뚤어짐은 현시대, 지구라는 환경에 대한 시인의 걱정과 생태주의적 시선으로 빚어낸 환유적 표현이 된다.

자기의 정신을 진단했던 1930년대 시인 이상, 조선 전체를 병들었다고 보고 자신의 첫 시집 제목을 「병원」으로 달고자 했던 1940년대 시인 윤동주처럼, 이 시에서 시인은 인류 전체의 병에 대한 의문을 갖게 된다. 저렇게 "삐뚤어"져 있는 세상에 사는데 "왜 나만 아프지?" 일상을 영위하는 사람들이나 지구의 비뚤어짐을 가속화시키는 사람들—산업의 측면이든 정치적 측면이든—은 고통을 모르거나 통증을 방관하며 사는 것은 아닌지 반문하게 만드는 것이다. 통증에 대해서 의사가 말하는 과학적 또는 의학적 진술과 시인으로서의 자신의 인식 사이에서 간극을 느끼며 의사에게 항변하는 마음으로 내심 "돌팔이"라고 부른다. 지구라는 근본적인 생명의 터전에서 생활하는 인류의 자세를 보지 못하는 의사와 달리, 시인은 개별자인 자신의 통증을 통해 인류 보편에 대해 사유하고 있는 것이다.

「한 몸」에서는 통증 치료를 원하는 시인에게 의사는 물을 자주 마셔 몸의 수분을 70%로 유지하라고 권하는데, 화자는 이 의사의 말에는 수긍한다. 왜냐하면 지구의 70%도 물이기 때문에 그가 그것을 아는 의사라는 것이다. 고대인들은 우리 인간을 소우주로 보고 지구를 포함한 우주를 대우주로 보아 유비 관계로 인식했다고 한다. 시인은 그런 상응 관계에서 더 나아가 "한 몸"으로 인식한다. 서로 닮아있는 정도가 아니라 연속되어 있고 일체를 이루는 유기체(organism)인 것이다. 물이라는 구성 성분뿐만 아니라 나의 통증처럼 지구도 지진과 화산 등 몸살과 복통을 앓고 있는데, 그것은 자연 자원을 무분별하게 채굴하고 남용하여 지구를 파괴한 탓이다. 그렇게 파괴된 지구를 위해 "임시방편에 불과하겠지만" 물이라도 채워주라는 말로 화자는 이해한다. 시적 화자의 통증은 지구의 통증이 되고, 화자의 몸을 위한 처방은 지구를 위한 처방이 된다. 산업 발달에 의한 지구 환경 파괴에 대한 경고를 시인은 자신의 몸에 대한 유비를 통해 드러내고 있는 것이다.

이처럼 자연과 '한 몸'이라고 보는 생태주의적 상상력은 몸에 대한 유비 (analogy)적 사고를 확장하여, 자신의 정체성에 대한 의심을 품기에 이른다.

> 심박동과 맥박이 느리네요
> 겁먹은 내게, 의사는
> 장수長壽동물은 그래요 거북이 같은
> 사람도 동물이니까
>
> 언젠가 정형외과에서도
> 어깨통증이 거북목 탓이라고 했었지
>
> 내 족보가 점점 의심스러워졌다.
>
> ―「혈통을 의심하다」 전문

시인은 자신의 혈통과 족보를 의심하고 자신이 거북이와 같은 동물일지도 모른다는 상상을 품는다. 심박동과 맥박도 느리고, 어깨 통증을 가져오는 거북목도 그렇고 이러한 신체적인 유비는, '나'의 기원을 인간이나 유인원에 한정 짓는 인간중심주의적인 계통학이 아닌 대자연 속에서 모든 동물이 평등하게 관계를 이루고 연관되어 있는 생태주의적인 지평을 그려 놓는다. 인간을 수직적인 진화와 발전의 최상층부에 놓고 배타적이고 지배적인 시선으로 다른 생명을 바라보는 것이 아니라, 수평적이고 공생하는 관계의 일부로서 인간의 정체성을 반성해 보아야 하는 것이다.

4. 겸손한 생태주의자의 에코 페미니즘

노년에 이르러 심각한 질병에 걸리거나 고질병을 얻으면 소위 순례하듯 병원의 여러 과목을 돌아다니거나 정기적으로 분주히 오가며 치료받아야 하는 경우가 많다. 이쯤 되면 질병에 시달려야 하는 노년의 삶이란 종국에 이를 때까지 피할 수 없는 허무한 고난의 행군이 되어야 하는 걸까라는 물음이 고개를 들기도 한다. 그러나 시인의 해답은 그렇지 않다. 의사와의 대화를 통해 자신을 돌아보고 인류를 반성해 보던 시인은 작으나마 한 깨달음을 얻는다.

삼라만상이 다 스승이라고
허위겸손으로 우쭐댔을까
시건방 떨며 무사학도無師學徒자칭하여
오만방자 했던 한 때도 왜 아니 없었으리니

그 천벌을 만벌萬罰로 받는가

등잔 밑이 어두웠네
병원에서 병원으로
남성비뇨기과 외에는 가가호호 방문하며
내 스승님이 남성이 아닌 것만 겨우 알았네.

—「병病스승」 전문

시인은 과거의 자신에 대해 겸손을 가장한 가식과 허위였고 스승 없이 배운 자를 자처하던 오만했던 모습이었다고 반성한다. 지금의 병은 그 벌인 셈이지만, 오히려 이 병들이 자신이 스승이라 말하고 있는 것이다. 앞서 살펴본 시들에서 생태주의적인 시선으로 지구의 환경과 생명들이 앓고 있는 통증을 자기 몸과 일체화시켰던 시인은, 그 통증을 스승인 '병'의 가르침으로 받아들이고 있는 셈이다. 노년의 육체가 겪게 되는 힘겨움을 통해 시인은 자만하지 않고 아직 자신의 '배움'이 끝나지 않았음을 깨닫는다. 미숙하거나 부족한 존재가 보다 나은 존재로부터 가르침을 얻게 되는 배움은 노년에 이른 '늙은 몸/아픈 몸'을 통해 역설적으로 다시 일어나고 있는 것이다. 흥미로운 것은 아직 스승에 대해 잘 모르지만 그 스승님이 "남성이 아닌 것만" 겨우 알았다고 말한다. 시인의 의뭉스러운 말투는 시인 자신이 여성이라는 사실을 말하는 듯하지만, 조금 더 생각해 보면 에코 페미니즘(eco-feminism)의 견지를 닮았다. 대지모大地母와 같이 생명과 포용의 존재로서의 자연을 여성적인 것으로 보는 관점을 슬쩍 흘리듯이 말하고 있는 것이다. 이 점에서 시인은 자신의 시 세계를 조금 더 확장해, 과욕하지 않고 현대문명에 대한 근원적인 반성과 대안적 사유를 온몸으로 체득해 나가고 있는 것이다.

그런 자신의 모습을 두고 시인은 "순례자"를 떠올린다.

> 수술 부위가 신호를 보내올 때마다
> 복창復唱 확인한다
>
> 어줍잖고 주제넘어 잘못 알았다고
> 하도 같잖아서 소(牛)가 웃었다는
> 순교자가
> 아니라
> 순례자라고
>
> 일상생활부터 순례자로 살라고
> 앞뒤에 「감사感謝」라는 팻말을 달고.
>
> ―「분수껏」 전문

시인은 중년부터 수술과 여러 병환으로 종합병원 같은 몸(이혜선, 「내가 만난 유안진-한 편의 시를 위해 바치는 삶」, 『시와 세계』 26, 2009)이었다고 하고, 사별의 아픔도 겪어야 했다. 그 모든 일들 가운데에서도 시인은 시를 통해 자신의 삶을 탐색하고 성찰하는 모습을 게을리하지 않았다. 이 신작시편들은 그 탐색의 계기를 질병으로 인한 육체적 고통에서 찾고 있는 것이다. 수술한 신체의 한 부분에서 후유증과 증상으로 일어나는 통증은 불가항력적인 삶의 전횡 앞에서 시인이 무력한 인간(mortal)임을 확인시킨다. 그때마다 시인이 복창하는 것은 자신의 주제와 분수를 깨닫고 겸손해져야 한다는 것, 대단한 희생과 봉헌을 하는 순교자가 아니라 그저 자신은 순례자라는 것을 깨달아야 한다는 것이다. 다소 자기 조롱조로 말하였지만, 순례자라고 고백하는 것은 인간의 존재를 겸허히 인정하고 감사함에 충만하여 일상을 살겠다는 마음가짐에서 우러나는 것이다.

순례는 대자연과 개별자가 이어져 있다는 믿음에서 오는 행위라 할 수 있다. 일상생활에서부터 우주적인 차원으로 열린 마음으로 모든 생명을 경외하고, 자신이 살아가는 매 순간들에서 살아있음의 신비와 기쁨의 뜻을 발견하며 감사를 올릴 때, 우리는 삶의 진정한 순례자가 되는 것이리라.

5. 나오며

지금까지 살펴보았듯이 유안진 시인의 신작시들에는 질병으로 고통받는 시인 자신의 모습과 그에 대한 성찰이 등장한다. 평균수명이 늘고 의학이 발달하는 현대사회 속에서 누구나 겪고 있거나 겪게 될 일상의 모습일 것이다. 이것은 시력 53년의 시인으로서는 정직한 일상의 포착이고, 변화되어 가는 자기 몸을 통해 개진한 우리 시대의 진료기록서라고 할 수 있다.

한 걸음 더 생각해 본다면 의사의 진술이 의학적 진단이고 과학적 담론이라면, 시인은 시적 담론으로 그에 대해 반박하고 회의하며, 자신의 정체성을 포함해 전 지구적인 차원에 대한 대안적 사유로 나아가고자 한다. 그러한 생태주의적 반성을 고압적으로 계몽하거나 선언적으로 강변하지 않고 노년에 겪는 평범한 소재들을 진솔한 목소리와 위트를 통해 독자들도 함께 반추하도록 이끌고 있다는 점에서 소중한 것이다.

세상을 껴안고 연대하는 여성성의 힘

—문정희론

　문정희 시인의 시집 『작가의 사랑』(민음사, 2018)을 읽다 보면 문학과 여성성을 자연스럽게 떠올리지 않을 수 없다. 여성성을 두고 우리는 여성성(feminine)이란 태어날 때 결정되는 생물학적인 표지이거나 사회문화적으로 형성된 성적 정체성인 젠더gender라고 설명하는 데 익숙하다. 여기에 더하여 2017년 말부터 우리 사회뿐만 아니라 전 세계적으로 타올랐던 미투Me too 운동은 소수의 급진적인 페미니스트의 지적인 담론이나 정치적 결사대의 형태가 아니라, 일상 속에서 일반 여성에게 작동해 온 남성적 권력 메커니즘의 횡포를 폭로하는 연대의 행동으로 나타났다는 점에서 새로움을 주었다. 문학계에서도 소설 『82년생 김지영』의 경우 평범한 한 여성의 삶과 일상을 돌아봄으로써 가정과 사회의 제도, 개인들의 인식에 자리 잡고 있는 성적 불평등의 불편한 진실들을 보여 주었다는 점에서 주목받기도 하였다.

　이러한 시점에서 문정희 시인이 보여 준 연대하는 여성성은 주목해 볼 만하다. 한국의 여성 시인들은 오랜 기간 '여류'라는 딱지와 편견을 받아왔지만, 꾸준히 여성 시문학의 존립 근거와 존재의 방향성을 보여 줘 왔다. 문정희 시인의 등단은 여성 문학의 독자성이 충분히 인정받지 못하던 1960년대 말이었지만, 꾸준히 자신의 여성성에 근거한 시 세계를 펼쳐 보이며 그

입지를 넓혀 온 경우라고 할 수 있다. 특히 시인은 이 시집을 통해 정념과 자유를 추구하며 전 세계 여성 시인들과 연대하는 모습을 특유의 활달한 상상력으로 펼쳐 보인다.

시집의 앞부분에서 시인은 일흔을 넘긴 자신의 과오와 부족함에 대해 진솔한 반성을 내보인다. 시인이 부끄러움을 느끼는 것은 시라는 거울 앞에서이다. 오직 시만이 타인이 보지 못한 시인 자신의 진정성을 꿰뚫어 보며, 허식으로 둘러싼 시인의 옷을 벗기고 태어날 때부터 알몸이었던 존재의 불완전한 모습을 직시하게 만든다.

> 나는 어느 계절에도
> 어정쩡한 옷을 입고 있었다
> 우울도 외로움도 어색하고
> 퇴폐도 부끄럽기만 했다
> 비판이나 대결 의지도 없이
> 늘 후줄근한 구김살이었다
>
> 혹은 현실은 자주 결빙의 독재로 미끄러워
> 나의 옷은 저항보다 비겁의 두께를 껴입었다
> 다량多量과 상투常套를 간신히 벗어났지만
> 발 딛고 서 있는 여기를
> 언어로 투시할 힘이 없었다
>
> 서정의 얇은 머플러로 어깨를 덮고
> 때로 시인처럼 리듬을 탔지만
> 상처를 교묘히 숨기고
> 긴 그림자를 갖고 있었지만

나의 옷은 허사虛辭로 쉬이 낡아 갔다

오직 나만의 슬픔과 기쁨으로 짠 피륙은 없을까

나의 시詩옷은

수의囚衣와 수의壽衣를 속에 껴입고도

언제나 홀랑 추운 알몸일까

—「나의 옷」 전문

위 시에서 말하는 "옷"은 시의 옷이다. 자신의 시는 우울도 외로움도 퇴
폐도 어울리지 않아 그런 감정으로 휘감지도 않고, 비판이나 대결 의지같
이 저항을 위해 단단해져 있지도 않은, "후줄근한 구김살"의 상태였다는 것
이다. "결빙의 독재" 앞에서 저항보다는 "비겁의 두께"를 입어야 했고, 다
작과 상투성은 모면했지만 현실을 투시할 힘은 없었다고 반성한다. 헛된
말로 낡아가는 "나의 옷"을 반성하는 시인은 오직 자신만의 슬픔과 기쁨으
로 짠 옷을 추구한다. 그가 생각할 때 자신의 시옷은 감옥에 갇힌 자의 옷(囚
衣)과 저승으로 떠나는 죽은 자의 옷(壽衣)을 함께 껴입고 있다. 그러고도 늘
언제나 자기만의 감정과 언어로 짠 옷감을 찾지 못해 "추운 알몸"으로 있는
것이다. 시인됨이라는 것과 시인이 소명처럼 여기는 시의 언어를 찾는다는
것의 어려움을 시인은 고백과 물음을 통해 전한다.

이 '수의'라는 비유는 시인이 죽음이라는 것을 늘 가까이 느끼고 그것에
공명해 주는 존재임을 말해 준다. 모든 인간이 죽음을 배태하고 있고, 이승
을 떠나 다른 세상으로 이적해야만 하는 정해진 수명을 가지고 있음을 시인
은 다음 시에서 보고 있다.

흰옷은 저승을 향해 흔드는

인간의 백기

베옷 서걱이는 소리로

마중처럼 눈이 내리고
꽃상여가 만들어졌다

여덟 살 나는 사람의 몸속에
꿈틀거리는 별 하나가 있음을 알았다

살아 있는 것들은
또 다른 세계를 몸속에 품고 있어
어느 날 별이 태어난 그곳으로 꽃상여를 타고 흰 지전을 뿌리며
가야 한다는 것을 알았다

할머니는 산으로 갔다
할머니가 간 곳이 산이 아니라는 것을
몸속의 내 별들은 알고 있었다

—「지붕 위의 흰옷」 부분

위 시와 함께 「우는 소년」 「사진 없는 아이」 등은 이 시집에서 가장 가슴을 저미게 하는 시편들이다. 뒤의 두 편에서 시인은 상을 당했을 때 곡을 전담하는 곡비哭婢 역할을 하듯이, 사랑하는 사람을 잃을 때의 비참한 슬픔을 전율할 정도의 울음으로 보여 준다. 그러나 반면에 위의 시는 그런 슬픔을 시적으로 승화시킨다. 망자의 흰옷이 저승에로의 투항을 의미하는 백기로, 저승으로 떠나는 망자를 마중 나오듯 내리는 눈, 꽃상여와 흰 지전으로, 그리고 몸속에 품은 별로 시의 주요 이미지가 전개된다. 이 이미지의 연쇄 속에서 망자가 가는 곳은 지상의 산이 아니라 별들이 태어난 세계, 그 초월적인 고향 같은 곳으로 귀환하는 것임을 동화처럼 그려준다. 죽어가는 존재에 대한 따뜻한 시선과 위로를 여성성이라 불러도 좋을 것이다.

이 시집에 전반적으로 자리 잡고 있는 것은 시인의 시력만큼 전 지구적으

로 넓어진 활동 반경과 장소에서의 경험이다. 뉴욕 퀸즈 누추한 동네에서 영화 『택시 드라이버』를 떠올리기도 하고. 프랑스 시인들의 봄 축제에 참가하거나 베네치아를 여행하기도 하며, 아르헨티나의 재래시장에서 시 낭송을 하기도 한다. 시라이시 가즈코라는 캐나다 출생의 일본계 여성 시인의 시를 들으며 "줄광대"를 느끼고 그 "곡마단 시"에 귀를 기울이기도 한다. 일본 후쿠오카 형무소에서 윤동주를 둘러싼 상투어들을 안타까워하기도 하고, 멕시코 중부 페로비아 시장에서 호객 행위를 위해 튼 한국 노래를 듣기도 한다. 어느 가난한 나라에서는 시 낭송 중 정전되는 경험도 해보고, 파블로 네루다의 나라 칠레에 입국하다가 세관 심사에 걸리기도 한다. 때로는 안데스 산 아래서 "연인보다 더 깊은 혈족"인 "천도의 불에서 꺼낸 도자기처럼" 잘 구워진 작가와 재회하는 감회에 젖기도 한다. 한반도의 비극을 알고자 한 아메리카 시인 로버트 하스, 금강산 가는 길에 옥수수 패밀리를 맺은 월레 소잉카 등등 세계의 시인들이 옆집의 이웃들처럼 등장하고, 차도르 쓰고 테헤란에 간 시인 자기 모습을 되돌아보기도 한다. 세계로 반경이 넓어진 시인의 보폭만큼 시인의 의식도 자유로워졌을까?

여성 작가 여섯이 한방에 모여
사랑의 경험을 이야기하자고 한 밤
마른 입술을 오므리며
폴란드 시인이 말했어
사랑 이야기라면 당신들은 우선
유대인을 잊어서는 안 돼! 오슈비엥침!
아우슈비츠를 알기 전에 사랑을 말하는 것은
진정한 작가가 아니야
순간 모두는 입을 다물고 말았어
도박판에서 전 재산을 탕진하고 돌아온 새벽처럼
텅 빈 눈으로

나는 창밖을 바라보았어

멀리 두고 온 땅, 조국이라는 말만으로
괜히 눈물이 차올랐어
빌어먹을, 나는 진짜 시인인가 봐!

잘 알아, 하지만 작가가 언제까지
한곳에 못 박혀 있을 수는 없어
자유로운 상상력으로
인간을 더 깊이 써야 해
그리스 작가인지 터키 작가가 말했어
애절한 근친과 죄와 폭력 들
내 여권 속의 분단과 증오와 노란 리본 들
검고 흰 살과 피 으깨어진 화상의 흔적을
남미와 아프리카와 유럽과 동아시아 작가가
한방에 모여 사랑을 이야기하자고 한 밤

내가 불쑥 말했어
애국심은 팬티와 같아 누구나 입고 있지만
나 팬티 입었다고 소리치지 않아
먼저 팬티를 벗어야 해

우리는 팬티를 벗었어
하지만 나는 끝내 벗지 못한 것 같아
눈만 뜨면 팬티를 들고 흔드는 거리에서 자란
나는 하나를 벗었지만, 그 안에
센티멘털 팬티를 또 겹겹이 입고 있었지

사랑은 참 어려워

사랑은 지옥에서 온 개

　　　　　　　　　─「작가의 사랑」 전문

　이 시집의 표제시이기도 한 「작가의 사랑」은 전 세계에서 모인 여섯 명의 여성 시인이 사랑의 경험에 대해 이야기하자고 했지만, 아우슈비츠 수용소라는 말에 숙연해지고 조국이라는 말에 눈물이 차오른다. 작가의 자유로운 상상력으로 인간을 더 깊이 써야 한다고 하며 근친과 죄와 폭력을 얘기할 때 한반도의 시인은 분단과 증오와 무고한 세월호 참사들을 떠올린다. 팬티처럼 애국심과 민족주의는 기본적이고 무의식적이다. 자유롭기 위해서는 누구나 입고 있는 팬티를 벗어야 한다고 하면서도, 시인에게는 끝내 겹겹으로 입고 있는 센티멘털 팬티는 남아있기에 사랑을 말한다는 것은 참 어려운 일이라고 고백한다. 인류, 인권, 조국, 분단, 증오, 상처 이러한 것들을 남성성과 관련된 것으로 몰아붙일 수는 없지만, 이 시에서는 사랑의 반대항처럼 여겨진다. 진정하고 자유로운 사랑을 말하기 위해서는 그 모두를 이해하면서도 넘어서야 한다. 팬티처럼 무의식적이고 당연하게 걸치고 있는 것, 그 센티멘털한 것까지 반성하고 넘어서야 민족과 국경을 넘어 여성들의 진정한 연대와 자유로운 사랑에 대한 이야기하기가 시작될 수 있는 것이 아닐까?

　사회적인 제도와 국가적인 헤게모니 속에 무의식적으로 길들여진 자신을 적극적으로 자각하고 반성하는 모습을 보여 주는 시가 「독재자」이다. "말벌처럼 허리 부러진" 반도의 남쪽에서는 "독재자들이 철따라 출몰"했었고, 시인은 최루탄 속에 젊음을 보내며 "문자옥文字獄"이 두려워 무사히 사는 법부터 터득했으며, 인간을 알기도 전에 결혼으로 도망쳤다고 고백한다. 그 결혼 속에도 독재자는 있어 "비겁하게 침묵을 지키며" 모호한 시를 쓰기도 했다고 한다. "속도와 물신 앞"에 버티며 시간으로 빨려 들어가고 있는데 이제 "내 안의 늙은 독재자"가 나를 덮친다고 말한다. 반민주적인 독재 정권과 결혼이라는 제도 앞에 비겁했던 자신을 반성하던 시인은, 이제는 마치 독재자를 닮은 자신, 혹은 시간 속에서 나이 듦이 강제하는 경직됨과 완고함을 자신도 모르게 가지고 있다고 탄식하며 반성한다. 이 철저하고 전방위적인 인식과 반성을 보면 문정희 시인의 싸움은 이제 시작되는 것이 아닐까 하는 생각이 든다.

더 넓어지고 강건해진 시인의 시선에는 이 세상의 모든 여성들이 독재자와 같은 남성적 폭력에 희생된 딸들이자 동료이자 진혼곡의 대상이다. 폭력과 학대와 모멸을 견디다 못해 남편의 성기를 자르고 경찰에 자수한 그녀(「자백」), "동양의 마타하리"라고 불리며 여간첩의 죄명을 쓰고 총살형을 받은 김수임(「애인」), 성폭행을 신고하고도 경찰의 무관심에 서울을 떠나버린 갈색 머리 제인(「딸아」)을 불러주고 그들을 위해 노래를 부른다. "따라 따라 내 딸아/ 눈물에서 태어난 보석아"는 시인이 핍박받던 여성들을 향한 연대의 포옹이자 위로인 것이다. 무엇보다도 한국 여성 최초의 소설가이며 처음 시집을 낸 여성 시인이 데이트 성폭행을 당하고, 탕녀로 낙인찍혀 근대문학의 선구자들이라는 자들에게 냉소와 조롱을 당하고 피투성이 알몸이 되어 사라진 탄실 김명순을 위한 진혼가는 김명순과 더불어 이 땅의 한국 근대 여성 문학사를 위한 조사이기도 하다. "아직도 여자라는 식민지에는/ 비명과 피눈물 멈추지 않는다"(「곡시哭詩」)라고 시인은 비판하며 "짐승의 폭력, 미개한 편견과 관습 여전한 이 부끄럽고 사나운 땅아!"라는 매서운 일갈을 던지고 있다.

여성성은 세계를 남성과 여성이라는 이분법으로 나누어 절반을 옹호하거나 다른 절반을 비판하기 위한 것이 아니다. 세계가 가지고 있는 불완전함과 인간의 불우한 삶을 포용하고 껴안을 수 있는 힘이 여성성일 것이다. 시에서 여성성을 말하는 것이 필요한 까닭은 사회적 정치적 담론이 다루는 적대적 갈등의 방식을 문학은 보다 화해의 방식으로 치유해 줄 수 있기 때문이 아닐까 한다.

제3부

스쳤던 눈길들을 엮어

강희근, 성스러운 갈증과 생의 의미를 위한 여백

한낱 인간이 어떻게 우주의 비밀을 여는가? 거창한 질문 같지만 이 말에는 작은 말장난이 숨어있다. 우주의 비밀은 안다는 것이 아니라 연다고 표현했기 때문이다. 인간의 몸은 고대 철학자의 견해를 빌리면 커다란 우주를 닮은 소우주이다. 그러므로 우리 몸의 내계와 외계를 잘 살펴보고 그 신비로움을 헤아려보는 것만으로도 우주의 비밀은 자신을 열어 보여 준다. 그 궁극의 비밀을 인간의 이성으로 풀어내는 것은 별개로 한다면 말이다.

우리의 몸이 세계에 존재함을 감각하고 시간 속에 지속됨을 경이로워 할 줄 아는 시인의 눈에 그렇게 우주의 비밀은 열린다. "누가 말했는가/ 걷는 것은 신이 준 은총이라고"(강희근, 「몸 풀기」). 인간의 무거운 육신에 깃든 우주의 비밀과 신의 은총을 "풍선처럼 떠오르는 마음"으로 노래한 시집을 읽었다.

등단 50주년을 기념하여 강희근 시인이 펴낸 『프란치스코의 아침』(한국문연, 2015)은 오랫동안 시인이 추구해 온 종교적 경건성과 시적 사색이 빚어낸 시집이다. 16권의 시집을 꾸준히 상재해 온 시인은 반세기에 걸친 시적 여정에도 불구하고 더 깊어진 시에 대한 애정과 갈증을 보여 주는 듯하다. 그에게 시와 삶은 분리가 불필요할 뿐만 아니라 시를 찾아가는 길이 삶에 대한 구도의 길과 사뭇 다르지 않아 보인다.

> 사슴이 물을 마시고 있거나
> 사슴의 그늘이 물을 더 길게 마시고
> 있거나
> 바라보면 갈증이 더 깊어진다는 걸
> 아는 때
> 그는 비로소 탈을 벗고, 탈이 그리워하는
> 인간이 되는 것일까

─「단상」 부분

인간의 실존이 지닌 근원적인 갈증이 이러한 것일까? 물을 마시는 것이 "사슴"이냐 "사슴의 그늘"이냐는 중요한 구분이 아니라는 것, 어쩌면 실체보다 그것의 그림자이거나 어둠이 더 강한 욕구를 지닐 수도 있는 것. "물"이란 생명과 삶이라면 그에 대한 갈증은 존재론의 출발이 아니겠는가. 바라봄과 갈증의 상관관계는 인간 존재의 슬픔이 가진 역설의 구조일 것이다. 이러한 존재론을 이해할 때 인간이 가진 사회적 관계 속의 페르소나(탈)을 벗고 본질적인 존재가 된다는 것이다.

그런데 이 시에서 사슴이 물을 마시는 모습은 이 시집 속 시인의 모습과 겹쳐진다. 시인이 잠에서 깨어나 '스승 프란치스코의 아침'을 떠올리며 "맑은 물/ 사랑, 흐르는 기도"(「방언 탐색」)를 생각할 때, 사과밭을 지나며 "참회의 과육 같은 떨림의 시간"(「연가」) 때문에 지나갈 수가 없을 때, 소설 『토지』의 장소(「최참판댁」)나 진주 혹은 경주와 같은 곳에서, 김소월과 백석 등의 시인들이나 김동리와 이병주 등 소설가들을 떠올릴 때(「문인이 사는 동네」), 프라하에서 "군내 나는 작은 책상 하나"(「카프카의 집」)를 만날 때의 모습들이 그러하다.

이처럼 이 시집에서 시인의 삶을 대하는 성찰적이고 관조적인 견지는 한

결같지만 그 마음의 무늬는 여러 가지로 나타난다. 가톨릭 신자인 시인의 종교적 신심은 신 앞에서의 경건함과 성스러운 영혼의 성숙을 기다리는 모습으로 나타나기도 한다. 때로 시인은 문학 전공자로서 텍스트들이나 작품의 배경을 시적 주제로 육화시키거나 작가들에 대한 기억을 시적 현현의 순간으로 재현해 내기도 한다.

> 내 몸에 글을 써다오
> 나는 흐르고 흐른 뒤 기슭이나 언덕
> 어디 햇빛
> 어디 구름들 아래 이그러지다가
> 생을 마치리라
> 글을 써다오
> 생이라면 글줄이 있어서, 먹물 같은
> 캄캄함이 있어서
> 택배로 사는 노동을 다하다가
> 마감 날 떳떳이 지리라
> 여인이 있다면 여인의 눈썹으로 뜨는 글
> 수자리로 가는 남자 있다면 남자의
> 태극기로 펄럭이는 글
> 적어다오
> 내 몸은 불길 번지는 화선지
> 아직은 여백이다
>
> —「유등」 전문

　　이 시는 시인이 생각하는 시인론이자 시작론이라고 할 수 있다. 시인이란 어떤 존재이며 시를 쓴다는 것은 어떤 의미인가에 대해 시로 풀어내고 있기 때문이다. 시인은 강물 위에 띄운 유등을 바라보며 그 유등과도 같은 시인의 생애와 시작의 소명을 생각한다. 그는 "내 몸에 글을 써다오"라고 말한다. 누군가 등을 강물에 띄울 때 간절한 소망을 적거나 마음속 깊은 그 무엇을 담듯이 시인은 그러한 소망이나 무엇을 적을 수 있도록 자신의 몸을 내어주겠다는 것이다. 그 무엇은 애잔하고 슬픔처럼 축축하고 우리 생에서 쉽게 사라지지 않을 것들이다. 그것의 기호를 몸에 지니고 불붙은 채 흘러가다가 유등은 사그라들 것이다. 그렇게 시인도 글을 몸에 쓰고 흘러가다 어느 곳에 이르면 아무 곳이든 생을 마칠 것이라고 말한다.

우리의 일생을 글줄로 보는 것은 시인의 천명인데, 이 세계와 인간의 생에서 의미 있는 구절을 읽어내고 그것을 옮기는 자가 시인이기 때문이다. 한자의 문文은 무늬를 뜻하기도 하지 않는가. 생의 무늬와 의미가 글을 낳는 것이고, "먹물 같은/ 캄캄함"이 시를 쓰게 하는 것이라는 전언이 아닐까? 그러니까 시는 먹물로 쓰여서 시가 아니라 먹물 같은 캄캄함으로 쓰인 것이라 시가 되는 것이다. 이 캄캄함은 절망의 나락이기도 하고 허무의 심연이기도 하고 존재의 유한성이기도 할 것이다. 그 무엇으로 한정할 수 없는 어둠은 무한성 앞에 선 인간의 존재론에서 배어 나온다. 그러한 존재의 의미가 담긴 "글줄"과 유한함에서 비롯된 "캄캄함"을 옮겨 적는 것이 시작詩作이라 할 수 있는 것이다.

그런데 이러한 시작을 두고 시인은 "택배로 사는 노동"이라고 비유하고 있다. 시인의 천명에 대해 이러한 겸손한 비유를 할 수 있는 까닭은 시인이 신성神聖의 의미에 비해 자신의 시작은 세속적인 일이라 보기 때문이며, 그 소임에 충실하려는 태도를 갖고 있기 때문이라고 할 수 있다. 때로는 여인의 마음과 아름다움이 담긴 "눈썹"으로, 때로는 국경을 지키러 가는 병사의 결의와 용기를 표상하는 "태극기"로 현현하는 글들은 그러한 택배물이 될 수 있는 것이다. 시인은 그 노동을 다하며 글과 인생을 마감하는 날 "떳떳이" 지겠다고 말한다.

50년의 시력을 가진 시인임에도 불구하고 시인은 아직도 시작의 열정에 불타오르고 있다. "불길 번지는 화선지" 같은 몸을 내어주려는 태도로 시인은 아직도 기다리고 있는 것이다. "여백"으로 몸을 내어주면서, 그곳에 생의 "글줄"이 적히기를……

고영민, 세상을 껴안고 연대하는 여성성의 힘

   추운 겨울 밥집에서 나오는 공깃밥을 볼 때마다 따끈한 밥뚜껑 위에 손을 올리며 고영민의 「공손한 손」(창비, 2009)을 떠올리는 평자로서는 그의 시집이 그지없이 반가웠다. 2002년 등단한 고영민의 세 번째 시집이 『사슴공원에서』(창비, 2013)이다. 소박한 일상의 풍경을 두고 사려 깊은 통찰과 인간에 대한 따뜻한 애정을 웅숭깊게 그려내던 시인의 시 세계는 여전하였다.
   시인 주변의 자연과 일상을 바라보는 관조의 시선은 더 여유로워진 듯하고, 사라진 존재들에 대한 그리움과 연민은 더 깊어졌다.

   개미가 흙을 물어와
   하루종일 둑방을 사는 것
   금낭화 핀 마당가에 비스듬히 서보는 것
   소가 제 자리의 띠풀을 모두 먹어
   길게 몇 번을 우는 것
   작은 다락방에 쥐가 끓는 것
   늙은 소나무 밑에
   마른 솔잎이 층층 녹슨 머리핀처럼

노랗게 쌓여 있는 것

마당에 한 무리 잠자리떼가 몰려와

어디에 앉지도 않고 빙빙 바지랑대 주위를 도는 것

저녁 논물에 산이 들어와 앉는 것

늙은 어머니가 묵정밭에서 돌을 골라내는 것

어스름녘,

고갯마루에 오토바이를 세워놓고

우체부가 밭둑을 질러

우리 집 쪽으로 걸어오는 것

—「극치」전문

위의 시에서 시적 화자는 평안한 저녁 어스름에 어느 시골집에서 모든 풍경을 완상하고 있다. 개미가 종일 흙을 물어와 둑방을 쌓는 것을 보고, 소가 띠풀을 모두 먹는 것들. 그것을 완상하는 하루 종일의 시간이 편안히 흘러간다. 현대 도시의 번잡함과 빠른 속도를 잊은 이 무심한 완상은 풍경 속에 시적 화자가 스며들고 시적 화자에게로 풍경들이 스며들어 오는 관계를 맺게 한다.

"저녁 논물에 산이 들어와 앉는 것"처럼 풍경은 서서히 자연의 시간 속에 움직여 서로에게 받아들여지는 것이다. 이런 환대의 시간이 "어스름녘"이 아닐까. 대낮의 뚜렷하고 날 선 경계가 아니라 조금씩 그림자들이 움직이고 타인에게 열리는 때, 그 열어둠을 환대의 시간이라 불러도 좋을 것이다. "고갯마루에 오토바이를 세워놓고" 밭둑을 질러 오는 우체부는 반가운 손님이며 "우리 집"으로 오는 그는 환대의 대상이라 할 것이다.

고영민의 이 시집에는 이러한 풍경을 누리는 기쁨과 타자에 대한 환대가 즐겁게만 펼쳐져 있는 것은 아니다. 「망종」「끼니」「마중」「통정」 등의 시에서 볼 수 있듯이 상실의 아픔과 슬픔이 시집 곳곳에 꾹꾹 눌려 담겨 있다. 그러나 아버지가 돌아가시고 석 달 만에 고향 집에 들어가 통곡을 하는 어머니의 모습을 두고 "굶주렸던 집이/ 어머니의 울음소리를 달게 범하고 있었다"(「통정」)라고 말하는 대목처럼 그 슬픔과 연민이 다시 자연과 풍경에 대한 열림으로 이어지는 것을 보고 나면 어떤 인생의 한 페이지를 통독한 것 같은 감정의 성숙을 맛보며 숙연해지는 것이다.

이러한 성찰은 언어의 순도를 높이고 일상과 풍경의 속절없는 표피를 뚫고 생의 의미를 새롭게 환기한다. 고영민 시인이 그려내는 풍경은 주체와 습합하며 연약한 존재에 대한 연민을 품고 있다. 주체의 내면과 정신에 잇닿아 있는 풍경들은 우리 삶의 쓸쓸함을 위로해 주며 존재의 집과 같은 언어의 고향을 떠올리게 한다.

고찬규, 굽은 등을 어루만지는 연민의 시선

　고찬규의 시집 『숲을 떠메고간 들의 푸른 어깨』(문학동네, 2004)는 1998년 등
단한 이래 7년 만에 내놓는 첫 결실이다. 떠난 철새들과 돌아오지 않는 바
람은 그를 여전히 길 위에 서성이게 한다. 그의 길은 골목길이다. 쭉 뻗은
대로도 목표를 향한 신념에 찬 여정도 아니다. 그렇고 그런 인간 군상들이
생활하며 마주치는 공간이다. 시인은 "흔해빠진 골목길/ 그 따뜻한 불빛을
생각"하며 "타오르며 사그라지는 것들의 고단함"(「길 안의 둥지」)을 연민 어린
시선으로 바라본다. 이곳에서는 "이 모든 것 절실함이었을 뿐 누구도 삶이
나 희망 혹은 구원의 노래에 대해서는 애써 말하지 않았다"(「붉은 시장」). 짐
짓 부정적으로 진술되는 이 골목길과 시장은 무의미한 일상과 자본주의적
인 욕망의 쇠 조롱 안에 갇힌 인간의 존재론적 운명에 다름 아니다. 시인은
"아우성의 질서 속에/ 가랑이를 당당히 벌리고 있는" 거리, 더 이상의 새로
움도 없이 "변한다는 사실만이 변치 않는" 계절을 걸어가며 "세상의 채워
지지 않는 빈 속을 들여다본다". 이 공허를 직시할 때 시인은 두 가지 구부
러짐을 발견하고, 길의 구부러짐에 대한 통찰과 타인의 등 굽음에 대한 이
해에 이른다.
　"세월이 지남에 따라 길은 구부러질 줄 알아 길이었다"(「감각적이지 않기」)는

통찰은 "당당한 어깨를 가진 이"와 "의지와 상관없이 푸른 잎을 토해 내야 했던" 한 그루 나무였던 시절의 기억과 관련된다. 그 당당한 어깨를 가진 이는 "희망처럼 늘 뒷모습만을" 남긴 채 가버렸고, 철새도 오지 않는 공허한 '빈 들'과 같은 현실은 시인으로 하여금 '시절만 남았다'라는 회한 어린 탄식을 뱉게 한다. 시인은 의지와 상관없는 생의 불모성을 인식한다.

그러나 길의 구부러짐이 좌절이 아닌 길의 속성임을 수락하면서 세상과의 화해 가능성이 마련되고 두 번째 구부러짐과 만나면서 큰 울림을 얻는다. 고찬규 시인의 개성이 돋보이는 장면이 여기 있을 것이다. 막혀 있는 듯하지만 뚫려 있는 이 굽은 세상의 길에서 그는 수많은 굽은 등을 본다. 그 구부러진 등에는 정직한 노동과 일상을 묵묵히 수락하는 생의 힘이 간직되어 있다. "침묵의 세월을 담금질 하는 망치질"로 "속가슴 오래 묵은 응어리/ 날카롭게 벼리는 일만이 그들의 생이라는 듯"(「불광동 대장장이」) 노동하는 이나 "스스로 무덤 파는 생을 살았다고 / 마지막 겨울일지도 모른다고/ 이제는 누군가가 자기를 위한 무덤을/ 파주었으면 좋겠다고 생각"(「김장하는 김씨」)하는 이나 "때 이르게 눈 내린 사람들"인 공원의 노숙자들(「겨울 속 여름 풍경」)을 시인은 촉촉하고 따뜻한 눈으로 바라본다. 함지박에 야채를 놓고 파는 시장통의 노파가 쏟아놓는 "좁쌀 같은 혼잣말과 뉘처럼 거친 말들"에 귀를 기울이며 "돌아서면 이긴 것도 얻은 것도 없는 결국 바겐세일의 생"(「붉은 시장」)을 누구나 살아갈 뿐인 것을 이해하는 것이다. 완숙한 시편인 「만종」의 갯벌 역시 골목길과 상통한다.

구부린 등은 종이었다

해 질 녘,
구겨진 빛을 펼치는
종소리를 듣는다, 한 가닥
햇빛이 소중해지는

진펄밭 썰물 때면

패인 상처를 생각할 겨를도 없이

호밋날로 캐내는, 한 생애

쪼그린 아낙의 등뒤로

끄덕이며 끄덕이며 나귀처럼

고개 숙이는 햇살

어둠이 찾아오면, 소리없이

밀물에 잠기는 종소리

—「만종」 전문

갯벌은 바다로 나아가는 길인 듯하지만 더는 걸어갈 수 없는 끝이 있고, 아낙들에게는 생존을 위한 노동의 터전이다. 골목에서처럼 갯벌에서의 노동은 한없이 낮고 쪼그린 모양새로 행해진다. 시인은 그 낮은 그러나 묵묵히 행해지는 노동에서 생의 외경을 발견한다. 해 질 녘은 하루뿐만이 아니라 생의 의미를 반추케 하는 시간이다. "구겨진 빛을 펼치는" 이라는 시행은 고단한 노동에서 비롯되는 '구겨짐'을 연상시키며 그것을 소담스럽게 '펼침'이라는 동작을 통해 물리적인 확산과 심리적인 위안을 동시에 결합시킨다. 갯벌에서 일하는 아낙들의 구부린 등에서 둥근 종의 이미지와 소리가 융합되고, 흡사 밀레의 그림을 연상시키는 고운 저녁놀이 이 풍경에 스며든다. 저녁 삼종기도를 올리는 듯한 경건함이 "끄덕이며 끄덕이며" 순종적인 나귀처럼 고개 숙이는 햇살에 배어난다. 조용하고 경건한 생의 수락과 긍정을 그려낸 한 폭의 빼어난 풍경이다.

"평생 땅을 밀어올리는 것으로/ 하늘을 떠받들던/ 어머니는 언제 또 밤하늘을 일구셨나"(「깨꽃」), "밤하늘 멀리 피워올리는 교신/ 살아있음을 일깨우는, 영원한/ 귓가에 소근대는 복음 그리고/ 새벽종과 함께 스미는 눈물"(「마음의 등불」과 같은 구절에서 우리는 우주와의 소통으로 확장되어 가는 시인의 시선에서 숨겨진 화해의 가능성을 발견하기도 한다. 그러나 시인은 세상살이를 끄덕이며 수긍하면서도 정작 거울 앞에서 자신에게로 시선이 되돌려질 때는 회의적이 되고 만다. 「거울을 보다」와 「길 위의 거울」 시편에서 시적 자아는 자신 속의 악취와 어둠을 발견하며 좀 더 거칠어져도 좋은 자신의 손에 대해 생각한다. 과거의 기억과 관련되었을 다른 시편들은 시적 긴장을 얻지 못한 채 날 선 파편처럼 흩어지고 있는 점도 세계와의 적극적인 화해를 가로막고 있다.

그러나 시인은 시궁창에 처박혀서도 꽃을 피운 코스모스에 자신의 존재를 겹쳐 보면서 시인으로서의 자기 인식을 세운다. 시궁창에 온몸을 처박는 행위는 코스모스라는 말의 어원에서 연상되듯이 세계에 투신하여 바닥과 뿌리를 더듬겠다는 결단으로 읽힌다.

> 이제 내가 할 일은
> 꽃을 노래하기보다는 하루라도
> 꽃 피우는 시궁창에 머리를 처박는 것
> 비로소 세상의 시궁창에 온몸을 담그는 것
> 푹 삭은 젓갈처럼 그리하여
> 한끼쯤 밥맛나게 하는 것
>   ─「코스모스 뿌리께에 꽃 피던 날」 부분

이 시집에서 시인이 내면에서 벌이는 과거와의 결별이 더 크게 보이는 것은 오랜 숙고의 시간이 밴 첫 시집인 탓으로 보인다. 그러나 그 기다린 시간만큼 이 시집의 전반부에 놓인 시들은 밥맛 나게 읽힌다. 앞으로 그가 차려 줄 웅숭깊은 맛의 성찬이 기대된다.

노미영, 슬픔의 임상 분석과 어미 됨의 아픔

　　노미영의 시집 『슬픔은 귀가 없다』(문학의 전당, 2016)는 슬픔에 대한 노래이지만, 그것은 존재론적인 막연함이나 추상적인 색깔의 슬픔이 아니다. 이 시집에 담겨 있는 것은 가족이라는 피붙이 간의 유전하는 슬픔이다. 자연의 법칙을 거스를 수 없는 불치의 진단을 받은 아이가 출구가 보이지 않는 절망의 치료를 견디도록 곁에서 붙들고 지켜보아야 하는 실질적이고 구체적인 슬픔이다. 이 슬픔을 악몽처럼 겪는 사람이 어머니이다. 이 시집은 그 고통스러운 슬픔을 임상 체험하며 시로 뱉고 토해낼 수밖에 없는 아픈 기록인 것이다.

　　슬픔에도 종류가 있다면
　　나는 그걸 네 번째 슬픔이라 부르겠다.
　　꿈 너머의 나에게나 털어놓을 수 있는 슬픔.

　　슬픔은 좀처럼 수납되지 않는다.
　　기억은 자신을 거침없이 복제하기만 할 뿐
　　혈관종 같은 악몽은 새벽의 무릎을 관습처럼 후벼 판다.

삶이 정지되어야 이 악몽도 끝이 날 것이다.

삼십오 년도 더 된 핑크 토끼 인형에게는 영혼이 있다.
나는 그녀에게 이를테면,
일백구십칠 번쯤 주말마다 찾아왔던 두통이나
더 이상 링거 바늘을 꽂을 데가 없는 아이의 왼쪽 팔뚝에 대해서 들려준다.
내가 맛본 슬픔들은 각설탕처럼 뾰족했다고 거들먹거린다.

짝사랑을 고백하고 싶어 신경증 환자처럼 행세했고
사랑이라던 강박증에 손목이 녹아내려
단 한 줄도 쓰지 못하고 시간을 견뎌야 했다.
햇살이 필요했고 목이 말랐으며
나를 망가뜨린 아비를 용서할 수 있게 해달라고 묵주 알을 굴렸다.

저기 저 하늘에는 낡은 음악들만 몇 장 걸려 있다.

나의 딸도 똑같이 물을 것이다.
나를 왜 낳았느냐고.

네 번째 슬픔은 바로 그런 것이다.

나는 열대야 같은 슬픔을 가졌다.
—「네 번째 슬픔」 전문

시인이 네 번째 슬픔이라고 말하는 것은 선대로부터 자신에게로, 다시
자신의 딸에게로 누대에 걸쳐 일어나는 선천적 병력과 온갖 육체적 질환의

221

고통에서 일차적으로 비롯된 것이다. 누구를 탓할 수도 누구에게 물을 수도 없는 이 선천적인 불행은 삶이 정지되지 않는 한 깨어나지 못할 악몽처럼 삶을 바꾸어놓았다. 자신을 망가뜨린 아비를 용서할 수 있게 기도했던 날들에 대한 응답이 채 오기도 전에 나의 딸에게 과연 자신이 용서받을 수 있을까를 회의하게 된 이 생이 화자에게는 견디기 어려운 슬픔이 된다. 도대체 언제 끝날지 알 길 없이 버텨야 되는 "열대야 같은" 슬픔을 시인은 껴안은 채 살아가고 있는 것이다.

시인에게 슬픔의 멍에를 지운 구체적인 원인은 이 시집의 곳곳에 밝혀지고 있다. 그 임상의 기록은 읽는 이로 하여금 가슴을 먹먹하게 만든다. 들리지 않는 아가의 고통과 고독한 발버둥, 그것을 달래느라 자신의 육체적 정신적 고통과 분투해야 하는 어머니의 몸부림, 그 몸짓의 임상 기록은 애절하기만 하다. 이 고군분투 속에서 슬픔은 낭만적이거나 관념적일 수 없다. 아이의 고독을 달래주느라 "슬픔은 오늘도 귀를 잡고 토끼뜀을" 뛰거나, 그 고독에 갇혀 동그라미만 그리는 아이로 인해 "슬픔은 그렇게 완벽한 구"이고, 세상에 귀가 하나뿐인 짐승은 없기에 아이와 그 가족의 슬픔은 "늘 두 배로 흘러넘"친다.(「슬픔은 귀가 없다」). 이 슬픔을 통해 시인은 세상의 모든 슬픈 것들을 조용히 체득한다. 심지어 "꽃들이 목을 조를 수도 있다는 것"(「흔적들」)을 안다. 착한 씨앗이었을 '나'였지만 어쩔 수 없이 흔적을 남기고, 부지중에 나도 모르는 나를 몰아 어둠의 극지로 숨을 몰아가는 운명인 것이다. 꽃이 가루를 남기는 모습마저 "화살들이 후두둑 숨통을 조이는" 모습으로 느껴야 할 만큼 시인에게 생은 가혹한 시련의 도가니인 것이다.

이 시집의 슬픔은 어미됨의 처연한 슬픔이라고 할 수 있다. 아비에 대한 원망을 갖고 있던 한 여자 아이가 자신의 딸에게 슬픔을 안겨주는 어미가 된다는 불행한 운명 앞에 어미가 되는 것의 한없는 슬픔의 무게를 감당해야 하기 때문이다.

어미가 된다는 것은 사치였다

지키지도 못할 새끼손가락만 자꾸 걸며
불쏘시개 같은 희망을 긁어 담아 보았지만

떠다미는 공기가 너무 무거워
눈은 바닥으로 모여든다
슬픔이 저렇게 인기척 없이 쌓일 수도 있다는 것을
어미가 되어 보고서야 알았으니

지상에 깃든 슬픔들은 피붙이를 엉겨 안으며 자란다
진눈개비처럼 슬픔도 또각또각 녹아내릴 수 있다면
어미들은 맨발로 겨울 강 물결 위에서 춤추리라

　　　　　　　　　　　　　　　　　　—「귀환」 부분

　"어미가 된다는 것은 사치였다"는 시인의 고백은 모성성에 대한 낭만적이고 순진한 환상을 냉정하게 깨뜨려 버린다. 어미가 되기 위해 감내해야 하는 불길한 미래를 감수할 용기와 책임감 앞에 그런 환상은 사치인 것이다. 지키지 못할 약속만 아이에게 되풀이하지만 희망 없음을 알고 있는 어미는 "떠다미는 공기가 너무 무거워" 눈이 바닥으로 모여드는 것이며 "슬픔은 저렇게 인기척 없이 쌓일 수도 있"음을 알게 된다. 피붙이에게 느끼는 어미의 이 한없이 지상적인 슬픔을 어찌할 것인가? 그 슬픔을 녹일 수 있다면 어미들은 어떤 희생도 감수하리라. 가부장제의 모성이라든가 이기적 유전자의 본능이라든가 하는 논리와 해석의 칼날이 어떤 틈을 비집고 들어갈 수 있을 것인가? 어미는 하나의 생명을 탄생시키는 자이자 그 생명을 둘러싼 우주를 만드는 자이다. 하나의 생명과 연결되어 있기에 어미라는 주체가 느끼는 원초적 공감과 슬픔은 온 우주를 메울 정도의 것이다. 시인은 "슬픔은 무중력상태이기에/ 그 길을 유영하다 지상으로 돌아오면/ 문득 꼬리뼈 끝까지 아프다"(「비행」)고 말한다. 청각을 잃었지만 아이는 말을 배워갈 것이다.

그 아이의 입에서 나는 '비'는 이 슬픔의 우주에서 엄마를 구원하는 '빗소리'가 될 것이다. 그 순간 "소독용 에탄올처럼 슬픔이 표백"되어 "엄마는 옥수숫대처럼 웃"을 수 있게 되길 화자는 바란다.

슬픔의 무중력 속에서도 엄마들은 마지막 희망처럼 버티며 강해진다. 그것을 시인은 「강철 엄마」에서 쇠붙이를 뜯어 먹고 "형상기억합금"이 되어가는 엄마로 그려낸다. 백일기도와 악다구니로 버티며 단단해지기 위해 온갖 것들을 삼키는 엄마들이 "거룩한 반도체"가 되어간다고 말한다. 이 시집에서 보기 드문 풍자적 어조로 말한 "반도체"란 무엇인가? 인간의 몸이지만 버티기 위해 알루미늄, 구리, 양은 등의 금속을 삼키는 강철의 몸이 됨으로써 부도체에서 도체의 중간지대로 옮겨 가는 몸이 되는 것이다. 반도체란 전기를 흐르게 하는 성질을 띠는 물질이다. 어미가 반도체가 되어 흐르게 할 전류라는 것은 구원과 기도의 이뤄짐이라 할 수 있다. 시인은 희망을 쉽사리 말하지 않지만 어미라는 존재는 이미 절망 속에서도 희망을 버릴 수 없는 숙명을 "형상기억합금"처럼 몸에 간직하고 있는 주체가 아닌가?

> 고통이 은총이라고 엄마한테 속삭여주련
> 날아가서 보름달을 떼어다 줄게
> 달을 품으면 나뭇잎이 바람에 서걱거리는 소리도
> 우레가 번득이는 소리도 다 들을 수 있을 거야
>
> 별님이 좋아서 엄마는 너를 별이라 불렀는데
> 별님은 너의 소리를 몽땅 가져가버렸네?
> 열심히 별님을 찾아가 돌려 달라 아우성쳐 보았는데
> 별님은 눈꺼풀만 깜박거려, 엄마를 꽁지별 쪽으로
> 날려 보내 엄마는 길을 잃고 너는 소리를 잃고
> 동그랗게 앉아 창문 너머 눈부신 목울대를 보네
>
> ─「달님 안녕」 부분

224

『달님 안녕』이라는 하야시 마키코의 유명한 아동 그림책이 있다. 아마도 시인은 자신의 아이를 위하여 이 책을 읽어준 적이 있었을 것이다. 보름달에게 대화하는 이 책을 읽어나가다 보면, 먹구름에 가렸던 달님이 나오는 순간 "달님 안녕"이라는 환한 인사를 건네게 된다. 그렇게 천진난만한 세계를 누리고 있어야 할 어린 아이는 위 시에서 소리 없이 뜬 달님을 보고 역시 소리 없이 동그라미를 그린다. 소리 없는 그 슬픔을 보면서 엄마는 아이를 위해 보름달마저도 떼어다 주고 싶어한다. "고통이 은총이라고" 아이가 엄마에게 속삭여 준다면, 아니 속삭여 줄 수 있다면 엄마는 아이를 위해 무엇이든 할 수 있을 것이다.

그 달을 품고 나뭇잎의 서걱거리는 소리와 천둥의 소리들도 다 들을 수 있도록. 달과 함께 밤하늘에 뜬 별을 보며 화자의 슬픔은 더 크게 부풀어 오른다. 별을 좋아하던 엄마는 아이를 별이라 불렀지만 아이의 소리를 별이 몽땅 가져가 버렸고, 소리를 돌려 달라는 아우성에도 별은 말없이 깜박거리기만 하고 있다. 아이의 병과 엄마의 고통을 동화적이고 우화적으로 그려낸 세계이다. 길을 잃은 엄마와 소리를 잃은 아이. 이 슬픔을 어찌하랴. 동화에서는 길 잃은 아이는 무사히 집으로 돌아오고 마법 같은 행복이 이뤄지지만, 이 현실에서는 그런 마법이 없다는 것을 시인은 알고 있다. 대신 이 슬픔을 엄마인 시적 화자는 하얗게 표백한다. 아이는 "한란처럼" 하얗게 웃고, 엄마는 하얀 물감으로 "안 보이는 노래를 그"리고, 달과 비눗방울의 환하고 하얀 동그라미 속에 위로와 사랑을 담는 것이다.

위에서 본 것처럼 노미영의 시집에는 두 가지의 특징이 있다. 들리지 않는 아이의 고통과 그에 대한 어미의 한탄과 유전 같은 슬픔이 그 하나이다. 들리지 않는 소리와 침묵의 고통을 대신한 감각들 속에서 한없는 슬픔의 나락이 펼쳐지며 어미라는 주체의 육체를 관통해 가는 누대의 슬픔이 있다. 그것은 시간의 영속과 같아서 허무의 무게는 어미의 육체를 가득 채우고 삼켜버리는 듯하다. "무중력 상태"의 슬픔을 유영하고 오는 일이나 인기척 없이 쌓여만 가는 슬픔을 바라보는 일을 어미됨을 통해 알게 되는 것이다. 어미로의 주체의 변신은 이렇게 새로운 슬픔의 시간을 온몸으로 받아안고 삼 킴으로써 이뤄지는 것임을 보여 준다.

　다른 하나는 이 동화적인 세계의 작은 생명들과 사물들에 기울이는 관심 과 명명 행위이다. 아이의 곁에 머물며 시적 화자가 아이의 시선으로 세상 을 보고 있기 때문인지도 모른다. 시적 주체가 자신의 변화와 온몸으로 느 끼는 슬픔의 무시간적이고 무중력적인 세계와 달리, 이 세계는 애니미즘적 인 즉 물활론物活論적인 세계이다. "구겨진 꽃잎들을 일으켜 세워"서 "너희 들에게 다시 사는 법을 일러주는"(「꽃들의 재활」) 듯한 세계이다.

> 달팽이보다 더 천천히 기어갈 수도 있다고
> 일어나기만 하라고, 진딧물이 오물거려
> 황소개구리가 까놓은 알처럼 수북한 슬픔에서
> 너희들의 발목을 들어 올리라고
> 땅강아지들이 소리쳐, 오디새가 종종거리며
> 화해의 성물聖物을 물어다주지
> 두더지들을 불러다 주렴
> 슬픔을, 뿌리까지 갉아 먹어치우라고
>
> ―「꽃들의 재활」 부분

　이런 재활과 희망의 목소리가 담긴 시편은 안타깝게도 이 시집에서 많은 부분을 차지하지 않고 있다. 모쪼록 앞으로 그의 시 세계에 이러한 목소리 와 상상력이 새로운 빛의 방향으로 나갈 수 있기를 독자의 마음으로 응원 하고 희망한다.

　이 시인이 보여 준 슬픔이란 쉽사리 위로받을 수 있는 것이 아니란 걸 알 기에 이 시집의 마지막 시 「냉동 인간」은 더욱 아프게 읽힌다. "냄새도 없는 진실이 허공에 꽂혀 있다"는 비정한 말투로 시집은 닫힌다. 거짓된 위안과 서툰 희망을 거절하는 시인의 단호함이 차디차다.

제3부 스쳐던 눈길들을 엮어

유전하는 부모의 슬픔을 이렇게 낱낱이 드러내고 시적인 언어로 옮겨 놓는 일은 쉽지 않았을 것이다. 그 고통과 슬픔을 회피하지 않고 들여다보아야 하며, 자신의 몸과 마음을 놓치지 않아야 하는 일이기 때문일 것이다. 들을 수 없는 감각의 소실이 다른 세계에 대한 눈뜸으로 이어짐을 어렵고 슬프게 보여 준 이 시집은 그런 점에서 남다른 병상의 기록이며 슬픔에 대한 임상 체험의 분석이다. 새로운 주체와 언어의 탐구가 어떤 시인의 시 세계를 평가하는 데 중요한 항목이라고 할 때, 노미영의 시는 여성이 어머니가 됨으로써 만나게 되는 변화되는 주체와 그 세계를 포착하려는 언어의 끈질긴 탐구를 보여 주었다는 점에서 새로운 성취라고 할 수 있다. 그 성취와 진정성은 격려를 받아 마땅할 것이다. 그 노정을 그리는 희망의 말투는 약하고 아직 어두운 미로 속에 있기에 조용히 지켜보며 이 슬픔의 "나머지 귀가 자라기를 하얗게 염원"해 본다.

류인서, 변신의 욕망이 빚은 풍경의 포식자

2001년에 등단한 류인서의 세 번째 시집 『신호대기』(문학과지성사, 2013)에 등장하는 언어들은 소통을 말하기에는 일탈적이지만, 극단적으로 전복적이거나 위반적이기까지 한 것은 아니다. 시인은 현존하는 세상을 자신의 감각으로 불러와서 재구성하기를 기도한다. 그 재구성의 메커니즘은 정신분석적일 만큼 강한 트라우마나 콤플렉스를 지니고 있지는 않아 보인다. 그것은 시인의 시선에 닿은 풍경을 경계로 해서 자신의 내면에 일어나는 감각의 끝까지를 따라가서 그 너머를 보고자 하는 욕망에 가깝다. 즉 고전 철학에서 감각을 일회적인 것이자 우연적인 것으로 치부하고 이성에 대해 열등한 것으로 보며 확고한 실재를 추구했던 것에 도전하는 시적 인식이라 할 수 있다. 그래서 그의 시에 등장하는 풍경들은 르네 마그리트의 그림처럼 실재하는 사물이지만 새로운 풍경과 결합하면서 우리에게 기괴한 감각을 불러일으키는 낯선 표정들을 짓고 있다.

유리창은 접착력을 잃었다
풍경은 먹고 살지 않는다
풍경은 더 이상 너에게서 나에게로 흐르지 않는다

햇빛에 덴 이파리 한 장의 얼굴만 남아 가장자리부터 들뜨며 오그
라들고 있을 뿐
　창 안팎의 이야기들 밀반죽처럼 촉촉하게 숨 부풀어 오르지 않는다
날개 돋지 않는다

　유리창에 비 듣는다
　(밥알을 밀어내는 헛바닥처럼 유리창이 퉤퉤 풍경을 뱉어낸다)
　비의 타액에 젖은 풍경이 잠시 유리에 매달릴 때
　지워지는 세계의 목덜미 위로 느릿느릿 민달팽이 기어간다
　펄럭이며 일그러지는 얼굴

　미끄러져 내리는 눈길 위로 붙임성 없는 계절이 연탄재와 소금 모
래를 뿌리며 간다
　거리의 청소부가 죽은 풍경을 거두어 가고
　고여 있던 남은 목소리들 내 눈동자의 홈통을 지나 하수에 섞인다
　얼굴이 사라지고
　나는 풍경 밖으로 고립된다

　우후죽순 다른 것들이 살러 온다

—「색안경」 전문

　위 시에서 시인은 유리창 앞에서 풍경을 바라보고 있다. 시의 제목에 색
안경이라고 한 것처럼 때로 우리가 색안경을 쓰고 세상을 바라보면 세상은
그 안경 렌즈의 색을 통해 보게 된다. 검은 안경이라면 검은색의 어두움으
로 덮여 보이듯이, 위의 시에서 유리창은 색안경의 그것처럼 풍경을 변형
시키는 매개가 되며 그 변형은 일종의 물활론적인 형태로 일어난다. 사물
과 풍경이 괴리되고 먹거나 뱉어낸다. 풍경 자체가 독립되어 자족하는 세

계이고 시의 화자는 "얼굴이 사라"진 채 "풍경 밖으로 고립된다". 그러나 이러한 풍경은 화자의 욕망이 투영되어 있기도 하며 그 기괴함은 시인이 풍경 너머를 그리고자 하는 의도에서 빚어진다. 단지 풍경을 보여 주는 역할과 기능에 머물기를 그친 유리창은 "접착력을 잃"고 풍경을 화자로부터 단절시킨다. 인식주체로부터 단절된 풍경은 창 안팎의 이야기들을 부풀어 오르게 하지 않는다. 빗물이 튀기는 유리창이 마치 "밥알을 밀어내는 혓바닥처럼"풍경을 뱉어내는 모습을 보고 있는 화자는 풍경을 자신의 것으로 소유하지 못하는 고립과 단절의 불안을 느낀다. 그 불안은 "지워지는 세계의 목덜미 위로" 기어가는 민달팽이의 모습, 그리고 일그러지는 얼굴로 표상된다. 지워짐이나 일그러짐은 풍경이 온전히 주체에게 향유되지 못함을 보여 준다. 유리창 밖으로 계절이 지나가며 유리창 안의 주체도 얼굴이 사라진다. 그 뒤로 "다른 것들"이 살러 온다는 전언은 주체와 풍경 모두가 소외된 상태 속에서 새로운 세계의 전환과 변전을 말해 준다.

포식과 탐식으로 그려지는 류인서의 사물들의 세계는 원근법적인 시선의 중심에서 풍경을 향유하던 단일 중심의 인간 주체로부터의 탈피를 보여 준다. 인간의 감각과 시선 아래 종속되어 전유되던 사물들은 각각의 욕망의 주체가 되어 서로 잠식하고 포식하며 살아있는 풍경들로 난립한다. 모든 생의 욕동들을 분출시키는 이 상상력은 시인이 새로운 변신과 새로운 감각에 대한 부단한 욕망을 가지고 있음을 말해 주는 것이라고 할 수 있다. 류인서의 감각과 언어로 벼리고 있는 세계는 기괴한 듯하면서도 의미의 속박을 벗어난 감각의 해방으로 끌어당기는 세계라고 할 것이다.

여타의 시인들의 시에서 볼 수 있는 따뜻하고 그래서 조금 편안한 풍경과 달리, 류인서의 시에서 주체의 욕망은 풍경을 포식한다. 풍경에 대한 탐식과 갈증은 불완전한 주체와 욕망의 충족 불가능성을 보여 주며 변신의 상상력에서 탈주할 수 있는 길을 찾고 있다.

현대의 시가 주는 선물 가운데 하나는 인지적이거나 정서적으로 낯섦을 선사하는 것이다. 우리는 그것을 통해 일상과 물질에 속박된, 죽음의 예정

된 길을 가야 하는 유한한 존재인 인간의 굴레에서 한 발짝 벗어나 자신을 포함한 세계의 모습을 이해하고 포용할 수 있게 된다. 이제 현대시에서 풍경은 인간을 위한 배경으로 존재하는 것이 아니라 인간의 삶을 사진처럼 인화시킬 수 있는 민감한 감광지인 것이다. 이 풍경 속에서 주체의 욕망은 해탈과 환대와 변신의 자유를 즐기고, 자신을 포함한 소우주를 창조하는 득의得意의 주체로 거듭날 수 있는 것이다.

박라연, 폐허를 소생시키는 자연과 생명의 연대

　　박라연 시인은 1990년『동아일보』신춘문예로 등단한 이래로 따뜻하고 섬세한 시들을 꾸준히 발표하였다. 66편의 시가 담긴 이번 시집『헤어진 이름이 태양을 낳았다』(창비, 2018)에서 세상과 사람을 바라보는 시인의 눈길은 더 따뜻해지고 관대해진 듯하다. 시집은 불행과 폐허마저 여성적 노동으로 일구어 희망과 사랑을 탈바꿈시키는 자연과 생명의 연대를 보여 준다고 할 수 있다.

　　삶과 더불어 죽음까지 껴안는 시인의 시선이 느껴지며, 흔들리는 생명을 온몸과 숨결로 호흡하는 시인의 세계가 펼쳐진다. 일상적이고 단순한 사물인 "봉지"마저도 그런 시인의 시선으로 보면 희망적이다.

　　　　허탈할 때
　　　　뭔가 가득 찰 때도 들어갑니다

　　　　따뜻하기도 하고 서늘하기도 하죠
　　　　섭섭한 대로 봉할 수 있어서 다시

풀 수 있어서 늘 희망적입니다.

—「봉지」부분

봉지에는 모든 것이 다 담긴다. 허탈할 때도 가득 차며 풍족하고 만족할 때도, 그래서 따뜻하기도 하고 서늘하기도 하다. 봉지란 것이 무언가를 넣어 싸매는 것인데 그것은 "다시/ 풀 수 있"는 것이어서 "희망적"이라는 것이다. 희망이라는 것이 사실 어쩌면 "다시"라는 미래의 시간을 기대해 볼 수 있는 것에서 오는 것이 아닐까? 그래서 묶여 있던 것도 다시 풀리고, 안에 봉한 것도 다시 풀려 나올 수 있고. 더구나 이 봉지에는 "상처 몇 됫박쯤" 싸서 넣을 수도 있다. 그러면 "어둠을 곱씹으며 아물던 상처가" 봄의 입구 쪽으로 귀를 놓고 희망을 알려 줄 수도 있게 되는 것이다.

이 시집에서 박라연 시인의 "희망"은 그 "다시"의 시간을 발견하는 것이고, 그것은 "폐가"라는 공간에서 구체적으로 전개된다. 시인은 "별을 서둣 폐가의 땅을 일구"는 달라진 삶을 출발하게 된다. 그곳의 생활은 "여전히 다른 세상을 느끼는 것이/ 죄가 되는 사람으로 살면서" 그 폐가의 땅 면면을 "보들보들한 희망"을 찾아서 "자라나는 무수한 손가락들을 깨물며/ 넓어진 시간들을 천천히/ 내려오는 일"(「보들보들한 희망이란」)이 된다. 그곳에서 시인은 '집이, 동상, 젊은 각시'로 불리면서 마을 회관에 때맞춰 밥 지으러 일상 속에서 힘겹게 쓰러졌던 자신을 조금씩 세워나간다.

여차여차해서
혼자서는 도저히 못 살 것 같았지만
저를 풀어야 했던 집

사방이 열려 있어서 서울 분들은 무서워서
못 자겠다고 하던 낡은 집

오래된 짐들을 구석구석 앉혀놓으니
금방 내 둘레가 되었는지 튼튼해지는 집

손때 묻은 책과 책 사이에
가구들의 입술 사이에 물려 있는
옛날 가난과

싸움으로 더 튼튼해진 가족사도 여차하면
내 편에 서줄 태세인 집

벌레와 새가
내가 울지만 고라니도 우는 곳

터진 생의 이목구비를 지녔란 놈이
타고 오를 때마다
더욱 내 집이다 싶은
자연스러운 집

—「무례한 치료」 전문

　　혼자 못 살 것 같은 낡은 집에 짐을 풀어놓고 보니, 그것들이 내 둘레가
되어주고 책과 가구에 묻어있는 오래된 가난과 가족사도 나를 울력해 줄 것
처럼 여겨지게 되면서 내 집이라는 마음을 갖게 된다. 도시인에게는 두려
울 것 같은 사방이 터진 시골의 집이지만, 벌레와 새 울음소리가 들리고 살
아있는 자연의 생명들이 함께하는 곳이다. 이런 곳으로 오기까지 시인의 가
슴에는 얼마나 터질 듯한 울음으로 가득했을 것인가? 시인의 막막한 울음
에 함께하듯 고라니도 우는 곳, 지네가 기어오르는 곳에서 생의 이목구비
를 더듬어보며 시인은 그곳을 자연 속에 터 잡은 자연스러운 내 집으로 받

아들이게 된다. 그것은 도시로부터 사람들로부터 받은 상처를 치료해 주는 듯한 과정이기도 하다.

"사람보다 무덤/ 집보다 폐가의 목소리가 더 우렁찼"던 그곳과 대화가 되기 시작한 것은 꽃이 피면서였다. "꽃은 무엇이든 살리는 소식이니 좋아!"라고 폐가가 먼저 입을 열고 무덤들도 "아! 꽃이네!" 하면서 죽은 듯이 "사람의 말을 다 들어주었"(「딜레마」)던 것이다. 서울 집도 그립지만 이곳에 정이 들다 보니 시인은 서울의 집을 찾아야 하나라는 딜레마까지 느끼게 되기도 한다. 시인이 그 대화를 들을 수 있었던 것은 "그 많은 꽃 이름들과 바람이 난" 때문이다. 자연으로 열린 시인의 자세는 도시인의 것을 버리고 오랫동안 책을 만졌던 손을 부끄러워하며 삽과 호미를 들고 "입만 치장하던 어제를 불 질러" "미물과도 포옹을"(「칫솔질」)하고자 했다.

폐가로 이전할 만큼 마음도 피폐했을 시인에게 폐가에서의 미물과의 포옹, 자연과의 연대는 그에게 경이와 기적과 같은 사랑을 알게 한다. 그것은 시인이 즉사할 뻔했던 고비를 넘기면서이다.

그 신도시 입구에서
신호 위반으로 즉사할 뻔했을 때
무사했던 이유를 펼쳐볼까 합니다

내가
걷고 생각하고 마음을 줄 수 있는 사람이어서
너무 많은 묘지와 폐가의 기이奇異들을 달래주려고

눈만 뜨면 갈아엎으며 꽃물결이게 한
나의 노동이 불러온
수십 마리의 호랑나비들의 실전, 그러니까
사고의 찰나에 그 먼 데까지 달려와서는

수많은 입술로 꽉,
차창 밖으로 튕겨나가지 않게 꽉
머리카락 한 올 다치지 않게
붙들었다고 믿게 된

그날의 내 마음이
사람의 내면에 뿌려지는 씨앗이 될 수
있다면

비애의 농도만큼 농염하게 피어나는
수많은 그녀들

비록 함께 살지는 못해도
내 아끼는 사람 위험을 막으려고
몰려가는 그녀들이 될 것처럼

사랑은 있다, 라고 그렇게
다시

—「그렇게 다시」 전문

　시인은 "걷고 생각하고 마음을 줄 수 있는 사람"이어서 주변의 보잘것없
거나 버려진 사물들에도 관심을 주고 말을 걸어주고 대화를 들을 수 있는 능
력을 갖는다. 묘지와 폐가에서도 그 "기이"함을 달래주려고 시인은 꽃밭을
일구는 노동을 아끼지 않았다. 그러자 그 노동의 결과 묘지와 폐가가 꽃물
결로 바뀌면서 그곳에 사연을 가지고 서글프게 떠돌던 그 어떤 영적이고 기
이한 무엇들은 "수십 마리의 호랑나비들"로 찾아왔을 것이다. 시인에게는
이 호랑나비들이 시인의 수고에 감사하듯이, 사고의 찰나에 그 먼 현장까

지 달려와서 시인을 다치지 않게 살렸다고 여겨진다. 시적인 진실이나 진리라는 것은 과학적이거나 가시적인 인과관계로 합리적으로 설명하는 세계를 넘어서 있다. 그것은 신념 같기도 하고 환각 같기도 하다. 죽음과 생이 나뉘는 찰나의 순간에 시인의 눈앞에 펼쳐진 "호랑나비들의 실전"은, "비록 함께 살지는 못해도/ 내 아끼는 사람 위험을 막으려고/ 몰려가는 그녀들"이었을 것이다. 그 환각을 보고 믿음을 갖게 된 시인은 다시 자신의 마음이 "사람의 내면에 뿌려지는 씨앗"이 될 수 있기를 희망해 보고, 누군가 아끼는 사람의 위험을 막으려 연대하는 여인들처럼 "사랑"의 연대를 회복하는 것이다. 그래서 시인은 "그렇게/ 다시" 사랑은 있다고 선언할 수 있게 된다.

시 「화음은 어떻게든」에서도 시인은 "세상이 모르는 흙, 추운 색"을 품어 기르며, 길러낸 두근거림을 어머니에게 말한다. 꽃을 기름을 통해 시름을 "바꿔치기"하며, 꽃들끼리 어울리는 화음을 본다. 해탈의 경지인 화엄까지가 멀어 우리에게 어렵다면 화음이라도 볼 수 있도록 사람 몸에 꽃을 보낸 것이라고 믿는 시인은 꽃을 통해 번뇌로부터 벗어난다. "근심을 씨앗으로 바꾸는" 해바라기 그늘 아래서는 더 이상 세상을 욕하거나 한탄하지 않겠다고 다짐하는 것이다.

박라연의 시는 시인 자신의 삶에서 일어난 변화와 대응을 여성적 시선에서 읽어내고 수용하는 힘을 보여 주었다. 세계의 추위를 따뜻하게 녹여줄 온기를 줄 수 있는 문학의 힘은 이 시대에도 변함없음을 아직도 믿기 때문이다.

복효근, 풍경의 향수와 시원에 대한 그리움

풍경風景이라는 말은 저절로 있게 된 자연이라는 실체의 개념과도 다르고 자연을 포함하여 인간을 둘러싸고 있는 환경이라는 개념과도 다르다. 회화나 사진에서 뚜렷이 알 수 있듯이 풍경은 일종의 스크린처럼 대상을 향한 주체의 시선과 해석적 욕망을 드러낸다. 언어예술인 시와 소설에 등장하는 풍경이 단순한 소재나 배경에 머물지 않는 것은 그런 이유일 것이다. 서정시에서 풍경은 시적 주체의 서정성의 바탕을 이루고 있으며, 풍경에 스며 있는 주체의 시선에는 세계를 바라보는 그의 태도와 욕망이 투영되어 있는 것이다. 그러므로 시의 풍경은 시인의 시적 탐구의 여정을 담고 있는 지도이자 그의 시 세계가 이룩한 소우주라고 할 수 있다.

1991년에 등단한 복효근의 일곱 번째 시집 『따뜻한 외면』(실천문학사, 2013) 속에는 다섯 마당의 판소리라도 되는 듯 여러 갈래의 목소리로 노니는 판이 펼쳐진다. 이전의 시집들에 공통적으로 보이는 자연에 밀착해서 명상과 반성을 추구해 가는 모습이나 단단하고 견실한 시인의 시적 사유는 여전하다.

올곧은 안정과 균형을 유지하고 있는 시인의 명상과 사유는 신뢰감을 주며, 한편으로는 다양한 어조 속에서 울고 웃는 인생의 부면들을 맛보게 한다. 시인은 자연의 신전 속으로 들어가 엄숙한 사제의 목소리로 세속적인 삶의 이면에서 성스러운 세계를 보도록 하는가 하면(「성물고기」「자작나무 숲의 자세」「폭포」「새의 행로」), 지고지순한 사랑이 어떻게 인생을 물들이는가를 때론 따뜻한 목소리로 때론 의뭉스러운 목소리로 들려준다.(「우산이 좁아서」「영원에 이르는 법」「이녁」「밤꽃이 필 때」)

그런가 하면 노모를 통해 이해한 삶과 죽음의 순행과 슬픔을 애써 담담히 그려 보이고(「어머니, 여자」「호박오가리」), 시인다운 배포와 해학으로 자연 속에서 오롯이 자족하거나 세속적 삶을 튕겨버린다.(「참돔」「눈 연습장」「로또를 포기하다」). 마지막으로 우리 사회의 모습에 따끔한 세침을 놓는 것도 잊지 않는다. 어느 판에서도 허투루 쓰지 않는 어휘들과 농익은 시상들을 만날 수 있고 인생을 깊이 통찰하는 시인의 단단한 사유를 볼 수 있다. 그 가운데 눈길을 끌었던 것은 복효근 시인 특유의 '성속聖俗'의 고찰이다.

기어이 가야 할 그 어딘가가 있어
여울목을 차고 오르는 눈부신 행렬 좀 보아
잠시만 멈추어도 물살에 밀려 흘러가 버릴 것이므로
아픈 지느러미를 파닥여야 하네
푸른 버드나무 그늘에서조차 눈 감지 못하네
오롯이 지켜야 할 무엇이 있어
눈 뜨고 꾸는 꿈은 얼마나 환할 것인가
그 아득한 향수가 아니고서는 비늘이 온통 은빛일 리가 없지
뉘우침이 많은 동물이어서
평생을 물에 제 몸을 씻으며
물고기는 한사코 길을 간다네
온몸으로 물을 뚫고 길을 내지만
이내 제 꼬리지느러미로 손사래를 쳐 지워버리네
지나온 길은 길이 아니라네
제 몸 길이만큼만이 길이어서

발자국도 그 어떤 흔적도 남기지 않네

화살촉 같은 몸짓으로 말하네

살아 있는 물고기만이 비린내가 없다고

그러나 그것만이 살아야 할 이유는 아니라는 듯

묻고 있네

네 가슴에도 천국의 지도 하나쯤 품고 있느냐고

낚시 바늘에 얹힌 한 끼 식사에 눈길 주지 않은

몇 마리 물고기

거친 물살에 제 살을 깎으며

강을 거슬러 오르네

—「聖 물고기」 전문

　복효근의 시선은 범속한 우리의 일상 속에서 문득문득 빛나는 성스러움의 찰나나 평범한 존재들에 깃들어 있는 신성성을 놓치지 않는다. 그러한 남다른 통찰은 거리를 두고 사물의 본질과 존재의 이유를 사심 없이 관조하는 데에서 비롯되며 사물들의 몸짓 하나하나의 의미를 음미하는 끈질긴 사색의 소산이라 할 수 있다. 위의 시에서 물살을 뚫고 가는 물고기의 행로는 인간의 삶을 포함한 생명의 존재 방식을 표상하고 있다.

　"아픈 지느러미"를 파닥이며 "오롯이 지켜야 할 무엇"을 추구해 가는 물고기는 인간의 고단한 삶을 연상시키며, 그 "눈 뜨고 꾸는 꿈"의 환희에 존재의 비애와 환락을 되돌아보게 하는 것이다. 물고기의 은빛 비늘에서 존재의 시원에 대한 "아득한 향수"를 떠올리고, 물속에 몸을 씻는 존재 방식에서 "뉘우침"을 읽어내는 것은 종교적인 열망의 한 종류라고 할 수 있다. 종교적 해탈이나 고행과 흡사하게 물고기가 지나온 길은 지워지며 물고기는 "거친 물살에 제 살을 깎으며/ 강을 거슬러" 오른다. 식탁 위의 물고기에게서도 한 생명의 존재 방식을 성찰하고 성스러움을 느끼는 시인은 우주의 순리와 그에 순종하면서도 그 운명을 넘어 자신을 증명하려는 존재의 몸부림에 공명한다.

그 순간 문득 "네 가슴에도 천국의 지도 하나쯤 품고 있느냐"는 물음을 던지듯이 살아있는 이유를 되돌아보게 하는 존재의 꿈틀거림에 시인은 가슴을 떠는 것이다. 일상과 각성의 교차 속에 일어나는 이 장면은 세속과 신성의 양 기슭의 골짜기를 걸어가는 인간에게 생의 이유를 환기하게 하는 장엄한 풍경이라 불러도 좋을 듯하다.

복효근의 시에 등장하는 풍경들은 삶의 근원을 환기하는 우주적인 신성함, 존재의 의미를 따뜻하게 되새기게 하는 힘을 지니고 있으면서도 인간적인 삶의 연장선상이나 일상에 잇닿아 있는 친근하고 편안한 자연과 사물들이다. 때로는 가족과 이웃들도 그 풍경 속에 들어와 존재에 대한 연민과 그리움으로 서로를 이해하고 어루만진다. 그렇게 복효근의 시에 등장하는 풍경은 삶을 너그럽게 포용하는 주체의 존재론적 성찰을 은유화하고 있는 것이다.

손정순, 청춘 수배자를 찾는 공동체의 노래

손정순의 첫 시집 『동해와 만나는 여섯 번째 길』(작가, 2011)은 서정시의 정통적인 격식과 요건에 성실하다고 말할 수 있다. 시의 형식이나 내용의 측면에서 품격과 절제와 기교가 적절히 균형을 이루고 있는 까닭이다. 시를 통해 느껴지는 정서도 인생의 고비들을 지나 순화되고 가라앉은 차분한 원숙함을 보여 준다. 서정시란 체험한 시간으로 되돌아가는 회감의 형식이라고 부르는 고전적인 말을 떠올려보면 이 시집에서 주되게 작동하는 회상과 기억의 요소는 서정시의 정통성을 잇는 셈이다. 그런 점에서 다소 정적靜的이라고 할 수 있으나, 이 시집의 미덕과 가치는 기억하는 대상과 방식에 있다고 본다. 시인이 기억하는 대상은 청춘과 유년이고, 이 시집은 그 시간을 거슬러 올라가는 여정인 셈이다. 시작의 방법론이랄 수 있는 그 여정을 함축적이고 효과적으로 그려내고 있는 작품이 표제시 「동해와 만나는 여섯 번째 길」이다.

가곡佳谷은 골짜기 골짜기마다에 이름 어울리는 문패를 매달고 지도
에도 없는 바람소리 물소리 실어 나른다 여행지 어느 안내판에도 적
혀 있지 않은 저 단풍! 계곡의 아름다움 직접 제 눈으로 마주치게 한

242

다 마음으로만 밟고 오르라고 온통 불붙는 절벽 사이 비집고 지나가
면 너머가 풍곡風谷일까 한줄기 바람이 골짜기 아래까지 서늘한 생각
잇대 놓는다

　길은 이곳에서 저곳으로 이어지는 생의 한 이동일까 무얼 만나려 우
리 그 풍경 위에 서는가 이 길 다 벗어나 어느 굽이에 또 불붙는 절경
만들며 우리 삶의 한 구비 접게 될는지, 아득하므로 꼬리만 끊어놓고
사는지 어느새 사곡蛇谷, 차가 뱀꼬리 물고 돌아서자 갑자기 여섯 번
째 길 끝 동해와 마주친다 그 바다 또한 해답 없는 질문처럼 아득하
게 펼쳐져 있다

—「동해와 만나는 여섯 번째 길」 전문

　문패도 안내판에도 없지만 산행 중에 눈앞에 홀연 나타나 눈과 마음을 사
로잡는 '불붙는 단풍'처럼 시적 화자는 긴 상념의 여정을 시작한다. 그 상념
과 추억은 닫혀 있던 마음을 서서히 불타오르게 한다. 단풍 앞에서 추억에
잠기고 시간을 거스르게 되는 마음의 작용을 두고 시인은 "마음만으로 밟고
오르라고 온통 불붙는 절벽"이라 적어놓았다. 그리고 이어지는 사념의 끝없
음처럼 이 산문체의 절묘한 리듬은 꼬리에 꼬리를 물고 이어진다. "길은 이
곳에서 저곳으로 이어지는 생의 한 이동"인 것처럼 골짜기와 골짜기는 이어
지며 우리는 풍경 위에 서고 문득 어떤 무엇을 만나게 된다. 시에서 묘사된
산행의 여정이 인생에 대한 회한과 성찰을 던지면서 삶에 대한 반추로 이어
지는 과정이 절묘하다. 아름다운 계곡佳谷으로부터 출발하여 바람 이는 풍
곡風谷으로, 아득한 구비로 이어진 사곡蛇谷으로, 그리고 문득 마주치는 동
해. "해답 없는 질문처럼 아득하게 펼쳐져" 있는 바다는 우리의 인생을 닮
았기도 하고, 젊은 날 달려갔던 청춘의 기억이기도 하다. 이 시집 전반에
펼쳐지는 젊은 날의 회상, 즉 '잃어버린 시간을 찾아'가는 길은 이렇게 우아
한 여행의 비유로 살아난다. 여기에 불붙는 단풍의 감각이 더하여 저마다

의 젊었던 시절로 돌아가는 주술에 걸리는 것만 같다.

잃어버린 청춘만을 이야기한다는 것은 숱한 세대의 레퍼토리였을 것이다. 그러나 시인의 회상은 아직 언어화되지 않았던 한 세대의 청춘을 드러내고 있기에 신선했다.

> 책을 덮고 서창 들녘으로 나가
> 홀로 터지는 복사꽃망울에 잠시 황홀해진다
> 꽃향기 속에 사월이 은밀하게 숨어들었다
> 그대 잠들었으니 나 또한 흔들지도 깨우지도 말라
> 저희들끼리 수런대는 수천의 밀어로
> 복사꽃은 피었다 지고,
> 어느새 풍경처럼 나타났다 사라져가는
> 내 사랑, 수배자의 향기!
> 꿈속에서도 비켜갈 수 없다면
> 당당하게 죄짓고
> 붉은 원죄의 꽃향기로 열매 맺으리
>
> 어느새 저문 복사꽃 가지 끝에서
> 아기별똥들이 다투어 피어난다.
>
> —「복사꽃 진자리」 전문

이 시에서 한순간 눈길을 사로잡는 구절은 "내 사랑, 수배자의 향기!"였다. 시에서 조사 하나를 두고도 우주를 들었다 내렸다 할 수 있다는 말은 시 전체와 시어 간의 유기적인 결합을 강조하는 말일 것이다. 그렇건만 필자는 이 시 전체의 의미 맥락을 파악하기에 앞서 "수배자"라는 어휘에 눈이 고정된다. 수배자란 단어가 시어가 된 것은 분명 시대가 준 '고약한' 선물이다. 마치 황지우의 「새들도 세상을 뜨는구나」에서 군대의 열병식을 하듯이

"일렬 이열 삼열 횡대"로 날아가는 새들을 지켜보아야 했던 것처럼, 시와 시대의 호흡은 숙명인 것이고 시인이 그것을 효과적으로 포착할 때 시는 자기 개인의 것을 넘어서게 된다고 생각한다.

이 시어가 알려 주듯이 손정순 시인의 시에는 80년대 후반에 대학을 다녔던 청춘의 기록이 등장한다. 열아홉에 88올림픽으로 들뜬 서울에서 대학 생활을 시작한 시적 화자는 김승옥의 소설을 애독한다. 데모를 주도했던 애인을 따라 "가자 북으로, 오라 남으로!"라고 대자보를 썼지만 "그러나 아무 곳으로도 오가고 싶지 않았네/ 차라리 저 무진으로, 아니 아카시아 향 휘날리는 노고산 숲에 숨고 싶었네"(「노고산동」)라는 속마음을 가지고 있었다. "논장 커버의 사회과학 서적"보다 애인의 앉은뱅이 책상에 꽂혀 밑줄 쳐진 먼지 앉은 "랭보의 시가, 보들레르의 산문이" 더 좋았던 이 청춘의 자화상은 한 시대와 어느 공동체의 자화상인 것이다. 그렇게 대학에서 데모를 하던 애인은 수배자가 되어 쫓기고 그들의 사랑은 위태로워졌을 것이다.

위의 시에서 수배자라는 단어는 범죄와 위반이라는 사전적인 의미를 떠나 시대의 불의에 맞서 자신의 사사로움을 내던졌던 사람을 향한 사랑의 불안과 안타까움을 함축하고 있다. 사랑은 이타적이면서 이기적인 속성을 가진다. 대상을 향한 헌신과 열정이라는 면에서 이타적이지만 자신의 욕망에서 비롯된다는 점에서 대상을 향한 소유욕과 충족되지 않는 갈망으로 인해 이기적인 것이 사랑이다. 수배자는 나의 이기적인 욕망을 충족시킬 수 없는, 나를 포기하면서 사랑해야 하는 아이러니한 사랑의 대상이다. 그것은 손아귀에 쥐어 소유하거나 감촉할 수 없게 된 존재로서의 아련함 때문에 "향기"의 감각과 상응한다.

시대와의 불화라는 특수한 배경을 떠나 사랑의 대상은 사랑하는 주체에게는 늘 그 종적이 묘연한 수배자가 아닐까? "수배자의 향기"라는 시어의 조합은 그래서 황홀하고 아련하고 가슴 아프다. 그와의 사랑을 꿈꾸는 것은 금지와 위반을 꿈꾸는 것이기에, "복사꽃" 피는 무릉도원을 꿈꾸는 것처럼 현실을 초월하거나 도피하여야 가능한 일이기도 하다. 그녀의 시어들은 일상과 시대에 친숙한 시어들의 묵은 때를 벗겨 그 시절 드러내지 못했던 청춘의 아픔과 자각하지 못했던 감각들을 일깨운다. 한 번도 울지 못한 채 어른이 되어버릴 수밖에 없었던 아이를 안아주듯이 시인은 그 존재 안에 있었을 두려움과 떨림과 소망을 조심스럽게 드러내어 위로해 준다. 시인의 시어는 보드라우면서도 따뜻한 질감과 의미의 두터움을 지니고 있다.

이 시집의 여정은 청춘의 뜨겁고 애절했던 시절을 지나 유년의 기억으로까지 거슬러 올라간다. "경주 김씨가 모여사는 순지리 외가"의 친지들의 이야기(「붉은 토끼성城 —유년 일기 1」), 운문댐으로 마을이 수몰되어 친척들은 뿔뿔이 흩어지고 도회로 나가야 했던 가족들 이야기(「운문댐, 그 후」) 등은 잔잔하게 삶의 애환을 전해 준다. 이런 이야기를 담은 시는 부족과 전설을 노래하여 유전하던 시의 고대적인 속성과 덕목을 떠오르게 한다. 시인은 자신에 대해 노래하지만 그것은 공동체의 노래가 되는 것이다.

비유나 문법에서 모호함 없는 그녀의 시어만큼이나 시집 전체도 회상이라는 안정된 구성 방식을 갖추고 있다. 한편으로 그만큼 익숙하고 낯선 충격이 없기도 하다. 원숙한 그녀의 시는 과거를 회상하는 서정시의 본질적인 형체와 과거에 대한 충실한 재현, 시인이 갈망하는 삶을 진실하게 보여주었다. 그런 점에서 손정순의 첫 시집은 청춘의 기억과 유년의 원체험에 오롯이 봉헌되어 있다. 그녀의 섬세한 감각과 언어 능력은 더 멀고 새로운 풍경들을 찾아가는 여정을 향해 펼쳐나갈 수 있을 것이라고 기대해 본다.

안시아, 존재의 흔적으로 감각된 허공의 미학

　안시아 시인이 시집 『수상한 꽃』(랜덤하우스코리아, 2007)에서 붙안고 다루고 있는 시간, 타인, 구멍(껍질)은 일종의 허공이자 헛것들이다. 그것들은 잡으려 할수록 손아귀에서 빠져나가는 허허로운 것들이다. 이것들은 이미지로 발산되는 유령이나 망상들과 다르며, 시간, 타인, 구멍은 비실재가 아니라 오히려 실재를 가능하게 해주는 선험 조건이지만 주체에게는 파악하기 어려운 것이다.

　시 「시간을 찾아서」에서 시인은 유년 시절의 기억을 만지작거린다. 그 기억은 구체적인 정황이나 사건과 결부된 것이라기보다는 아우라와 같이 일회적이고 정처 없는 것이다. 그러나 시인은 그 기억을 몽환적으로 풀어내지 않고 보다 감각 가능한 것으로 바꾸어 나타낸다.

　잡으면 녹아 사라지는 '눈(雪)'은 시간의 바깥에 내리는 존재로 감각된다. 시인은 시간의 바깥으로 열고 나가 "놓쳐버린 풍선을 잡으려는 아이"같이 기억의 골목을 더듬는다. 그에게 "허공이 길을 가는 거야"라는 말이 들려온다. 그리고 이 허공 속의 더듬기는 "제 그림자" "거울이 보여준 제 얼굴"을 만지작거리기와 동일한 것으로 드러난다.

나를 떠나게 하는 건, 기억 속 술래의 작은 뒷모습이었네

어느 동그라미에 갇힌 달력의 숫자였네

아무도 깨어나지 않는 저 테두리 안으로

눈금 같은 사다리를 올릴 수 있을까

달력은 한 칸씩 어두워졌네

—「시간을 찾아서」 부분

유년 시절의 술래잡기를 떠올리는 시인은 기억과의 술래잡기란 결국 술래의 뒷모습을 바라보는 일에 불과하다는 안타까움을 알고 있다. 과거와 기억은 현재와는 다른 시간의 바깥에 존재하고 "동그라미에 갇힌" "테두리 안"에 놓여 있는 아득함만을 안겨 주기 때문이다. 이 시는 물량화된 척도들에 분절화되고 갇혀있는 우리의 시간성을, 익숙하지만 거부할 수 없는 단순한 사물의 이미지를 통해 환기한다. 서글픈 슬픔으로 채색되어 희미하게 일렁이며 현재의 시간 너머에 아스라하게 떠있는 유년의 기억을 포착하는 일을 두고 시인은 "눈금 같은 사다리"를 그 시간 속에 올려놓는 것이라고 하였다. 일상을 탈주하지 않는 정주민인 시적 주체는 "테두리" "눈금" "달력"과 같은 이미지로 이 시간의 유한성을 인식한다. "달력은 한 칸씩 어두워졌네"라고 나지막이 읊조리는 시인의 음성 속에서 우리의 시간에 놓여 있는 우물과 같이 깊은 빈 곳의 존재를 상기하게 된다. 시간을 찾아 떠난 여행, 시간에 대한 의식과 이미지의 만지작거림의 끝에서 우리는 이 시간도 사그라지는 순간의 운명임을 깨닫게 된다.

시간을 찾아 나서는 것만큼 '타인'을 생각하는 것도 빈 곳을 대면하는 행위의 일종이라 할 수 있다. "언덕을 오르는 동안 생각은 내리막으로 비탈지

248

고/ 걸음을 옮기는 양손은 엇갈렸습니다". 생각은 굳이 발로 걷지 않아도 되는 것. "바람은 불고 있는데/ 아무것도 흔들리지 않"는 것이 내면의 풍경이듯이 이 시에 등장하는 가을의 풍경은 시인의 내면의 표상이다. 이 시의 모든 풍경이 역설적으로 존재하듯이("침묵이 요란한 한때"), 내면의 손길은 무엇인가를 구체적으로 포착하기를 욕망한다. 시적 주체는 한 원로 시인이 깨달았던 바의 그것, 즉 주체의 욕망에 가려졌던 사물의 존재성에 대한 각성 같은 것이 도래하기를 고대한다. 그러나 노래는 "이내 앞 공기를 몰고 저만치" 사라지고 시적 주체와 이 세계는 여전히 "누군가의 타인"으로 남아있다. 김소월의 「산유화」에서 인간과 자연의 아득한 거리를 감각화시킨 "저만치"라는 부사는 이 시에서도 주체와 타자와의 메꿀 수 없는 거리를 표상한다. 이 시의 이미지들은 "치어 몇 마리 수면 위로" 튀어 오르는 것처럼 간헐적으로 반짝거리지만, 시적 화자에게 멀리 떨어져 있는 '타인'으로 세계를 인식하는 만큼 공허함을 더듬는 데에 그치고 있다.

시인은 우리 삶의 비어있음, 공허를 허무나 절망이 아닌 존재의 본질로서 받아들인다. 그러한 공허의 미학을 집중시킨 시가 「껍질」이다. 이미지의 연상보다 사유의 전개로 이어지는 이 시의 새로움은 공허의 인식론보다 그 상상의 동심원적 확대와 수축 작용의 탄력성이라고 할 수 있다. 시인은 벌레 구멍이 있는 밤을 골라내며, 그 드나듦의 흔적을 통해 "몸뚱이가 구멍의 껍질"임을 깨닫는다. 이 '밤(栗)'에 대한 통찰은 '지하철에서 입 벌린 채 잠든 여자' '양파' '하늘의 허공' 등으로 확산되는데, 거기에는 존재의 동일한 원리(껍질/구멍)가 구심점이 된다. 그리고 이 시적 사유는 시의 말미에서 '내 안의 너'로 급격히 수축한다.

바람 드나드는 거대한 구멍인 허공은

하늘이라는 껍질을 두르고 있다

내 안에서 비대해진 너는,

들어온 길로 나갈 수 없는 알맹이였던가

스스로 키운 알맹이가 껍질을 만든다

—「껍질」 부분

　나의 욕망이 키운 내 안의 "너"라는 타자는 "들어온 길로 나갈 수 없는 알
맹이"이며, 나라는 존재는 결국 "스스로 키운 알맹이가" 만든 "껍질"임을 깨
닫게 된다. 온몸이 껍질이고 온몸이 알맹이다. 껍질과 알맹이의 구분이
없고, 내 안의 너는 공허한 타자가 아니라 나 스스로 키운 알맹이이자 나를
만든 것이다. 우리의 욕망이, 사랑이, 존재가 결국 구분할 수 없는 껍질과
알맹이가 아닌가. 비움도 존재의 흔적이고 허공도 존재의 증명임을 안시아
의 공허의 미학은 보여 주고 있다.

원구식, 생성하는 물질의 꿈과 주체의 변이 욕망

오랜 세월 시작에 정진해 온 원구식 시인의 신작시집에는 웅혼한 시상과 힘 있는 시어로 보듬은 일상과 세계에 대한 성찰이 담겨 있다. 루카치가 말한 성숙한 남성의 시선이라 할까? 세상의 모험 끝에 돌아와 인생에 대해 얻은 한 자락의 통찰은 시간의 허무함에 맞먹는 진솔함의 무게를 갖는다. 시인들의 시는 사물들 속에 편재한 원리와 생의 비밀스러운 의미를 찾아 떠난 의지의 소산인 것이다.

오형엽 평론가는 「지독한 패러독스—원구식론」(2010)에서 원구식의 시에 나타나는 4가지 시적 공간, 혹은 시의 원형적인 층위를 언급한 바 있다. 그것은 사랑, 풍자, 추억, 진리의 층위라는 것이다. 제1시집 『먼지와의 싸움은 끝이 없다』(1992)나 제2시집 『마돈나를 위하여』(2007)의 경우에는 그러한 시의식 및 주제가 시적 전개 과정을 설명하는 데 꽤 효과적임을 볼 수 있다.

8년 만에 나온 세 번째 시집인 『비』(문학과지성사, 2015)는 어떨까? 총 4부로 되어있는 이 시집의 목차는 차례대로 물, 불, 흙, 공기와 관련된 제목을 달고 있다. 바슐라르의 물질적 상상력에 등장하는 이 4원소는 고대 그리스 현인들의 철학에도 등장하듯이 세계를 이루고 있는 기본적인 요소들이자 인간의 심리적인 원형성을 간직하고 있는 것이기도 하다. 바슐라르가 4원소론에서 나아가 후기에 물질적 상상력 간에 삼투하고 변형시키는 역동적 상상력에 주목했듯이, 원구식 시인의 이 시집에서도 각 부의 시들은 여러 물질의 이미지들이 몸 섞여 나타난다.

이 4원소는 시인의 원형적인 바탕에 놓인 시적 주제인 사랑, 풍자, 추억, 진리를 우주의 물질들과 엮어나가는 출발점이 된다. 이러한 우주와 세계의 원리에 대한 시인의 내밀한 통찰력이 인간의 존재와 주체의 욕망에 대한 교묘한 깨달음과 시적 성찰로 이어져 있다는 점이 이 시집의 시들을 읽는 재미를 선사한다. 형이상학적인 듯하면서 세속적이고 세속적인 듯하면서 존재론적이다. 인간의 복합적인 욕망과 존재의 허무를 동시에 껴안고 있는 데에서 오는 시적 형이상학은 이미지의 태생이 그러하듯이 관념적이며 물질적이다. 형이상학적 통찰의 순간은 다음 두 시에서 보듯이 "벼락같이" "번개를 맞고" 일어난다.

순간 시간이 정지되고, 어리석은 나는
벼락같이 깨닫는다, 보잘것없는 인간의 육체가 바로
인간이라는 사물의 소중한 기호임을.
죽지 않고 살아 있다는 이유 하나만으로
나는 이미 위대한 물질인 것이다. 갑자기 눈앞이 밝아지고
세상의 모든 별이 중심을 잃고
한꺼번에 내게로 쏟아진다.
…(중략)…
금지된 물질의 영역으로 들어서는 일도
이제 그만!
경고하건대 이런 것들은 모두
풀밭에선 금지된 것들이다.
아무것도 모르는 나는 계속 소리친다.
그러나 내 몸은 이미

그것을 매우 즐기는 구조로 되어 있다.

―「풀밭에서 금지된 것들」 부분

"나는 이미 위대한 물질"이라는 말은 인간에 대한 사물화된 인식이나 과학주의적 태도와 무관하게, 순전히 시적 형이상학의 발언이자 우주적인 동참의 선언이다. 근대에 대한 맹신과 탈근대의 허무를 거치며 너덜너덜해진 인간과 개인에 대한 신념은 이 선언을 통해 다시 우주의 중심으로 들어선다. "세상의 모든 별이 중심을 잃고" 내게로 쏟아지는 금단의 쾌락. 풀밭의 금기와 다르게 "내 몸"은 이미 그것을 즐기는 구조로 되어있다. 에피쿠리안 같은 시적 주체의 이러한 육체적인 탐닉은 우주적인 상상력 속에서 황홀함을 얻는다. 이 시의 시적 상상력은 금지의 엄격함이나 물질의 묵중함을 가볍게 넘어 독자를 황홀한 우주적 동참으로 이끌어간다.

어느 날 두 개의 개울이 합쳐지는 하수종말처리장 근처
다리 밑에서 벌거벗은 채 그만 번개를 맞고 말았다.
아, 그 밋밋한 전기의 맛, 코피가 터지고
석회처럼 머리가 허옇게 굳어질 때의 단순명료함,
그 멍한 상태에서 번쩍하며 찾아온 찰나의 깨달음.
물속에 불이 있다!
그러니까, 그날 나는 다리 밑에서 전기뱀장어가 되어
대책 없이 사물의 이치를 깨닫고 만 것이다.
한없이 낮은 곳으로 흐르기 위해, 물은
자신의 몸을 아낌없이 증발시켜 하늘에 이르렀는데
그 이유가 순전히 허공을 날기 위해서였음을
너무나 뼈저리게 알게 된 것이다.
바위가 부서져 모래가 되는 이유,
부서진 모래가 먼지가 되는 이유,

비로소 모든 존재 이유를 이해하게 된 것이다.

하늘에서 물이 온다.

우리가 비라고 부르는 이것은 물의 사정, 물의 오르가즘.

아, 쏟아지는 빗속에서 번개가 일러준 한 마디의 말.

모든 사물은 날기를 원하는 것이다.

—「비」 전문

위 시의 시적 상황은 사실과 상상, 지시와 비유 사이를 애매하게 바라볼 때 무척 흥미롭게 읽힌다. "하수종말처리장"은 이 시집의 다른 시에 나오는 '열병합발전소'(「지렁이와 열병합발전소」)만큼이나 생소한 시적 장소이지만 물과 불에 대한 인간적 버전에 해당할 법한 상상력을 제공하는 장소라 할 수 있다. '물'의 '종말'과 '불'의 '생성'을 인간이 과학기술과 문명을 통해 가공하는 곳이기 때문이다. 그런데 앞서 말했듯이 시인은 4원소를 개별적으로 바라보는 것이 아니라 그 역동적인 몸 바꿈에 주목한다. "물속에 불이 있다"는, 한 마리 ""전기뱀장어""가 되어서 감전되듯이 "사물의 이치"를 깨닫고 있다. 인간 문명의 오염된 '하수'를 처리하는 그곳은 에로틱한 상황으로 등장하는데, 두 개의 개울이 합쳐지는, 다리 밑에서, 벌거벗은 채로 번개를 맞고 말았던 것이다. 낮은 곳으로만 흐르던 물이 자기 몸을 증발시켜 하늘로 오르는 '물'의 희열을 온몸으로 느끼며 시인은 비를 "물의 사정, 물의 오르가즘"으로 바라본다. 모든 사물—인간의 존재를 포함한—의 날고자 하는 욕망을 뼈저리게 이해하게 된 것이다.

자연과 사물을 비근(卑近)하고 일상적인 장소에서 바라보던 시인의 눈은 에로틱한 순간의 포착과 사물들의 몸 바꿈에 대한 상상을 펼쳐나간다. 그러한 시적 상상은 이 시집 전편에 흩뿌려져 있다. "세상의 모든 멸치들이 홀연히 하늘로 올라가/ 은빛 별가루를/ 하염없이 뿌려대는 이 여름밤에/ 나는/ 황홀하게 사라진다, / 질량 밖으로!"(「멸치」). 사물에 대한 시적 상상은 '나'에 대한 존재론적 이해를 넘어 거시적 우주와의 환상적인 교접으로까지 확장되어 나간다.

  이 시집의 환상은 주체의 정신적인 분열이나 현실과 뒤섞여 버린 몽상과
는 다르다. 들뢰즈가 말한 욕망 기계와도 유사하게, 일상의 곳곳에 있는 사
물들과 접속하는 계기를 통해 시적 주체는 자신의 욕망을 발현시킨다. 그러
한 사물들은 우주적인 주체의 변신의 잠재태들이었던 것이다. 날고자 하는
욕망을 가진 시적 주체는 마치 그리스 신화 속 우라노스나 크로노스와 같은
남성 신을 닮아있다. 그와 연결되어 있는 우주는 대지모와 같은 모성적 상
상 속의 차원과 다르다. 이 시집은 원초적인 변신과 해방의 강한 힘을 내장
한 한 시적 형이상학의 한 모습을 보여 주고 있는 것이다.

유현숙, 초월과 무상의 시간을 향한 노래

유현숙의 시집 『외치의 혀』(현대시학, 2016)을 읽고 있으면 한 그루의 침향 목을 어루만지고 있는 듯하다. 오랜 시간 나무가 물이나 땅속에 묻혀서 연한 부분은 사라지고 그 상처에서 흘러나와 단단해진 수지樹脂와 깊이 밴 향기가 고요를 가득 채운다. 그의 시집에서 느껴지는 단단함과 고요함은 격정의 세월과 가파른 목숨의 절정을 지나 얻은 것인 듯하다.

시집의 곳곳에 등장하듯이, 화자가 기다리고 있는 '당신'은 빙벽을 오르기도 하고 산정에 갇히거나 크레바스의 허방에 빠져 돌아오지 못한다. 가파른 경사의 산정에 매달려 오르는 일은 평지의 순탄한 생활과는 다른 목숨의 열도가 시키는 일. 정주민이 가족을 먹여 살리기 위해 한곳에 붙박여 살며 가축과 곡식을 길러낸다면, 유목민은 한곳에 붙어있지 않고 식량과 새로운 영토를 위해 떠돌아다니는 자들이다. 그러나 이 시집에 등장하는 것은 그런 정주민이나 유목민처럼 생활을 영위하기 위한 삶의 모습을 가지고 있지 않다. 그들은 산악인처럼 경사진 곳, 비탈진 곳, 움푹 팬 곳을 마다하지 않고 그 어떤 곳을 오르는 자들이며, 출가한 수행자처럼 이곳을 두고 그곳을 가기 위해 홀연 그곳을 두고 끊임없이 세상으로 나아가는 사람들이다. 이 시집에 등장하는 '당신'은 수천만 년 동안 외출 중이고 언제 돌아온다는 기약 없이 가출家出, 출가出家 중이다.

    표고 1,800m 아이거에 매달린 클라이머는 거대한 죽음을 예견한다
    목숨을 기댔던 자일이 올가미가 되는 것도 낙빙이나 폭풍설에 묻혀
비박의 밤을 보내야 한다는 것도

    얼음 드는 발가락을 도려내면서 듣는 당신의 목소리야말로
    눈보라 속에서 찾던 황금빛 성배 아닐까

    이제 놓아주어라 저 가슴에다 꽂은 주먹도 그 주먹 끝 날카롭게 돋
은 가시뼈도 숨은 손톱도
    묻어주어라

    벼락 꽂힌 바위의 직등 어디에도 못 미치겠지만 완등만이 능사일
수 있겠는가

    완등을 눈앞에 두고 간 아픈 죽음이 역사에는 얼마나 많은가
    한갓 원망이나 가난쯤
    한순간 끝 모를 바닥으로 추락하는 설원의 크레바스에다,
    저 벽의 잔혹사에다 어찌 대 보겠는가

    더듬대다 이 삶의 얼음 덮인 북벽 끝에서 추락한들 바다 아니겠는가
기껏 죽음 아니겠는가

    천천히 떨어져 내리며 읽는 이 바위벽이 좀 아름답겠는가 그렇지
않겠는가
                             ─「북벽」 전문

당신은 누구인가? 가장 단순히 읽는다면 그것은 화자를 기다리게 하는 사람이고, 화자를 두고 떠난 자이다. 위 시에서 당신은 북벽의 눈보라 속에서 죽음을 맞은 등반가(클라이머)에게는 환상과 같은 대상이다. 완등을 눈앞에 두고 간 아픈 죽음의 역사들처럼 눈보라 속 성배를 쫓던 자들 가운데 당신이 있는 것이다. 그는 황금빛 성배를 쫓아간 자이지만, "얼음 드는 발가락을 도려내면서" 듣게 되는 것은 당신의 목소리이다. 이 경사진 고도高度에서 죽음의 순간은 모든 것을 놓아주고 묻어주는 초월의 순간이 된다. 문밖에 문이 있는 경계 없는 출가出家이다. 그런 점에서 당신을 기다리거나 당신을 상상하는 일은 초월적이고 형이상학적인 부름이다. 당신은 화자의 그리움의 대상이자 합일의 대상이기도 하며, 여기를 떠나지 못하고 저 너머를 동경하는 화자의 분신이기도 하다.

아직 돌아오지 못한 '당신—남자'를 기다리는 여인이라는 구도는 전통적인 여성성의 자리를 만든다. 그의 시 「올해 첫눈」에는 "눈이 내리고 그가 갔다"라고 말하며 "정작 떠난 적 없는 그를 눈처럼 배웅을 하고/ 눈처럼 나만 남아"라고 남겨진 주체의 모습을 드러낸다. 그리움의 대상을 그리워하고 있는 주체는 인내심 많고 시간 앞에서 수동적일 수밖에 없기 때문에 여성적이라고 흔히 말해진다. 그러나 위에서 말했듯이 이 여성성은 '당신'에 자신의 욕망을 겹치고 있으며 그 욕망은 현세적이고 육체적인 통로를 가지고 있으나 궁극적으로 초월과 무상無常에 대한 상념에 닿아있다. 초월과 무상에 이르게 된다면 그곳은 성의 정체성이나 색의 경계가 무화되는 세계이니 그녀의 여성성도 그곳에서 무화되거나 초탈된다. '당신'이라는 존재를 부재를 통해 그려내는 것은 여성시의 전형적인 구도이지만 유현숙의 시집에 '당신'은 말라버린 육체와 초월적인 시간성을 지녔다는 점에서 '절대 타자'의 성격을 지닌다. 남녀 간의 사랑에서 출발하지만 그 영구한 시간성과 메꿀 수 없는 허무의 크레바스는 그녀의 목소리에 불교적 진리를 현현시키는 형이상학적 사유의 깊이를 불어넣고 있는 것이다. 그러나 형이상학의 관념으로 진리를 말하는 것이 아닌 육체적 구체성과 물질적 기표의 끈질긴 달라붙음을 뿌리치지 못하고 있다는 점에서 또한 이 시집의 여성성을 확인할 수 있다.

　　청동도끼와 돌촉을 멘 남자가 집을 나섰다

　　협곡으로 들어간 남자는 돌아오지 않았고, 침엽수림 아래에서 목 긴
짐승이 오래 우는 밤
　　나는 숨죽이고 불면했다
　　터진 손으로 부싯돌을 치는 동안 지축이 기울었고 나무는 뿌리째
뽑혔고
　　눈 속에 파묻혔던 남자가 게놈분석으로 돌아왔다
　　눈두덩이가 패이고 붉고 서늘하다
　　갈비뼈 사이에서 물 흐르는 소리 듣는다 남자를 재웠던 내가 흘린
물소리다

　　잠든 동안 남자는 무슨 꿈을 복제했는지 별 조각 같은 아이들과 꽃잎
처럼 흩어지는 手話와 짐승처럼 허기진 내 언어를 만났는지

　　윗 이빨에 눌린 혀 끝에 눈물 한 점이 얼어 붙어있다

　　눈이 녹는 동안 새가 우는 동안 그런 만 년 동안
　　그리웠던 것은 마른 살갗과 살갗이 주고받은 이야기다

　　2
　　젊은 머리칼을 날리며 집을 나선 당신은 아직 돌아오지 못하는지 외
진 곡벽谷壁에 기대어 서서
　　여전히 궁벽窮僻을 꿈꾸는지

나는 지금 어느 골짝의 만년빙에 누워 등이 얼었는지

—「외치」부분

위의 시에 등장하는 "외치"는 알프스의 산정에서 5천 년 전에 얼어붙어 있던 미라이다. 청동도끼와 돌촉을 메고 나섰다가 눈 속에 파묻힌 채 잠든 남자, 그의 오천 년 동안의 꿈을 복제하듯이 시적 화자는 만 년의 그리움으로 그와 이야기를 주고받는다. 생과 사의 외로운 곡벽에서 초월의 궁벽을 꿈꾸는 모습은 알프스의 외치이자 화자 자신의 모습이기도 하다. "외치"는 귀향하지 못한 당신의 형상이기도 하면서 아직도 꿈꾸고 있는, 박제가 되어버린 시인 자신의 욕망이기도 하다.

남녀의 이원적 구도를 해체시키는 여성성이 대체로 육체에 대한 폭로적인 상상력으로 전복시키거나 따뜻하고 건강한 원형성으로 융합하는 것을 여러 시편들에서 보아왔다. 그러나 유현숙은 그 계보 가운데 새로운 길을 열어주고 있다. 육체의 감각을 잃지 않으면서 불교적 상상력에 기반한 초월의 길을 보여 주고 있는 것이다. 육체의 한계를 시험하는 고도와 현현玄玄한 시간의 깊이를 동반한 이미지들은 그의 시에서 선 굵은 초월성을 펼쳐 보인다. 그곳의 목소리를 들려주는 당신과 당신을 기다리는 화자는 한 몸이며 이 안에 새로운 여성적 주체가 탄생하는 것이다. 이 서글픈 등반의 동반자가 되는 것도 아름답고 향기로운 일이 될 것이다.

이동호, 동화 밑 가슴 아픈 음화陰畵

이동호가 바라보는 빈 곳은 현실적이고 가슴 아픈 일들이 벌어지는 곳이다. 시인은 「A4 용지 2」에서 가난과 알코올 중독자인 아버지의 주정으로 얼룩진 아이의 베어진 동화책을 바라보고 있고, 「폐가」에서는 감나무에 목을 매 자살한 자의 집 마당을 바라보고 있다.

「A4용지 2」에서는 창밖에 내리는 눈(雪)을 두고 "아이가 그리지도 않았는데" 내린다고 말함으로써 전도된 상상력과 비현실감을 자아낸다. 아이의 그림이나 동화는 현실의 재현이긴 하지만 그것은 현실이 아이의 상상을 배반하는 재현이 된다. 눈의 포근함은 고아 소녀를 돌봐 주는 착한 아저씨 이야기인 '키다리 아저씨'의 이미지로 이어지지만 이 동화 이미지는 현실의 우울함과 대조되기에 공허를 증폭시킨다.

눈을 털어 내자 눈사람은 키다리 아저씨로 변했다 근데,

동화 속에서 왜 자꾸 술 냄새가 나는 걸까

아이가 읽다만 동화 속으로 비틀거리며 사내가 걸어 들어왔다

술병이 잠든 아이를 걷어찼다

아이는 걷어차이면서 다시 첫 페이지로 휙 넘겨졌다

—「A4용지 2」 부분

아이의 동화 속에는 술 냄새가 스며들고 아이는 동화마저 꿈꾸는 것을 방해받는다. 가난과 비루함의 현실에 내던져진 아이의 동화는 중단되고 "영문도 모르고 끌려나온, / 동화 속 주인공" 같은 아이에겐 현실의 어둠으로 채색된 음화가 드러난다. 엄마는 야근으로 부재중이고 아버지는 실직한 '늑대'라는 비非인간종인 것이다. 시적 주체는 아이에 대해 이야기하고 있지만 그 자신이 아이의 위치에 놓여 있기도 하다. 시인에게 백지는 현실을 아름답게 꿈꾸게 하는 동화가 더는 지속될 수 없는 현실의 음화만이 불운한 '마법'처럼 떠오르는 여백은 아니겠는가.

시 「폐가」에서는 그 음화와 불운한 마법이 선명한 시각적 이미지들로 드러난다. 주인이 자살하여 흉물이 되고 죽음의 소문만 떠도는 폐가에서 시인은 감나무의 홍시 열매를 또렷하게 찍어낸다. 그 붉은 열매는 죽음의 마침표를, 영혼의 배달을 위한 우표이다.

감나무 가지에 홍시처럼 매달려 있는 그를

처음 발견한 사람은 우체부였다

감나무에는 우표가 무성했으므로 그의 혼은

무사히 하늘로 잘 배달되었으리라

—「폐가」 부분

"그"의 죽음을 놓고 경찰의 추리와 이웃의 연민들이 사실성과 합리성을 따지며 종결되고 무마된 후에, 시인은 "함구"하고 있는 집의 조락을 지켜보고 있다. "그가 가꾸다 만 황폐해진 가을" 속에서 시인은 자리를 뜨지 않고 이 빈 곳에 머무르며, 시간의 흐름과 사라짐들을 바라보고 그의 죽음을 조상하는 자가 된다. 하늘에 배달된 그의 영혼의 답장으로 '눈'이 내려 폐가는 조용한 초상을 다시 한 번 치른다. 상복을 입은 지붕과 "상주처럼" 서있는 감나무들의 곁에서 삶의 공허를 바라보는 시적 주체는 죽은 자의 영혼이 배회할 수 있는 빈 마당을 마련해 준다. "마당을 가로질러/ 그의 발자국이 하나 둘 새로" 돋아나는 것을 보며, 시인은 조락과 황폐의 폐가에서 소생을 본다. 붉은색들이 절정으로 올랐다가 여백의 빛깔인 흰색으로 전환된 시의 색채들은, 마치 컬러에 감광되지 않고 희고 투명하게 정화된 공간처럼 그의 발자국을 떠오르게 한다. 시인은 이 빈 곳에서 삶과 죽음이 맞닿은 지평을 그려낸다.

잔인하고 모진 현실이 우리의 인식을 모두 잠식하지 않기를 바라는 시인은 「순신이 형」에서 조금 더 성숙한 동화를 희망한다. 침략과 전쟁의 우울한 현실 속에서도 "접시형 안테나를 세우고" 옛 영웅에게 타전함으로써 역사의 희망을 이어가고 싶어 하기 때문이다. 기대할 것 없는 권력자들에 대한 포기는 "산 거북이를 방생하면 거북선이 되는 걸까?" "하늘에 떠 있는 저 보름달이/ 형이 준비한 화포라는 것을 알아" "지구는 여전히 목표지점을 향해/ 날고 있는, 형의 포탄 맞지?"라는 식의 동화적 상상력으로 발현된다. 시적 주체는 이 영웅과의 거리가 "창 밖 어둠만큼/ 캄캄하다는 걸" 잘 알지만, '형'이라고 부르며 그 거리를 단칼에 무마하고 동화적 은유를 천진스러운 척 구사한다. 이러한 발상은 그의 등단작 「조용한 가족」에서 무상 임대 아파트에 살고 있는 빈곤한 사람들의 삶에 스민 "죽음과의 내통"을 인상적으로 그려내던 현실적 감각과는 지나치게 동떨어져 있다. 그 우울한 세계를 눈치빠르게 읽어내고 탁월하게 그려내던 감각은 「순신이 형」에서 침략과 전쟁이

라는 역사를 다루되 비장하거나 엄숙하게 다루는 것을 피하였다. 그러나 창
밖 어둠을 "뭉텅뭉텅 잘라내는" 아파트 베란다에서 펼쳐지는 이 명랑한 동
화적 상상력에는 빈 곳을 향한 시인의 시선이 없다. 그의 시가 개성적으로
보여 주는 현실과 이미지의 통섭通涉과 이접離接이 아직도 다양한 가능성들
을 타진하고 있는 중임을 보여 주는 한 예라고 할 것이다.

이영옥, 빈 곳의 응시와 존재의 충일성

이영옥의 시는 '빈 곳'에 대한 따스한 관찰과 진지한 사색을 보여 준다. 그 빈 곳은 부재와 허무의 공간이 아니라 무욕과 무심의 존재가 깃드는 자리라고 할 수 있다. 서로에 대한 경계와 경멸과 무시, 오만과 투쟁이 난무하여 뿔만 우뚝 홀로 남는 자리(「뿔이 뿔에게」)는 이 빈 곳의 반대항이다. 그러한 오만과 싸움으로 외롭게 지치는 곳이 아니라 빈 곳은 존재의 존재성이 홀로 충만하고 고요와 적막 속에도 의미가 충일되는 곳이다.

목욕탕에서 마주친 늙은 나부의 얇은 "젖은 종이 짝 같"은 몸과 "스스로 놓아 줘 버린/ 떠난 길 돌아 올 생각이 없는 형형한 눈빛"(「빈곳에서 오는」)은 인간의 생과 죽음이 아스라한 경계를 이루고 있는 빈 곳을 열어 보여 준다.

먼 여정의 마지막 구간을 걷는 수행자처럼

욕탕에 이는 물이랑을 고요히 받아줄 뿐

움푹 꺼져 있는 눈 속을 따라 들어가면

세상에 오기 전인 고요에 닿을 것 같다

—「빈 곳에서 오는」 부분

　인간의 육체는 모든 이들에게 반복되는 영원회귀적인 동작성을 갖는다. 특히 늙은 육체는 그 주름마다 모든 시간들을 각인하고 있으며 삶의 애착과 욕망의 흔적이다. 그러나 늙은 육체의 "움푹 꺼져 있는 눈"은 그 모든 애착을 놓아버리고 수행자의 것처럼 고독하고 수동적이며 "세상에 오기 전"의 것처럼 고요하다. 늙은 육체의 응시를 통해 시적 주체는 삶과 죽음을 아우르고 껴안는 근원적 슬픔의 포용성을 깨닫는다.

　죽음과 소멸은 존재의 숙명에서 오는 슬픔이지만 그것을 껴안는 시인의 시선은 그 빈 곳에서 충일을 확인한다. 이동호의 시 「폐가」에서 주인이 부재하는 집은 사라진 주인을 애도하는 빈 곳이었지만, 이영옥의 시 「빈집」은 부재하는 주인을 대신하여 사물들이 고즈넉한 향연을 펼치는 곳이다. 괴테의 『파우스트』에서 '발푸르기스의 밤'은 주인공이 찾아간 저승의 세계에서 벌어진 정령들의 축제라면, 「빈집」은 인간들이 쓰다 버린 사물들이 자신의 잊혀진 도구성을 자연 속에서 실현하는 작은 축제이다. 폐기된 사물들이 본래의 용도를 회복하는 것은 역설적이게도 이 '빈농'의 폐가에서는 일종의 부활과 같기 때문이다.

　이 시에 등장하는 배경이자 주인공인 "바람벽의 광대뼈가 불거져 있는 빈 농가"는 이농민의 버려진 폐가인데, 이 가옥을 구성하는 사물과 이 가옥이 놓인 자연 전체는 의인화되거나 물활론적으로 묘사된다. "바람벽의 광대뼈" "감나무 야윈 품" "낮달이 얼굴을 묻는다" "허리를 비틀던 흙담은 기어이 주저앉아 버렸다" "놀란 문풍지들이 소스라치게 울어 댄다" 등과 같이 각각의 사물들은 "적막한 마음들"을 지닌 존재이다. 이 적막한 존재들을 깨운 것은 바람인데, 버려져 "간신히 서있는" 세탁기에 "후줄근한 바람이 몸을 구겨 넣자" "겨울해의 마지막 동력이 녹슨 플러그에 접속된" 것처럼 빈집은 깨어난다. 시인은 빈집의 깨어남을 "일시 정지된 동작들이 기억을 짜 맞추고", 타이머가 "오래된 예약시간을 깨닫는" 것으로 묘사한다. 사물들은 기억된 동작들을 반복하는데, 이제 대상은 인간이나 인간의 것들이 아니라 자연에 속한 것들이다. 빨래집게는 어스름을 물고, 저녁은 이불 홑청같이 말라가고, 세탁기는 탈수를 끝내고 빗물을 내보낸다. 탈수의 대상이 되었던 "달빛이 삶은 기저귀같이 새하얗게" 빛난다. 독을 채운 것은 달빛이다. 마지막으로 빈집은 새로운 주인에게 안식을 준다.

> 빈집은 조용 조용 젖어 가는데

> 방문은 늘 해오던 일이라는 듯이

> 고단한 뼈들을 가지런히 윗목에 눕는다

> —「빈집」부분

이전의 주인을 뉘듯이 방문은 "고단한 뼈들을 가지런히 윗목에 눕는다". 빈 농가에 뒹굴고 있는 세간살이들은 자신들의 도구적 용도를 자연 속에서 수행한다. 반 고흐가 그린 농부의 구두를 보고 철학자 하이데거가 도구성에서 벗어난 사물의 본래성, 즉 대지적 속성을 보았다면, 이영옥의 시에서 사물들은 대지성에 자신들의 도구성을 용해시킨다. 그 도구성은 인간이 부여한 것이다. 빈집, 즉 이 빈 곳은 인위성과 자연성의 경계가 그저 무화되고 해체되는 것이 아니라 서로의 존재성을 지니면서 몸을 섞는 과정을 보여 준다. 인간과 "고단한 뼈"가 어느 순간 그 구별의 경계를 넘어 모두 자연 속에 풍화됨을 수락하듯이 시인은 죽음과 삶이 몸을 섞는 빈 곳을 담담하게 그러나 충일한 시선으로 그려 보여 주고 있는 것이다.

이장근, 맨발의 청춘이 날리는 언어의 짹

　이장근의 시집 『펀투』(삶이보이는창, 2011)는 그의 첫 시집이지만, 2008년 서른 후반의 나이로 등단한 그는 청소년 시집과 동시집을 낸 바 있다. 그의 시는 생활 속에서 맞대면하여 얻은 시적 인식과 성찰을 가식이나 기교 없이 정직하게 보여 준다.

　눈길을 끌었던 시 가운데 「맨발에 대한 예의」에서 "사람의 길이 이리 잔혹한 것"이라는 첫 구절은 가슴 한구석을 뜨끔하게 한다. 누군가의 혹은 자신의, 투병이나 죽음, 그런 종류의 고통을 겪고 지켜본 자라면 너무나 저리게 공감하게 만드는 문장이다. 이 단순한 문장이, "이리"라는 허술한 부사로 가슴 구석에 와서 박힌다. "이리"에는 낮은 한숨과 체념과 인간으로서의 숙명이 담겨 있기 때문이다. 맨발로 걷지 않고 신발을 신으면서 인간은 말랑말랑한 맨발에 적합한 길을 없애고, "유방암으로" 도려내진 가슴처럼 산을 깎아버린 채 온통 사람의 길을 아스팔트로 덮어버렸다. 아스팔트라는 딱딱한 길을 가는 자의 신발에서 뒤축이 닳아가듯이 우리네의 목숨도 이 길을 가며 쇠잔해지게 된 것이다. 사람의 길에 대한 시인의 성찰은 망자 앞에서 절을 할 때 신발을 벗는 자세와 한강 다리에 신발을 벗어 두고 죽음의 문을 여는 자살자의 행위에서 동질성을 찾는다. 잔혹하고 가혹한 삶의 폭거 앞에서 스러져야 하는 나약한 인간에게 연민과 동정을 던지는 시인의 시선이 겸손하고 믿음직하다. 그는 가난한 목숨들의 곁에 조용히 머무르며 그들의 삶을 찬찬히 들여다 보아준다.

> 거미의 언어로 말하겠다
> 공중부양을 기대하지 말 것
> 봉고차 배가 터지도록 물건을 싣고 온 그가
> 인도人道에 거미줄을 친다
> 허리를 동그랗게 말고 간격에 맞춰
> 촘촘히 물건들을 짠다
> 간격을 알리듯 무조건 천 원이라는 글자를
> 물건 사이사이에 꽂아놓는다
> 무조건이라는 말처럼 무서운 말이 있겠는가
> 바람도 넘어트릴 수 없는 말
> 물방울을 별처럼 매단 은하계의 말
> 단속반이 폭풍처럼 다녀간 후에도
> 다음 날 물방울 눈빛으로
> 거미줄을 짠 그가 아니었던가
>
> —「무조건 천 원」 부분

위 시에서 시인은 인도 위에서 물건을 벌여놓고 "무조건 천 원"에 파는 노점상의 옆에서 그의 언어를 이해한다. "바람도 넘어트릴 수 없는 말"이 "무조건"이다. 그것은 현실에서 빠져나갈 수 없이 무력한 삶에 처한, "공중 부양을 기대하지" 못하는 "거미의 언어"이다. 단속반이 다녀가도 다시 거미줄을 짜야 하는 노점상의 비애와 생계의 언어가 거기에 담겨 있다. 무게 감마저 느껴지지 않는 "천 원"이라는 말에서 거미줄에 매달린 거미의 목숨처럼 노점상의 삶의 무게를 느끼는 것이다. 주변 사람들의 눈에 보이지 않거나 무심하게 지나치는 그 투명한 비애에 대해 시인은 덤덤하게 보여 주고 있다. 이 진솔함이 이 시집의 미덕이라고 할 것이다. 과장이나 동정이 아닌 그 삶을 내밀하게 들여다보고 일상의 사람들이 무심하게 지나친 "투명한" 삶의 거미줄을 일러주는 것이다.

그의 진솔한 어투와 우직한 비유는 시집 속의 시를 빌려 말하면 "금지에 지름길이 있다는"(『300 이하 맛세이 금지』) 신념과 더불어 다져진 정신에서 우러나는 듯하다. 금지의 문을 열고 허공에서 길을 찾던 그는 위반을 통해 자유의 신념과 도약할 수 있는 힘(날개)을 얻었다. 남들이 "후루꾸(요행)"라고 부르지만 그것은 상관없는 일이라고 말한다. 금지인 경서에 맛세이를 찍는 듯한 태도처럼 이장근 시인의 시에는 세련된 감각이나 공들인 언어적 수사가 없다. 그의 시는 거칠고 투박하다. 그건 그가 우리네의 삶에서 그대로 건져 올린 날것의 언어를 쓰고자 하기 때문이다.

관장님께 권투는
권투가 아니라 꿘투다
20년 전과 바뀐 것 하나 없는 도장처럼
발음도 80년대 그대로다
가르침에도 변함이 없다
꿘투는 훅도 어퍼컷도 아니라
쨉이란다
관중의 함성을 한데 모으는 KO도
쨉 때문이란다
혹이나 어퍼컷을 맞고 쓰러진 것 같으나
그 전에 이미 무수한 쨉을 맞고
허물어진 상태다
쨉을 무시하고
큰 것 한 방만 노리면

큰 선수가 되지 못한다며

왼손을 쭉쭉 뻗는다

—「꿘투」부분

　　시인은 "권투"가 아니라 80년대식의 발음으로 "꿘투"라고 쓰고 있다. "꿘
투"라는 발음에는 주먹을 꽉 쥐고 상대방을 노려보게 만드는 긴장감이 있
다. 노관장의 쨉을 무시하지 말라는 가르침은 우리네 일상에서 각종 뉴스
와 신문에서 들려오는 복권과 주식의 한 방 같은 신기루 유혹에 빠지는 소
시민성을 반성하게 한다. 산다는 것은 혹이나 어퍼컷처럼 큰 한 방이 아니
라 쨉처럼 그렇게 "멋없고 시시하게 툭툭 생의 문을 두드리는 것"일 수도 있
다는 성찰을 얻게 되는 것이다. 노관장 자신도 챔피언으로 화려한 삶을 살
고 있진 않지만 20년 동안 아침마다 도장 문을 열며 일종의 그만의 생에 쨉
을 던지고 있는 것이다.

　　이 시처럼 이장근의 시를 읽으면서 얻게 되는 감동 내지 재미가 있다. 그
는 등장하는 인물들의 평범하디평범한 일상과 그 삶의 내력을 투명한 눈으
로 살피면서, 생의 이치를 단순하면서도 설득력 있게 전달하는 소박한 말
투를 쓴다. 혹이나 어퍼컷이 아닌 쨉처럼, 그의 시는 독자의 머리와 가슴에
무심한 듯 툭툭 와닿는다.

　　그런 공감 때문에 앞의 시 「꿘투」를 읽고 난 후 「최후의 승자」라는 시를 읽
을 때 흥미를 갖게 된다. "소주 네 병을 마시고도/ 눈동자만큼은 비틀거리
지 않던" 김 관장이 "어떤 가난이 날아와도/ 그곳만큼은 버틸 줄 알았"던 신
림동 지하 도장을 문 닫았다(「최후의 승자」). 배고플 때마다 도장을 찾던 시적
화자는 "맷집이 두려움으로 변해/ 싸우기도 전에 패배를 생각"하게 된다.
그러나 십 년 만에 김 관장이 다른 곳에서 도장을 하고 있다는 소식에 희미
하게 시적 화자는 "실눈이 뜨"였다. "맞는 순간에도/ 눈 뜨고 있는 선수가
이긴다"라는 김 관장의 말처럼 "희미하게/ 링이 보이기 시작"한다.

　　시 「꿘투」 한 편만 읽는 것보다 「최후의 승자」와 함께 읽는 것이, 이 시집

전체를 통해 이장근 시인이 날리는 잽을 읽는 것이 흥미롭다. 링을 바라보는 그의 투지가 신선하다. 그의 시에서 우리는 위반과 금지를 두려워하지 않고 자유를 위해 비상할 줄 알며 낮은 존재를 향해 몸을 기울일 줄 아는 시인을 보게 된다. 그의 시가 우려내는 공감은 정직한 삶의 체험과 타인들에 대한 정감 어린 이해에 기반을 두고 있다. 이 두 가지를 위해서는 현실에 굳게 맨발을 디디고 타인의 어깨에 손을 건넬 줄 아는 견실堅實한 시정신이 필요하다. 우리 시단은 이런 견실한 시정신을 가진 맷집 좋은 새로운 젊은 시인을 맞이한 것이다.

이혜미, 인어와 무녀가 부리는 언어의 산란술

2006년에 등단한 이혜미는 1988년생이다. 그의 첫 시집 『보라의 바깥』(창비, 2011)에서 그가 사용하는 언어와 감각은 새롭다 못해 고개가 갸우뚱해질 만큼 낯설다. 시의 낯섦이란 현대시의 운명이고 어떤 면에서 독자와 시단이 목말라하는 것이다. 그의 시에는 신선함과 더불어 활기찬 상상력과 예민한 감수성도 있다.

표제시인 「보라의 바깥」에는 너와 나의 만남과 헤어짐이라는 비밀스럽고 신비스러운 순간과 작용이 우주적인 형상과 움직임 속에서 그려진다. 그 모습은 순간적이고 희미하며 몽롱하다. 빛을 프리즘으로 보았을 때 나타나는 일곱 가지 색깔의 가시광선보다 짧은 파장을 보라색 바깥에 있다 하여 자외선이라고 부른다. 그것은 인체에 해를 입힐 수 있는 보이지 않는 광선이기도 하다. 『보라의 바깥』이라는 제목은 그런 자외선을 연상시키기도 하고 눈을 감은 뒤 떠도는 잔상을 떠올리게 하기도 한다. 그처럼 시인은 가시적인 현상을 넘어 우주의 물질과 입자가 되어, 파동을 느끼고 실존으로 변신하며 상상한다.

이 시집을 통해 시인은 "반半처녀"가 겪는 사랑의 아픔과 젊음의 성장통을 그려내고 있는데, 이 안에는 무방향으로 팽창하는 풍선처럼 각양각색의

273

언어들이 들끓고 있다. 그 언어는 마치 백과사전적이어서 예측이 불가능하고 지적 허영심마저 자극하는 일면이 있다.

얼굴을 다발로 켜 들고 그것들이 부딪는 모양을 살핀다
견籤으로 긁어 소리를 내는 악기를 품에 안으면
손가락 끝이 하얀 가루들로 젖어 반짝였다
당목이 종을 쳐 배꼽이 아홉 갈래로 진동할 때
비록 헛꽃일지라도 그 홍채가 오래도록 요동치고
꽃뚜껑에 숨이 고여 유정遺精을 부르는데
두 묶음의 타액을 나누어 하나의 눈을 가지니
실타래가 비로소 풀려 일궈낸 색이 된다
음악의 종지를 알리는 검은 가슴마다
고백과 고문이 서로 앉을 자리를 겨루었고
엇대인 두 아가미가 투명한 회문回文으로 얽혀들면
아직 아무것도 피어나지 않는 이음새의 시간

—「어비목魚比目」 전문

위 시의 제목인 "어비목"은 '물고기 두 마리가 눈을 맞대는 모양'이라는 뜻으로, 체위의 일종이라고 시인이 주를 달아 설명해 놓았다. 「소녀경」에 있을 법한 제목부터도 그렇지만 여기에 등장하는 다른 시어들도 예사롭지 않다. 견籤이라고 쓰여 있는 이 단어는 사전에서는 '채 진'으로 읽고 어라는 악기를 두드리는 채라고 되어 있다. 이 낯선 악기의 이름뿐만 아니라 "유정遺精"이니 "회문回文"처럼 생활에 익숙하지 않은 한자들이 튀어나와 시어가 되는 장면은 이제껏 시단에 주류를 이루어왔던 서정시, 모더니즘시, 리얼리즘시(민중시 포함), 심지어 미래파의 언어 감각과는 이질적이라고 할 수밖에 없다.

어떤 시에는 극피棘皮동물인 성게의 기관을 두고 "입천장이 짙어지며 고

대古代의 등이 켜지다"라는 표현을 쓴다. 이혜미 시인은 "고대의 등"에 각
주를 달아 "아리스토텔레스의 등燈"이라고 하고 그것이 성게류의 씹는 기
관을 일컫는 학명임을 알려준다(「방란放卵의 밤」). 그리고 그 시에서 극피동물
인 성게가 된 연인들은 교미를 하고 산란을 한다. 겹겹이 존재하는 자신의
내부에 들어있는 애인의 존재와 그로 인한 고독감을 러시아의 인형 "마트
로시카"를 통해 토로하기도 하고, 이집트 청동 와상에 새겨진 글귀(「청록색
의 여인」)을 가져오기도 하고, 바람개비가 돌아가는 시간을 "카오스모스"라
는 환상적인 세계로 그려내기도 하고, "메스칼린"이라는 환각제의 용해도
등장하고, 리샨이라는 꽃을 두고 "찢어진 머리카락을 휘날리는 병든 신부
여, 피 흐르는 소리에 밤새 뒤척이는 우리는 육식肉蝕을 앓는 식물들입니다"
라고 노래하기도 한다(「리샨」). "감정아이"(몸엣것 없이 밴 아이. 즉, 첫 번째 배란에
수정되어 밴 아이—시집의 주)라는 조혼 풍습이 있던 시대의 단어가 시어가 되는
가 하면, 쿠마이의 무녀를 등장시켜 여성의 몸과 성장의 아픔을 말한다. 시
인의 몸은 "마트로시카"처럼 여러 겹으로 이루어진 소녀와 무녀의 몸을 담
고 있는 듯하고, 그녀의 시어들은 백과사전의 분류를 넘나들며 일상 밖으
로 뛰쳐나간다.

　이혜미의 시어는 이제껏 시어들이 품어보지 못한 새로운 방법으로 의미
를 탄생시키는 언어의 방중술을 보여 준다. 위의 시 「어비목」에서 "고백과
고문이 서로 앉을 자리를 겨루"는 것이 사랑의 관계이듯이, 그의 시에서 언
어들은 서로의 존재에 부대끼며 합일의 욕망에 뜨거워진다. "두 묶음의 타
액을 나누어 하나의 눈을 가지니/ 실타래가 비로소 풀려 일궈낸 색이 된다"
는 것은 두 존재의 합일에 대한 비유이기도 하지만 시인의 시가 탄생하는
방법론의 비밀이 될 수도 있다. 무녀가 지상과 천상의 언어를 뒤섞어 혼을
교통시키듯이 이처럼 그녀의 시는 사랑의 고통과 그 성장의 빛을 다차원적
으로 발하게 하는 매력을 가지고 있다.

　그녀의 시는 사랑의 아픔에서 출발한다. "늦은 새벽 애인이 울며 잠 속으
로 전화를 걸어온다 깨어보니 아무도 없어, 이 방 가득 나 혼자뿐이야"(「마

트로시카」라고 탄식하게 만드는 사랑은 사랑에 빠진 주체를 자기 내부에 "마트로시카처럼" 가둬놓게 한다. 「어비목」의 비유도 나왔지만 이혜미의 시에서 사랑하는 존재들은 자주 어류에 비유되어 나타난다. 사랑하는 애인은 사랑에 빠진 주체를 "해초마냥" 휘감고 눈멀게 하는 "물고기" 애인이다(「측백그늘」). 물고기 애인을 사랑하여 그의 아가미에 들어간 사랑하는 주체는 "반만 처녀인 나"가 되어 반인반어半人半魚의 "치명"적인 사랑을 감행하게 된다. 이들의 사랑은 어류 되기와 식물 되기로 그려진다. 어류 되기와 식물 되기는 사랑을 통한 두 존재의 만남과, 사랑으로 인한 주체의 변화를 현상하는 감각이자 방법이다.

> 나는 아 아 아 아 소리도 잃고 잎사귀가 된 입으로 부질없이 어둠만 뱉어낸다. 뚝 뚝 수액을 떨구며, 몸 속 가득한 그늘 출렁이며 너를 부르는데 저만치 네가 돌아오는 소리, 나는 쫑긋 나팔꽃 귀를 세우고 덩굴손을 흔드네 여기야 여기, 버린 네가 다가와 나에게 키스한다 한 잎 한 입 나를 뜯어 삼킨다 네가 나를 먹는 동안 나는 순하게 잎사귀만 흔들며 망연자실, 안개가 풀어낸 파편이 되어 사라지는 숨톨들 아무래도 이 숲의 초록은 계속될 것 같네, 네가 나를 삼키고 결국 내가 나를 버릴 때까지
>
> ─「링반데룽」 부분

우리는 두 개의 날카로운 비늘, 아름다운 모서리가 남겨졌다

아직은 목젖을 붉게 적시며 구체적인 오후를 꿈꾸고, 잃어버린 아가미를 찾아 돌아올 수 있을 거야 우리의 기도는 한곳만을 고집스레 방향하는 일이니, 깊이 고인 맹목이라 해도 헛된 문장만은 아닐 것

그러니 함께, 멀리로 가자

아름다울 못이 남아 있다

—「투어鬪魚」 부분

　인용한 위의 첫 번째 시는 식물 되기를, 두 번째 시는 어류 되기를 보여
준다. 첫 번째 시의 제목인 링반데룽이란 방향감각을 잃고 같은 지점을 맴
도는 일로 환상방황環狀彷徨을 뜻하는 말이다. 첫 번째 시는 환상방황처럼
사랑의 관계에서 헤어 나오지 못하는 두 존재의 모습을 나팔꽃 귀와 덩굴손
을 가진 식물인 시적 화자와 그 잎을 뜯어 먹는 초식동물이 된 연인으로 보
여 주고 있다. 이 시의 인용하지 않은 앞부분에는 이별 이후 두 존재의 관계
가 어떻게 다시 얽히며 존재를 변모시키는지에 대해 환상적으로 묘사되어
있다. 마치 그리스 신화에서 월계수로 변하는 다프네의 모습을 연상시키는
이 장면은 이별을 통보하는 자와 이별을 당하는 자의 관계가 어떻게 역전
될 수 있는지를 모든 감각을 열리게 하는 환상幻想을 통해 보여 준다. 둘의
관계에서 헤어 나오지 못하는 젊음의 사랑앓이는 방향감각을 잃은 '환상環
狀방황'이라는 말과도 절묘하게 맞아떨어진다. 시집의 마지막에 등장하는
버들붕어에 대한 노래인 두 번째 시에서 시인은 연인과 같아지려는 욕망을
포기하지 않는다. 비록 "네가 머물던 자리에 다른 비참이 들어"서고 "서로
를 흉내내다가 서로에게 흉凶이 되는" 사랑이 된다 해도, "잃어버린 아가
미"를 찾겠다는 욕망과 꿈꾸기를 포기하지 않는 것이다(「투어」). 시인이 그
아픈 사랑을 떠날 것인지 알 수는 없으니, 시인은 이 두 가지 욕망을 포기
하지 않고 "멀리로" 가는 "아름다울 못"을 찾아가는 여정을 지속할 것이다.
　이혜미의 시집에 단박에 몰두하기는 쉽지 않다. 그녀의 시에는 사전과
주석이 없으면 이해하기 어려운 백과사전적인 어휘들이 출몰한다. 우주의
신비와 성의 역사에 대한 오래된 지혜를 알고 있는 무녀의 어휘를 부리면서
도, 인간의 사랑에 대해서는 인어공주의 동화에 나오는 듯한 불가능하고 자
해적인 사랑에 몸을 맡기는 소녀적인 감성을 보여 주고 있기도 하다. 독자
로서는 어느 한 가지도 마음을 내맡겨 읽기가 버겁다. 우리가 두고 오거나

지나쳐버렸던 세계가 거기 있기 때문일까. 한때 누구나 겪었을 청춘의 열병과 방황을 시인은 자신만의 개성을 가진 영롱한 색과 언어로 가시화시켰다. 그녀의 감각은 환각처럼 아련하고 언어는 무중력의 상태에서처럼 홀연히 떠다닌다. 이 우주적인 상상력은 세련되었으나 한 발짝만으로도 끝없는 우주의 어둠으로 흘러 들어갈 수 있듯이 이 무중력 상태는 위태롭게 느껴지기도 한다. 위태로움을 감내한 자기 몫의 꿈꾸기를 보여 준다는 점에서 그녀는 우리 시단의 젊은 시인으로 주목받을 가치를 지니고 있다고 할 것이다.

정철훈, 치열한 자기 부정과 영속성의 인식

　정철훈의 세 번째 시집인『개 같은 신념』(문학동네, 2004)은 1997년 등단하여 상재한 이전의 시집『살고 싶은 아침』『내 졸음에도 사랑은 떠도느냐』에서와는 사뭇 다른 시적 화자가 등장한다. 생활의 배반자로 자처하는 시적 화자는 시詩와 외도 중이다.

　남편의 위치에 있는 시적 화자는 자신이 건실한 샐러리맨인 줄 알았는데 카드 빚 때문에 '장기臟器라도 팔아야겠다'라고 하는 아내의 말에 충격을 받기도 한다. 아내는 애정의 동반자이지만 생활과 생존의 책임을 환기하는 적대자이기도 하다. 평범한 남편과 생활을 원하는 아내 앞에서 시적 화자는 '애인'인 시인을 부정해야 한다. "애인을 사랑할수록/ 아내를 철저히 속여야 한다/ 내가 애인을 사랑할수록/ 내게 애인은 없다"(『시인 죽이기』). 이것은 예술가로서의 자아와 생활인으로서의 자아가 분열하고 있다는 것이다.

　이러한 자기분열상은 예술적 자아와 시민적 자아 혹은 생활인의 분열, 또는 육체와 영혼, 자연과 문명의 대립 사이에서 일어난다. 밤늦도록 귀가하지 못하는 시적 화자는 문고리에 목을 매는 시늉으로 자살 기도를 하는 아내에게 '사랑이야말로 쓰라린 배반'이라고 말하지만 이런 '나'를 집안의 개들마저 외면한다. 이런 개들의 신념보다 자신의 신념이 진보적일 수 있다고 강변하는 시적 화자의 말은, 눈에 보이는 생활과 사실보다도 시인의 가슴에 품고 있는 열정과 사랑이 더 진실될 수 있다는 것을 우회적으로 말하고 있는 것이다.

> 사랑의 기압골이 맞부딪쳐 오늘은 새벽부터 비가 내리고
> 아내는 지금 뜨거운 샤워를 하고 있다
> 아내여, 지금 맞고 있는 물줄기가 사랑임을 왜 모르는가
> 물 위에 쓰는 것이 사랑인 것을
> 내가 젖지 않는 이유는 내가 이미 젖어 있기 때문임을
> ─「개 같은 신념」 부분

물 위에 쓰는 것이 사랑이라는 것은 범속한 생활인에게는 이해될 수 없는 신념이다. 이 성숙한 남성의 어조에는 생의 비애감과 강건한 사랑이 배어있다. 장식적인 언어가 없는 단순한 비유는 이 어조에 힘 있는 함축을 담아낸다.

자신의 일상과 내면에 관심을 돌린 시인의 시선에는 여러 타인의 시선이 겹친다. 일요일 오후에 돌리는 세탁기. 빨래통의 "소용돌이치는 구정물 위로" "아내의 젖은 눈망울"이 떠오르거나, 윤기 나는 콩자반이 "내 식솔들의 눈동자"로 보인다. "콩깍지를 쓰고/ 눈먼 사랑을 하고/ 아이를 낳은 것이 엊그젠데"(「콩자반」), 아이들은 "눈 맑은 청년"이 되어 시인을 바라보고 있다. 이렇게 사랑과 배반이 등 붙어 존재하는 가족들이 시인의 시선에 들어온다. 생활의 문제로 갈등하기도 하지만 아내를 비롯한 가족은 시적 자아의 긍정을 위한 한 계기가 된다. 만취한 아버지의 등에 자신의 모습을 겹쳐 보다가 자식들에게 "내 서러운 등짝"(「아버지의 등」) 들켜버리는 '나'는 아버지와 마찬가지로 죽고 묻힐 것을 이해한다.

이렇게 확장된 타자의 시선은 보리밥을 먹다가 보리밥의 "한 알 한 알이 귀신을 본다는 고양이 눈"으로 보이거나, 그 눈에서 세 살 적 동냥 나온 거

지 눈을 보기도 하고, 국경 어느 골목을 헤매고 있을 연변 아줌마 삼 남매의 눈을 보기도 한다. 텔레비전 화면에서 나타난 이국의 빈민 아이는 시적 화자를 아득한 자기 반추로 이끈다.

물살을 가르는 자동차를 향해
소년이 조막손을 내밀 때
다리를 절며 건너편 차도를 걸어가던 사내
틀림없는 나였다

찬비를 맞으며
머리에 훈김을 피어오르도록
도시 뒷골목을 헤매던 절름발이

달팽이 한마리가
빗물 흥건한 브라운관에 붙어
까만 촉수를 연신 흔들었다
소년아, 너와 함께 철이 든다

—「밥상을 밀다」 부분

도시를 헤매는 비루한 시적 화자의 모습이 빈민촌 아이가 나오는 풍경 속에 겹쳐 나타난다. 절박한 생존에 매달린 소년을 통해 화자는 생활에 대한 반성을 얻는다. 이렇게 비루한 일상의 자기 모습을 시인은 곳곳에서 조우한다. "모든 게 이미 폐허라는 걸" 알고 있는 표정을 짓는 요크셔테리어(「개한 마리의 명상」), 노동판의 "쬐그만 존재"들(「목수를 엿듣다」), 골목길에서 연탄을 져 나르다 주저앉은 사내(「눈 반짝 골목길」)들이 그것이다. 「눈 반짝 골목길」에서 사내의 꼼지락대는 새까만 발가락을 보면서 시인은 "사내의 시선 밖에서 내가 사내를 지켜보듯/ 내 시선 밖에서 또한 나를 지켜보는/ 무참한 눈

정철훈, 치열한 자기 부정과 염소성의 인식

이 있다는 느낌"이 든다. 그 느낌을 통해 시인은 그렇게 삐져나오는 발가락처럼 생의 몸부림이 지속되는 한 "살아볼수록 세상은 아름답다는" 어렵지만 소박한 긍정에 이른다. 그 생의 몸부림은 "나 자신이며 내가 아닌" 영속적인 세대 유전의 것이다.

길바닥에서 귀가하지 못하는 자기 부정의 상황에서, 그리고 아내를 두고도 차마 문을 두드리지 못하는 망설임의 지점에서, 우리는 시인이 어떻게 세상과의 화해 가능성을 꿈꾸는가를 엿볼 수 있다. 시집 말미에 놓인 시 「나는 무엇을 보는가」에서 시인은 인류의 꿈이 묻힌 모래사막의 안을 들여다본다. 그곳에서는 상처 속에서 세상이 다시 태어나고 모든 것이 분골되어 "아버지와 아들이 한 서랍 안에 들어 있"으며 "그들은 죽은 다음에야 인류가 일족一族이라는 연설을 서랍의 작은 입을 통해 듣"는다. 그 나라에서는 육체와 영혼이 분열되지 않고 소멸의 운명을 받아들이며 생존한다.

> 덩굴의 갈라진 손들이 그 집에 붙어 새끼를 쳤다
> 모든 것이 모래알갱이로 흩어졌지만
> 지구는 그 멸망을 안고 자전하고 있었다
> 태양의 손이 내가 본 모든 것들의 머리를 쓰다듬었다
>
> —「나는 무엇을 보는가」 부분

시인의 시선은 길바닥에서 출발하여 자신의 가족, 인류라는 일족을 발견하는 수직적인 도정에 이른다. 소멸의 운명을 지닌 이 불완전한 존재들과 영속되어 있음을 깨닫는 시인의 자기 인식은 모성적인 지구와 부성적인 태양의 위무를 받아들인다. 이러한 상상력은 자칫 관념적으로도 비칠 수 있겠으나 북방 지역의 체험에서 오는 거침없고 웅활한 시인의 개성이 울림을 더해 준다. 비루한 현재의 일상에 대조되는 인류와 우주의 대서사는 시인이 과거에 엿본 기억이며 세계의 화해 가능성을 개진시키는 근원적인 상상력이라 할 수 있다. 정철환 시인의 시 세계는 이 세 번째 시집을 통해 다채

로운 변주들을 가지게 되었으며 이 변주들이 근원을 보다 풍성하게 만들면
서 우리 시에 한 영토를 마련할 수 있을 것이다.

최광임, 세습 같은 외로움과 구근의 생명력

최광임이 2002년 등단하여 낸 첫 시집 『내 몸에 바다를 들이고』(모아드림, 2004)에는 이채로운 언어의 부림, 삶의 신산스러움을 껴안으려는 기억술과 활발한 상상력에서 빚어내는 비유가 공들여 짜여 있다. 시인의 반추하는 시선 속에서 무엇보다 돋보이는 대목은 유년의 회상에 등장하는 아버지와 여인들에 대한 추억담이라 할 것이다. 다른 시편들에 비해 이 시들에서 시인의 목소리는 자연스러움을 넘어 맺힌 한을 푸는 무당의 목소리처럼 자신의 의도를 넘어선 절실함을 획득하고 있기 때문이다.

> 너와 내가 속살까지 비치는 햇살을 적시며 넘기는 낮술 자, 나뭇가지에 앉아 자올대는 새를 위해서 한 잔. 가만. 가만. 잔 속에 내 아버지가 있어. 아버지… 아버지… "네 아버진 고급 룸펜이었어. 평생 네 어머니 골수를 뽑아 술로 마셨던 한량", 평생 알려지지 않은 자아를 끌쩍이다 부스러진 육신을 술로 적시던 시대적응의 부진아! 그리고 유전?
>
> ─「술병 속의 새」 부분

술주정뱅이였던 아버지에 대한 추억은 직접 인용 부호 안에 단적으로 제시된다. "불어나는 체중으로나 삶의 부피를 감지하"고 "턱밑까지 자란 아이의 키"로 나이를 파악하는 여자는 잔을 기울이며 아버지를 추억한다. 아버지의 추억에 어리는 명암은 암울하고 '고급 룸펜이자 한량'이라는 직설적인 타인의 평가가 '나'에게 원초적인 상처처럼 각인되어 있다. 시대 적응의 부진이 자신에게 유전되어 있다는 것 때문에 시적 화자는 움츠러든다. "잔 하나에 담긴 세상 이젠 비워주세요. 남모르는 행간을 더듬으며 건져내는 넋"을 통해 술병에서 새가 나는 소리를 듣는 시적 화자는 아버지와의 화해를 모색한다. 술병에 갇힌 것은 아버지였으며 시적 화자 자신이었고 그것은 이제 날아가야 하는 새인 것이다. 아버지와의 화해는 화자를 닮아 "폐경기 맞은 여인처럼 주름져 있는" 바다를 마주 보는 풍경에서 이루어진다.

속살 여리디여린 곳 갈라 뭍을 들이고
굴삭기, 덤프트럭에 만신창이 된 제 상처 핥으며
자꾸자꾸 어둠을 끌어다 덮는 바다
부려놓은 인연, 몸 깊숙이 근 박아둔 채
풋것 주렁주렁 달고
목놓아 먹일 것도 없는 황량한 들판 되어
백주 대낮이 부끄러운 나다

가끔 진저리치듯 진눈깨비 몰아가고
바다와 나,
안으로 스며들고 있었다.
…(중략)…
괜찮다, 괜찮을 거다
무덤가 아버지 축축이 젖은 손 뻗어
내 시린 눈 어루어주고 있었다

멀리서 희끄무레하게 흰 파도 밀리다 말다,

바다와 나

붉게

몸 들이고 있었다

— 「내 몸에 바다를 들이고」 부분

　시 전체에서 이루어지는 화해의 도정을 이해하기 위해 좀 길게 인용하느라 일부를 생략할 수밖에 없었다. 상처 입은 바다의 모습에 '나'의 모습이 겹치고 시적 화자는 인연을 몸 깊숙이 근 박아둔 형상이다. 아직 결실을 맺고 피워 올리지 못한 '나'가 바다와 스며드는 것은 상처의 치유이자 자아의 회복 과정이다. 이때 바닷가 무덤에 누운 아버지의 "괜찮다, 괜찮을 거다"라는 목소리가 들려온다. 시적 화자의 슬픔을 아버지가 "젖은 손 뻗어" 위로해 줌으로써 상처는 치유되고 바다와 나는 동일시되고 자신의 몸과 욕망을 떳떳하게 인식할 수 있게 된다.

　이 과정은 벗어나고 싶었으나 자신이 '세습무'였음을 수락하는 정신적 작용이라고도 할 수 있다. 시인의 목소리는 마치 무당이 굿을 통해 다른 사람들의 맺힌 한을 풀어주듯이 시집 곳곳에서 한스러운 삶을 보낸 여인들의 이야기를 풀어놓고 있다. 가난과 불임, 과부살이로 슬픔의 한 생을 산 여인들을 노래할 때 시적 화자의 목소리는 비유의 어긋남이나 과잉 없이 활달한 어조로 한풀이를 해주며 「너랑은 장단을 쳐라」에서는 신명 들린 어조까지 나타난다. 강신무와 달리 세습무는 부계로 세습된다. 이를 인정함으로써 아버지로 인해 상실감을 겪었던 무서웠던 유년의 기억을 스스로 치유하고, '하얗게 패어가'야만 했던 여인들을 축원하여 '소금꽃'으로 피어나게 한다.

　　꽃이 되고 싶었다

　　사월, 선운사 동백 같은 꽃

　　산비탈 주렁주렁 씨감자 품은 감자꽃 같은,

아들 귀한 집 둘째 딸로 태어났으니 귀남이

셋째 딸 종남이를 본 죄였을까

꽃으로 피지 않았다

…(중략)…

맘씨 착한 서방님을 위해 여자 하나를 들였다

…(중략)…

만장 하나 들어 줄 열매도 없이

예순 여섯 해의 꽃 되지 못한 잎

화장을 한다, 이승 못지 않은 뜨거운 불 속

아무런 예감도 없던

열 여섯의 얼굴이 이리 붉고 환했던가

저편 갈매기 한 마리 석양을 흩뿌리고

불임의 세월 출렁인다

여자가 월경을 한다

파도 위 너울너울 꽃들이 핀다

꽃이 열매를 맺어야만 꽃은 아니었음을

벗한 지상의 모든 것 여자의 열매였음을

—「불임 여자」 부분

딸 부잣집에서 구박받고 결혼 후에도 대를 잇지 못해 정한의 세월을 보낸 할머니가 세상을 떠나는데 그 화장의 환한 불꽃이 미처 피우지 못했던 욕망을 대신 피워 올린다. 죽음으로써 불임의 세월을 넘어 월경하여 꽃이 피어나는 것이다. 시인은 열매만을 맺기 위해 꽃이 존재하는 것이 아니라고 말하며, 열매 없이 떠난 이 여인의 열매는 "벗한 지상의 모든 것"으로 확대되는 축원을 올려준다. 열매 없이 꽃피는 것은 알뿌리 같은 식물이다. 시집의 곳곳에서 시인은 '근 박힌 것'에 대한 상상력과 욕망을 보여 준다. 「내 몸에 바다를 들이고」에서도 시적 화자의 몸에 깊숙이 근이 박혀 있으며, "숲에 목맨 여인의 신음소리였다가 풍장한 아기 울음 소리" 같던 숲의 비정한 소리가 "언 땅 속 구근으로부터 뿜어 올리는 대숲에 든 것들의 숨통 틔우는 소리"(「대숲에서」)와 같은 생명의 소리로 바뀌어 들리기도 한다. 둥근 것 안에 '세습 같은 질긴 외로움'과 '어지러운 욕망'(「홀라후프를 돌리며」)을 품은 구근은 시인의 여성적인 생명력과 욕망을 함축하는 상징이다. 씨를 뿌리고 열매 맺는 선조적인 과정에서 꽃은 목적을 위해 피어나고 시드는 소모적인 운명에 그친다. 그러나 구근은 자신의 몸에서 뿌리로 유전하며 몸 안으로 물을 받아들여 품고 있다가 꽃으로 피워 올린다. 그 자신이 열매가 되는 생의 긍정과 희열로 가득 찬 몸인 것이다.

최광임의 언어는 구체적이면서도 감각에 머물지 않고 상징으로 나아가고자 하는 힘을 지니고 있다. 그러나 아직 호흡의 껄끄러움이나 과도하게 주어가 생략됨에서 오는 모호한 문장은 그러한 힘을 반감시킨다. 장단이 세습무의 손에 익기 위해서는 좀 더 시간이 필요한지도 모르겠다. 유년을 반추하는 시선에서 우러나는 유연함이 다른 대상들에도 우러날 때 이 시인의 시 세계는 증폭될 수 있을 것이다.

최문자, 언어와 시에 관한 오래된 믿음

최문자 시인의 시집 『그녀는 믿는 버릇이 있다』(랜덤하우스, 2006)는 제목에서부터 아이러니에 기대어 시에 대한 자의식을 보여 주고 있다. 시니피앙(기표)이 질주하는 이 시절에 '믿음'이란 시대착오적으로 보일 만큼 시니피에(의미)와 관련된 무거운 일이다. 시인은 감각과 기표의 찰나적이고 우연적인 연쇄에 몸을 내맡기지 않고 시에 대한 자기 탐구를 보여 주면서도 그 믿음에 대해 '버릇'이라고 우회적으로 말하고 있다.

이 시집에서 닿을 수 없는 '그'는 연인이자 하나님이고 시인의 욕망의 대상인 시이다. '그'는 남성적 대상으로 환기되면서 텅 빈 중심을 가진 의미를 닮아있는 타자이다.

> 모래 속에 손을 넣어본 사람은 알지
> 모래가 얼마나 오랫동안 심장을 말려왔는지
> 내 안에 손을 넣어본 사람은 알지
> 그가 얼마나 오랫동안 나를 말려왔는지
> 전에는 겹백일홍이었을지도 모를
> 겹동백이었을지도 모를

꽃잎과 꽃잎 사이

모래와 모래 사이

나와 그 사이

그 촘촘했던 사이

보아라,

지금은 손가락 쑥쑥 들어간다

헐거워진 자국이다

떠나간 맘들의 자국

피 마른 혈관의 자국

—「꽃냉이」부분

　'그'와 '나'의 관계에 대한 탐색은 최문자 시인의 오랜 시적 주제였다. 이러한 관계의 탐색을 통해 시인은 여성적 화자를 내세우면서도 실존적인 어조와 사색이 묻어나는 시 세계를 전개해 왔다. '나'의 내면의 상처와 고통은 그러한 관계에서 비롯된다. 내면의 열정을 소진시키는 관계는 "헐거워진 자국"과 "피 마른 혈관의 자국"을 남긴다. 연애의 관계에서 순간적인 합일이 환상인 것처럼 시니피에와 시니피앙의 일치 역시 환상에 불과하다. "겹백일홍"이었을지도 모르고 "겹동백"이었을지도 모를 '겹'의 관계로 생각했던 "촘촘했던" 사이라는 일체화된 관계는 사라지고 "지금은 손가락 쑥쑥 들어"가는 결여만 남아있다. 관계의 부재가 낳는 결여보다 틈과 결여를 채울 수 있다고 믿게 하는 관계 자체가 환상이기에 그것이 사라진 후에 드러나는 틈과 결여가 더 쓰라리게 인식되는 것이다.

식탁 위에 놓인 붉은 사과

한쪽 얼굴이 발갰다

나는 사과에게 물었다 피 묻은 뺨에 대하여

사과는 아무 말 안 하고 있다

말이 답답할수록 우리는 바벨의 언어로 말했다

사과와 나는 서로 다른 언어로 말했지만

잠시 후 우리는 금세 알아차렸다

흔적들은 소리 내지 않고도 말하고 있다는 것을

자세히 보면, 누구나 흔적들로 가득하다

사과가 떠나올 때 울었던 흔적

나무에서 갑자기 잃어버린 어느 한 부분

그 한쪽에 피가 몰렸다

피 한 방울 없이도 핏발 선 얼굴로 지냈다

사과나무 속에도 사과가 들어갔던 흔적이 있다

가슴팍에 머리를 처박고 이별을 버티던

쑥 들어간 부분

—「흔적들」부분

위 시에서 사과라는 물상과 "바벨의 언어"를 나누던 시인은 사과와 사과
나무의 관계에서 "흔적들"의 의미를 이해하는 데 도달한다. 사과의 "피 묻
은 뺨"과 사과나무의 "이별을 버티던/ 쑥 들어간 부분", 칼과 도마에 묻어있
던 '사과의 눈물'들은 모두 "흔적들"이다. 관계가 끝나도 관계의 흔적은 사
라지지 않고 존재를 남긴다. 모든 존재는 "소리 내지 않고도 말하고 있"는
흔적들로 가득하다. 잃어버린 부분들은 단지 상실되고 망각되는 데 그치지
않고 존재에 변화의 흔적을 남긴다. 이런 가련한 존재에 귀를 기울이는 시
인이야말로 존재자를 존재케 하는 의미의 발견자가 되는 것이다. 이것은 바
로 시와 존재의 오래된 소통법이 아닌가.

언어를 통해 시와 존재의 오래되었으나 근원적인 소통법을 보여 주고 있
는 시인이 이 시집에서 눈에 띄게 탐구하고 있는 것은 이 시대에 있어서 시
인과 시의 존재 방식이다. 「시詩—서쪽 산 1」에서는 "나도/ 벌레처럼 시詩에
다 구멍을 내고 있는 사이/ 날개 단 시인들은 서쪽 산을 넘어"간 상황에

홀로 남은 자신을 이야기하고, "밥은/ 자기가 중심인 줄 안다/ 밥 없으면 시詩도 없는 줄 안다"(「밥의 오해」)며 반박하고, "먹이를 쪼다가/ 땅으로 떨어진 시는 수도 없다./ 뭉뚝하게 불구가 된 시/ 날개를 버린 시"(「시의 날개」)들이 있는 이 시대 시의 불행을 말한다. 시로 생계가 해결된 시인이나 그러한 시인이 행복했던 시대는 드물었겠지만, 이 시집에서는 진정한 시를 '날개'에, 시를 얽매는 생계와 생활을 '실'에 비유하며 시인의 소망을 보여 준다. 시인은 "희끄무레한 고치를 뒤집어쓰고/ 겹겹의 실들이 엉기는 밤/ 나는 실을 뚫고 겨울 숲을 가로지르는 꿈을 꾸었다"(「시詩—서쪽 산 1」)라고 말한다. 그는 지상의 구속들을 벗어나 천상의 시인으로 탈피脫皮하고자 하는 소망을 꿈꾸는 것이다.

그러나 이 소망이 피안에 대한 도피와 같이 초월론적인 것은 아닌데, 왜냐하면 시인은 지상의 죽은 것들에 대한 연민을 간직하고, 피를 대가로 치르며 뼈의 통증을 감내하는 믿음을 수반하기 때문이다.

> 더 이상 세상에 매달리지 못하는 것들은
> 모두 땅바닥에 와 있었다.
> 죽은 꽃잎에 대고
> 죽은 사과 알에 대고
> 죽은 새의 눈언저리에 대고
> 꾹꾹 눌러썼다.
>
> 우드득우드득
> 무릎 관절 맞추며 붙이며
> 죽은 것들이 일어섰다.
> 지금도 흙바닥에 대고 시를 쓴다.
> 죽음도 사랑도 절망도 솟구치며 찍혀 나오는
> 미어지는 종이 위에 꾹꾹 눌러쓴다.

몇 자 못 쓰고 부러지는 연필 끝에
침 대신 두근거리는 피를 바른다.
시에서 늘 비린내가 풍겼다.

—「땅에다 쓴 시」 부분

내 모티프를 동강동강 잘라내고
나와 나 사이에 끼어드는 남자
가장 슬픈 뼈 사이로 들어왔다가
아직도 나가지 못하고 있는 남자
뼈 사이가 아파서
밤새 푸른 악보를 쓰게 하는 남자
내가 버렸다가도 깜짝 놀라 얼른 줍는 남자

—「시詩―색채 요법 3」 부분

위의 시편들은 시인으로 하여금 시를 쓰게 하는 힘이 무엇인가를 우리에게 보여 준다. 시인의 시선은 "죽은 꽃잎" "죽은 사과" "죽은 새"들이 떨어져 있는 땅바닥을 향한다. 존재의 근원적 불행에 대한 깊은 연민으로부터 시가 써지는 것이다. 삶과 죽음의 심연은 시에 피비린내의 흔적으로 남는다. 이런 연민을 가지고 있기에 시인은 "휘발유 같은 말"도 "헛소리"도 "반 토막짜리 사랑"도 믿는다(「믿음에 대하여」). 계산에 무능한 "백치의 사랑"(함돈균, 「작품 해설」)은 '버릇'같이 믿는 것이다. 이 시집에서 '그'가 의미를 닮아있는 타자라고 처음에 언급했듯이 「시詩―색채 요법 3」에서 "나와 나 사이에 끼어드는 남자"는 세상의 의미와도 상통한다고 볼 수 있다. 그는 나의 밖에 있으면서 나의 안에 있기도 하다. 이 시편들은 여성적 화자의 차분한 어조를 띠면서도 시의 존재론을 간결하게 형상화해 내고 있다. 뼈 사이에 걸려 있는 그것을 뱉어내지도 버리지도 못하고 아파하며 자신의 신음을 악보에 받아 적는 백치의 사랑이 시인의 시 쓰기라는 것이다.

이 시집을 세 번씩 읽어야 했다. 한 번은 언어의 구조물로 읽었고, 두 번째는 행간에 숨어있는 작가를 찾아내는 추리물로 읽었고, 마지막으로 작가를 지우고 나니 언어와 대결하고 고투한 피의 흔적으로 아프게 읽었다. 정제된 언어 뒤에 그림자로 물러나 있는 넓고 깊은 심연은 쉽게 자기 몸을 드러내려 하지 않는다. 그림자와 의미 사이의 긴장 속에서 생성과 희망의 구조를 갖고자 하는 시인의 고투는 그리 손쉬운 작업이 아니었을 것이다.

제4부

오르페우스의 시선으로 돌아보라

백 년 동안의 모험, 내면의 풍경과 언어의 희열

최남선의 「해에게서 소년에게」를 요람으로 탄생한 한국 현대시가 어느덧 백 년이라는 세월을 뛰어넘고 있다. 가브리엘 마르케스가 세대를 거듭하며 가문에 내려진 저주가 완성된 백 년이란 시간을 고독이라 불렀던가. 한국 현대시가 보낸 백 년의 여정은 어떤 표정을 지니고 있을까, 그것 역시 고독 한 시간이 아니었던가. 근대라는 문턱 앞에서, 한반도의 대지에 몰아친 역 사의 회오리 앞에서 우리 시가 어찌 고독하지 않을 수 있을까. 다소 무거 운 말투이긴 하지만 근대의 예술에 내려진 운명을 다시 한 번 떠올리지 않 을 수 없는 것이다.

소년의 탄생과 근원을 향한 향수

준비되지 않은 근대를 맞이하면서 한국 현대시는 빌려 입은 한자를 벗 고 우리말로 시 쓰기라는 새로운 도전을 해야 했고, 이와 더불어 개인적 서 정의 발견이라는 중대한 임무를 떠맡게 되었다. 일찍이 근대의 선각자인 최남선과 이광수가 무엇보다 먼저 시가를 통해 그 모험을 떠났다. 최남선 이 해海의 목소리를 통해 불러낸 소년의 심장은 새로운 '정情'에 눈뜨고 선홍

빛을 발하였다. 바다로 표상되는 서구가 봉건적 사상과 윤리의 껍데기 속에 갇혀있던 앳된 조선의 소년을 근대적인 개인의 세계로 불러낸 것이다.

> 처…ㄹ썩, 처…ㄹ썩, 척, 쏴…아.
> 저 세상 저 사람 모두 미우나,
> 그 중에서 똑 하나 사랑하는 일이 있으니,
> 담膽 크고 순정純情한 소년배들이,
> 재롱처럼, 귀엽게 나의 품에 와서 안김이로다.
> 오나라, 소년배, 입 맞춰 주마.
> 처…ㄹ썩, 처…ㄹ썩, 척, 튜르릉, 꽉.
>
> —최남선, 「해에게서 소년에게」(1908) 부분

오늘날의 서정시에 비한다면 다분히 계몽적인 편이지만, 최남선이 풍물과 견문을 담기 위해 제작한 다른 시가들에 비해 본다면 훨씬 시적이다. 근대의 도전 앞에서 소년에게 거는 미래와 희망을 두고 최남선은 벅찬 상징과 시적 언술로 표상할 수밖에 없었을 것이다. 최남선이 불러 세운 "담 크고 순정한 소년배들"은 곧 이 나라의 현대시의 새순이었고, 황무지인 조선 문단에 문학의 씨를 뿌린 유학생 집단들이기도 하였다.

그 선두에 섰던 시인 주요한은 『창조』의 서두를 축제의 파토스와 애상적인 죽음 충동이 깔린 산문시 「불노리」로 장식함으로써 1920년대 동인지 시대의 화려한 서막을 올린다. 『폐허』『장미촌』『금성』 등 동인지들은 김억이 본격적으로 소개한 상징주의와 낭만주의라는 서구의 문예사조를 깃발로 삼고 청년의 고뇌와 식민지인의 우수를 난만하게 풀어놓았다. 개인의 내면을 어떻게 그려낼지 모르던 그들은 서구적인 상징과 퇴폐의 화원에서 미와 예술의 이상을 발견하고자 하였던 것이다.

근대에로 모험을 떠난 소년에게는 다시 돌아갈 수 없는 곳이 된 '그곳'으로 오르페우스적인 시선을 돌린 시인이 김소월이었다.

산에는 꽃 피네
꽃이 피네
갈 봄 여름 없이
꽃이 피네

산에
산에
피는 꽃은
저만치 혼자서 피어 있네

산에서 우는 작은 새여
꽃이 좋아
산에서
사노라네

산에는 꽃 지네
꽃이 지네
갈 봄 여름 없이
꽃이 지네

— 김소월, 「산유화山有花」(1924) 전문

    김소월의 시에는 영원한 그리움을 자아내는 '그곳'이 있다. 그곳은 다가 갈 수 없는 거리를 두고 떨어져 있는 '청산靑山'이기도 하고, 험난하기 짝이 없는 '삼수갑산' 너머이기도 하고, 인간이 떠나온 고향이자 근원이기도 하고, 인간이라면 영원히 떠돌게 되는 길 위의 길이기도 하다. 민요조의 단순한 리듬 위에 사뿐히 얹힌 간소한 김소월의 몇 마디 어구에는 서구 형이상학으로도 감당하지 못할 인생의 아득함, 이승과 저승의 막막함, 인간사에 초연한 자연의 영원성이 아련하게 전해진다. 그곳을 동경하지만 '저만치' 두고 바라보아야 하는 거리가 존재하기에 마음에는 깊은 심연이 놓인다. 그러나 "꽃이 좋아/ 산에서/ 사노라"는 "작은 새"로 이입됨으로써 그 심연을 초월하며 주관과 객관은 교응을 이룬다. 이 교응은 일회적으로 그치는 것도 아니고 주관의 의지를 통해 힘겹게 달성되는 것도 아니다. 그것은 꽃의 피고 짐처럼, 계절의 순환처럼 영원성에 대한 순응을 통해 이루어진다. 기막힌 조어법으로 만들어진 "갈 봄 여름"이라는 어구는, 스쳐 지나갈 인생의 허무함을 'ㅁ'이라는 순음脣音 안으로 갈무리하여 시간의 흐름을 우리 내부로 안온하게 받아안도록 만든다. 김소월은 한국 현대시의 서정성에 형이상학적인 빛깔과 울림을 최초로 물들인 시인이라고 할 수 있을 것이다.

청춘의 수심과 성숙한 고독

1920년대 한용운의 시가 '연시' 형식으로 부재하는 대상과 절대자에 대한 종교적인 상징을 통해 또 다른 형이상학적 서정성으로 육박해 갔다면, 근대 초기 신시의 주창자들은 민요조의 가락에 의지한 빈약한 시도를 하고 있었다. 그러나 이들의 실험은 그 시절 유성기 음반으로 보급되던 「황성옛터」 같은 대중가요보다도 더 빨리 잊혀지고 말았다.

다른 한편으로 박영희와 임화 등 카프 시인들이 창백한 인텔리겐치아가 내뱉는 '백수白手의 탄식'을 리얼리즘의 방향으로 이끌고자 하였지만, 시적 언어와 서정성 대신 손에 넣은 것은 단조로운 형식 속에 담겨 질식해 버린 현실과 사상의 죽은 육체에 그치는 것이 대부분이었다. 1920년대 말부터 시작하여 세계 대공황이 1930년대에 전 세계를 뒤흔들고 있었고, 대동아 공영권을 꿈꾼 일제 군국주의가 일으킨 태평양 전쟁 같은 파국이 다가오고 있었다. 그러나 식민 통치의 암울한 장막 속에 갇혀있는 조선 청년으로서는 그러한 파고를 알 리 없고, 옥죄어 오는 현실 앞에서 무엇보다 자신의 결백한 내면을 지키는 일조차 힘겨워지고 있었다.

아무도 그에게 수심水深을 일러 준 일이 없기에
흰 나비는 도무지 바다가 무섭지 않다.

청靑무우밭인가 해서 내려갔다가는
어린 날개가 물결에 절어서
공주公主처럼 지쳐서 돌아온다.

삼월三月달 바다가 꽃이 피지 않아서 서글픈
나비 허리에 새파란 초생달이 시리다.

—김기림, 「바다와 나비」(1934) 전문

김기림의 이론적으로 해박한 평론이나 모더니즘적 실험정신에 입각한 장시들보다도 더 기억될 만한 작품이 바로 위의 시가 될 것이다. 1930년대 모더니스트 이상을 비롯한 리얼리스트 임화, 그리고 김기림 자신을 포함한 한국 근대 시인과 지식인들의 내면을 상징화시킨 내적 초상화가 이 시 한 편으로 완성되기 때문이다. 그들의 쓸쓸함과 좌절이 너무도 시리게 온몸으로 전해 온다. 근대의 수심을 모른 채 감행했던 그 무모했던 모험과 "물결에 절"은 날개로 지쳐 돌아와야 했던 나비의 절망이 서글프면서도 한편으로 삼월 바다 위의 "새파란 초생달"처럼 빛나고 있다. 그들의 내면은 "흰 나비"처럼 결백하고 순수하였으리라.

벌목정정伐木丁丁 이랬거니 아람도리 큰솔이 베혀짐즉도 하이 골이 울어 멩아리 소리 쩌르렁 돌아옴즉도 하이 다람쥐도 좃지 않고 뫼ㅅ새 도 울지 않어 깊은산 고요가 차라리 뼈를 저리우는데 눈과 밤이 조히 보담 희고녀! 달도 보름을 기달려 흰 뜻은 한밤 이골을 걸음이란다? 웃절 중이 여섯판에 여섯번 지고 웃고 올라 간뒤 조찰히 늙은 사나히 의 남긴 내음새를 줏는다? 시름은 바람도 일지 않는 고요히 심히 흔 들리우노니 오오 견디란다 차고 올연兀然히 슬픔도 꿈도 없이 장수산

속 겨울 한밤 내

　　　　　　　　　　—정지용, 「장수산長壽山 1」(1939) 전문

　　오랑주 껍질을 씹던 「카페 프란스」의 모던 보이 정지용이 일제 말기 발견
한 동양적인 고적과 적멸의 세계는 한국 현대시가 발견한 몇 안 되는 소중
한 형이상학적 영토이다. 그 계기가 우리말로 글쓰기가 어려워지는 엄혹한
외적 현실이고, 그 때문에 "오오 견디랸다 차고 올연히 슬픔도 꿈도 없이 장
수산속 겨울 한밤 내"라는 구절이 나왔다고 하더라도, 더 눈여겨볼 곳은 이
견딤의 내성이 어디로부터 왔는가이다. 이 시에서는 대상에 대한 정물적인
묘사가 아니라 주관의 이해와 짐작에 의거한 묘사가 시의 흐름을 이끌어간
다. 시경의 구절을 끌어와 숲이 울창함을 이야기하고 골이 깊음을 청각적
으로 환기한다. 시적 주체가 '나'라고 전면에 나서지는 않지만 짐짓 이야기
를 들려주는 듯한 어조로 장수산의 면모를 드러낸다. "깊은산 고요가 차라
리 뼈를 저리우는데 눈과 밤이 조히보담 희고녀!"라는 구절에서 독자는 장
수산이라기보다 차라리 시인의 내면을 읽게 된다. 보름달의 흰 뜻을 헤아
리는 이 기막힌 주관과 객관의 조응은 서구의 근대 시인은 알기 어려운 한
국인의 내면과 시어가 획득한 고요한 희열이다.

　　　　내 가슴이 꽉 메어 올 적이며,
　　　　내 눈에 뜨거운 것이 핑 괴일 적이며,
　　　　또 나 스스로 화끈 낯이 붉도록 부끄러울 적이며,
　　　　나는 내 슬픔과 어리석음에 눌리어 죽을 수밖에 없는 것을 느끼는
　　　것이었다.
　　　　그러나 잠시 뒤에 나는 고개를 들어,
　　　　허연 문창을 바라보든가 또 눈을 떠서 높은 천정을 쳐다보는 것인데,
　　　　이때 나는 내 뜻이며 힘으로, 나를 이끌어가는 것이 힘든 일인 것
　　　을 생각하고,

이것들보다 더 크고, 높은 것이 있어서, 나를 마음대로 굴려가는 것
을 생각하는 것인데,

이렇게 하여 여러 날이 지나는 동안에,

내 어지러운 마음에는 슬픔이며, 한탄이며, 가라앉을 것은 차츰 앙
금이 되어 가라앉고,

외로운 생각만이 드는 때쯤 해서는,

더러 나줏손에 쌀랑쌀랑 싸락눈이 와서 문창을 치기도 하는 때도
있는데,

나는 이런 저녁에는 화로를 더욱 다가 끼며, 무릎을 꿇어보며,

어느 먼 산 뒷옆에 바우섶에 따로 외로이 서서,

어두워 오는데 하이야니 눈을 맞을, 그 마른 잎새에는,

쌀랑쌀랑 소리도 나며 눈을 맞을,

그 드물다는 굳고 정한 갈매나무라는 나무를 생각하는 것이었다.

—백석, 「남신의주 유동 박시봉방」(1948) 부분

정지용의 견딤이 울창하고 고적한 산과 같이 세속으로부터 떨어져 나온 초연한 정신적 공간에서 이루어진다면, 백석의 견딤은 간신히 바람벽을 친 허름한 방과 같은 일상적 공간에서 일어난다. 그는 가족도 없는 외로운 자신의 처지에 대한 슬픔과 어리석음에 짓눌림을 느낀다. 세속으로부터 초연할 수 없어 슬픔과 한탄에 사로잡혀 "내 뜻이며 힘으로, 나를 이끌어가는 것이 힘든 일인 것"을 고백한다. 그러한 고독의 시간 끝에 시인은 고귀한 표상 하나를 건져 올린다. "그 드물다는 굳고 정한 갈매나무라는 나무"가 그것이다. 마른 잎새에 눈을 맞는 갈매나무는 온 생애와 생각의 침잠 속에서 솟아오른 내면의 풍경이고 상징이다. 가슴을 꽉 메울 슬픔과 외로움을 '조곤조곤 소박하니' 들려주는 시의 어조에 독자는 자신의 어깨에 싸락눈이 내리고 자신의 가슴속에도 "굳고 정한 갈매나무"가 문득 눈을 "쌀랑" 터는 순간을 느끼는 것이다. 정지용과 백석에 이르러 분명 식민지 시대 한국 현대시는 내면의 성숙한 기품과 빼어난 언어의 감각을 결합하는 문법을 익혔다

고 할 수 있을 것이다.

미학의 성채와 뫼비우스의 띠를 지나

해방과 한국 전쟁을 고비로 한국 현대시의 반세기 여정이 끝난 셈이었다. 그리고 분단과 남북 단독정부 수립은 문학사에도 많은 상처를 남기고 갔다. 주요 작가들이 전쟁 중 폭사하거나 납북되거나 월북하였고, 전쟁의 살상력뿐만 아니라 이데올로기의 파괴력이 전후 문단을 황폐시키거나 상상력에 위축을 가했기 때문이다.

그러나 그러한 가운데에도 서정주와 청록파의 조지훈, 박두진, 박목월은 순수 서정시의 위상을 다지고 우리말의 유장한 가락과 세련된 정교미를 더해 갔다. 서정주를 두고 한국어 부락의 족장이라 칭하는 말도 그의 뛰어난 시어를 다루는 능력을 두고 한 말이라 할 것이다. 더불어 '영통靈通'의 경지에 육박한 그의 정신세계는 가히 한국 근대시의 제사장이라 부를 만한 것이었다.

<blockquote>
내 마음 속 우리 님의 고운 눈썹을
즈믄 밤의 꿈으로 맑게 씻어서
하늘에다 옮기어 심어 놨더니
동지 섣달 나르는 매서운 새가
그걸 알고 시늉하며 비끼어 가네

—서정주, 「동천」(1966) 전문
</blockquote>

이 시를 두고 서정주 초기 시에 등장하던 관능성과 육체성이 승화되고, 시인이 추구하는 가치가 대지적인 세계에서 정신적인 세계로 옮겨 갔다고 말한다. 서정주와 더불어 한국시의 영토도 넓어졌다고 해도 과언이 아닐 것이다. 육체적인 세계와 에로티시즘을 추구하였던 초기의 강렬함에 비례

하여, 이러한 피의 정화는 종교적 고양미를 맛보게 할 만한 세계를 만들어 내었다. 서정주와 청록파, 그리고 박재삼 등에 이어진 순수 서정시 혹은 동양적인 고전주의의 계보는 현실과 정치에 지친 문학이 자율성이라는 이름으로 쌓아 올린 미학적 성채이자 한국 문학의 자생적인 샘이라고 부를 수 있다.

한편 현대성의 지평 위에서, 1950년대 박인환과 김종삼, 전봉건, 조향, 송욱 등의 모더니즘과 초현실주의가 폐허의 현실 위에서 영도零度의 상상력으로 펼쳤다면, 1960년대 모더니스트들인 김춘수와「현대시」동인들은 본격적인 한글세대의 감각으로 언어미학을 펼쳤다. 때론 난해하고 어색한 이 모더니스트들의 언어미학의 결실은 한국 현대시의 배양토가 된다. "몇 개째를 집어 보아도 놓였던 자리가/ 썩어 있지 않으면 벌레가 먹고 있었다./ 그렇지 않은 것도 집기만 하면 썩어 갔다.// 거기를 지킨다는 사람들이 들어와/ 내가 하려던 말을 빼앗듯이 말했다.// 당신 아닌 사람이 집으면 그럴 리가 없다고"(김종삼,「원정」1953). 삶에 대한 비극적인 인식에서 비롯된 심연이 도무지 구제할 수 없는 깊이로 벌어진다. 이 시를 읽노라면 1960년대 김춘수의 시와 1990년대의 한 모더니스트의 탄식이 나란히 떠오른다. "슬프다/ 내가 사랑했던 자리마다/ 모두 폐허다"(황지우,「뼈아픈 후회」1994). 시는, 예술은 폐허마저 눈물 나도록 아름답게 만든다. 식민지와 전쟁과 분단과 독재정치의 그늘 속에서도 우리의 현대시는 이렇게 고통을 보듬어 안고 영롱한 진주로 만들어놓았다. 박남수를 중심으로 모인 이승훈, 허만하, 이유경, 정진규, 이수익, 김종해, 마종하, 오탁번, 오세영, 이건청 등 현대시 동인들은 젊은 열정과 고뇌로 시단에 작은 르네상스를 열었고 이후 한국 현대시의 미학에 다양한 개성과 지향을 열어나갔다.

현실의 지평 위에서는 참여파의 대두가 한국 현대시의 계보를 이어나갔다. 지적인 논리로 김동리와 서정주를 공격하던 평론가 이어령에 의해 문단의 중심에 파란을 일으켰던 순수 참여 논쟁은 일종의 세대론적 도전장이었다. 이 논쟁이 시인 김수영에게로 옮겨간 후 뜻밖의 이른 타계와 더불어 김수영은 참여시의 대두로 자리매김된다. 그의 시 「어느날 고궁을 나오며」 「거대한 뿌리」 「사랑의 변주곡」 등은 소시민의 작지만 반어적인 어조 속에서 새로운 반성의 시, 힘의 시를 예고하였다. 생전의 시풍과 다른 평이한 어휘와 절묘한 대비의 단순한 반복 구조 속에서 생명의 힘이 역동적으로 고조되는 시 「풀」은 그런 상징의 서곡이었다. '풀'은 1960년대 4 · 19로부터 1987년 '서울의 봄'까지 우울했던 한국 정치사를 관통하면서 문학이 뜨거운 그러나 조용한 상징으로 민중들의 곁을 지켰음을 기억하게 한다.

> 풀이 눕는다.
> 바람보다 더 빨리 눕는다.
> 바람보다도 더 빨리 울고
> 바람보다 먼저 일어난다.
>
> 다시 흐리고 풀이 눕는다.
> 발목까지
> 발밑까지 눕는다.
> 바람보다 늦게 누워도
> 바람보다 먼저 일어나고
> 바람보다 늦게 울어도
> 바람보다 먼저 웃는다.
> 날이 흐리고 풀뿌리가 눕는다.
>
> ─김수영, 「풀」(1968) 전문

이 단순한 2연의 시에 거대한 비밀의 암호를 새겨 넣은 어휘가 '발목'이라는 것은 일찍이 타계한 평론가 고故 김현이 지적한 바 있다. 시적 주체와 풀의 상동 내지 전이 관계가 풀과 바람의 대립 속에 끼어 들어가는 것이다. 풀과 바람의 우주적인 길항과 순환의 한가운데 시적 주체 자신이 서있다는 것에서 이 시는 단순한 대위 구조를 뛰어넘어 뫼비우스의 띠 같은 삶

305

의 진실을 보여 준다.

　김수영의「풀」이 그의 개인사적인 죽음을 떠나 더 높은 상징성과 울림을 지니게 된 것은 구성주의적 문예이론으로 설명될 수밖에 없다. 그것은 작가의 의도도 아니었고 독자의 취향이나 요구도 아니었다. 한국 사회의 담화 공동체가 지나온 역사적 의미망이 그러한 맥락을 구성하고 그 시의 해석 지평을 확장시킨 것이다. 이 단순한 반복의 주문은 오랫동안 한국 사회에서 울고 웃어야 하는 '풀'의 존재를 예언하는 듯하였기 때문이다. 1970년대의 전태일과 1980년대의 광주는 우리 시가 애도해야 했던 피 묻은 십자가이자 눈물 흘리는 성모 마리아였고 80년대를 시의 르네상스로 기억되게 만든 원천이었다. 이 슬픔의 파토스가 1980년대 전위적인 문학운동 내지 미학주의를 낳았던 것이다. 민족문학과 민중문학의 지평 위에서 공동체적 언어의 전위성을 밀고 간 것이 1970년대의 김지하와 신경림, 1980년대의 김남주, 박노해, 백무산 등이라면, 언어에 대한 회의, 내밀한 자의식과 의식의 교란, 대중문화 담론과의 착종을 통해 사적 언어의 전위성을 밀고 간 것이 황동규, 오규원, 정현종, 김광규, 이성복, 황지우, 박남철, 최승자, 김혜순 등이라고 할 수 있다.

　이 두 계보는 나뉠 수 없지만 나누어진 뫼비우스의 안팎이었다는 사실, 거대 담론에 사로잡힌 일란성 쌍생아였다는 사실이 드러난 것은 1990년대식 포스트모더니즘에 의해서였다. 김지하의 생명사상으로의 전환, 박노해의 투옥, 김남주의 석방과 타계, 기형도의 요절, 그리고 1990년대의 문턱을 넘지 못하거나 방황하거나 오랫동안 침묵한 시인들이 있었다. 민주화와 더불어 베를린 장벽 붕괴로 대표되는 동서 냉전체제의 해체가 찾아왔고, 정치적인 장막이 사라지자 오렌지족과 압구정동으로 대변되는 대중문화와 상업주의의 꽃이 만발한 것이 1990년대였다. 1990년대는 시인들의 머릿속에 밀레니엄 버그를 일으킨 것 같았다. 펜에서 자판으로, 원고지에서 컴퓨터 모니터로 문인들의 작업 환경도 달라졌다. 여전히 원고지를 쓰는 시인들도 있지만, 이제는 출판부의 직원 얼굴을 모르고도 메일을 통해 잡지에 투고할 수도 있게 되었다. 잠시 잠깐 이런 방식의 디지털 라이팅digital writing의 진정성에 회의를 갖기도 했지만 대부분의 사람들이 새로운 매체 환경에 적응하였다. 디지털 시대의 전환 앞에 서둘러 몸을 바꾸려고 하이퍼텍스트 시를 실험해 보기도 했지만, 이미 시라는 양식은 파피루스와 대나무에서부터 붓과 펜을 거쳐 활자 인쇄기라는 구텐베르크 은하를 통과하고도 살아남은 문학적 표현 방식이라는 것을 새삼 입증했다. 1990년대 동안 주체의 해체와 거대 담론에 대한 회의를 통해 얻은 가장 큰 성과는 일상의 발견과 여성주의 문학의 재평가라고 할 수 있다.

끝나지 않은 시의 모험

이천년대 우리 시단은 왕성한 활동을 펼치고 있는 원로 시인들과 탄탄한 중견 시인들로부터 젊은 시인들에 이르기까지 다채로운 개성의 존재들로 빛나고 있다. 이천년대의 시인들은 정치에 대한 과도한 쏠림이나 탈정치라는 이분법의 굴레로부터 자유롭게 현실과 상상을 오간다. 어쩌면 이 시대 시인을 비롯한 문학과 문화 예술 전반은 시인의 내적 고독을 위협하는, 문화산업이라고 자신을 포장하고 있는 경제 지상주의라는 비만한 공룡과 싸워야 할지도 모른다. 그 여정은 또 한 시대가 지나고 난 후 평가될 수 있을 것이다.

근대 예술의 탄생 이래로 자발적으로 감행한 시인의 고립, 시인의 고독한 내면은 외적 보상으로 채워질 수 없는 정신적 모험에 대한 갈구이다. 시의 모험에 있어서 준비된 지도란 없을 것이다. 오직 시의 자기 준거는 세계에 자신을 내던지는 모험을 감행하는 시인의 진정성과 세상의 언어를 배반하고 창조하는 데에서 오는 시적 언어의 희열이라는 점은 백 년 전에도 마찬가지가 아니었을까. 바다 앞에 선 최남선의 가슴을 두들기던 시는 오늘도 소년의 가슴속에서 날마다 탄생한다.

시는 언제나 사랑을 노래한다

사랑의 수사학과 메타포

시와 사랑에 대해 아름다운 영상으로 옮겨 놓은 작품 중의 하나가 「일 포스티노Il postino」(마이클 레드포드, 1994)라는 영화일 것이다. 이 영화에서 은유(metaphor)는 무지하고 가난한 어부의 아들이었던 우편배달부가 시인으로서 눈을 뜨고 사랑의 영감을 노래할 때마다 등장한다. 두 연인은 "메타포 metaphor"의 날개를 타고 사랑에 빠지고, 시인이 된 우편배달부는 예전엔 몰랐던 섬의 아름다움을 노래하게 된다.

접두사 meta(over)와 phora(carrying)의 합성어인 '메타포'는 아리스토텔레스의 『시학』에서 비교를 통해 어떤 것에 다른 것의 이름을 부여하는 것이라고 정의되어 있다. 그 어원적인 의미에서 어떤 사물이 가진 속성을 다른 사물로 옮겨 가는 것의 의미가 포함되어 있는 것이다. 이 어원에 착안하여 기호학자이자 정신분석가인 크리스테바는 『사랑의 역사』에서 사랑의 동일화로서의 감정이입과, 이보다 복잡한 감정과 표현의 상태를 띠는 감정전이 등을 살피고 있다. 사랑에 빠진 주체가 뱉게 되는 표현들은 어떤 비유적인 의미의 표출에 앞서 자신이 사랑에 빠져있다는 주체의 상태에 대한 표출이 된다.

시적 주체는 은유를 통해 말하지만, 역으로 사랑의 대상은 주체의 은유이기도 하다. 다시 말하면 은유는 주체를 형성하고, 주체의 '동일화되는 모습'으로 하여금 사랑하는 대상의 사랑하는 부분을 선택하게 함으로써 그 모습이 담겨진 상징적인 코드 속에 주체를 자리 잡게 하기 때문이다. "사랑은 전쟁이다(Love is war)"라는 은유와 "사랑은 신전이다(Love is temple)"라는 은유에서 사랑에 대해 말하는 화자, 즉 사랑을 하는 주체는 사랑에 대한 서로 다른 상징적인 코드에 위치하고 있다. 전자의 '사랑은 전쟁이다'라는 은유에서는 사랑의 대상을 정복하거나 압도해야 하는 존재로 바라보는 관점을 찾아볼 수도 있고, 또는 사랑의 유혹을 막아내야 한다고 보거나 사랑을 실패와 패배가 따를 수도 있는 위험으로 여기는 관점에서 두 세력 간의 갈등과 대결로 상징화하고 있는 것이다. 반면에 후자의 '사랑은 신전이다'라는 은유에서는 사랑하는 대상은 숭고하고 율법적인 존재로 여겨지며 그 대상을 경외하고 숭배하는 화자 내지 주체의 태도를 상징하고 있는 것이다. 이처럼 사랑의 담론에서 은유는 주된 수사학이면서 시적 주체를 형성하는 중요한 의미를 지닌다.

사랑의 담론은 권력이나 과학, 지식의 메커니즘과 다르게 이성적 언어로 파악되기 어렵지만, 동시에 내적인 욕망의 역학과 주체성을 보여 주는 문학적 표현의 장소이다. 시인이 말하는 사랑의 담론과 수사학은 한 시대의 산물이면서 동시에 보편적인 인간의 욕망과 감성을 보여 준다.

낭만적 사랑의 열정, 청년의 탄생

한국 근현대시의 초기에 청년의 탄생이 사랑의 담론과 함께한 것은 우연이 아니었다. 봉건 질서에서 벗어나 근대적 학문의 세례를 받으며 성장한 신세대의 청년들은 더 이상 구시대의 정체성에 자신을 동일화시키려 하

지 않았다. 새로운 개인성(individuality)과 '정情'의 주체가 되기를 원했던 그
들은 개성의 신장과 발전을 추구했으며 그것을 가로막는 구습에 저항하였
다. 그러나 프랑스혁명과 같이 거대한 사회적 격변과 오랜 기간을 통해 성
취된 서구의 가치들이 조선 사회에서 하루아침에 얻어질 수는 없는 것이었
다. 개화 초기의 계몽주의적 열정이 사라지고 제국주의에 의해 닫힌 식민
지에서 그들의 희망은 조롱에 갇힌 새의 날갯짓처럼 무력할 수밖에 없었
다. 그러한 한계와 상실감 속에서 청년들이 찾아간 이상적 주제가 사랑이
었다고 할 수 있다.

당시 신세대의 청년들이 받은 첫 번째 문학적 세례는 프랑스 상징주의였
는데, 19세기 서구의 사회적 정신적 공황 속에서 물질주의적 가치관에 반
발하며 초월적 세계에 대한 갈망을 내세운 상징주의는 그들의 고귀한 영혼
에 큰 공명을 일으켰다. 1920년대 '백조白潮파 동인들은 상징주의의 영향을
받아 그들의 시에서 사랑, 영혼, 죽음, 영원과 같은 미적이고 초월적인 세
계에 대한 동경을 드러냈다. 그들은 낭만적인 세계관과 열정을 가지고 "죽
음의 나라" "죽음의 왕국"과 같은 은유를 통해 죽음을 미화하며 현세의 고통
스러운 삶을 벗어난 '참과 진리'의 공간처럼 인식하였다. 대표적인 백조파
동인인 박영희는 생의 고통은 무한을 추구하려는 욕망에서 비롯된 것이며,
인간 존재의 유한성으로 인해 그 욕망은 충족 불가능한 것이라고 보았다.
그 욕망이 커질수록 만족할 수 없는 고통에 신경은 파멸되어 가고, 여기에
현대인의 번민이 있다는 것이다. 때문에 욕망의 해소 방향이 마법이나 환상
과 같은 비현실적인 요소로 나아가고 현실의 규범을 깨뜨리려는 과도함과
극단으로 치달아 갔다. 이러한 과도함은 사랑을 표현하는 데 있어서 죽음과
에로티시즘의 결합으로 나타나기도 한다. 죽음과 에로티시즘의 결합을 상
징화한 가장 대표적인 예는 이상화의 「나의 침실로」일 것이다.

마돈나! 오려무나 네 집에서 눈으로 유전遺傳하던 진주는 다 두고 몸
만 오너라.

310

빨리 가자, 우리는 밝음이 오면 어덴지 모르게 숨는 두 별이어라.

마돈나! 구석지고도 어둔 마음의 거리에서, 나는 두려워 떨며 기다
리노라,
아, 어느덧 첫닭이 울고—뭇개가 짖도다. 나의 아씨여, 너도 듣느냐.

마돈나! 지난 밤이 새도록 내 손수 닦아 둔 침실_{寢室}로 가자. 침실로!
낡은 달은 빠지려는데 내 귀가 듣는 발자국—오 너의 것이냐?
…(중략)…
마돈나! 가엾어라 나는 미치고 말았는가, 없는 소리를 내 귀가 들
음은—.
내 몸에 피란 피— 가슴의 샘이 말라 버린 듯 마음과 몸이 타려는
도다.

마돈나! 언젠들 안 갈 수 있으랴. 갈 테면 우리가 가자 끄을려 가
지 말고!
너는 내 말을 믿는 마리아—내 침실이 부활의 동굴임을 네야 알련
만…….

마돈나 밤이 주는 꿈, 우리가 얽는 꿈, 사람이 안고 궁그는 목숨의
꿈이 다르지 않으니,
아, 어린애 가슴처럼 세월 모르는 나의 침실로 가자, 아름답고 오
랜 거기로.
　　　　　　　　　　—이상화, 「나의 침실로」 부분(『백조』 3호, 1923. 9.)

　인용한 부분의 첫머리에서 거리와 침실은 대조를 이룬다. 거리는 오가
는 곳이며 행인들이 서로에게 노출된 공간이다. 시적 주체는 "구석지고 어

두운 마음의 거리"에서 두려워 떨며 기다리고 있다. 이 표현은 시적 주체가 현실에서 고통과 불안을 느끼고 있음을 말하는 것이라고 할 수 있다. 시적 주체와 마찬가지로 현실의 고통에 떨고 있을 마돈나에게 화자는 "나의 침실로 가자"라고 말한다. 침실은 1920년대 상징주의 시에 자주 등장하는 밀실, 병실과 같이 폐쇄적 공간이면서 일상적인 방과는 다르게 병이나 죽음과 같은 극단과 과도함의 성격을 띠고 있다. 거리의 개방성에 대비되는 침실의 은폐성은 단순히 휴식이나 수면을 위한 장소에 그치지 않는다. 침실은 그곳에서 "밤이 주는 꿈"을 꿀 수 있다. 현실의 고통을 초월하는 행위가 "꿈"이라면 침실은 "우리가 얽는 꿈" "사람이 안고 궁그는 목숨의 꿈"을 온전히 꿀 수 있는 곳이고, "어린애 가슴처럼 세월 모르는" "아름답고 오랜" 이상적인 공간이다.

현실에 대한 도피와 이상에 대한 욕망이 뒤얽힌 낭만적인 이 사랑의 담론에서 침실은 마돈나와 더불어 "부활의 동굴"로 은유화된다. 마돈나의 에로티시즘은 "너는 내 말을 믿는 마리아"라는 종교적인 신실함을 연상시키는 은유 속에서 신성한 빛을 머금게 된다. 삶과 목숨이 밤과 죽음이라는 극단적인 대립을 통해 현실을 초월하는 새로운 탄생인 "부활"을 맞이하는 것이다. 병적인(morbid) 성향과 에로티시즘eroticism은 과도함을 추구하는 낭만화된 열정의 은유적 수사학으로 볼 수 있다. 이와 같이 생과 대립되어 낭만화된 사랑은, 현실이 고통과 비애로 인식될 때 현실을 초월할 수 있는 은유의 힘을 낳는다. 그 은유는 자신의 세계를 주관성이 은둔할 수 있는 공간으로 바꾸어놓으면서, 고통스러운 현실을 초월하려는 죽음의 충동과 부활의 꿈을 빚어내고 있는 것이다.

부재하는 임과 사랑의 은유

1920년대 대부분의 시인들이 고뇌와 열정에 가득 찬 낭만주의적인 수사학으로 사랑을 노래할 때, 이와 달리 종교적인 형이상학과 시대적 의미를 띤 수사학으로 사랑을 노래한 시인이 만해 한용운이다. 한용운의 「군말」에도 나오듯이 그는 '기룬 것'은 다 임이라고 하였다. 그에게 임은 조국과 부처와 연인에 이르는 다양한 층위를 갖고 있으며, 그의 시집 『님의 침묵』(회동서관, 1926)속의 시들은 대부분 찬가나 서간체 형식을 빈 연애시와 유사하여 사랑의 수사학이라 일러도 무방할 것이다. 그의 시에서 말하는 목소리는 존칭형 어투와 공손한 어조에서 볼 수 있듯이 여성성을 띤다. 예를 들어 「나룻배와 행인」과 같은 시에서 강을 건넌 후 뒤도 돌아보지 않고 떠난 행인을 한없이 기다리는 나룻배에 자신을 비유하여 "나는 나룻배"라고 말하는 화자처럼, 다음 시에서도 기다리는 상태의 시적 주체를 볼 수 있다.

> 나는 당신의 옷을 다 지어놓았습니다.
> 심의도 짓고, 도포도 짓고, 자리옷도 지었습니다.
> 짓지 아니한 것은 작은 주머니에 수놓는 것뿐입니다.
>
> 그 주머니는 나의 손때가 많이 묻었습니다.
> 짓다가 놓아두고 짓다가 놓아두고 한 까닭입니다.
> 다른 사람들은 나의 바느질 솜씨가 없는 줄로 알지마는, 그러한 비밀은 나밖에는 아는 사람이 없습니다.
> 나는 마음이 아프고 쓰린 때에 주머니에 수를 놓으려면 나의 마음은 수놓는 금실을 따라서 바늘 구녕으로 들어가고 주머니 속에서 맑은 노래가 나와서 나의 마음이 됩니다
> 그리고 아직 이 세상에는 그 주머니에 넣을 만한 무슨 보물이 없습니다
> 이 작은 주머니는 짓기 싫어서 짓지 못하는 것이 아니라 짓고 싶어서 다 짓지 않는 것입니다
>
> ―한용운, 「수繡의 비밀」 전문

위의 화자는 옷을 짓고 수를 놓는 여성이다. 그러나 그가 옷을 다 짓고도 주머니를 지어 완성하지 않는 것은 거기에 넣을 "보물"인 임의 사랑이 없기 때문이다. 부재不在하는 임에 대한 기다림은 마치 페넬로페의 베틀처럼 짓고 다시 푸는 유예의 행위로 형상화된다. 사랑의 대상이 부재하고 있음은 한용운의 시에 반복적으로 등장하고 그의 시를 발생시키는 요인이다. 부재하는 것, 떠나는 것은 '그 사람'이고 남아있는 것은 시에서 말하는 화자 또는 시적 주체인 '나'이다. 부재하는 사랑에 대한 담론은 남아있는 사람으로부터 말해질 수 있는 것이지 떠나는 사람으로부터 말해질 수 있는 것이 아니다. 위의 시적 화자가 수를 놓으면 바늘을 따라 마음이 움직이고 사랑의 노래인 "맑은 노래"가 흘러나온다. 롤랑 바르트는 『사랑의 단상』에서 역사적으로 부재의 담론은 여자가 담당해 왔다고 말한다. 한곳에 머물러있는 여자와 여행 중에 있는 '나그네, 사냥꾼'인 남자. 그러므로 부재에 형태를 주고 이야기를 꾸며내는 것은 물레를 돌려 실을 잣고 수를 놓는 여자이다. 이것은 생물학적인 성의 표지에 대해서 말하는 것이 아니라, 어떤 사람의 부재를 말하고 기다리며 괴로워한다면 그 주체가 남자이더라도 모든 여성적인 것이 있음을 표명한다는 것이다. 왜냐하면 부재의 이유나 기간이 어떠한 것이든 간에 부재를 말하는 담론은 부재를 버려짐의 시련으로 변형시키려는 경향이 있기 때문이다. 시련을 겪는 나약한 존재의 위치에 있는 목소리는 여성적으로 울린다.

그런데 한용운의 시에서 시적 화자는 '주머니를 짓기 싫어서 못 짓는 것이 아니라 짓기 싫어서 짓지 않는다'는 의지를 가지고 있다. 「나룻배와 행인」에서 나룻배가 행인을 짊어지고 강을 건네주려 하고 비바람 속에 낡아가는 것을 견디는 것과 같이 임의 부재를 견디는 능동적이고 적극적인 욕망을 지니고 있는 것이다. 그의 「님의 침묵」에서는 떠난 임을 보내지 않았다고 고백하는 능동적인 화자의 의지가 나타난다.

사랑도 사람의 일이라 만날 때에 미리 떠날 것을 염려하고 경계하

지 아니한 것은 아니지만 이별은 뜻밖의 일이 되고 놀란 가슴은 새로
운 슬픔에 터집니다

　　그러나 이별을 쓸데없는 눈물의 원천을 만들고 마는 것은 스스로 사
랑을 깨치는 것인 줄 아는 까닭에 걷잡을 수 없는 슬픔의 힘을 옮겨서
새 희망의 정수박이에 들어부었습니다

　　우리는 만날 때에 떠날 것을 염려하는 것과 같이 떠날 때에 다시 만
날 것을 믿습니다

　　아아 님은 갔지마는 나는 님을 보내지 아니하얐습니다

　　제 곡조를 못 이기는 사랑의 노래는 님의 침묵을 휩싸고 돕니다

　　　　　　　　　　　　　　　—한용운, 「님의 침묵」 부분

　　위의 시에서 시적 주체는 임은 갔지만 "님을 보내지 아니하얐다"는 의지
를 내보인다. 그 의지는 "슬픔의 힘을 옮겨서 새 희망의 정수박이에 들어부
었습니다"라는 은유로 말해지고, 그의 변함없는 기다림은 "사랑의 노래"로
나타난다. 이 사랑의 노래가 부재하는 "님의 침묵"을 "휩싸고" 돌면서 임의
부재를 결핍이나 결여로 만드는 것이 아니라 임이 다시 돌아와 현전現前해
야 할 어떤 장소성을 환기시키는 것이다. 이별의 슬픔을 희망으로 역설적
인 변환을 시키듯이 임의 부재는 시적 주체의 "사랑의 노래"로 전환된다.

　　한용운의 다른 시 「알 수 없어요」에서는 임을 두고 "바람도 없는 공중에
수직의 파문을 내이며 고요히 떨어지는 오동잎은 누구의 발자취입니까"와
같이 수사적인 의문문을 통해 임에 대한 은유가 등장한다. 이 시에서는 차
례로 푸른 하늘, 향기, 시냇물, 저녁놀이 임의 얼굴, 입김, 노래, 시에 대
응하여 비유된다. 즉 부재하는 임을 현존하는 사물과 결합시켜 그 유사성
으로 비유하는 것이다. 여기에 상응하여 사랑하는 시적 주체의 "나의 가슴"
도 "누구의 밤을 지키는 약한 등불"로 은유된다. 이를 통해 부재하는 임과
의 합일을 갈망하는 욕망이 물질적인 형태로 형상화되고, 부재가 현전으로
메타포의 의미처럼 자리 이동을 한다고 할 수 있다. 한용운은 이러한 사랑

의 수사학을 통해 이별한 연인 더 나아가 상실한 조국이 되돌아올 것을 형상화할 수 있었고, 누구보다 적극적이고 능동적인 사랑의 시를 통해 부재를 초월할 수 있었던 것이다.

고독한 영혼이 노래하는 사랑의 환유

1930년대 말 백석은 고독과 방랑 속에서 짙은 허무감이 밴 여러 명편들을 남겼다. 도저한 허무에 젖은 영혼이 청신한 감각과 순결한 시어로 읊은 사랑의 아련함은 시대를 초월하는 공감을 자아냈으며, 그를 시인들과 시 연구자들이 가장 애정을 갖는 시인으로 만들었다. 한용운이 부재하는 임의 결핍을 깊이 있는 은유적인 수사학으로 승화시켰다면, 백석은 부재하는 연인을 환유적인 수사학으로 이야기 속에 불러와 환각의 결정화(結晶化, crystallization)를 보여 준다. 발자크는 『연애론』에서 염갱鹽坑에서 나뭇가지에 다이아몬드처럼 붙는 소금의 결정작용에 빗대어, 눈앞에 나타나는 모든 것에서 사랑하는 상대방의 새로운 아름다움을 발견하는 정신의 활동에 대해 말한 바 있다.

백석의 연애사에 대해 널리 알려진 바 있듯이 그는 첫사랑의 여인에게 변변한 고백도 못 해본 채 그녀가 자신의 친구와 결혼하는 것을 지켜보아야 했다. 첫사랑을 잊지 못해 몇 번을 그녀의 고장인 통영을 찾아 시로 남기기도 했던 그는 기생 자야와도 깊은 애정을 나누었지만 자야의 곁에도 머물지 못하고 북방을 홀로 떠돌아야 했다. 그렇게 쓸쓸하고 고독하게 떠돌던 북방의 어느 방에서 그는 "흰 바람벽"을 바라보며 회상에 잠겨 다음과 같이 읊기도 하였다. "내 사랑하는 어여쁜 사람이/ 어느 먼 앞대 조용한 개포가의 나지막한 집에서/ 그의 지아비와 마주 앉아 대구국을 끓여놓고 저녁을 먹는다/ 벌써 어린것도 생겨서 옆에 끼고 저녁을 먹는다"(「흰 바람벽이 있어」, 1941). 낯선 이방의 벽 위로 환등기의 영상처럼 어른거리며 스쳐 지나가는 이 광경

은 자신에게 허락된 바 없는 애정이 가득 찬 가정에 대한 상상에서 빚어진
것이다. 누군가의 아내가 되어버린 그녀는 시적 주체의 마음속에 "내 사랑
하는 어여쁜 사람"으로 회상되고, 그녀를 묘사하는 사랑의 감정과 상상적
인 서술은 여전히 현재형이기에 더욱 애틋하다.

> 가난한 내가
> 아름다운 나타샤를 사랑해서
> 오늘밤은 푹푹 눈이 나린다
>
> 나타샤를 사랑은 하고
> 눈은 푹푹 날리고
> 나는 혼자 쓸쓸히 앉아 소주燒酒를 마신다
> 소주를 마시며 생각한다
> 나타샤와 나는
> 눈이 푹푹 쌓이는 밤 흰 당나귀 타고
> 산골로 가자 출출이 우는 깊은 산골로 가 마가리에 살자
>
> 눈은 푹푹 나리고
> 나는 나타샤를 생각하고
> 나타샤가 아니올 리 없다
> 언제 벌써 내 속에 고조곤히 와 이야기한다
> 산골로 가는 것은 세상한테 지는 것이 아니다
> 세상 같은 건 더러워 버리는 것이다
>
> 눈은 푹푹 나리고
> 아름다운 나타샤는 나를 사랑하고
> 어데서 흰 당나귀도 오늘밤이 좋아서 응앙응앙 울 것이다
> ─백석, 「나와 나타샤와 흰 당나귀」 전문(『여성』1938. 3.)

위의 시에서도 부재하는 사랑에 대한 담론은 남아있는 자, 기다리는 자로부터 현재형으로 말해진다. 이 시에서 시적 화자는 남성인데, 기다리는 대상이 '나타샤'라는 여인의 이름을 가졌기 때문이다. 그녀는 이국의 이름이 주는 신비로움만큼이나 북방의 차가움과 새하얀 피부를 연상케 하는 아름다움을 가졌을 것이다. 그녀를 사랑하는 시적 주체인 '나'는 "가난한" 인물인데, 그것은 물질적으로 가진 것이 없어서일 수도 있지만, 세속적인 욕망과 탐욕을 갖고 있지 않기 때문이기도 하다. 그런 내가 그녀를 "사랑해서" 오늘 밤 눈이 내린다. 첫 연의 2행에 등장하는 '-해서'라는 연결어미는 애잔하고 소중하다. "가난한 내가" 그녀를 사랑하기 때문에 눈이 온다는 것이다. 눈이 내린다는 자연현상을 자신의 연애사에 끌어들이는 모습은 사랑에 빠져 세상의 모든 것이 그녀와 관련된 것처럼 보이는 사랑의 결정작용과도 같아서 연인의 상상력다워 보인다. 그런데 눈은 나와 그녀의 사랑의 순수함을 보여 주는 하얀 결정체이면서, 다른 한편으로 그녀가 나에게 오는 것을 막는 현실적인 장애를 떠올리게 하고 "가난한" 시인의 무능력을 연상케 한다. 그 때문에 눈이 내리는 모습이 묵직하게 울리는 음소를 가진 "푹푹"이라는 부사로 묘사되었는지 모른다. 발걸음이 푹푹 빠질 듯 눈이 내려 쌓이고 있기에 그녀가 나에게로 오는 길은 어렵고, 오지 않는 그녀를 기다리며 시적 주체는 혼자 쓸쓸히 소주를 마신다.

흰 눈에 덮인 세상을 보며 시적 주체는 사랑의 도피를 꿈꾼다. 흰 눈이 쌓인 밤에 어울리는 흰 당나귀를 타고, 번잡한 속세와 타인의 이목을 떠나 그녀와 함께 깊은 산골의 오두막에 가서 살기를 꿈꾸는 것이다. 이런 상상에 빠져 있을 때, "나타샤가 아니올 리 없다"라는 나의 믿음은 나타샤를 환각 속에 불러낸다. 그녀는 "벌써 내 속에 고조곤히 와 이야기"하고 있는 것이다. 나타샤 생각을 하고 있는 나에게 나타샤는 이미 나타나는 것이다. 이 진술은 마치 말장난과도 같지만, "나타샤"라는 기표는 이러한 환청을 불러일으킨다. 야콥슨은 에드거 앨런 포의 「갈가마귀The Raven」이라는 시에서 raven은 그 외양 외에도 never의 전치된 기표이기 때문에 사용되었을 것이라고 분석하기도 하였다. 이 시에서 계속 반복적으로 불리는 그녀의 이름이 나타샤가 아니라면 이 시의 청각적 아름다움과 공감은 반감되었을 것이다. 그것은 눈이 "나린다"라는 표기까지 어울려 '나', '나타샤', '나리고/ 나린다'로 반복되는 기표 연쇄 속에 환유적인 연상을 불러일으키기 때문이다. 그리고 환유적인 연쇄의 끝에, 오지 않던 나타샤는 이미 내 옆에 나타나 고조곤히 속삭인다.

그녀는 나의 상상 속에서 내가 꿈꾸는 사랑의 도피에 찬동하고, "산골로 가는 것은 세상한테 지는 것이 아니라/ 세상 같은 건 더러워 버리는 것"이라고 위로해 준다. 이 말은 시적 주체가 자기 자신에게 건네는 자기 위안일 것이다. 시적 주체의 순수함과 사랑은 세속적인 가치로 이해될 수 없는 것이기에 현실을 초극하려는 것이다. 오지 않는 그녀에 대해 시적 주체가 품었을 번민과 고통은 환청같이 들리는 그녀의 목소리로 인해 정화된다. 그 정화는 사랑하는 주체와 사랑받는 대상이 전도를 이루는 환상을 빚어낸다. 즉 2연에서 "나타샤를 사랑은 하고/ 눈은 푹푹 날리고"의 두 행이 4연에서 "눈은 푹푹 나리고/ 아름다운 나타샤는 나를 사랑하고"로 뒤바뀐 것이다. 또는 이 4연은 3연의 "눈은 푹푹 나리고/ 나는 나타샤를 생각하고"와도 뒤바뀌었다. 1연부터 3연까지 나타샤를 사랑하는 주체로 나만 등장했었다면 마지막 연에서 사랑하는 주체는 나타샤가 된다. 자신에 대한 나타샤의 사랑을 확신하면서 시적 주체는 이 사랑의 환상을 행복하게 마무리 짓는다.

그 행복감이 흰 당나귀의 울음소리로 표현되는데, 흰 당나귀는 나타샤와 내가 함께 산골로 떠날 때 타고 가는 짐승으로서 순결하고 순수한 정신을 표상하는 상징이라 할 수 있다. 그 맑고 깨끗한 사랑의 표상에 어울리게 흰 당나귀의 울음소리도 "응앙응앙"이라는 마치 어린 아기의 울음소리로 표현된다. 그 울음소리는 "오늘밤이 좋아서"라고 지금을 긍정하는 소리이며, "어데서"인가 환청처럼 들려올 것이다. 시적 주체가 속세를 떠나 산골로 갈 때 타고 가려 한 동물이라는 점에서 흰 당나귀는 시적 주체에게 인접된 대상으로 환유적 표현이라고 할 수 있다. 즉 흰 당나귀의 "오늘밤이 좋아서" 우는 울음은 시적 주체의 마음인 것이다. 이 비유가 은유인가 환유인가를 따지는 것은 그다지 중요하지 않을 것이다. 의미 있는 것은 이루어지지 못한 사랑과 부재하는 임으로 인한 결핍을 이 시에서 시적 주체는 기표의 연속과 환유적인 사물이 불러일으키는 환청과 환각을 통해 비켜간다는 것이다. 이 시가 주는 감동은 사랑의 고통과 아픔에 절망하지 않고 내면의 환상을 통해, 사랑을 지속시켜 세속에 타협하지 않고 자신을 긍정하며 새로운 주체로 태어나는 아름다운 사랑의 수사학이라 할 것이다.

마치며

해방 이전에 우리 근현대시에 나타난 사랑은 시대의 분위기를 반영하고 있는 면도 있지만, 다른 한편으로 보편적인 한 개인이 사랑에 빠질 때 느낄 수 있는 모든 감정의 소용돌이와 더불어 빼어난 수사학의 절정을 보여 준다. 누구나 인생을 살며 사랑의 열정과 회한을 거쳐 가기 마련이며 그 순간 사랑에 빠진 주체는 수천 년 동안 되뇌었던 사랑의 언어를 구사한다. 어쩌면 시인들이란 그 사랑의 언어를 자신의 심장과 뼈로 새롭게 갈고 다듬는 자들이라 할 수 있는데, 그들이 아름다움을 노래할 수 있는 것은 자신을 사랑에 내어 맡길 수 있는 용기와 힘을 가지고 있기 때문일 것이다.

황홀한 감각과 치열한 사유 속에 핀 언어의 꽃

―정지용, 『지용시선』(을유문화사, 1946)에 부쳐

1. 인간의 시선으로 『지용시선』 읽기

한국 근현대 대표 시집을 고르는 자리에서 대표 시인으로 정지용을 빼고 논하기는 어렵다. 그렇지만 그가 출간한 두 권의 시집 『정지용 시집』(1935), 『백록담』(1941)을 두고 하필 선시집인 「지용시선」(1946)을 말하는가? 정지용의 제1, 2시집 모두 뚜렷한 개성을 보이며 문학사에 족적을 남길 명저임에 틀림없다. 그러나 지용이 두루 겪은 문학과 인생의 간난신고를 거친 후에 새로운 출발처럼 엮어낸 『지용시선』이 필자의 눈길을 끈다. 지용이 1902년생이니까 그의 나이 마흔다섯, 불혹을 중반쯤 넘기고 해방을 맞아 1년이 지난 시점에서 낸 시집이기 때문이다.

시는 순간적인 서정, 찰나의 정서를 노래하지만, 시집에는 시인이 의도하였건 의도하지 않았건 시편들 사이의 연속과 긴장, 이음과 맺음, 변주와 비약을 통해 다양한 결들이 한 편의 텍스트 위로 일어난다. 그리고 그 속에서 시인의 긴 호흡과 인생을 바라보는 융숭한 눈길이 살아나 한 편의 시를 읽을 때와 다른 의미를 읽게 된다. 필자는 그것을 두고 텍스트의 직물성과 다른 삶의 숨결이라고 부르고 싶다. 텍스트의 짜임이 한 편의 언어 구조에서 세밀하게 드러나는 것이라면 삶의 숨결은 시집의 겉표지부터―그 미려한 장정이나 시인의 사진이나 캐리커처 등의 배치와 더불어―시인의 말과 ISBN 넘버에 이르기까지 그것은 삶의 증거이고 시인으로서의 알리바이로서 맥동 친다.

『지용시선』의 표지에는「문장」의 표제화를 맡았던 김용준의 장정으로 난초가 멋들어지게 처져 있다. 이천년대 컴퓨터 인쇄술로 복간한 재판본을 통해 누구든 손쉽게 이 시집을 접할 수 있게 되었는데, 여기에는 붓글씨로 쓴 시집의 제목과 고색창연한 표지의 색감을 되살려 놓았을 뿐만 아니라 인지의 작은 딱지까지 앙증맞게 붙어있다. 앞부분에는 요즘에는 생소하고 어려운 어휘들을 풀이한 각주와 해제를 단 현대문을 놓고, 뒷부분에는 초간본의 복사본을 수록해 놓은 이 감각적인 재판본에는 인지에 찍힌 도장의 빨간 인주가 도드라져 보인다.

2. 망각과 속죄

『지용 시선』의 목차는 크게 6부분으로 나뉘어 있다. 1부는『정지용 시집』에 실려 있던「유리창」「난초」「촉불과 손」「해협」, 2부「석류」「발열」「향수」, 3부「춘설」「고향」등으로 되어있다. 여기까지 보면 1부는『정지용 시집』에 다수를 차지하고 있던「바다」시편들이 대거 빠지고 오직「해협」정도만이 수록되어 있는데, 그에 반해 아이의 죽음과 관련된「유리창」「촉불과 손」「발열」등의 계열과 고향에 관련한 계열의 시들이 많음을 볼 수 있다. 어쩌면 정지용은 자신의 일본 유학 체험을 지우려 했던 것은 아닐까 싶었다. 젊은 날의 방황과 청춘의 조국은 그의 뇌리에서 저물었고, 그는 오히려 자신의 그 젊은 날 하나님께 딸 하나와 아들 하나를 이미 바친 바 있었던 시절로 속죄하고 있었던 것은 아닌가 싶다.

유리琉璃에 차고 슬픈 것이 어른거리다.

열없이 붙어 서서 입김을 흐리우니

길들은 양 언 날개를 파닥거린다.

지우고 보고 지우고 보아도

새까만 밤이 밀려 나가고 밀려와 부딪치고,

물먹은 별이, 반짝, 보석寶石처럼 박힌다.

밤에 홀로 유리를 닦는 것은

외로운 황홀한 심사이어니,

고흔 폐혈관肺血管이 찢어진 채로

아아, 늬는 산山새처럼 날아갔구나!

—「유리창琉璃窓」 전문

　　이 시에서 화자에게 탄식과 가슴 저미는 듯한 아픔을 주었을 너는 "고흔 폐혈관이 찢어진" 채 "산새처럼" 저편, 죽음의 세계로 날아갔다. 박용철의 글을 통해 알려져 있듯이 정지용이 아들을 잃고 지었다는 정황은 이 시편을 해석하는 데 중요한 맥락이 된다. 자식을 잃은 슬픔에 하릴없이 유리창 앞에서 서서 시름에 잠겨 있던 화자는 아마도 겨울밤 성에 낀 유리창을 입김으로 덥혀 어두운 밤을 내다보고자 한다. 그 입김에 흐려지는 바깥의 어둠이 마치 아버지의 훈기로 다시 차가워진 자식의 육신을 덥혀 생명을 되살리려는 듯 헛되면서 안타까운 몸짓처럼 느껴진다. 이승과 저승, 안과 밖, 생명과 죽음의 경계를 나누고 있지만 동시에 그러면서도 감각적으로 접촉할 수 있도록 하는 것이 유리창인 것이다.

　　그 순간 이 헛된 아비의 부름에 응답이라도 하듯, 유리에 어른거리던 "차고 슬픈 것"은 "길들은 양" 언 날개를 파닥거리고, 이것은 아이의 연약함과 가녀림을 비유한 마지막 행의 "산새" 이미지와 호응한다. 이 환영이 일어날 수 있도록 유리창 밖의 어둠은 서서히 화자의 가슴과 교응하며 변화를 일으킨다. 밤이 밀려오고 나가더니 "물먹은 별"이 찰나의 순간이지만 영롱하게도 "반짝" 보석처럼 박힌다. 구슬픈 그리움과 안타까운 애정이 유리처럼 결정화結晶化한 "보석"이 되어 아비의 가슴에 박히는 것이다. 죽은 아이를 다시 가슴에 안는 것 같은 어둠과의 교응, 그 때문에 유리를 닦는 행위, 곧 자신의 사념에 젖어 바깥(죽음)을 응시하는 것은 외롭고도 "황홀한" 일이 될 수 있는 것이다.

그런 점에서 이 시선집의 4부에는 후대의 정지용 연구자들이 큰 의미를 두지 않는 신앙시들이 오히려 그 창작된 편수에 비하여 많은 양이 수록되어 있다. 종교적인 신념이 강하게 발산되는 찬양시라기보다는 자신의 고뇌를 고백하고 간구하는 시편들인, 「불사조」 「나무」 「다른 하늘」 「또 하나 다른 태양」 「임종」과 같은 시편들이다.

여기에서 한 가지 『지용시선』이 필자의 마음을 끄는 대목이 하나 등장한다. 이 시집의 시작이 자식의 안타까운 죽음이었고, 신앙시들에서 내비친 간절한 간구에도 불구하고, 그 마지막 시편이 「임종」이라는 것은 어두운 죽음의 그늘을 정지용이 완전히 걷어내기 힘들었음을 암시한다. 『지용시선』은 우리가 알고 있는 것보다 훨씬 지용의 자전적인 체험과 내면의 그늘을 많이 담고 있다. 그를 두고 감각적인 형용의 시인이라고 불렀던 서정주의 평가나, 기교파라고 폄하하던 카프 유파들의 날 선 평론에서 빚어진 선입견을 갖고 보았던 것은 아닐까? 그의 인간적인 고뇌와 고통을 현란한 언어의 수사라는 표피적 차원에서 음미해 버리고 그 깊이를 들여다보기를 게을리했던 것은 아닐까?

3. 인정과 꽃에 이르는 산행

이러한 죽음의 우울함과 슬픔을 알고 있는 정지용이기에 이 시집의 5부에 실려 있는 『백록담』에서 선별하여 수록한 시편들이 깊이 있는 울림을 전해 준다. 혹자는 『백록담』에 실려있으나 이 시선집에 수록되지 않은 다른 명편들을 말하기도 하지만, 필자는 이 5부의 시편 배열이 인도하는 산행길이 흡족하여 다른 시편을 끼워둘 필요를 느끼지 않는다. 또 '산수시' '동양적인 은일의 미학' 등으로 불리는 『백록담』이라는 시집을 대신해 해방 이후에 출간된 『지용시선』을 지용의 대표 시집으로 뽑은 까닭이 여기 있기도 하다. "산수"와 "은일"은 정지용의 산행을 지나치게 무겁게 지칭하여 자칫하면 초월적이거나 비인간적인 것으로 느낄 수 있게 하기 때문이다.

그러나 이 시집의 5부에는 「장수산 1」「장수산 2」「백록담」「옥류동」「인동차」「폭포」「나비」「진달래」「꽃과 벗」으로 끝난다. 실제 정지용의 기행 여정이 여러 해를 거쳐 전국의 각지였을 테지만, 이 흐름을 잘 살펴보면, 겨울에서 봄으로, 산에서 사물, 사람, 벗으로, 혹은 원경에서 근경으로, 거대한 자연에서 시작하여 친근한 인정人情으로 끝난다. 이런 흐름이 시집을 꾸미는 시인 또는 편집자의 의도라는 점에서, '제작함(to make)'이라는 어원에서 비롯된 포에틱poetic, 즉 시의 뜻에 상응하는 것이 아니겠는가.

> 벌목정정伐木丁丁이랬거니 아람도리 큰 솔이 베여짐직도 하이 골이 울어 메아리 소리 쩌르렁 돌아옴직도 하이 라람쥐도 좇지 않고 멧새도 울지 않아 깊은 산 고요가 차라리 뼈를 저리우는데 눈과 밤이 종이보 담 희고녀! 달도 보름을 기다려 흰 뜻은 한밤 이 골을 거름이란다? 웃 절 중이 여섯 판에 여섯 번 지고 웃고 올라간 뒤 조찰히 늙은 사나이 의 남긴 내음새를 줍는다? 시름은 바람도 일지 않는 고요에 심히 흔들 리우노니 오오 견디란다 차고 올연兀然히 슬픔도 꿈도 없이 장수산長 壽山 속 겨울 한밤내—
>
> —「장수산 1」 전문

> 석벽石璧 깎아지른
> 안돌이 지돌이,
> 한나절 긔고 돌았기

이제 다시 아슬아슬하고나.

일곱 걸음 안에
벗은, 호흡呼吸이 모자라
바위 잡고 쉼 쉬며 오를 제,
산山꽃을 따,

나의 머리며 옷깃을 꾸미기에,
오히려 바빴다.

나는 번인蕃人처럼 붉은 꽃을 쓰고,
약弱하야 다시 위엄威嚴스런 벗을,
산山길에 따르기 한결 즐거웠다.

물소리 끊인 곳,
흰 돌 이마에 회돌아 서는 다람쥐 꼬리로
가을이 짙음을 보았고,

가까운 듯 폭포瀑布가 하잔히 울고,
메아리 소리 속에
돌아져 오는
벗의 부름이 더욱 좋았다.

―「꽃과 벗」 부분

끝으로 6부는 산문이라 할 글로 「노인과 꽃」「꾀꼬리와 국화」를 싣고 있다. 노년은 과거에 대해 많은 것을 기억할 것 같지만, 사실 꽃을 사랑하게 되고 계절의 변화에 더 관심을 갖게 되는 시기이기도 하다. 청춘은 미래에 대한 생각만으로도 벅차기 때문이다. 과거를 향한 아련한 체념과 인생에 대한 안타까움이 생의 무게를 조금 덜어내면서 일종의 경외감과 거리감을 가지고 현재 자체를 바라볼 수 있기에는 노년이 더 적절하지 않을까.

정지용의 초기시들의 주를 이루는 「바다」 시편들이 오갈 데 없는 '청춘'의 깃발을 펄럭이고 있다면, 그의 후기시들의 「산」 시편들은 '노년'의 안목 아래 진중히 가라앉아 있다. 『지용시선』의 마지막을 장식하고 있는 산문이 그런 점에서 시집의 후기로 훌륭히 자리 잡고 있다고 본다.

4. 맺음말

『지용시선』은 한국 근대시의 아버지라고 불려도 손색이 없는 정지용의 인간적 고뇌와 자신의 시가 걸어온 길을 신중하게 그려낸 시집이다. 이 시집을 열고 우리가 만나야 하는 것은 그의 현란한 언어적 수사학과 시적 감각만이 아니다. 지용의 시집은 읽으며 파고들수록 거대한 산과 같아 친숙한 듯하면서도 때론 아득해진다. 그것은 크리스테바가 코라라고 부르는 시적 언어의 저장고 같은 혼돈의 공간을 지나며 우리의 굳어있는 언어의 감각을 흔드는 체험을 하기 때문이다. 정지용이 굳이 고어와 방언에서 불러내 온 언어들은 위축되어 가고 말살되어 가는 모국어에 대한 애정과 지조의 소산이었다.

그 때문에 그의 시어들은 현대 독자에게는 분명 난해하지만 다른 한편으로 언어의 신비로움을 일깨워 줄 수 있다. 그것은 때론 어린아이의 것과 같이 싱그럽기도 하고 때론 태고의 전설을 들려주는 촌로의 것같이 원숙하기도 하다. 정지용의 시적 리듬은 어머니의 정겨운 다듬이소리 같기도 하면서 한시를 음송하는 옛 시인의 융숭한 가락을 담고 있기도 하다. 그러면서 때때로 가벼운 누이의 유행처럼 현대적인 숨결을 가지고 있기도 하다. 그 어느 것이든 정지용의 시편들이 하나하나 자신의 인생의 고통에 대해 응시하고 위안을 찾기 위해 애를 쓰며 얻은 결과들이다.

그가 한국전쟁이라는 역사적 불운 속에 안타깝게 사라지지 않았다면 어떻게 자신의 시 세계를 갈무리했을지 참으로 궁금하지만, 그러한 불행과 불운이 닥치기 전에 그간의 여정을 갈무리한 이 시선집에서 '벗'이 주는 위안과 인생의 안정에 대해 행복하게 그려내고 있다는 점이 희미한 위안을 던져준다. 일제 말기 시편들에서 간혹 내비쳤던 내핍과 피로는 『지용시선』에서 소담스럽게 걷혀 있기 때문이다. 그것이 잠시 해방이 주었던 신기루 같았던 착시현상이었을지라도 한국 근대시에는 그런 위안이 드물었지 않았는가. 드물었으므로 우리 위안받음을 잠시 용서받을 수 있지 않을까.

2000년대 여성 시와 타자의 윤리학

1. 2000년대 여성 작가의 표정

2000년대의 여성 작가들의 작품들은 탈주체 담론의 맥락을 수용하면서 여성성보다는 '타자성'이라는 범주 속에서 아예 '성차'가 지워지거나 모호한 작품을 보여 주고 있다. 그중에는 '여성성'의 전복이나 재규정을 시도하고, 나아가 다양한 젠더들과 복수의 시적 주체'들'을 창조하는 모습을 보여 주기도 한다. 1990년대 여성문학이 내세운 여성성은 지나치게 광범위하게 사용되면서 오히려 의미가 모호해져 버렸고, 일면 여성성을 남성성에 대비시키는 이항대립적 위계를 고수하였기에 고립을 자초하기도 하였다는 평도 나왔다(심진경, 「여성성 혹은 문학적 상상의 원천」, 『문예중앙』, 2005, 겨울호). 한편으로는 작품에 비해 여성문학 비평은 과잉 담론화라는 이율배반적인 상황에 놓여 있다는 반성도 볼 수 있다(김양선, 「차이와 기억의 성 정치학」, 『경계에 선 여성문학』, 역락, 2009). 이제는 여성성 담론이 작품들이 변화된 양상과 지향하는 바를 면밀히 검토해야 할 때라고 생각한다.

최근 한 여성 시인의 자기 고백을 중심으로 "문학은 무엇을 할 수 있는가"라는 문학과 윤리 또는 미학과 정치의 관계에 대한 다양한 논의가 이뤄진 바 있다. 여기에서 한 가지 새삼스러운 것은 여성문학은 그런 재귀적 질문을 모른다는 것이다. '여성성'이란 무엇인가, '여성문학'은 무엇인가라는 질문은 던졌어도, 문학 자체를 회의하지 않았다. 이미 그 질문 자체에 '여성'으로서 살기, 여성으로서의 문학하기라는 윤리와 정치가 내포되어 있기 때문일 것이다. 그 질문과 답에는 타자에 대한 이해와, 법이나 권력 및 공동체의 원리들에 대한 것을 내포하고 있기 때문이다. 그러므로 여성 시인이 던진 문학의 미학과 윤리의 관계에 대한 고민은 여성문학의 자리와도 만날 수 있을 것이다.

"문학은 무엇을 할 수 있는가"라는 물음의 재점화는 긍정적이다. 그 물음은 시대를 거듭하며 진화되어야 할 물음이고, 그것을 물음으로써 문학은 시대를 거듭하면서 존재할 수 있을 것이다. 한정된 지면과 논자의 역량 탓에 이 글에서는 김행숙의 시집 『타인의 의미』(민음사, 2010)와 진은영의 시집 『우리는 매일 매일』(문학과지성사, 2008)을 대상으로 하였다.

우리 시대의 달라진 여성 시인들의 시는, 여성성이 탈각되어 있는 시들, 탈주체의 지평을 바라보고 있는 시들의 모습을 보여 준다. 그 때문에 여성시들이 문학에 대한 재귀적인 질문에 도달할 수 있는 지분을 갖게 된 것은 아닌가라고 생각한다. 그렇다면 우리가 이들까지 선분을 이어봄으로써 여성문학과 나아가 시문학이 바라볼 수 있는 시야가 더 넓어질 수 있지 않을까 기대해 본다.

2. 주체의 공통 감각을 찾아서

2000년대 새로 등장한 신진 시인들이 보여 준 낯선 감각과 참신한 상상력, 그리고 난해한 어법은 적극적인 해석과 후원을 받기도 하였지만 그에 대한 비난도 적지 않았다. 비난의 경우는 소통이 안 된다는 것이 큰 이유였다. 이들에 대한 진중한 평가는 조금 더 기다려봐야겠지만 그들의 난해함은 새로운 지평을 돌파하려는 나름의 세대적 전략이자 조건이었다고 본다. 그들은 1990년대 이후 후기자본주의적 욕망의 발산과 대중문화의 팽창 속에서 성장하며, 청춘의 한때를 냉전체제의 붕괴와 거대 담론의 몰락이라는 이념적 충격과 IMF라는 경제적 타격 속에서 방황한 세대였다. 그들에게는 공동체에 대한 아스라한 기억과 전설은 있었지만 개인주의의 포즈가 더 익숙하였다. 이들이 언어 교란과 소통 단절을 통해 꾀했던 것은 그런 혼돈 가운데 있는 정체성의 드러냄이었다. 그들은 때로는 들뢰즈적인 유목적 주체가 되기도 하고 때로는 n개의 주체가 되기도 하였다. 끝없이 분열하고 탈주하는 흔적으로만 남고자 하는 시적 주체들이 곳곳에서 목격되었다. 이들을 이끄는 것은 천상의 별이 아니라 내면의 무수한 '나'였고, 언어의 미끄러짐에 몸을 맡긴 '타자'였다.

그러나 이들의 내면을 들여다보면 탈주하는 '나'라든가 '나'를 찬탈한 '타자'만이 있는 것이 아니다. 타자에 대한 기억과 어떤 공동의 감각을 볼 수 있다.

> 우리는 목숨을 걸고 쓴다지만
> 우리에게
> 아무도 총을 겨누지 않는다
> 그것이 비극이다
> 세상을 허리 위 분홍 훌라후프처럼 돌리면서
> 밥 먹고
> 술 마시고
> 내내 기다리다
> 결국 서로 쏘았다
>
> —진은영, 「70년대産」 전문

진은영은 1970년대생이다. 대학에서 김수영과 박노해를 읽고, 80년 광주에 대한 죄의식이나 87년 노동자 대투쟁의 열정을 고백하는 선배들과 동일 시될 수 없는 아직 무엇으로 불려질 수 없었던 감성으로 서성였을 것이다. 이념적인 전망은 사라졌고 여전히 죽은 자가 산 자의 뇌를 누르는 고통의 감각은 있지만 허무와 공허가 자리를 차지하였다. 위 시에서 시적 화자가 말하는 '우리'에게 비장함은 있지만 적이 없기에 '희극' 같은 비극이 되었고 결국 자멸극이 되고 말았다. 이 시의 멜랑콜리와 비극성은 어떤 '우리'라는 공동체 속에서 빚어지는 공통 감각에 기대어 이해된다. 이 시에서 '우리'는 공동체적이지만 공동체로 전적으로 귀속되지 않고 끝끝내 "결국 서로 쏘"아 버리는 타자성을 버리지 않는 주체들로 남는다. 이 시적 주체가 가지고 있는 공동체적 의식과 공통의 감각이 자신의 내면과 감각으로만 파고드는 자폐성이나 고립성과는 다른 열린 가능성을 줄 수 있지 않겠는가.

같은 1970년대생인 김행숙의 시들에서도 '우리'라는 시적 화자를 찾아볼 수 있다. 진은영의 시와 사뭇 다르다. "우리는 단체로 벌을 받고 있다. 내 잘못은 무엇일까? 그런 어려운 질문은 쓸모없다. 빈 바구니 같은 마음으로 바구니 속의 토끼가 되자"(「꿈꾸듯이」). 무슨 까닭인지 알 수 없으나 단체로 받아야 하는 벌이 나에게도 떨어졌고, 내 잘못이 무엇인지를 쓸데없이 묻기보다는 차라리 "빈 바구니 같은 마음으로" 대처한다. 타자와의 관계로 인해 빚어지는 난감한 장면에 일어나는 내면의 감각을 탁월하게 비유해 내는 데 김행숙의 장기가 발휘된다.

> 네가 손을 내밀자 춤이 시작되었다
> 또 한 쌍이 만들어졌군, 언제나 구경꾼처럼 말하는 사람들이 있다
> 그러나 가장 먼 곳에서 뛰어와서
> 포옹을 하는 연인들
> 혼자서는 할 수 없는 일이었어
> 그래서 우리는 함께했지, 싸움도
> 너의 손은 너의 호주머니로

나의 손은 나의 호주머니로 들어간다

호주머니가 없는 옷을 입고 나왔으면 어땠을까

아하, 검은 주머니가 중요하군, 깜깜한 데서 혼자 생각하는 것 말이야

둘이서는 할 수 없는 일

이것은 혼잣말이지

　　　　　—김행숙, 「공진화(co-evolution)하는 연인들」 부분

　"타인의 의미"라는 시집의 제목처럼 이 시에서 연인은 둘이서 할 수 있는 일들을 깨달아간다. 한 쌍의 춤, 그것은 혼자 할 수 없는 일이다. 포옹도 싸움도 역시 혼자 할 수 없는 일이다. 섣부르게 연애에 자기의 이기심을 투사하는 미성숙한 자아와 달리 이 시의 시적 화자는 연인과 함께 성숙한 연애의 주체로 진화한다. 각자 "검은 주머니", 즉 "혼자 생각하는" 내면과 자아를 포기하지 않는 것이 필요한 것이다. 이 둘의 관계를 현명하게 유지하려면 타자의 타자성을 훼손하지 말아야 한다. 그 깨달음에 도달한 주체로부터 "둘이서는 할 수 없는 일"이라고 타자를 인정하는 독백이 발화될 수 있는 것이다. 낭만적 사랑을 풍자하거나 대화란 일방적 독백에 불과하다고 폭로하는 것이 아니라, 이 "혼잣말"은 타자에 대한 일부 긍정이고 관계의 유지에 동의하는 서명인 셈이다. 김행숙의 시에 등장하는 타인에 대한 이해는 너와 나의 관계 맺음에 대한 윤리학을 보여 준다.

3. 타자의 현상학, 유령의 정치학

　김행숙은 자신의 시에 등장하는 시적 주체를 두고 1.5인칭이라고 말한 바 있다. 그것은 위에서 보았듯이 나를 소멸시키지 않으면서 타자의 타자성을 훼손하지 않는다. 그러나 타자를 전적으로 이해한다는 것이 불가능하다는 것을 동시에 알고 있다. 1.5인칭은 나로부터 출발하여 타인 사이 어디쯤에

서 서성이는 관계적인 성격을 지닌 시적 주체일 것이다. 그 위치는 "목"의 언저리일까? 그 자취일까?

기이하지 않습니까. 머리의 위치 또한

목을 구부려 인사를 합니다. 목을 한껏 젖혀서 밤하늘을 올려다보았습니다. 당신에게 인사를 한 후 곧장 밤하늘이나 천장을 향했다면, 그것은 목의 한 가지 동선을 보여줄 뿐, 그리고 또 한 번 내 마음이 내 마음을 구슬려 목의 자취를 뒤쫓았다는 뜻입니다. 부끄러워서 황급히 옷을 주워 입듯이.

당신과 눈을 맞추지 않으려면 목은 어느 방향을 피하여 또 한 번 멈춰야 할까요. 밤하늘은 난해하지 않습니까. 목의 형태 또한.

나는 애매하지 않습니까. 당신에 대하여.

목에서 기침이 터져 나왔습니다. 문득, 세상에서 가장 긴 식도를 갖고 싶다고 쓴 어떤 미식가의 글이 떠올랐습니다. 식도가 길면 긴 만큼 음식이 주는 황홀은 천천히 가라앉을까요, 천천히 떠나는 풍경은 고통을 가늘게 늘리는 걸까요, 마침내 부러질 때까지 기쁨의 하얀 뼈를 조심조심 깎는 중일까요. 문득, 이 모든 것들이 사라져요.

소용없어요, 목의 길이를 조절해 봤자. 외투 속으로 목을 없애 봤자. 그래도 춥고, 그래도 커다란 덩치를 숨길 수 없지 않습니까.

그래도 목을 움직여서 나는 이루고자 하는 바가 있지 않습니까. 다리를 움직여서 당신을 떠나듯이. 다리를 움직여서 당신을 또 한 번 찾았듯이.

—김행숙, 「목의 위치」 전문

　목은 머리와 몸의 중간에 놓여 있고, 그들을 이으면서 분리하고 있다. 당신이라는 타자에게 인사를 하기도 하고 그 눈길을 외면하기도 하면서 구부러지거나 돌리기도 한다. 목은 사랑의 불가능, 나와 당신의 소통의 애매함을 보여 준다. 이 시에서는 목의 위치, 형태, 길이를 따라 당신에 대한 내 마음의 머뭇거림, 안타까움, 간절함이 더듬어진다. 당신에게 인사한 후 천장을 올려다보는 목의 동선에는 부끄러워하는 "내 마음이 내 마음을 구슬려 목의 자취를 뒤쫓았다는 뜻"이 있다. 목에서 터져 나오는 기침은 어떤 고통의 고백 같다. "천천히 떠나는 풍경"을 바라볼 때 목은 간절할 것이다. 이별의 장면 앞에서 목은 "가늘게 늘"려지는 고통을 느끼며 "부러질 때까지 기쁨의 하얀 뼈를 조심조심 깎는 중"이다. 슬픔을 가리기 위해 "외투 속으로 목을 없애"는 일 따위는 소용없는 짓이다. 목은 나와 당신의 관계를 표시하고 늘 당신에게 정향되어 있다. 그 목을 통해 나는 당신에게 갈 수 있는 것이다. 마지막 연에서 목의 움직임은 내가 "이루고자 하는 바"를 위해 움직인다. 내 몸의 다리가 그러하듯이 당신을 떠나거나 찾아 움직이는 것이다.

　이 섬세한 묘사와 비유들은 나의 신체 감각 위에 아로새겨져 있는 타자의 흔적과 타자와의 관계를 보여 주는 '사이'의 현상학이라 부를 수 있을 것이다. 타자는 세계에 놓인 어떤 순수한 존재가 아니라 나의 경험들의 교차이고 상호 맞물림을 통해 드러나는 의미이다. 그것은 나의 신체감각을 통해 확인되며 그 의미가 나타난다. 타인이라는 존재는 나의 경험 속에서 분리될 수 없다.

　김행숙의 시에 곧잘 등장하는 '유령'은 라캉의 의미로 보자면 대단히 흥미로운 존재이지만, 여기에서는 레비나스를 빌려 간단히 익명적 존재라고 해두자. 그런 유령이 되는 것을 피하려 한 레비나스의 윤리학에서는 타자와 얼굴을 마주할 때 비로소 주체는 타자를 책임지는 주체로 태어난다고 말

2000년대 여성 시와 타자의 윤리학

하였다. 얼굴을 마주하는 관계에서 타자는 나보다 먼저 있고 교환될 수 없는 특이성으로 남아있어 비대칭적 관계를 유지한다. 그러나 그는 의미화될 수 없는 육체의 가능성을 닫고 인간의 얼굴이 갖는 위엄과 그 현현으로 고양된다. 이와 비교해 본다면 김행숙은 '타인의 얼굴'에 고착되지 않고 '나'의 '목'과 '다리' 등등을 통해 타자에게로 열린 '신체'의 윤리학을 보여 준다고 할 수 있다. 몸의 느낌과 감각에 새겨져 있는 '나'에 대한 이해—일종의 몸적 정체성(corporeal identity)—와 타자와의 관계에 대한 심미적 성찰을 볼 수 있는 것이다.

그러나 이러한 타자의 감각이 이자적인 관계에서 일어나는 타자의 윤리학을 넘어 일종의 공동체적인 이해로 넘어가는 것은 단순하지 않아 보인다. 연인처럼 이자적 관계라든가 공유하는 경험과 지식이 유사한 공동체의 타인이 아닌 집단적이고 추상적인 타자라면 '사이'의 현상학이나 '신체'의 윤리학은 무기력해진다. 시인은 어떻게 그러한 국면으로 이행해 갈 수 있을까? 부정적인 방식의 우회로가 그 한 방법이 될 수 있을 것이다.

여러분은 탁자를 완성하기 위해 착석하셨습니다. 앉아 계신 여러분, 앉아만 계신 여러분, 뒷면이 없는 여러분,

한 분이 아닌, 두 분이 아닌 여러분, 여러분들이 들여다보고 있는 레포트의 뒷면에는 아무것도 씌어 있지 않습니다. 아무도 죽지 않습니다. 우리의 결정을 뒤집어도 아무도 살아서 일어나지 않습니다.

여러분도 아닌, 두 분도 아닌 한 분이 손을 번쩍 들었습니다. 누구세요? "저, 저, 저(는 왜 말을 더듬을까요?)기요, 펜이 바닥에 떨어졌어요. 별 뜻도 없이 딴 뜻도 없이 굴러가는 저것을 어떡해."

주우세요! 애타게 찾으세요. 쉬운 일이라고 생각하지 마세요. 탁자

밑으로 들어가는 일은 간첩의 신분처럼 위험한 것입니다. 엿듣고 싶으세요. 탁자 밑에서 영원히 나오지 마세요. 입도 뻥긋하지 마세요. 침도 삼키지 마세요. 당신은 비밀이고 우리는 비밀이 없어요. 당신은 없어요.

그리고 손톱으로 탁탁탁 탁자를 두드리는 분, 몹시 신경에 거슬립니다. 마치 노크 소리 같지 않습니까. 탁자에 문이 있다고 믿으시는 겁니까. 어라, 손톱이 매우 깨끗한 분이시로군.

우리에게는 동의해야 할 것이 산더미처럼 쌓였습니다. 부정해야 할 것이 똑같이 높은 산입니다. 밤을 새워도 끝나지 않고 밤을 새우지 않아도 끝나지 않습니다. 여러분 만장일치란 얼마나 지난하고 고통스럽고 아름다운 꿈인가요? 꿈결처럼 우리는 박수를 칩시다.

　　　　　　　　　　　　　　　　　　　　　—김행숙, 「탁자의 유령들」 전문

위의 시에서는 익명적인 있음의 '유령들'이 타자로 등장한다. 이 유령들은 시적 화자에 의해 "우리"로 호명된다. '앉아만 있기만 하는' 이 유령들은 "탁자"를 완성하는 일, 즉 "동의해야 할 것"과 "부정해야 할 것"이 산더미처럼 쌓여 있는 무의미하고 불가능한 '결정'을 내리기 위해 모여있다. 결정을 위해 읽어야 하는 자료들, 즉 레포트의 뒷면에는 아무것도 쓰여 있지 않다는 진술이나 "아무도 죽지 않습니다"라는 말은 반어로 읽힌다. 집단이나 공동체에서의 어떤 의사결정과 동의 절차라는 것은 서로 다른 이해관계의 충돌이나 권력의 갈등으로 타협과 조정이 필요하기 때문이다.

최근 자주 운위되는 랑시에르는 치안, 정치, 그리고 정치적인 것을 구분하는데, 치안은 사회 내에서 위계적으로 자리, 기능, 몫을 배분하고 그에 따라 정체성을 부여함으로써 통치 과정으로서 나눔(보일 수 있는 것과 없는 것, 말할 수 있는 것과 없는 것 등등)을 집행하는 것이다(자크 랑시에르, 양창렬 옮김, 『정치적인 것의 가장자리에서』, 길, 2008). 이에 반해 정치란 평등을 전제로 하고 그것을 입증하며, 분배를 해체하는 실천이라고 할 수 있다. 레포트들의 뒷면에는 사실 보이지 않지만 격렬한 정치적 언어들이 씌어 있는 것이다. 그것을 부정하는 시적 화자는 형식적인 동의 절차를 강요한다. '앉아만 있는' 존재인 "뒷면이 없는" 유령들은 주장도 권리도 의사 결정권도 없으며 "한 분" "두 분"의 개별적인 존재성조차 부정당한 채 "여러분"으로 호명된다. 문득 "별 뜻도 없이 딴 뜻도 없이" 굴러가는 펜을 줍기 위해 손을 든 특이한 "한 분"이 질문을 했지만, 탁자 아래 펜을 줍는 것을 쉬운 일이라고 생각하지 말라는 말과 그것은 "간첩"의 행위처럼 위험한 일이 될 것이라는 경고를 받는다. "여러분"에서 떨어져 나온 특이한 개인은 부정당한다. "당신은 비밀이고 우리는 비밀이 없"으니까 우리에게 "당신"은 없는 존재이다. 타자는 '우리'라는 공동체에서 부정되고 '유령'으로 사라진다.

카프카적인 우화와 웃음을 연상시키는 이 시에서 시적 화자는 독자들의 조롱을 유발한다. 그러나 독자인 우리가 짓게 되는 웃음은 어딘가 쓴맛이 돈다. 이 시적 화자의 얼굴에는 카프카의 우화에 등장하는 변신 동물 같은 가면이 씌워 있지 않은데 그조차도 추상성을 벗어나지 못한 익명적 존재이다. 그러나 "빈 바구니 같은 마음으로 바구니 속의 토끼"가 되어 "단체로 벌을 받고 있"(「꿈꾸듯이」)어 본 독자라면 "뒷면이 없는" 여러분으로 우리를 불렀던 목소리와 얼굴을 연상할 수 있다. 그것은 카프카적인 알레고리의 환기력 덕분이다. 카프카의 알레고리는 현실을 추상화시키고 우화화시키지만 비현실적일 만큼의 세부적 묘사 때문에 균형감각과 현실감각을 무너뜨리고 비대칭적인 기괴함을 불러일으킨다. 사소한 일상의 감각을 통해 투명하여 보이지 않지만 끈적하게 달라붙어 있는 정치적 관계망들이 걸려 올라오는 것이다. 허공인 줄 알았는데 얼굴에 감긴 거미줄처럼, 난감하고, 우스꽝스럽게.

김행숙의 시는 타자와의 소통 불가능성을 인정하면서도 몸의 매개성과 신체적 감수성을 통해 나와 너의 관계에 대한 심미적 성찰을 추구한다. 그러한 매개와 통로가 직접적으로 열리기 어렵기 때문에 집단과 공동체는 개인과 소통하지 못하고 있는 것인지도 모른다. 그런 이유에서 카프카적으로 '우리'를 그려내며 집단의 비민주성을 드러내는 그녀의 폭로는 나름대로 정치적인 역능을 가지고 있다고 할 것이다.

4. 주체와 세계의 새로운 접합

최근의 문학과 윤리, 시와 정치에 대한 논의에서 교훈이 될 것은 일단 두 가지 정도가 될 수 있을 것 같다. 첫째는 시에서의 미학적 급진성이 서구의 아방가르드처럼 바로 정치적 효력을 획득하게 되는 것은 아니라는 점이다. 한국 사회에서 미학적 급진성은 상업자본의 비대해지고 유연해진 소화 능력에 의해 쉽게 효소 분해되어 버릴 수 있기 때문이다. 둘째는 작가의 정치적 발언이나 실천이 작품의 미학적 성취와 어떻게 만날 것인가에 대해 고민이 필요하다는 것이다. 이것은 민족문학이나 민중문학에서 리얼리즘론 등을 둘러싸고 의견이 분분했던 논의였기도 하다. 그러나 진은영이 랑시에르를 빌려 말하고자 했던 것을 요약해 본다면 이제 정치성은 기존의 지배적 담론 체계에서 특정한 이데올로기를 옹호하거나 공격하는 데 있는 것이 아니라 "그 지배적 담론 체계를 파열시켜 새로운 종류의 감성적 분배를 가져올 삶의 형식을 만들어내는 데 있다"[1]는 것이다.

그녀는 새로운 삶의 형식에 대한 고민을 다음과 같이 드러낸다.

나에게는 다섯 명의 시인이 있지
첫 번째 사람
그는 아파

---

1 진은영, 「감각적인 것의 분배」, 『창작과 비평』, 2008년 겨울호.

모두가 떠나간 검은 빌딩의 불 켜진 한 층처럼

밤새

통증이 빛난다

눈먼 시간들이 부딪치는 어느 모서리에서

두 번째는 용감해

유리 꽃잎이 부서지는

청춘의 안티노미에서 출발

목의 후드를 부풀린 코브라와 녹빛 총구들

침엽수림처럼 솟아오르는 국경을 향해

행진!

너는 곧 죽을 거야

라고

말린 넙치 위에 쓰인 글자들을

                             맛있게 씹으며

묽은 침 흘리며

다시 출발

—저런, 턱이 부서진다

…(중략)…

마지막 사람은 엉터리

서툰 시 한 줄을 축으로 세계가 낯선 자전을 시작한다

                            —진은영, 「앤솔러지」 부분

위의 시에서 시적 화자는 자신의 안에 있는 다섯 명의 시인을 말한다. 세계에 대해 아파하고 용감하게 행동하고, 세계의 고통을 치유해 주기를 원하고 이상적인 세계를 꿈꾸고, 무수한 이미지들을 좇아 시를 쓰는 시인의 모습들이 등장한다. 그 모든 시인들이 시적 화자인 '나' 안에 있는 것이다. 내 안에 그렇게 다양한 복수의 주체가 있는 까닭은 세계 안에 내가 있기 때문이다. 마지막 엉터리 시인이 쓴 시를 축으로 세계가 자전한다. 시적 화자가 불러 모으는 새의 깃털은 이미지이고, 자기 안에서 사는 복수의 주체들은 세계의 파편들일 것이다. 시는 그 세계에 운동의 힘을 주는 것이다.

시와 현실의 접합을 갈망하는 진은영의 시에는 실제 사건들을 언급하는 대목이 나타난다. 「문학적인 삶」에서는 청년 실업과 비정규직 문제, 의약 분업 문제, 광우병과 관련된 미국 소 수입 문제, FTA 등을 찾아볼 수 있다. 「나에게」에서는 "마지막 시를 달라"고 말하는데, 그것은 "미학적으로 낡았지만 마음을 이동시"키는 시이다. 그 이동은 "저곳에서 이곳으로" 움직인다. 즉 현실로 지상으로 가까이 오는 것이라 할 수 있다. 시적 화자는 "흔들리는 물그릇같이 젖는 시인"을 "늘 폐허로 돌아오는 사람"이라고 부른다. 그리고 그가 돌아오는 "이곳"의 "폐허"에 있는 "쟈스민 지뢰, 들장미넝쿨의 낡은 탱크" "여자와 아이들의 구멍난 얼굴"을 말한다. 중요한 것은 이런 단어들을 사실적으로 열거하는 데 그치지 않고 그 사건들의 기표를 형상화하려는 시인으로서의 자의식의 긴장을 놓치지 않으려고 분투하고 있다는 것이다. 그 자의식 때문에 시인은 자기 자신의 미학적인 실험을 두고 "다시 실패하라 더 잘 실패하라"고 베케트의 말을 인용하였는지 모른다.

> 그런 남자랑 사귀고 싶다.
> 아메리카 국경을 넘다
> 사막에 쓰러진 흰 셔츠 멕시코 청년
> 너와
> 결혼하고 싶다.
> 바그다드로 가서
> 푸른 장미
> 꽃봉오리 터지는 소리가

폭탄처럼 크게 들리는 고요한 시간에

당신과 입맞춤하고 싶다.

학살당한 손들이 치는

다정한 박수를 받으면서.

크고 투명한 물방울 속에

우리는 함께 누워

물을 것입니다

지나가는 은빛 물고기에게,

학살자의 나라에서도

시가 씌어지는 아름답고도 이상한 이유를.

—진은영, 「러브 어페어」 전문

　위 시는 진은영의 시 중에서 시적 긴장도나 미학성이 아주 높은 시는 아니지만 시인의 욕망을 가장 뚜렷하게 보여 주는 시가 아닐까 싶다. 신형철이 진은영을 두고 "직접적으로 정치적이면서 동시에 첨예하게 미학적이고 싶다는, 결코 흔치 않은 이중의 욕망만이 저런 고백을 하게 한다"(신형철, 「가능한 불가능: 최근 '시와 정치' 논의에 부쳐」, 『창작과 비평』, 2009년 겨울호)고 지적했던 말을 여기에서 다시 되풀이해도 될 듯싶다. 그녀의 잘 알려진 시 「오래된 이야기」(『창작과 비평』, 2009년 겨울호)에 비교해 본다면 더 직접적으로 정치적 지향을 드러내고 있다고 할 수 있다. 불법 이민과 학살로 인한 죽음이 난무하는 현실을 끌어안고 시를 쓰고 싶다는 갈망, 그것은 참 "아름답고도 이상한 이유"에서 오는 욕망이다. 사회구조적인 요인이나 집단심리만으로 설명하기 어려운 학살의 참상은 인간성의 밑바닥을 회의하게 만든다. 바닥으로 떨어진 인간성을 회복하게 하는 것은 그런 타인의 고통에 대해 공감하고 동정하는 마음이 남아있다는 사실을 확인할 때일 것이다. 그 지점에서 시가 쓰일 것인데, 진은영의 위의 시는 그 욕망과 시적 형상화가 긴장을 잃지 않고 접합되고 있다. 결혼을 말하는 여성 화자의 꿈꾸는 어조와 "푸른 장미" "은빛 물고기"의 환상적인 빛을 간직한 채 말이다.

시인들의 꿈은 어떤 메시지의 가시적인 전달이 아니라, 말할 수 있는 것과 말해지지 못한 것 사이의 관계에 대한 전복이다. 시의 언어를 가독성 있게 전달하는 시인일지라도 그가 사용하는 시어란 일상어의 배반이고 그의 비유는 상식적인 기표와 기의의 결합의 절단이다. 랑시에르의 말투를 빌리면 정치적 예술은 가시적인 것과, 말할 수 있는 것들의 분배를 해체하는 예술이 된다. 그러기 위해서 문학의 텍스트는 풍부한 상상력과 미학적 실험을 통한 분배의 해체뿐만 아니라 그 공간을 가로질러 새로운 절단면을 만들고 거기에서 새로운 시공간의 발명을 이뤄내야 한다. 랑시에르는 이 발명에 대해 아방가르드적인 장르를 염두에 두었고, 진은영은 매체혼합과 장르혼합이라는 기법을 구체적으로 언급하였지만, 그 발명은 시적인 상상력에 맡겨야 할 듯하다. 문제는 어떤 절단면인가에 따라 무질서한 현실이, 어떤 시공간이냐에 따라 시인의 정치적 열정이 드러날 것이라는 점이다.

5. 여성성의 진화를 꿈꾸며

여성성이라는 개념은 대타적인 관계 속에서 성립된다. 이런 한계뿐만 아니라 남성과 여성의 위계라든가 이분법적인 성차 인식 등에 대해 많은 반성이 있었다. 그 때문에 여성성과 남성성이라는 개념보다는 다양한 소수자들을 포함한 성정체성이라는 개념이 더 생산적인 논의를 일으키기도 했다. 이 글에서 살펴보았듯이 타자와의 관계, 공동체와 접합되는 지점들에서 작동하는 정치적이라는 것은 여성이라는 정체성에서 민감하게 작동하는 부분이다. 최승자, 김혜순, 고정희는 시적 개성은 달랐지만 그 점들을 포착하고 표현한 전 세대의 대표적인 여성 시인이었다.

앞서 살펴본 김행숙과 진은영의 시에 등장하는, 당신과 나라는 이자적인 타자성, 카프카적으로 추상화되고 우화된 우리, 공동체의 기억 속에서의 우리, 내 안의 복수화된 주체 등은 여성적 주체로 한정할 수 없는, 혹은 환원시킬 필요가 없는 시적 발명들이다. 그러나 여성적 감각과 감수성, 그리고 여성적 정체성을 의식적으로 지우거나 새겨 넣지 않고 그것들을 바탕으로 발현시켰다고 볼 수 있다. 여성이라는 것이 우리 사회에서 분배가 발생하는 영역의 한 지표라면 당연히 그 분배를 해체하는 정치적 상상력과 시공간의 발명이 요청될 것이다. 그러므로 여성의 신체와 삶 위로 가로질러 가는 권력의 분배들을 포착하고 해체의 상상력을 발휘하는 새로운 여성성을 기다려 본다.

엔젤 아일랜드의 벽시와 재미 이민자 문학

샌프란시스코의 안개 바라보기

잠시 스쳐 지나가거나 오랜 세월 거주하거나 간에 우리가 머무르는 장소(place)라는 것은 칸트가 선험적 범주로 여겼던 공간(space)의 추상적 성격과 달리 물질적이고 감각적이며 시공간의 복합체라고 할 수 있다. 무엇보다 거기에는 인간이나 자연과의 상호작용이 존재하고 시간의 퇴적 속에 형성되는 특유의 장소성이 있기 마련이다. 장소에는 그곳을 장소이게끔 하면서도 감추어져 있는 본질이 있다. 샌프란시스코의 안개는 샌프란시스코의 장소성이다.

전쟁과 가난에 시달렸던 이전 세대들이 풍요로운 기회의 땅 미국에 대해 가졌던 아메리칸 드림까지는 아니지만, 미국은 우리 세대에게는 사회적으로 여러 비판과 인식의 대상이면서도 문화적인 무의식에는 친숙함과 동경의 대상이라고 할 수 있다. 20대에 대학에서 선배들의 '양키 고 홈'이라는 낯선 구호를 전설처럼 듣는 한편 영화관에서 본 『중경삼림』 OST의 경쾌한 「California Dreaming」을 흥얼거렸던 것이 우리 세대의 이중성이었다.

"샌프란시스코에 가게 되면 머리에 꽃을 꽂으세요"라는 구절로 시작되는 유명한 스콧 맥켄지의 「San Francisco」의 노래처럼, 그곳은 반전과 저항을 외친 히피문화의 상징이었고, 지금도 IT 문화와 성적 소수자 문화와 관련해 다양한 창조력을 뿜어내는 곳이기도 하다. 한국으로부터 9000km가 넘게 떨어져 있고 17시간의 시차가 있지만 태평양을 두고 맞닿아 있는 그곳.

"내가 겪은 가장 추운 겨울은 샌프란시스코의 여름이었다"는 마크 트웨인의 말을 실감하며, 어느 여름날 샌프란시스코의 서쪽 끝, 그러니까 태평양 쪽에서 거대한 안개의 장벽을 보았다. 거대한 성벽 같기도 하고 일어선 채 정지되어 있는 해일 같기도 했다. 이른 아침 태평양에서 몰려온 안개 군단에 점령된 산기슭을 드라이브하면 환상과 마법의 숲을 헤쳐나가는 기분에 사로잡혔다. 진격의 거인이 이룬 성벽 같은 거대한 안개와 그 안의 도시를 바라보는 일은 새삼 숭고함을 불러일으켰다. 눈앞에 존재하며 익숙하지만 그 너머를 볼 수 없는 미지의 대상에 대한 낯섦과 함께.

미국인들 가운데에는 한국의 드라마와 영화에 친숙하거나 깊은 취향을 가지고 있는 경우가 종종 있어, 프랑스에 입양된 한인인 우니 르콩트 감독의 「여행자(A Brand New Life), 2009」나 황우석 박사 사태를 다룬 「제보자(The Whistleblower), 2014」에 대해 이야기를 나누며 나 자신도 몰랐던 한국 영화와 우리 사회의 역동성을 새삼 깨달을 수 있었다. 침소봉대라 할지 모르겠지만, 한국 문화의 세계화를 위해서는 우리의 문화적 고유성을 수용하는 외국인들의 취향과 관심을 이해할 필요도 있다는 생각을 갖기도 했다. K-pop이나 K-드라마가 상업적 논리와 자본의 기획에 힘입어 소비될 수는 있어도 한국 문화를 전파하거나 이해시키는 것은 다른 차원의 문제이다. 우리 자신도 몰랐을 수 있는 한국 문화의 창조력과 세계적인 가치가 새로운 문화적 접촉과 소통을 통해 만들어질 수 있는 것이다.

한국문학을 해외에 알리고자 하는 노력은 꾸준히 지속되었다. 한국번역문화원을 필두로 다양한 지원이 있었고, 외국 번역자들의 수도 증가하며 좋은 번역자들도 많아졌고, 세계의 주목을 받은 작품들도 나타나고 있다. 2011년 신경숙의 소설 『엄마를 부탁해』가 영역되어 인기를 끌었고, 2016년 한강의 『채식주의자』가 맨부커상을 수상한 바 있으며 그해 말 오세영의 시집 『밤하늘의 바둑판』의 영역판(Night-Sky Checkerboard)이 미국 비평지인 『시카고 리뷰 오브 북스』가 선정한 올해의 시집 12권에 포함되었다. 한류는 상업적 측면이나 표면적인 인지도에서 성과를 가져올 수는 있다. 그러나 한국 문화에 대한 지속적이고 본질적인 이해를 위해서는 문학과 같은 정신 예술의 측면에서 접촉이 이루어져야 한다. 문화적 이해와 수용이라는 것은 생산자와 소비자의 관계가 아니라 문화적 창조의 주체 간에 이루어지는 대등한 대화와 소통의 과정인 것이다. 한국은 세계 경제 순위에서 10위 가까이 오르는 경제 성장을 보여 주었다. 이제는 고유한 문화적 창조력을 가진 세계 문화의 주체로 자리매김하기 위한 노력이 필요할 것이다.

엔젤 아일랜드의 벽시―미국 역사 속 주체로 기억되기

한국 문화와 문학이 세계 문화 속에서 하나의 주체로 위상을 잡는 일은 「강남스타일」처럼 일순간의 유행처럼 일어나는 것은 아니며, 다른 스타일이어야 한다. 더 더디고 지속적인 과정, 앞으로 나아가기 위해서는 뒤도 돌아보는 일이 수반되어야 한다. 미국의 워싱턴 D.C.에 있는 스미스소니언 자연사 박물관의 한국관이 2017년 가을에 폐관된다고 한다. 다른 국가들의 개별관에 비해 전시 내용이나 규모 면에서 진작부터 아쉬움이 있었지만 지속하기 위한 대책이 없었다는 것이기에 실망은 더 컸다.

그곳의 중국관은 전시된 유물의 수준과 양도 만만치 않지만, 작은 공간을 중국의 정원처럼 꾸며 쉬어 가게 하였다. 고대 문명의 찬란한 전시물에 지쳐 있던 관람객의 눈과 마음은 그 뜻밖의 장소에서 고즈넉한 평정의 세계로 옮겨 가는 경험을 온몸으로 한다. 샌프란시스코의 골든게이트 파크 안에 있는 '일본 차 정원(Japan tea garden)'은 교토의 은각사 등을 조잡하게 모방해 놓았지만, 언제나 서양 사람들로 발 딛을 틈 없이 인기가 높다. 이민의 역사와 이민자의 수, 무엇보다 국력에서 우리보다 앞서 있는 나라임에는 틀림

없지만 자신들의 문화적 저력을 뽐내는 스타일에 남다르다는 것을 느낀다.

그곳에 사는 사람들의 생활 감각과 시공간의 역사가 축적된 장소의 본질을 드러내는 것을 장소성이라고 한다면, 그러한 장소성을 재현함으로써 그 장소에 존재하는 주체들의 감각과 인식을 체험할 수 있게 하기도 한다. 눈으로 보여 주는 전시성은 유리 벽을 사이에 두고 감상자와 대상을 구분한다. 주체와 객체의 일방적 관계에서 객체는 사물화되고 대상화되는 것이다. 중국관과 일본 차 정원은 일방적인 전시나 전달을 넘어 외국인들을 문화 수용의 주체로 그곳에 서게 한다. 샌프란시스코의 차이나타운과 재팬타운 등 미국 내 곳곳에서 그들의 문화를 접할 수 있고, 이에 대한 취향이나 식견을 가진 미국인들도 많았다. 한국 문화의 고유성을 알릴 수 있는 일방적 전달의 방식이 아닌, 대등한 문화적 주체 간의 만남으로 유도하고 지속하는 방안을 고민하고 구축해야 할 것이다.

최근 디아스포라라든가 에스니서티라는 개념과 더불어 이주자 문학이 주목을 받으며 그 역사와 현황에 대한 조망도 활발하게 일어났다. 뒤늦었지만 대단히 필요한 연구이고 중요한 문제의식이라고 생각한다. 그러나 자칫 그것이 민족적 정체성의 틀을 고수하거나 고유성과 변이만 강조하여 자국 중심주의의 틀에 갇힌다면 그러한 문제의식이 갖고 있는 잠재적 창조성을 사장하는 일이 될 것이다. 세계화 시대에 민족 개념은 확장되고 새로운 의미를 부여받을 수밖에 없다. 자국 문학을 번역하는 일도 중요하지만 한국 문학이 이질적인 외국 문화 속에 이입되면서 충돌하고 조화를 이루는 양상을 기록하고 연대하는 일도 수반되어야 한다고 본다.

미국이라는 장소와 한국문학의 접촉을 기록하고 그에 연대해야 한다는 생각을 품게 된 것은 엔젤섬(Angel Island)에 남은 어느 한인의 시를 접하면서였다. 그곳에 남아있는 시는 시의 원초적인 힘과 문학하기란 무엇인가에 대해 숭고하게 되묻고 있다. 누구나 알고 있듯이 미국은 1600년부터 유럽의 이주민들로부터 시작된 나라이고 노예로 데려온 아프리카인들을 비롯해 온갖 인종과 민족의 이민자들로 구성되어 있다. 중국인 이민의 경우는 19세기

중반 서부의 골드러시와 더불어 일찌감치 시작되었던 반면 우리는 1902년 구한말부터 시작되어 이제 115년을 넘긴 미국 이민의 역사를 가지고 있다.

엔젤섬은 1910년에서 1940년까지 이민국의 업무를 보기 위해 설치된 장소이다. 샌프란시스코만에서 가장 큰 섬인 엔젤섬은 북쪽에 위치하고, 부유한 지역인 티뷰론에서 남쪽으로 떨어져 있고, 예술과 낭만이 넘치는 소살리토에서 건너다보이는 곳에 위치해 있다. 이민 초기 유럽 이민자들이 대서양을 건너 동부 뉴욕의 엘리스섬(Ellis Island)에 있는 이민국을 거쳐 간 것처럼, 태평양을 건너온 중국인을 비롯한 아시아인들과 러시아인들은 엔젤섬의 이민국을 통과해야 했다. 이곳에서 이민자들은 입국 허가를 받기 위해 2주에서 석 달, 길게는 2년 정도에 이르는 기간 동안 굴욕적인 신체검사와 까다로운 서류 검토를 받으며 마치 죄인처럼 먹고 자는 일 외에는 아무것도 할 수 없었다. 오늘날 미국 입국 시 공항에서 1~2시간을 기다려 받는 입국 심사만 하더라도 사람을 불안하게 하고 지치게 만드는데 그 고역은 상상 이상이었을 것이다.

엔젤섬에는 그들의 아픈 기억과 기록이 남아있다. 그들이 수용된 막사의 나무 벽에는 수만 개의 시들이 남겨져 있다. 수만 명의 중국인들과 그 외 일본인과 한인들이 격리되어 있었던 그곳에서 그들은 자신들의 분노와 절망을 벽에 칼로 파서 새겨 넣은 것이다. 그 고통과 절망의 와중에 누구를 향한 비명인지 어디를 향한 탄식인지 모르지만, 그들은 자신의 존재를 그 장소에 남긴 것이다. 장소성은 이렇게 남겨지고 기억되어 재탄생하는 것이다. 장소를 장소로 만드는 인간의 경험과 불멸을 불어넣는 언어의 힘으로.

2012년에는 샌프란시스코 한인센터와 북가좌 일본문화센터의 공동 후원으로 샌프란시스코 주립 대학의 찰스 이건 교수가 발굴한 1900년대 초기 이민자들의 시들을 낭송하는 행사를 갖기도 하였다. 「Voices in the Wooden House」라는 제목으로 이루어진 낭송 행사에서 버클리 문학회 회원인 강학희 시인이 낭송한 시편을 읽어보자.

천사도 천사도 하기에 천당인 줄 알았더니
철문을 덜컥 잠그니 지옥인 듯싶어라
철창 속에서 우물거리는 수많은 사람들아
제 나라 제 집 두고 이 어인 설움인고
아마도 목구멍이 전생업인가 하노라

—구름, 「천사도」 전문

한국인들에게 오랫동안 나성羅城으로 불리던 로스 엔젤레스Los Angeles가 스페인어로 천사를 뜻한다고 하는데, 미국에 대한 부푼 꿈을 안고 태평양을 건너던 이민자들은 엔젤 아일랜드(천사도, 天使島)라는 이름을 들으며 이 낯선 곳에서 자신들을 인도할 천사의 가호를 간절히 바랐을 것이다. 그러나 말이 뜻하는 표면상의 의미와 실제의 의미가 괴리되거나 상반될 때 아이러니가 생기듯, 엔젤 아일랜드라는 이름과 이민자들이 수용된 상황은 극단적으로 대조를 이룬다. 미국에 대한 동경을 안고 천국을 꿈꾸며 왔지만, 현실은 철창 안에 수많은 사람을 가두어 둔 지옥과 같다. 이 반어적 아이러니는 화자에게 비참함을 고조시켜, 엔젤섬이 가지고 있는 비극적인 장소성을 일깨워 준다. 고향과 고국을 등지고 온 설움을 절감할 수밖에 없는데, 시적 화자는 이 고난을 무릅쓴 이유가 생계와 생존을 위한 것이기에 "목구멍이 전생업"이구나라고 탄식하는 것이다.

또 다른 시로 최경식의 「이민국 일야—엔젤 아일랜드에서」는 4·4조의 창가 형식으로 이민국의 열악한 상황과 고국을 떠나온 자신의 신세에 대한 한탄을 노래하고 있다. 이 시에서 화자는 만 리나 되는 대양을 건너왔는데 이런 손님을 철창 잠을 재우니, 아무리 미국이 좋다고는 하나 이 구차한 모습을 어머님이 보시면 얼마나 놀랄까 하는 푸념을 뱉는다. 이 시의 말미는 지식인다운 어조로 망종亡種들이 작란하는 국경을 부수고 "세계 동포 인류 형제 /하루 바삐 되고 지고"라는 다짐으로 끝맺고 있다.

엔젤섬의 비극성은 다음 시에서 죽음으로 드러난다.

내 마음이 이러할 때 너흰들 편할소냐
구슬픈 황혼은 천사도를 넘고
양양백구는 물우에서 놀 때
너를 두고 떠나는 이맘
정을 두고 돌아가는 이맘
아 울어도 쓸데 없네
모두가 슬픔뿐이다

어버이의 죽음이 이에 더할 것인가
친구의 죽음이 이에 다를 것인가
그렁그렁 눈물지으며 말 못하고 떨어지는 이 이별
만약 죽음의 운명이 막을 수 있었다면
너는 아직도 이 땅을 걷고 있을 터인데

같이 왔다가 귀국하는 아우를 마지막 방문하는 날
천사도를 떠나며
27년 7월 21일

—리경식, 「이별」 전문

위 시에서는 자세하게 정황 설명을 하고 있지 않지만, 화자와 아우가 같이 미국으로 이민을 왔다가 아우가 죽었다는 것을 짐작할 수 있다. 죽은 몸으로 귀국하는 아우를 마지막으로 보고 천사도를 떠나는 형의 마음은 천지사방이 모두 슬픔으로 가득 차 있듯이 비통하고 이루 말로 다 할 수 없다. 아우를 마지막으로 보내는 순간도 "구슬픈 황혼"이 천사도를 넘는 때이다. 엔젤섬을 넘어 해가 서녘으로 저물고 있다. 황혼의 시간이나 서쪽이라는 장소 모두 생애의 마지막과 죽음을 상징하는데, 특별하게도 천사도 너머 그리고 태평양 너머 이들이 떠나온 고국이 있는 방향이기도 하다. 새로운 땅과 막연한 미래에 대해 서로 용기를 주고 의지하며 넓은 바다를 건너왔을 형제의 죽음은 어버이의 죽음이나 친구의 죽음에 비할 수 없이 안타깝다. 더구나 아우의 죽음은 형에게 죄책감과 비슷한 절통함을 불러일으켜, 그 아우의 "죽음의 운명"을 막을 수 있었다면 하는 부질없는 소망을 되뇌며 애간장을 끊는 것이다. 엔젤섬의 이민국이 단지 고난과 기다림의 대합실이 아니라 생과 사의 갈림길이자 돌이킬 수 없는 이별과 비극의 장소였음을 기억하게 한다.

엔젤섬에 남겨진 중국 이민자들의 시편들에 비해 볼 때 한국 이민자들의 시편은 그 양이 비교가 안 될 만큼 적기는 하다. 그러나 그들은 최초의 미국 내 한인 문학의 접속자들이며 미국 내에 한국문학의 기억을 새겨 남긴 존재들이다. 중요한 것은 현재에 그 기억들을 매개로 하나의 문화적 창조의 주체로 자리매김하는 노력이 필요하다는 것이다. 장소는 그 기억들을 불러 모으는 원천이고 시발점이 될 수 있다.

재미 이민자 문학의 뿌리와 생명력의 확산

한두 명의 작가가 저명한 문학상을 받거나 저널의 주목을 받는 것도 훌륭한 일이지만, 문학이 뿌리내리는 문화의 저변을 넓히고 두텁게 하는 것도 문학의 생명력을 위해 수반되어야 하는 중요한 일일 것이다. 한국문학에 대한 번역 작품은 언어의 장벽을 해소해야 한다는 난관에 있어 일차적인 과제이다. 그러나 번역을 매개로 하여 한국 문학작품을 소개하고 전파하는 것은 발신과 수신처럼 이해관계에 의존하기 쉽다. 다양한 장소와 지점에서 문화적 습합과 수용이 일어나며 문화적 주체들 간의 역동적인 상호작용이 일어나는 것이 진정한 문화의 본질이라 할 것이다.

미국 내 한국 문학을 보더라도 지역별로 문학 동호회나 문학 협회들이 존재하며 다양한 형태로 활동하고 있다. 다양성과 다민족을 강조하는 문화적 기조에 따라 재미 작가의 동화나 한인 동포의 이야기가 한국의 국어 교과서에 수록되기도 하고, 캘리포니아의 초등학교 교과서에는 이민 3세 소녀가 할머니와 함께 추석을 맞아 한국을 방문하는 동화가 실려있기도 하다. 필자가 잠시 머무는 동안, 지역신문 《San Francisco Chronicle》의 서평에서 한인 작가의 영문 소설 두 편이 소개된 것을 보기도 했다. 유진 베르츠(Yoojin Grace Wuertz)의 『Everything belongs to us』를 소개한 Christine Hyung—oak Lee의 글(2017. 3. 12.)과 이민진(Min Jin Lee) 작가의 『Pachinko』를 소개한 Anita Felicelli의 글(2017. 4. 2-8.)을 인상 깊게 보았다.

유진 베르츠의 소설은 1970년대 남한을 배경으로 세 명의 서울대 대학생들이 겪은 사랑과 좌절의 젊은 날에 대한 초상을 그리고 있다. 주요 인물들이 운동권이었다는 점에서 일종의 후일담의 성격을 지니지만 낭만적 서사에 그치지 않고 1970년대 후반 한국 사회의 구조적 문제도 다루는 비판성을 보여 준다. 이민진의 소설은 일본에 이주한 한인 가족의 이야기를 통해 4세대에 걸친 수난의 역사와 사회구조적인 문제를 다룬 것이다. 제목의 '빠징코'라는 노름 장치가 말해 주듯이 일본의 범죄 조직인 야쿠자와 얽힌 돈과 성, 특권의 사회적 문제들이 일으키는 가혹한 상황을 작가는 사실적으로 그려내고 있다. 이미 이창래와 같이 영어로 소설 창작을 하는 한인 작가들이 주목받은 바 있지만, 이처럼 한국의 고유성과 특수성을 영어로 생산하고 있는 모습을 보는 것은 흥미로운 일이었다.

역사와 경험을 사실적인 소재로 다룰 수 있는 소설과 달리 서정시는 이민자로서의 시적 주체의 정체성을 드러내기가 쉽지 않다. 장소성을 드러내는 지명들도 독자들에게는 다소 생경하게 느껴질 수 있고, 그 장소를 둘러싼 감각과 감정이 쉽게 전달되지 못하면 이질감을 느끼게 하여 감상을 차단하기 때문이다. 서정시가 성공적으로 되기 위해서는 개성적인 감각과 상상력일지라도 공감과 보편적 정서를 얻을 수 있어야 한다. 그리고 난 뒤에 우리는 시인이 서있는 자리로 시를 호환하여 그 시적 욕망을 더듬어 볼 수 있게 된다.

엑스레이에 찍힌 사랑니*를 본다
잇몸 밑에 웅크리고 있다

몸체를 밖으로 향한 채
뿌리는 갈퀴를 만들어 잇몸을 잡고있다
떠밀고 나오고 싶은 욕망과
뽑혀질지도 모르는 두려움을
씨방 같은 잇몸 속에 가두어 두고 있다

갇혀 있는 모든 것들은 탈출을 꿈꾼다
매일 밤 내가 잠의 깊은 계곡에 머무를 때
그들은 일어나, 자신들의 이름인
사랑과 지혜를 찾아 먼 길 떠나는 것은 아닐까

그러다가 그런 것들
어디 있는지 도무지 못 찾겠다, 단념하고
(더 찾아보지 않고!)
몇 만 년 전으로 다시 돌아가
사냥으로 잡은 한 점을 앙골차게 씹어서
수혈하듯 내 몸으로 돌리는 것은 아닐까
꿈속 길을 더듬어 다시 돌아오며
갈퀴 같은 제 뿌리를 생각하는 것은 아닐까

* 영어권에서는 사랑니를 '지혜의 이'라고 함.
—유봉희, 「사랑니」 전문(『버클리문학』 vol. 3, 2016)

위 시에서 시적 화자는 잇몸 밑에 웅크리고 있는 사랑니를 보며 "떠밀
고 나오고 싶은 욕망"과 "뽑혀질지도 모르는 두려움"을 본다. 이 이중의 욕
망과 갈등은 이 시 전체를 관통하는 긴장을 만든다. 잇몸에 갇힌 사랑니라
는 존재에서 시적 화자는 탈출에 대한 꿈을 보고, 모든 꿈꾸는 것들의 욕망
을 겹쳐서 읽는다. 시적 화자도 예외는 아닐 것이다. 일상에 갇혀있고 무
력한 육체가 잠들 때 그 존재들은 "내가" 모르게, 아니 그를 대신하여 "자
신들의/ 이름인 사랑과 지혜"를 찾아 먼 길을 떠나지 않을까 시적 화자는

상상해 본다.

사랑하는 늦은 나이에 나는 이라서 우리말에서는 사랑니라 부르지만, 영어로는 성장하고 철들 무렵에 나는 이라서 Wisdom tooth(지혜로운 이)라고 부른다. 그러나 이 시는 낭만적인 발상에만 기대고 있지 않다. 둘째 연이 탈출의 지향이라면 마지막 연은 그 반대 방향을 향하여 화자 자신의 내부로 "내 몸으로" 시선을 돌리고 있기 때문이다. 그런 "사랑과 지혜"란 도대체 어디에서 찾을 수 있겠는가? 그런 것들을 찾기를 단념하고 사랑니는 "지혜의 이"라는 이름대로 다른 방도를 찾아낸다. 그것은 막연한 탈출의 욕망으로 헤매는 대신에 수만 년 전의 기억을 되찾는 것이다.

고대 인류에서 현재의 인류로 진화하면서 그 존재가치가 사라진 맹장이나 편도선처럼 사랑니는 이제 흔적만 남은 기관이다. 사냥감을 강하게 물어뜯고 빠르게 씹는 데 필요했던 큰 턱뼈와 어금니는 퇴화하여 사랑니처럼 제거해도 무방해져 버린 것이다. 그러나 시적 화자는 사랑니에 유전적으로 각인된 고대의 원시적 본능과 생명력을 기억해 낸다. 사랑니는 그 고대의 기억을 내 몸에 수혈해 주고 "꿈속 길을 더듬어 다시 돌아오"며 제 뿌리를 생각하는 것이다. 잇몸을 밀고 나오는 사랑니의 욕망을 뒤집어 시적 화자는 단단히 박혀 있는 사랑니의 뿌리에서 원시적 어금니의 힘과 생명력을 확인한다.

2001년에 등단하여 3권의 시집을 상재하고 올해 또 한 권의 시집을 준비하고 있는 유봉희 시인은 해외에 있음에도 불구하고 2014년에는 '시인들이 뽑는 시인상'이라는 의미 있는 상을 수상하기도 하였다. 캘리포니아에서 자발적 디아스포라이자 이중 언어 생활자로서 모국어로 시를 쓰는 시인은 영어의 어원을 상기하며 새로운 상상의 틈을 벌려 언어의 힘을 확장한다. 위의 시는 앞서 말한 것처럼 존재의 탈출을 꿈꾸는 욕망이 있지만, 불가능한 한계 속에서 시원의 생명력을 복원함으로써 건강하게 귀환하는 상상력을 보여 주는 시라고 할 수 있다. 이런 점에서는 이 시는 충분히 보편적으로 읽히고 언어적 위트와 시적 상상력을 매력적으로 발산한 시라고 할 수 있다.

한편으로 우리는 이 시를 디아스포라인 시적 주체의 자리로 소환하여 상징적으로 읽어볼 수 있다. 시라는 것은 메꿀 수 없는 시적 욕망에서 솟아나는 언어의 장소이다. 시적 주체는 사랑과 지혜를 찾아 "먼 길 떠나는" 욕망을 가진 자이지만—시인은 어쩌면 그것을 이민으로 감행해 본 자일지도 모른다—진정한 지혜는 저 자신의 몸에 각인되어 있는 기억과, "갈퀴 같은 제 뿌리"를 찾는 것에 있다는 것을 깨달은 것이 아닐까? 이민자로서 고국을 떠나 모국어로 시를 쓰며 시적 욕망을 붙잡으려 애를 쓰는 이 시인의 시에는 "뿌리"에서 밀어 올리는 강한 울림을 느끼게 된다. 그런 면에서 사랑니는 디아스포라적 존재인 시인의 욕망을 상징하며, 그 욕망의 이중성과 갈등을 시원의 생명력으로 회복시키려는 시인의 대안적 지혜를 상징한다고 할 수 있다.

살아있는 안개를 꿈꾸며

샌프란시스코에서 본 안개는 시시각각 변하며 도시를 감싸고 건물과 어울리며 살아있는 듯 도시의 풍경을 만들어내었다. 바다가 품은 물과 하늘의 공기가 자아낸 이 생명 없이 살아있는 존재는 바라보는 이들에게 꿈을 꾸게 한다.

문학이 존재하는 이유는, 인간이 가진 존재의 유한성에서 오는 비극과 무한한 욕망의 간극을 신이 인간에게 선물한 불멸의 힘을 가진 언어로 메우려는, 헛되지만 숭고한 시시포스의 노동과 같은 것이다. 타국이라는 낯선 세계와 이방의 언어 속에서 한국인으로서의 운명과 한국어라는 모국어를 껴안는 이중의 수난을 감내하는 것이 디아스포라 문학의 힘일 것이다. 미국 속의 한국 문학이 이러한 시원의 힘을 회복하여 저러한 안개처럼 어울리고 스며들어 하나의 문학적 창조의 주체로 거듭나며 우뚝 서기를 바란다. 이를 위해서는 문학적인 기억과 연대의 노력이 지속되어야 할 것이다.